IDENTITÉ INCONNUE

Du même auteur :

Les enquêtes du Dr Kay Scarpetta
Postmortem
Mémoires mortes
Et il ne restera que poussière
Une peine d'exception
La Séquence des corps
Une mort sans nom
Morts en eaux troubles
Mordoc
Combustion
Cadavre X
Dossier Benton
Baton Rouge
Signe suspect
Sans raison
Registre des morts
Scarpetta
L'Instinct du mal
Havre des morts
Voile rouge
Vent de glace
Traînée de poudre
Monnaie de sang
Inhumaine
Chaos
Autopsie
Livide
Morts suspectes

Les enquêtes de Judy Hammer et Andy Brazil
La Ville des frelons
La Griffe du Sud
L'Île des chiens

Les enquêtes de l'inspecteur Win Garano
Tolérance zéro
Trompe-l'œil

Une enquête de la capitaine Chase
Quantum
Orbite

Autres enquêtes
Jack l'Éventreur : affaire classée

www.editions-jclattes.fr

Patricia Cornwell

IDENTITÉ INCONNUE

Roman

Traduit de l'anglais (États-Unis)
par Dominique Defert

JC Lattès

Titre de l'édition originale
IDENTITY UNKNOWN
Publiée par Grand Central Publishing,
un département de Hachette Book Group USA

Ceci est une œuvre de fiction. Les noms, personnages, lieux, organismes et événements sont soit issus de l'imagination de l'auteure, soit utilisés de manière fictive. Toute ressemblance avec des faits réels ou des personnes existantes ou ayant existé serait purement fortuite.

Cover design © Alan Dingman
Maquette : Julie Simoens

www.patriciacornwell.com

ISBN : 978-2-7096-7494-2

Première édition : mai 2025.

À Staci – pour toujours

« Il n'y a pas de fin. Il n'y a pas de début. »

Federico Fellini

1.

La lame d'une scie Stryker traverse un os, un couteau crisse sur une pierre à aiguiser tandis que l'eau des robinets rebondit dans les éviers en inox. Les médecins annoncent le poids des organes, la dimension des plaies, et les résultats sont consignés par leur assistant. Un vieil appareil radiocassette, perché sur une étagère, diffuse des standards de rock and roll. Contrairement à ce que l'on pourrait croire, une salle d'autopsie n'est pas un endroit silencieux.

Notre programme est chargé ce mardi matin, il fait grand beau sur la Virginie, le soleil brille, le thermomètre approche les 25 °C. Les gens se promènent dans les parcs, sur les chemins de randonnées, les berges du fleuve, et hélas le bon ne vient jamais sans le mauvais. La violence, les accidents, le nombre de morts inutiles, tout ça monte en flèche avec la clémence de la météo – c'est du moins ainsi que je perçois les belles journées de printemps.

Je termine une autopsie compliquée, une affaire qui me perturbe profondément. Pour l'instant je ne peux rien faire de plus. Ce qu'il me faut, c'est du temps, du temps pour que les contusions encore invisibles montrent le bout de leur nez. Quand des coups sont portés juste avant le décès, les hématomes sous la peau sont indiscernables, à peine des ombres diaphanes, et on peut facilement passer à côté. Cependant, après quelques jours en chambre froide, les ecchymoses vont apparaître, comme des brunissures sur une pêche talée.

Les légères marques sur le haut des bras de l'enfant et le cou sont les signes d'une constriction brutale et de strangulation. C'est mon intuition. Et si cela est avéré, alors les parents sont sans nul doute les auteurs – Ryder et Piper Briley. Suivant ce que j'écrirai dans mon rapport d'autopsie, ils pourront être poursuivis pour maltraitance et infanticide. Hier, quand je me suis rendue à leur domicile, j'ai su aussitôt que ces gens étaient des monstres !

Mais ce n'est pas à moi de juger. Je ne dois pas me soucier de l'issue des enquêtes. Mon travail de médecin légiste est de présenter les faits, sans songer à la suite de l'affaire. Ce qui est bien sûr impossible, à moins d'être un robot ou décérébré. La mort de la petite Luna est révoltante, abominable. Je me suis efforcée de contenir ma colère tout le temps que je me trouvais sur la scène de crime.

À l'évidence, la vie de Luna, aussi courte soit-elle, a été un véritable calvaire, infligé par des parents riches et influents guère habitués à répondre de leurs actes. Alors que je glisse les fragments de la balle dans un sachet stérile, le vieux téléphone mural se met à sonner. Qui cela peut-il être ? Peu de gens ont ce numéro.

— Quelqu'un attend un coup de fil ? lancé-je en haussant la voix pour me faire entendre dans le tintamarre ambiant.

Mes adjoints ne lèvent pas le nez de leurs cadavres – ou à peine.

— C'est bon ! Je m'en occupe, marmonné-je.

J'ôte mon masque chirurgical, mes gants dégoulinants de sang et jette le tout dans la poubelle. Le sol est poisseux sous mes surchaussures en Tyvek quand je me dirige vers l'appareil. L'avertissement manuscrit de Fabian – *À MANIPULER AVEC DES MAINS PROPRES !* – est scotché sur le mur de parpaings au-dessus du téléphone. J'attrape le combiné, dont le long cordon à l'ancienne est bien sûr tout entortillé.

— Docteur Scarpetta, annoncé-je.

Personne ne me répond.

— Allô ? (J'entends en arrière-plan une télévision ou une radio en marche. Un talk-show.) Il y a quelqu'un ? Allô ?

Oui, il y a quelqu'un, mais il reste silencieux. Je raccroche. Alors que je retourne à ma table d'examen, ça sonne encore. Cette fois, je suis moins aimable...

— Ici la morgue, c'est pour quoi ?

— Désolée de te déranger. Je sais que tu es débordée.

C'est ma nièce, Lucy Farinelli, agent du Secret Service et pilote d'hélicoptère.

J'entends le bruit des pales et de la turbine. Elle est en vol. Si elle me contacte, cela signifie que c'est urgent.

— Le téléphone vient de sonner, mais personne n'a parlé. C'était toi ?

— Non. Et j'ai de mauvaises nouvelles, tante Kay.

Lucy ne m'appelle jamais ainsi en public. Elle doit être seule. Je l'imagine dans son cockpit aux allures de navette spatiale.

— J'ai affaire à une mort bizarre, et ça a peut-être un lien avec la gamine qui est sur ta table...

Je perçois de la colère dans sa voix.

— Je viens de terminer l'autopsie.

Je tire une chaise et m'assois, tournant le dos à la salle.

— Et ce n'est pas un accident, j'en suis sûre ! déclare-t-elle.

— Comment ça une « mort bizarre » ? Quel rapport avec la petite Luna Briley ?

Pour prendre des notes, j'attrape une planchette munie d'un crayon accroché par un cordon de plastique.

— Son milliardaire de père est le proprio du parc du Pays d'Oz – ça rappelle des souvenirs, non ? Aujourd'hui, il est fermé et à l'abandon. Voilà deux heures, on y a trouvé un corps, une personne signalée disparue. (Je sens que je ne vais pas apprécier la suite.) C'est quelqu'un que tu connais. Que tu connais même très bien, précise-t-elle mal à l'aise.

J'écris la date du jour et l'heure : 15 avril, 11 h 40. Elle m'explique que la victime est Sal Giordano, prix Nobel d'astrophysique. Il a été enlevé hier soir à proximité de la frontière avec la Virginie-Occidentale. Puis sauvagement assassiné. Un frisson d'horreur me traverse. Une petite voix en moi se rebelle :

Non... pas lui !

— Je suis vraiment désolée, tante Kay. Je sais que vous étiez proches...

Ce n'est pas possible !

Sal est un grand scientifique. Il travaille comme conseiller à la Maison-Blanche et auprès d'autres agences, ici, comme à l'étranger. Lui et moi collaborons dans divers comités et cellules de crise. Et nous avons été amants par le passé.

C'est forcément une erreur !

— Tu as vu le corps de près ? Tu as pu t'approcher ? demandé-je par réflexe professionnel.

— Suffisamment, mais je n'ai touché à rien. Il est nu, aucun vêtement ni effets personnels alentour. Du moins à première vue. Et je ne pense pas qu'il soit mort depuis très longtemps.

Il s'agit peut-être de quelqu'un d'autre...

— On est sûr que c'est lui ? Il faut commencer par le début.

Je revois son visage souriant, me remémore sa voix chaleureuse, ses rires.

— Taille moyenne, mince, de longs cheveux gris. Avec le symbole « π » tatoué sur la face interne du poignet gauche. (Mon ventre se contracte.) J'ai senti une odeur, malgré mon masque. Une odeur âcre, comme du vinaigre.

— Tu sais ce que ça peut être ?

Je pose cette question juste pour tenter d'oublier mon chagrin.

— Non. Mais l'odeur était partout sur le corps.

— Et les blessures ?

— Très nombreuses, en particulier sur le visage, le crâne.

Non...

— Sa peau est curieusement rouge. Peut-être le signe d'une irradiation. J'ai remarqué aussi autour de lui une spirale de fleurs de pommiers, comme un agroglyphe...

— Un quoi ?

— Un cercle de culture, si tu préfères. Comme s'il avait été lâché du ciel par un PAN…

— Pardon ?

— Un PAN, répète Lucy. Un Phénomène Aérospatial Non identifié. Un OVNI, quoi ! Appelle ça comme tu veux.

* * *

Je plaque ma main contre mon autre oreille, pour étouffer le vacarme derrière moi. Mes collègues parlent fort. Une sonnerie annonce qu'un véhicule pénètre dans l'aire de livraison. L'eau coule dans les éviers, quelqu'un claque la porte de la chambre froide.

Lucy m'explique que, vers 6 heures du matin, un PAN a été détecté sur les radars volant à basse altitude aux abords du parc d'attractions. Quand le Secret Service a appris que Sal était porté disparu, ma nièce a effectué une recherche aérienne en hélicoptère dans le secteur. Ayant fait chou blanc, elle a alors décidé de suivre le chemin du mystérieux OVNI, et cela l'a menée directement au cadavre.

— Ce machin s'est trouvé pile à l'endroit de la scène de crime, au milieu de La Forêt hantée, précise-t-elle. Et la signature de l'engin ne correspond à aucun modèle d'aéronef connu. Et comme on n'a pas de témoin oculaire, on ignore à quoi ressemble ce PAN.

— Cela pourrait être un vaisseau venant d'une autre planète ?

Je lance un regard autour de moi. Pourvu que personne ne m'ait entendue !

— Tout ce qu'on sait, c'est que Sal Giordano a été largué d'un objet volant d'identité inconnue. Et sa trace sur les écrans était inédite. Sur les radars comme sur les systèmes électro-optiques, télémétriques, et j'en passe. Pareil pour les détecteurs de rayonnement électromagnétique. Ça ne veut pas dire pour autant que ce truc vient de l'espace. Mais ça reste une possibilité.

— Par précaution, je vais m'équiper en conséquence.

Les pensées se bousculent dans ma tête. Que doit-on emporter en pareil cas ?

— J'ai deux questions à te poser, reprend Lucy alors qu'une autre scie Stryker vrombit derrière moi.

— Je t'écoute.

— Tu as vu Sal hier ?

— Oui. C'était son anniversaire, dis-je en réprimant un sanglot.

C'est ma faute ! J'aurais dû insister pour le faire parler.

Je le revois plisser les yeux sous le soleil, se forcer à sourire, pendant qu'on bavardait dans son allée. Nous étions tous les deux pressés. Il devait prendre la route, et j'étais passée en coup de vent après l'audience au tribunal. Il portait un short cargo et une ample chemise blanche en lin – on aurait dit un touriste. Il semblait préoccupé par quelque chose, mais je n'ai pas cherché à savoir. J'ai toujours peur d'être indiscrète. J'ai mis ça sur le compte de son anniversaire, il n'était pas très content d'avoir soixante ans.

— Apparemment, tu es la dernière personne à l'avoir vu vivant, explique-t-elle.

Je suis passée en fin de matinée avec un panier-cadeau pour qu'il puisse l'emporter avec lui. Je savais qu'il partait pour Green Bank en Virginie-Occidentale, où se trouve le plus grand radiotélescope orientable du monde. Il s'y rendait régulièrement depuis qu'il était étudiant, l'observatoire étant un outil crucial pour ses recherches.

— Il ne t'a pas dit qu'il avait des problèmes ? Tu n'as rien remarqué d'inhabituel chez lui ?

— Rien sauf qu'il n'avait aucune envie de fêter son anniversaire. (À nouveau, le remords me submerge.) Il ne m'a pas précisé ce qu'il comptait faire. Il était toujours discret concernant son travail. On parlait rarement de nos activités respectives. D'autant que la plupart du temps, c'est confidentiel.

D'après Lucy, hier soir vers 19 heures, Sal a retrouvé deux collègues au Red Caboose, un restaurant à quelques kilomètres de Green Bank. Une heure et demie plus tard, la caméra du parking le voit remonter dans son pick-up, un vieux Chevrolet bleu avec un moteur diesel à bout de souffle, et s'en aller, sans doute pour rejoindre l'Allegheny Peak Lodge dans la montagne où il avait l'habitude de descendre.

— Il était attendu à l'observatoire ce matin, avant l'aube, pour traquer les radiofréquences émises par le soleil levant, poursuit ma nièce. Il n'est jamais venu à Green Bank, et on a découvert qu'il ne s'était pas montré non plus à l'hôtel. De toute évidence, peu après son départ du restaurant, il a fait une rencontre – du troisième type, ou pas, mais qui s'est révélée funeste.

— Et son pick-up ? demandé-je alors que, derrière moi, quelqu'un déplace un chariot.

— On l'a repéré à cinq kilomètres du Red Caboose. Au fond d'un ravin, vide. D'après le rapport des premiers secours, le moteur tournait au moment de l'accident, les portes étaient verrouillées et les ceintures attachées, mais personne dans l'habitacle.

— C'est loin de l'endroit où l'on a retrouvé le corps, non ?

Je continue de tout noter sur ma planchette.

— Cent cinquante kilomètres.

— Depuis combien de temps le parc d'attractions est-il à l'abandon ?

Lorsque j'y ai emmené Lucy la dernière fois, elle était encore au lycée.

— Il a fermé au moment du covid. Il a été saccagé, vandalisé, puis est tombé en ruine. Comme tu le sais, le parc est en plein dans les Blue Ridge. Il faut connaître l'endroit pour avoir l'idée d'y laisser un corps… Et pour info, ce ne sera pas notre seul arrêt. Je t'en parlerai plus tard. Je serai à Washington National dans une heure.

— Entendu. Marino et moi, on te retrouve là-bas, avec le matériel.

— On annonce un front orageux. Ça va un peu secouer pendant le vol. Marino ne va pas aimer.

— Je vois déjà le tableau ! Sois prudente.

* * *

Tandis que je raccroche le combiné, le cordon se tortille comme s'il était doté de vie. Je prends mon portable et envoie un texto à Pete Marino, un ancien de la police criminelle avec qui j'ai travaillé quasiment toute ma vie. Il est aujourd'hui mon chef enquêteur et il déteste les hélicoptères, en particulier quand c'est Lucy qui pilote.

Et si les conditions météo sont mauvaises, il va être de très mauvais poil. Surtout ne pas lui parler de l'éventualité « OVNI », sinon il ne va plus me lâcher ! Il adore tout ce qui est paranormal, Bigfoots, fantômes, soucoupes volantes. Marino va croire mordicus qu'on a affaire à un engin venu du cosmos, et en même temps il va totalement paniquer.

Je me contente de lui écrire que nous devons nous rendre sur une scène de crime à deux cent cinquante kilomètres de nos locaux d'Alexandria. Lucy nous emmènera là-bas, et peut-être ailleurs aussi. En plus de l'équipement classique, je lui demande d'apporter des combinaisons de catégorie 3, en cas de risque d'irradiation ou de contamination biochimique. Nous aurons aussi besoin de sacs mortuaires et d'un compteur Geiger. Et ce serait sans doute une bonne idée d'emporter des affaires de toilettes et de quoi se changer. J'ignore combien de temps durera notre virée.

`Tu as vu la météo !` répond-il avec des émojis nuage, éclair et cercueil.

`Prends un imper.`

`On ferait mieux d'y aller en voiture et de transporter le corps nous-mêmes.`

`Impossible. Lucy doit être avec nous. À plus.`

J'enfile une nouvelle paire de gants chirurgicaux tandis que Fabian Etienne, mon jeune enquêteur, s'emploie à aiguiser un couteau à l'autre bout de la salle d'autopsie. Il a une vingtaine d'années et un charme gothique avec sa blouse noire à motifs de toiles d'araignée. Ses longs cheveux bruns et raides sont attachés en chignon sous sa charlotte – également noire. Ses bras et son cou sont couverts de tatouages.

Il n'a pas cessé de s'activer depuis qu'il est arrivé ce matin, comme si je n'allais pas remarquer qu'il m'évite ! Je sais que certaines morts sont difficiles à encaisser, même si on a un père coroner en Louisiane et qu'on a grandi comme lui dans le milieu de la médico-légale. Fabian a de la bouteille, et dans la plupart des cas il n'a pas froid aux yeux. Mais il reste bien trop sensible, centré sur lui-même et incapable de refouler ses émotions. Pourtant, il faut qu'il me remplace… je lui fais signe de me rejoindre.

Par geste, il me répond qu'il arrive. Pendant que j'attends, je finis de remplir les étiquettes sur les tubes et les sacs scellés. Le regard doux de Sal Giordano me hante, ses cheveux en pétard comme Einstein. Mon monde ne sera plus jamais pareil sans lui. Plus jamais nous ne siégerons assis l'un à côté de l'autre dans les commissions et autres réunions au sommet. Nous ne mangerons plus ensemble, nous ne boirons plus de verres dans les bars. Adieu nos trajets en voiture, nos bavardages.

È quello che è, amore.

C'est comme ça, mon amour. Il voudrait me tranquilliser, me dire de ne pas éprouver de colère, d'oublier que sa mort est cruelle et odieuse. Même si cela paraît totalement fou, je dois envisager qu'il ait pu se trouver dans un vaisseau spatial alien. Peut-être a-t-il été exposé à des agents pathogènes inconnus, à des contaminants radioactifs ? Malgré ma tristesse, il me faut traiter sa dépouille comme un objet potentiellement dangereux.

2.

Fabian se dirige enfin vers moi alors que la sonnerie retentit de nouveau au bout de la salle. Sur l'écran de contrôle, je vois le gros volet roulant se relever dans l'aire de livraison pour laisser entrer un fourgon blanc surmonté d'une galerie avec dessus une grande échelle pliante.

— Terminez pour moi s'il vous plaît, indiqué-je à Fabian. Il faut que je file. Vous vous en sentez capable ?

— Pas de souci.

Il a beau dire ça, il ne parvient pas à regarder le corps de la petite Luna de sept ans, l'abdomen ouvert, privée de ses organes, avec ses petites côtes exposées qui luisent d'un blanc laiteux.

La peau du front a été retirée et pend sur le visage comme un masque de caoutchouc, le sommet de son crâne, fracturé par la balle, a été ouvert en deux à la scie. Officiellement, elle était seule dans sa chambre quand elle jouait avec le pistolet de son père hier après-midi. Les parents avaient déclaré être dans le jardin au moment où ils avaient entendu la déflagration. Mais je n'y crois pas.

Luna aurait ouvert le cadenas de l'armoire ? Cela paraît difficile à croire. Où a-t-elle trouvé la clé ? Et pourquoi l'arme était-elle chargée ? Si elle s'est tiré dessus toute seule, pourquoi la trajectoire est-elle de haut en bas ? Et ce n'est là qu'un petit échantillon des interrogations que suscite cette version des faits. Tout ça ne tient pas debout.

— Fabian, je sais que c'est compliqué. Mais si vous ne parvenez pas à contenir vos émotions, vous êtes fichu. (Je suis factuelle, mais mon ton reste doux.) Il faut s'endurcir. C'est un combat de tous les instants dans notre métier.

— Ryder Briley est un immonde salopard. C'est lui qui a fait ça. (Je vois ses yeux brillants derrière sa visière en plastique.) Il pense qu'avec tout son fric il est au-dessus des lois, qu'il peut tout se permettre…

— Ne rentrez pas là-dedans.

— Lorsqu'on était chez lui hier, il se fichait de nous, comme si on était assez stupide pour croire à son histoire. Le corps de sa fille était par terre, et il ricanait. Sans compter tout le mal qu'il dit dans votre dos. Il m'a même demandé comment je pouvais travailler avec une… comme vous. Je ne préfère pas répéter le mot qu'il a employé !

— C'est un manipulateur. Son but c'est d'intimider, d'allumer des contre-feux. Ne vous laissez pas avoir. (Je retire mon tablier en Tyvek qui couvre ma blouse de labo.) Je voudrais que vous passiez au crible les antécédents médicaux de Luna. Je veux tous les détails, la moindre visite chez le médecin, le moindre passage à l'hôpital. Tout l'historique de ses traumas, jusqu'au moindre bleu !

— Quand pourra-t-on donner le corps aux pompes funèbres ? Shady Acres nous met déjà la pression.

— Eh bien, ils attendront. Je ne suis pas étonnée que les Briley fassent appel à ces escrocs !

— Celui qui nous harcèle, c'est un dénommé Jesse Spanks, me précise Fabian.

— Le corps va rester ici encore plusieurs jours. (J'ôte mes lunettes de sécurité.) Et consignez ça dans le dossier. Je veux qu'on soit parfaitement en règle. Surtout quand on a affaire aux Briley et à Shady Acres.

— La pire, c'est la mère. Elle a pleurniché tout le temps que nous étions là. (La colère empourpre son visage lorsqu'il sort du seau le sac d'organes.) Et c'est ce qu'elle a dû faire toute sa vie, pleurer et regarder ailleurs ! Elle est aussi coupable que le père.

— Je pense qu'elle aussi a subi des violences. D'ordinaire, mère et fille sont victimes.

— Je m'en fous ! (Il replace les viscères dans la cavité abdominale.) Rien à battre. Aucune excuse !

— Je suis d'accord, c'est impardonnable.

Je retire ma charlotte et mes surchaussures.

— En Louisiane, on a souvent des cas liés à des pratiques occultes – satanisme, vaudou, ce genre de trucs. (Il a le souffle court et sue sous son masque. Le textile filtrant se gonfle et se dégonfle devant sa bouche.) Je suis allé enfant sur ces scènes de crimes avec mon père, et j'ai senti une sorte d'énergie noire. Et c'est ce qu'il y avait hier chez les Briley. J'ai senti le mal. Le mal incarné.

Il parle vite tout en passant un fil de coton dans le chas d'une aiguille. Ses doigts tremblent un peu.

— Ça va Fabian ?

— Je n'ai pas pu dormir hier soir. Chaque fois que je fermais les yeux, des images de cauchemar m'assaillaient. Pas moyen de m'en débarrasser. Et j'ai commencé à me dire que quelque chose de noir m'avait suivi après notre départ de la maison des Briley. Jusque chez moi. Faye aussi l'a senti.

Faye Hanaday est notre experte armes et balistique. Son labo est au-dessus. Elle et Fabian vivent ensemble dans une ancienne remise à calèches transformée en habitation, et ils sont persuadés que l'endroit est hanté.

— On a brûlé de la sauge, et apparemment la chose est partie.

Il s'essuie le front avec une serviette.

— Vous voulez faire une pause ? proposé-je.

— Non. J'ai juste avalé trop de café, et maintenant mon taux d'adrénaline s'affole. Sans compter que j'ai un mal de crâne carabiné. Et peut-être aussi un coup d'hypoglycémie.

— Asseyez-vous, prenez de grandes inspirations, lui dis-je. Ce n'est pas le moment d'hyperventiler !

— Cette nuit, ça n'a pas cessé de tourner dans ma tête. Si seulement j'avais été son grand frère. Ou le voisin. Ce ne serait jamais arrivé. Personne n'aurait fait du mal à cette pauvre petite. (Ses yeux s'emplissent de larmes.) Il n'y avait personne pour la protéger.

— Je n'ai pas beaucoup dormi non plus. Mais si je craque émotionnellement, je ne peux plus l'aider, ni elle, ni qui que ce soit. Et c'est pareil pour vous.

— Je vais assurer, docteur. Dites-moi juste ce que je dois faire ensuite.

Il retire sa visière, s'essuie les yeux.

— Quand son pyjama sera sec, montez-le au labo avec les fragments de balle. (Je signe la demande d'analyses.) Dites à Faye qu'on a besoin de la trajectoire et la distance de tir au plus vite. Et pendant que vous y serez, demandez à la physico-chimie une recherche de RT, en particulier sur les prélèvements qu'on a faits sur les mains de la gamine.

Le téléphone mural sonne à nouveau. Je retire mes gants.

— C'est quoi encore ! fais-je en décrochant. Ici la morgue, j'écoute. (J'entends en arrière-plan le talk-show.) Allô ?

Rien.

Je raccroche. On se sert rarement de ce vieux téléphone à touches. Et bien sûr, il n'y a pas d'écran pour indiquer qui appelle.

— Cela fait deux fois que ça sonne en quelques minutes, dis-je à Fabian. Et ce n'était pas un faux numéro. C'est comme si quelqu'un voulait faire une mauvaise blague.

— Moi aussi, j'ai eu deux appels comme ça ce matin. Quelqu'un m'a téléphoné sur ma ligne directe. Et au bout de quelques secondes, ça a raccroché. L'écran a affiché « appel inconnu ». Ça venait de l'extérieur.

— Notre numéro est public. Mais pas celui-ci, objecté-je en montrant le téléphone mural.

— Je n'arrête pas de vous rappeler de faire changer cette antiquité. Ce truc doit dater des Beatles !

— Pas tout à fait, mais oui, il faut le changer, comme tant de choses ici. Sauf qu'on n'a pas le budget pour ça. Il faut faire une demande officielle. (J'asperge mes notes de Lysol avant de détacher la feuille de la tablette.) Si les appels recommencent, on le signalera à la police.

— Où vous allez ? demande-t-il en refermant l'incision en « Y », avec son aiguille et son long fil.

— Dans l'ouest de l'État. Avec Marino. Et ça va être compliqué de me joindre. (Je me lave les mains avec un savon bactéricide.) Pendant mon absence, commencez à retracer l'historique médical de Luna. Les parents vont tenter de nous mettre des bâtons dans les roues, alors il faut être précautionneux, irréprochables. Les Briley ne sont pas nés de la dernière pluie.

— J'espère qu'ils vont prendre perpète, réplique Fabian en remettant la calotte crânienne fracturée.

Il replace ensuite le cuir chevelu. Les cheveux roux sont rasés par endroits – là où j'ai découvert des contusions datant de plusieurs jours. J'entends encore sa pleurnicheuse de mère :

Elle se cognait la tête partout, tombait tout le temps.

Et le père de renchérir :

Dieu sait qu'elle était malingre et lente d'esprit, mais on ne pouvait la lâcher du regard une seule seconde !

— J'espère qu'ils souffriront en prison autant qu'ils ont fait souffrir leur fille.

— Je vous rappelle que nous ne devons pas prendre parti.

— Allons ! Vous le faites tout le temps. Même si vous le cachez.

— Alors apprenez la dissimulation, lui dis-je en lui tapotant l'épaule.

* * *

De l'autre côté des portes de la salle d'autopsie, le couloir carrelé de blanc évoque le Styx, un passage où les morts vont et viennent, jour et nuit. Les murs sont maculés de sang séché, éraflés par le choc des chariots. Les tubes fluorescents en fin de vie clignotent au plafond, parmi une constellation de traces d'humidité. Et partout, cette odeur de mort, immanquable, aussi irrépressible qu'un souvenir douloureux.

Tandis que je passe devant les vitres noircies du labo d'anthropologie, j'entends la grille du destructeur d'insectes électrocuter les mouches avec un sifflement sinistre. Je me dirige vers la sortie de secours. Je préfère prendre les escaliers quand j'ai passé trop de temps immobile, que ce soit assise ou debout. Le chagrin remonte à la surface. Je ne reverrai plus jamais Sal. Il faisait partie de ma vie depuis si longtemps, quasiment depuis mes débuts dans le métier.

L'été de notre rencontre, j'étais l'une des rares femmes médecin légiste aux États-Unis. Et avoir étudié le droit avant la médecine me rendait encore plus singulière. J'avais trente ans. J'étais naïve et je partais en croisade quand j'ai été nommée la première *cheffe* de la médico-légale de Virginie, sans me douter bien sûr que cette promotion était sans rapport avec ma formation ni mes compétences.

Me confier ce poste était un coup politique, pour montrer aux électeurs que le gouvernement de Virginie était un parangon de progressisme. Et j'étais censée être manipulable à souhait, moi, une femme, qui plus est fille d'immigrés italiens. Déménager à Richmond avait été une grande erreur. Ayant pris un congé sans solde, je tirais des plans sur la comète pour revenir à Miami lorsque La Sapienza de Rome m'avait invitée pour donner des cours à sa faculté de médecine.

Un professeur en médecine légale ayant annulé sa participation à la dernière minute, quelqu'un avait proposé mon nom pour le remplacer au pied levé. Ma sœur et moi ayant grandi dans une famille où l'on parlait italien, je n'ai pas hésité une seconde. Enseigner, tout en menant la belle vie sur le campus de cette grande université romaine, semblait être le moyen idéal d'oublier mes doutes et mes regrets. Mais comme disait mon père, *Il destino ha la sua idea*. Oui, le destin a ses propres voies.

J'étais à Rome depuis quelques jours seulement quand Sal et moi, nous nous sommes *rencontrés* – au sens propre du terme. Une collision corporelle dans un bistro à côté du Campo de' Fiori. En remplaçant nos verres de Chianti, il m'a expliqué qu'il enseignait l'astrophysique à Georgetown. Il avait pris une année sabbatique à Rome pour écrire un livre et séjournait dans sa maison d'enfance. *Un endroit charmant, mais très vieux*, selon lui.

Ses parents passaient les étés dans le sud de la France, et nous avions tout l'appartement pour nous. C'était un véritable palais pour moi avec une vue magnifique sur la fontaine du Maure de la Piazza Navona. On se préparait de délicieux repas – cuisine locale, vins du cru – et on dormait à peine. Compte tenu de nos lieux de résidence dans l'univers, notre histoire était un conte de fées, magnifique et forcément éphémère.

Si Sal était un génie, c'était avant tout une belle personne. L'un des êtres les plus estimables qu'il m'ait été donné de connaître. Il ne méritait pas de mourir dans des conditions aussi atroces. De tout mon cœur, j'espère qu'il n'a pas souffert. Mais il a été kidnappé hier soir, et ce matin il était encore vivant… À en croire Lucy, ils l'ont gardé en vie pendant plusieurs heures. Que lui ont-ils fait alors ? Je suis prise de nausées. Une tristesse irrépressible s'empare de moi.

Lorsque je pousse la porte coupe-feu au deuxième étage, je prie pour qu'on ne voie pas que j'ai pleuré. Je longe le couloir, salue d'un signe de tête les employés que je croise. Certains quittent le bâtiment pour la pause de midi, d'autres déjeunent dans la salle de repos. Les odeurs de nourriture me donnent l'eau à la bouche. J'entends bourdonner le four à micro-ondes, les infos à la télé.

Je m'arrête pour écouter ce qui se dit dans les médias. Est-ce que les gens ont appris ce qui est arrivé à Sal ? Dana Diletti, la journaliste vedette de la chaîne info, est en direct à Mount Vernon, l'ancienne plantation de George Washington, notre premier Président.

« ... *c'est aujourd'hui que commence l'Historic Garden Week de la Virginie et chaque année le public toujours plus nombreux vient visiter les parcs et jardins des grandes propriétés historiques de notre État* », explique-t-elle avec cette voix mielleuse que je déteste. « *Waouh ! Regardez ces cerisiers en fleurs ! Ne sont-ils pas magnifiques ! Et vous n'avez encore rien vu. Demain, je vous emmène à la plantation de Berkeley, sur les rives du James. Je vous ferai alors la visite exclusive de ses fameux jardins à la française...* »

Je reprends mon chemin, rassurée de voir que la mort de Sal n'a pas encore fuité, sinon Dana Diletti serait déjà dans son hélicoptère, pour tenter d'arriver sur place avant moi. Une manie chez elle ! Je l'imagine exciter les foules en parlant d'OVNI et d'enlèvement par des extraterrestres. Elle rappellerait le travail de Sal, son intérêt pour les autres mondes dans le cosmos et ne manquerait pas d'indiquer qu'on le surnommait « Le chasseur d'ET ».

Membre de l'Institut SETI (pour *Search for Extraterrestrial Intelligence*), Sal Giordano était une figure iconique chez les *Éclairés,* comme il les appelait – ceux qui savaient que nous n'étions pas seuls dans l'univers et qui l'acceptaient. La semaine dernière, Sal et moi étions en réunion au Pentagone avec d'autres experts afin d'envisager les risques possibles en cas de rencontre avec une intelligence non humaine. Comment informer le public ? Comment éviter la panique ?

Sal avait préparé un PowerPoint sur Oumuamua, l'objet interstellaire en forme de sous-marin qui a visité notre système solaire en 2017. Luisant comme du métal, avec des reflets rouges, celui-ci a frôlé la Terre à plus de trois cent vingt mille kilomètres à l'heure, avec un comportement très différent des astéroïdes ou des comètes connus. Selon Sal, il pouvait s'agir d'un vaisseau extraterrestre. Les médias des quatre coins de la planète avaient parlé de lui parce qu'il avait essayé à plusieurs reprises d'entrer en contact avec l'objet.

Mon bureau se trouve au bout du couloir. J'entre et allume la lumière car les stores sont encore tirés. Je ne les ai pas ouverts à mon arrivée aux aurores pour enfiler ma blouse et descendre m'occuper de Luna Briley. Je perçois l'odeur du Lysol que ma secrétaire, Shannon Park, vaporise partout.

Grâce à cette signature chimique, et à la note florale laissée par son eau de toilette, je sais qu'elle est entrée récemment dans la pièce. La porte entre nos deux bureaux est fermée, et d'ordinaire je ne l'entends pas quand elle est au téléphone. Mais cette fois, elle parle fort, avec une pointe de colère. Quelqu'un doit l'embêter et sous-estimer, comme nombre de gens, ses capacités de défense.

Shannon est amicale et serviable jusqu'au moment où les limites sont franchies. C'est sans doute la personne la plus maligne que je connaisse. Je m'approche. Son accent irlandais est toujours aussi prononcé – il n'a pas changé depuis l'époque où j'étais cheffe de la médico-légale à Richmond. Je saisis des bribes de la conversation...

« ... *j'ai pourtant été claire, monsieur Briley. Le docteur Scarpetta n'est pas disponible...* »

Puis :

« ... *inutile d'être injurieux. Vous ne m'intimidez pas...* »

Et :

« ... *Vous savez que cet appel, comme tous les autres, est enregistré...* »

Et enfin :

« ... *maintenant, ça suffit. Je raccroche. Au revoir, monsieur !* »

Ryder Briley devait appeler pour récupérer sa chère fille, qu'il disait hier « malingre et lente d'esprit ». Et s'ils ont tant insisté sur le fait qu'elle se cognait partout, c'est parce qu'ils savent que je vais découvrir les ecchymoses. Le téléphone sonne de nouveau. J'entends Shannon décrocher avec agacement.

« *Comme je l'ai dit, je vous présente mes condoléances. Mais il faut arrêter de me harceler...* »

Je m'écarte de la porte pour lire le SMS de Marino. Il m'envoie les dernières prévisions météo. `Coup de vent et orages dans les Appalaches, avec risque de grêle et de tornades.`

3.

Je vérifie s'il y a de nouveaux documents sur mon bureau, où s'amoncellent rapports d'autopsie, certificats de décès, comptes rendus de labo et autres pièces dans l'attente de mon paraphe. Je remarque la pile d'échantillons à côté de mon microscope. Elle n'était pas là ce matin. J'y jetterai un coup d'œil plus tard.

Je commence à lire les messages téléphoniques que Shannon a notés pour moi sur des papiers roses – des pompes funèbres, des avocats, des médecins légistes ont cherché à me joindre. Évidemment, il y en a un de Ryder Briley ; il « exige » de savoir où en est l'autopsie. Il veut récupérer le corps et l'enterrer au plus vite. Shannon a consigné les propres mots du père : *pour que ma pauvre petite chérie puisse reposer en paix.*

C'est l'inspectrice Blaise Fruge qui s'occupe de l'enquête. Elle aussi m'a appelée. Avant toute chose, j'ouvre les lames du store pour vérifier le temps qu'il fait. Le parking est baigné de soleil, les grilles qui protègent mon vilain bâtiment de brique projettent de grandes ombres sur le macadam.

Le ciel bleu est strié de nuages vaporeux, le front orageux, qui inquiète tant Marino, forme une bande noire à l'horizon. Alors que je regarde les employés sortir du parking pour la pause déjeuner, je remarque un gros SUV blanc garé dans la rue, juste hors du champ de nos caméras de surveillance. De sa position, le conducteur peut voir qui entre et sort de notre institut médico-légal.

Il faut bien connaître nos installations pour savoir quelles zones exactes sont couvertes par nos caméras. Ou alors avoir un gros coup de chance. Je me souviens de notre arrivée chez les Briley hier soir. Pendant qu'avec Fabian nous transportions notre matériel à l'intérieur, la police fouillait le grand garage. En passant, j'ai aperçu, par les portes ouvertes, un Cadillac Escalade blanc garé entre une Ferrari et une Bentley.

Je prends mes jumelles et reconnais l'emblème Cadillac sur la calandre du SUV garé de l'autre côté de la rue. L'homme au volant a une cinquantaine d'années, l'air revêche. C'est Ryder Briley. Il porte des lunettes de soleil, un polo de golf et une casquette, visière à l'envers. Sa grosse montre en or et sa chevalière à l'auriculaire scintillent au soleil quand, d'un geste agacé, il balance sa cigarette par la fenêtre. Il est au téléphone et harcèle bien sûr ma secrétaire.

J'observe ensuite sa femme Piper, assise à côté de lui. Elle tient une grande canette de bière, ses longs cheveux platine sont rassemblés en queue-de-cheval. Son joli minois est figé, sans expression, comme hier. Elle a sans doute trop forcé sur le Botox. Elle n'a pas de soutien-gorge. Sous son petit haut rose étiré par sa poitrine plantureuse, on devine parfaitement le dessin de ses mamelons.

De son autre main, ornée d'une collection de bagues, elle lève son portable pour filmer les employés qui entrent et sortent du parking. Soudain, mon propre téléphone sonne et interrompt mes observations. C'est l'inspectrice Blaise Fruge – un appel FaceTime.

— J'arrive juste dans mon bureau. J'allais vous appeler. Mais vous m'avez prise de vitesse, lui dis-je. Je vais garder Luna Briley quelques jours encore, le temps de savoir comment elle est morte exactement.

— Les parents sont en mode pitbull et font tout un ramdam. Je voulais vous prévenir, m'annonce-t-elle à l'écran.

Apparemment, elle se trouve dans son SUV banalisé. Elle porte des Ray-Ban, identiques à celles de Marino.

Et comme lui, elle est désormais accro aux salles de musculation et aux compléments protéinés.

Elle est impressionnante en jean et tee-shirt, sa tenue de travail maintenant que le temps se réchauffe.

— Ryder Briley a appelé le chef de la police, l'administrateur de la ville et aussi le maire, poursuit Fruge en accrochant son téléphone au support du tableau de bord. Il nous met la pression, menace de nous coller ses super-avocats aux basques, de racheter la police, l'IML et tout Alexandria !

— Je sais. Il n'arrête pas d'appeler Shannon. Et en ce moment même, il est dans sa voiture, avec sa femme, garé juste devant notre bâtiment, lui annoncé-je. (Elle porte à sa bouche une boisson dans un gobelet Burger King.) En plus, on a reçu des coups de fil bizarres. Autrement dit, des tentatives d'intimidation. Je ne peux pas prouver que cela vient des Briley, mais j'en mettrais ma main à couper.

— Ils disent que Fabian les a menacés quand vous étiez chez eux hier. Bref, ils sont prêts à raconter n'importe quoi, m'explique Fruge en tirant sur sa paille.

— Personne ne va se laisser impressionner. Ni moi, ni mon équipe, dis-je en surveillant le Cadillac Escalade de ma fenêtre.

— Allez savoir ce qu'ils mijotent… (J'entends un bruit de papier. Un hamburger apparaît dans sa main.) Ils ont quasiment un empire : des hôtels, des bureaux, des immeubles, des parcs d'attractions, des terminaux d'aéroport, des tas de sociétés, d'immenses maisons… Briley est riche comme Crésus et a des relations haut placées. Tout le monde lui mange dans la main, conclut-elle, même si je sais déjà tout ça.

Quand Roxane Dare faisait campagne pour être gouverneur, Ryder Briley était le plus gros donateur de son adversaire. Après la victoire de Roxane, il a continué à la critiquer dans les médias, à faire des vidéos haineuses. Il se met toujours en vedette dans ses spots politiques, quelle que soit la notoriété du candidat qu'il soutient. On le voit chasser le gros gibier en Afrique, atterrir en hélicoptère sur le toit d'un de ses buildings.

— Avec lui, il faut s'attendre au pire. (Fruge déballe un Whopper, tandis que mon ventre crie famine.) Briley est un fléau, et je vais tout faire pour que ce salopard ait ce qu'il mérite !

Fruge est comme Fabian. Incapable de cacher ce qu'elle pense. Deux anges vengeurs dans l'âme ! Elle n'avait pas masqué son inimitié quand nous avions interrogé les Briley dans leur salon aux allures de lodge de chasse. Le couple était assis sur un canapé capitonné en peau de vache, avec derrière eux une collection de trophées de safari – gazelle, élan, lynx, buffle africain, gnou.

Des oiseaux exotiques empaillés étaient exposés comme dans un musée. Un pied d'éléphant servait de corbeille à papier. Le sol était tapissé de peaux de bêtes : ours, zèbres, girafes. Il y en avait partout. J'étais cernée par des animaux sauvages !

* * *

— Alors ? La petite a pu se faire ça toute seule ? me demande Fruge pendant que j'asperge de l'eau distillée sur mes orchidées et les autres plantes. Elle aurait ouvert le barillet avec ses petites mains ? Inséré une balle ?

— Non, je n'y crois pas.

Je range mon vaporisateur sur un rayonnage de ma bibliothèque qui croule sous les ouvrages de médecine et de droit – pour la plupart, de vieux volumes tout écornés, abondamment annotés durant mes études.

— Vous avez vu comment elle est ? Une vraie crevette ! poursuit Fruge tout en mangeant devant la caméra. Je lui donnerais au mieux quatre ans. En tout cas jamais sept.

— Oui, elle plutôt chétive pour son âge. Quatorze kilos pour à peine un mètre, réponds-je alors que la colère bouillonne en moi. À mon avis, elle souffre de malnutrition, et son corps est une carte des sévices.

— Et ils se font passer pour des saints ! Ils donnent de l'argent aux bonnes œuvres, se font prendre en photo avec des gamins à la moindre occasion. De sales hypocrites !

— C'est classique. En particulier quand il y a maltraitance à enfant dans le foyer.

— Ils doivent payer pour ça, voilà ce que je dis !

— Si on parvient à prouver leur culpabilité, ce sera le cas.

— Vous avez des pistes ? s'enquiert-elle en prenant une nouvelle gorgée de son soda.

— Aux rayons X, j'ai relevé d'anciennes fractures sur ses membres – beaucoup –, dont une en spirale de la diaphyse de l'humérus gauche, preuve que son bras a été tordu violemment.

— Mon Dieu ! Je veux tellement les coincer !

Elle mord à nouveau dans son hamburger.

— Il y a aussi des cicatrices sur ses fesses, dans le dos et sur les membres supérieurs, qui ressemblent furieusement à des brûlures de cigarette. J'ai repéré également des hématomes sur le crâne datant de quelques jours. Et d'autres traces de coups, encore ténues et par conséquent pratiquées peu avant sa mort, sur les épaules, le cou – ce sont ces colorations discrètes que je vous ai montrées sur la scène de crime. J'en saurai davantage demain.

— Pour des gens comme ça, j'espère que l'Enfer existe ! s'exclame Fruge en secouant la tête de fureur.

— Oh il existe, et il est sur terre.

Cachée derrière les lames du store, je marche de long en large devant la fenêtre, en surveillant le SUV.

— Il faut avoir un dossier en béton, reprend Fruge en trempant une frite dans son ketchup. (Surtout ne pas penser à la faim qui me tenaille !) Maintenant que vous avez examiné la petite, qu'est-ce qu'on peut en conclure sur le tir. On peut prouver que ce n'est pas Luna qui s'est fait ça ?

Je lui explique que la zone d'entrée est sur le quart supérieur gauche du crâne, ce qui n'est pas très naturel pour un tir auto-infligé. La balle de .22 long rifle à pointe creuse a perforé le lobe frontal et temporal et s'est logée dans le cervelet à l'arrière de la tête.

— La trajectoire est donc de haut en bas. Les labos nous en diront davantage.

— Le père a pu tirer sur elle alors qu'elle était dans son lit en train de regarder la télé. Parce que c'est exactement ça que ce salopard lui a fait, j'en suis sûre !

— C'est possible.

Je revois la chambre de la petite, décorée sur le thème Barbie, toute rose et immaculée. Encore de la poudre aux yeux. Du m'as-tu-vu.

Je n'ai aperçu aucune peluche dans la pièce, aucun portrait de famille, ni livres, ni crayons. Comme si les parents ne s'intéressaient pas à elle. Sur le coup, je me suis dit que Luna était comme ces poupées de collection dans leur cloche de verre qui trônaient sur ses étagères. J'avais l'impression qu'elles me scrutaient pendant que je me déplaçais dans la chambre pour examiner le corps.

— C'était un enfant martyr, et personne ne le savait, lâche Fruge d'une voix blanche en ouvrant un autre sachet de ketchup. Ce sont des gens riches et importants avec une enfant à problèmes, une petite qui a peur de quitter la maison et qui panique quand il y a des inconnus. C'est du moins ce qu'ils racontent.

De l'autre côté du parking, le Cadillac Escalade démarre. Les Briley abandonnent leur vigie, mais pour combien de temps ? Je n'aime pas qu'on espionne mon IML, que ce soit eux ou n'importe qui d'autre ! La sécurité est bien meilleure depuis que je suis ici. Quatre ans de travail ! Mais rien n'est jamais infaillible.

Mes vigiles n'ont pas le droit d'être armés, ni d'arrêter qui que ce soit. Et je ne peux en avoir qu'un seul par roulement. Je dépends donc du bon vouloir de mes amis à la police pour me fournir des renforts au besoin.

— Blaise, vous pourriez demander à quelques voitures de patrouiller dans le coin le temps que ça se tasse ? Je me méfie de Ryder Briley. Et encore plus maintenant.

— Pourquoi ? s'inquiète Fruge. Il y a du nouveau ?

— Je me rends sur une autre scène de crime. Près de la Virginie-Occidentale. Et ça s'est passé dans l'une de ses propriétés. C'est tout ce que je sais.

— Vous pensez que les deux affaires peuvent être liées ? demande-t-elle en remballant son reste de Whopper.

— Aucune idée. Pour l'instant.

4.

Alors que nous nous disons au revoir avec Fruge, mon attention est attirée par les écrans de surveillance. Il y a un problème avec la caméra dans l'aire de livraison. Le moniteur provenant de cette zone devient soudain tout noir. J'envoie aussitôt un message à Wyatt Earl, notre vigile de garde, pour lui demander ce qui se passe.

`Je ne sais pas. Je viens juste de le remarquer`, me répond-il.

Brusquement, les images reviennent. Je peux de nouveau voir l'aire dans son entier. Le fourgon blanc que j'ai remarqué plus tôt est garé sur le côté. Il y a un logo sur la porte latérale, mais je ne parviens pas à le lire. Quelqu'un, en combinaison marron, fait le tour du véhicule et se dirige vers le hayon arrière. La porte roulante est relevée jusqu'en haut, le soleil et le ciel bleu illuminent la grande salle.

`C'est bon. Les caméras fonctionnent à nouveau`, annoncé-je à Wyatt par texto.

`Je ne sais pas d'où vient ce bug`, me répond-il.

Je lui indique que des voitures de police vont patrouiller pour surveiller le secteur. Je lui donne aussi les plaques d'immatriculation du Cadillac Escalade. Au moment où je referme les lattes du store, mon téléphone sonne une nouvelle fois. L'écran indique : *appel inconnu*.

— Allô ? (Pas de réponse. J'attends quelques secondes, j'entends la radio ou une télévision en arrière-plan.) Allô ?

Je raccroche. Qui peut bien connaître mon numéro de portable ?

Je ne le donne qu'à très peu de gens. Tout comme celui de la ligne directe de la salle d'autopsie. Je me souviens de Norm Duffy, le vigile que j'ai mis à la porte l'automne dernier, je revois ses yeux froids, ses lèvres pincées de colère quand il m'avait traitée de connasse. Il se la coulait douce quelque part – comme toujours – alors qu'une tueuse était entrée dans le bâtiment. Norm n'avait pas bougé. Et je le soupçonnais aussi de voler du matériel...

L'un des pires employés que j'ai eus. Il était dangereux pour tout l'IML. Son agressivité, sa négligence mettaient tout le monde en péril. Chaque jour, je me félicite qu'il ne soit plus ici. Pendant un temps, il m'a laissé des messages de menace, me disant qu'il allait porter plainte pour licenciement abusif. Depuis, je n'ai plus de nouvelles de lui. J'espère qu'il est passé à autre chose. Mais ce n'est qu'une supposition. Peut-être même un vœu pieux ?

Si ce n'est pas lui qui appelle, c'est quelqu'un d'autre. Mais qui ?

Malheureusement la liste est longue. Je me suis fait beaucoup d'ennemis. J'entre dans ma salle de bains privative. (Sans doute l'unique privilège de ma fonction !) Je ferme la porte, ôte mes sabots de caoutchouc et ma blouse. Il est 12 h 30 et je n'ai pas le temps de prendre une douche. Je mouille un gant, ajoute une giclée de savon antibactérien censé avoir une agréable senteur herbacée – un pur mensonge, bien sûr !

Je me gargarise avec du bain de bouche. Et c'est le moment que choisit mon mari, Benton Wesley, pour m'appeler ! Je suis contente d'entendre sa voix. Je ferme le robinet, allume le haut-parleur.

— Je voulais m'assurer que tu vas bien, tant que j'en ai encore l'occasion. Je sais que tu vas retrouver Lucy à l'aéroport.

— Je comptais t'appeler mais je ne me faisais guère d'illusions. À tous les coups, tu étais coincé à la CIA.

— Je suis de retour au bureau, à cause de ce qui s'est passé.

Profileur de formation, mon mari est analyste au Secret Service en cas de crise. Bien sûr, il sait ce que m'a dit Lucy – et en sait sans doute bien davantage.

— C'est triste pour Sal. Je n'ose imaginer ton état. Ce doit être horrible pour toi, me dit-il. (Oui, c'est horrible ! Plus que personne ne peut l'imaginer.) Et ce n'est que le début, Kay.

— C'est déjà bien assez pénible comme ça, dis-je en étalant de la crème hydratante sur mes mains et mon cou. J'aurais pu éviter ça, si j'avais fait attention. J'étais avec lui juste avant. Ça n'arrête pas de tourner dans ma tête.

— Tu ne pouvais rien y faire.

— Je ne cessais de lui rabâcher mes conseils pour sa sécurité ! dis-je en ouvrant le placard, à peine plus grand qu'un casier de vestiaire.

— Moi aussi, je l'ai mis en garde. Chaque fois qu'on se voyait tous les trois. Mais il ne voulait rien entendre.

— Je sais. Une vraie tête de mule. (Je récupère un pantalon cargo, un tee-shirt.) Au bout d'un moment, j'ai baissé les bras. Et je n'aurais pas dû.

— Il voyait toujours ce qu'il y avait de bon chez les gens, même s'ils étaient irrécupérables. (Benton a toujours été bienveillant envers Sal. D'autres maris le seraient moins !) Et c'est pour ça qu'il s'est arrêté sur la route hier soir, alors qu'il se rendait à l'hôtel. Peut-être quelqu'un a-t-il feint d'être en panne…

— Toujours prêt à aider son prochain, il était comme ça…

Je ferme le placard et m'assois sur la cuvette des toilettes.

— Celui qui a fait ça connaissait son altruisme, poursuit Benton de sa voix suave de baryton. (Une voix qui m'apaise toujours, quelle que soit la situation.) C'est la première règle pour tout assassin : être bien renseigné sur sa victime.

— J'en conclus que tu n'adhères pas à la thèse de l'OVNI.

J'enfile mon pantalon de toile.

— On sait effectivement qu'un PAN est passé dans le secteur. Un point lumineux repéré par les radars et par tout un tas de systèmes de détection. Un écho indéchiffrable.

— Je n'aime pas ça. Cela risque de parasiter notre enquête. C'est peut-être le but recherché ?

Je passe le tee-shirt noir avec son écusson brodé du service de la médico-légale.

— Non, je ne pense pas que c'était voulu. Simuler ça n'est pas une mince affaire. Il y a bien eu un PAN. Mais cela ne veut pas dire qu'on a affaire à une soucoupe volante, un vaisseau extraterrestre, à des êtres venus d'une autre dimension ou de je ne sais quoi.

— Pourquoi quelqu'un ferait du mal à Sal ? Tu as une piste ?

— Il avait accès à des informations sensibles qui intéressent nos ennemis.

— Et ce serait le mobile ?

— Possible. Du moins l'une des raisons.

— Quel ennemi ?

— C'est toute la question.

— Pourquoi le laisser dans ce parc d'attractions ? C'est quand même troublant. Il se trouve que je connais bien l'endroit parce que j'y suis allée souvent avec Lucy. Et comme par hasard, ce parc appartient à Ryder Briley dont je viens d'autopsier la fille.

— Oui, c'est troublant. Je n'en sais pas plus, sinon que le lieu, ce parc du Pays d'Oz, n'a pas été choisi au hasard. Le but était de causer un choc. Ou de se moquer du « Chasseur d'ET ». Ou bien, il y a d'autres motivations, plus personnelles.

— Comment ça ?

— Tu l'as dit toi-même, Lucy adorait cet endroit quand tu l'y emmenais. C'est donc un lieu chargé en émotions pour elle.

— Je ne vois pas le rapport avec l'OVNI repéré dans la zone.

— Il nous manque trop de données pour l'instant, Kay. Mais nous devons agir avec d'extrêmes précautions. D'ailleurs, nous te présentons d'avance toutes nos excuses pour les désagréments à venir.

Quand mon mari commence à employer le « nous », c'est mauvais signe. Et cela ne loupe pas : il m'explique qu'il ne peut me révéler où aura lieu l'autopsie de Sal, qu'on me donnera des détails plus tard, au moment opportun. Et inutile d'espérer lui tirer les vers du nez. Dans ces cas-là, Benton est une tombe.

— Encore une fois, je suis désolé des tracas que cela va te causer.

Autrement dit : les examens post-mortem n'auront pas lieu dans mon IML.

Et je ne vais pas pouvoir utiliser le MOBILE (pour Module opérationnel des biorisques létaux) qui se trouve dans le camion semi-remorque garé sur notre parking. D'ordinaire, c'est avec lui que nous intervenons en cas de dangers biologiques, mais le Secret Service a visiblement une autre idée en tête.

— Pour une affaire aussi sensible, il vaut mieux que le corps ne soit pas examiné dans un IML de district. Nous avons un lieu plus adéquat.

Bien sûr je pense à la base de l'US Air Force de Dover qui reçoit toutes les victimes concernant le ministère de la Défense.

Je connais bien sa morgue et ses installations. J'ai pratiqué souvent des autopsies là-bas. Mais Benton m'annonce que ce n'est pas là que sera emporté Sal. Je ne connaîtrai le lieu qu'une fois arrivée sur place.

— Je suis désolé de ne pouvoir t'en dire plus, insiste-t-il.

— Je comprends votre besoin de discrétion, concédé-je en enfilant mon tee-shirt. Mais nous devons travailler sur cette affaire avec une certaine transparence. À quoi bon me faire venir là-bas si le Secret Service me laisse sur la touche ? Je compte faire mon boulot comme je l'entends, et je prêterai serment de ne rien divulguer.

— Nos labos et les tiens mèneront les recherches en parallèle, et en totale indépendance. Vous aurez accès à tous les échantillons et prélèvements, mais le corps restera chez nous. Nous voulons éviter que l'affaire s'ébruite, garder le secret le plus longtemps possible. Et quand cela fuitera, il nous faudra gérer les conséquences. C'est précisément ce point tactique que je veux présenter en réunion.

Ses collègues l'attendent en salle de crise. Je ne sais pas si nous aurons l'occasion de nous voir, ou même de nous reparler. C'est comme cela depuis le début tous les deux. Je suis habituée, mais cela ne signifie pas pour autant que j'apprécie.

Nous nous sommes rencontrés quand un tueur en série s'est mis à violer et à étrangler des femmes à Richmond, peu après ma prise de fonctions là-bas. Benton était le grand profileur du FBI. À l'époque, il dirigeait l'unité des sciences du comportement – à Quantico. Il était beau, riche, originaire d'une illustre famille de Nouvelle-Angleterre, et avait une charmante épouse. Il était fringant comme un mannequin de *GQ* et conduisait une grosse BMW. Bien sûr, le pensant imbu de sa personne, satisfait de sa réussite et de ses origines, je m'étais préparée à le détester !

Pourtant, quand il était entré dans la salle de réunion cet après-midi de juin, il s'était passé exactement le contraire. L'attirance entre nous deux avait été aussitôt palpable, électrique. Et aujourd'hui, dans ma salle de bains, je me regarde dans la glace et pense aux années qui ont défilé. L'image que me renvoie ce miroir est impitoyable. Et la mort de Sal n'arrange rien, elle fait remonter bien trop de souvenirs.

Sal n'était pas mon premier amour, ni le plus important. Mais il est arrivé au moment où j'en avais le plus besoin. Sans Sal, jamais je n'aurais été prête pour Benton. Je passe du baume hydratant sur mes lèvres, m'enduis le visage de crème solaire. La lumière implacable du plafonnier creuse mes rides. Et mes vêtements de terrain ne sont pas particulièrement glamours ! Le pantalon cargo et le tee-shirt ne ressemblent plus à rien après tous ces passages en machine.

C'est l'excuse que je m'invente, mais je sais ce que dirait ma sœur Dorothy. J'entends toujours ses critiques acerbes quand je plonge dans l'introspection, quand je dissèque mon âme comme le corps de mes cadavres.

* * *

J'éteins la lumière. En sortant de la salle de bains, je trouve ma secrétaire dans ma pièce, s'activant à vaporiser du Lysol. Elle a son agenda dans les mains.

— Je préfère désinfecter quand vous revenez de la morgue. On n'est jamais assez prudent, m'explique Shannon en lâchant une nouvelle giclée avant de ranger le flacon dans l'une de ses nombreuses poches. Surtout en ce moment !

Sur son visage d'ordinaire jovial, son sourire sonne faux.

— Je comprends. Et comme ça, je sais que vous êtes passée dans mon bureau.

Ma remarque n'est pas anodine. Je suis certaine qu'elle écoutait à la porte de la salle de bains quand je parlais à Benton.

Cela signifie qu'elle est au courant de la mort de Sal, ce qui explique cette tension chez elle. Shannon, ancienne greffière et monstre sacré au palais de justice, est – pour reprendre les termes de Marino – une fouine avec une ouïe de chauve-souris. La plupart des gens ne se méfient pas d'elle, la considèrent comme une douce excentrique. Alors ils parlent librement même quand elle est à côté, et chaque jour je me félicite de l'avoir embauchée. J'arrive désormais sereine à l'IML. Je ne me demande plus quel mauvais coup a pu me jouer ma secrétaire, comme c'était le cas avec la précédente qui n'avait pas son pareil pour saboter mon travail.

Ce matin, on ne s'est pas vues, Shannon et moi. Comme à son habitude, sa tenue est un assortiment de vêtements vintage, sans véritable harmonie de formes, de textures ou de couleurs. Un gilet jaune à motifs cachemire sur une tunique vert émeraude, une grande jupe bleu ciel, des bas résille et des baskets rouges montantes. Un ensemble qui pique les yeux. Shannon est petite, ne dépasse pas le mètre cinquante, adore les bobs anciens, semblables à celui fuchsia qui est aujourd'hui vissé sur sa tête et d'où dépassent des mèches rose bonbon.

— À ce que j'ai entendu, vous avez eu une conversation pénible au téléphone tout à l'heure, lui dis-je. (Je prends ma paire de rangers et m'assois à mon fauteuil de bureau.) Je suis désolée qu'on vous harcèle ainsi, mais cela n'a rien de surprenant après ce que j'ai vu hier chez les Briley.

— Le père est un odieux personnage, il n'arrête pas de jurer au téléphone ! Je me fiche de savoir qui il est ou s'il est plein aux as. C'est une personne détestable. J'ai enregistré toutes nos conversations. Et je l'ai prévenu ! Il n'arrête pas d'appeler. À votre place, docteur Scarpetta, je ne le prendrais pas en ligne.

— Je vais laisser la police s'occuper de lui. (J'enfile mes grosses chaussures.) Oui, c'est un sale type, arrogant, méprisable. Il y a quelques minutes, il était garé devant le parking avec sa femme. Elle sirotait une bière tout en filmant les allées et venues de nos employés.

— Cela ne m'étonne pas. Il était donc à cent mètres de nous pendant qu'il m'insultait au téléphone parce qu'il voulait récupérer le corps.

— Même pas en rêve !

— Il voulait, je cite, voir sa « *pauvre petite chérie* » avant que les pompes funèbres n'effacent votre « *travail de boucherie* » et « *les fausses preuves que vous fabriquez pour vos politiciens véreux* ». Il s'imaginait pouvoir entrer ici comme dans un moulin et fourrer son nez partout.

— Mais vous lui avez expliqué que, pour des raisons d'hygiène et de sécurité, nous ne pouvons accepter aucun visiteur, commentai-je. La police ne le laissera pas entrer, ni lui, ni son épouse, tant que nous ne saurons pas comment est morte leur fille.

— Il se croit au-dessus des lois, et s'imagine qu'aucun règlement ne s'applique à lui, poursuit Shannon de plus en plus inquiète. Et non, il n'a pas le cœur brisé. *Sa pauvre petite chérie*, c'est du flan !

— J'ai demandé à Wyatt d'ouvrir l'œil.

Je noue mes lacets. Ma secrétaire ne me quitte pas du regard. Ses yeux bleu ciel sont rivés sur moi, comme si elle attendait quelque chose, des réponses à une affliction qui n'a rien à voir avec Luna Briley. Je sais que Shannon appréciait beaucoup Sal Giordano. Son visage s'éclairait chaque fois que l'on parlait de lui. Et elle était toute chose quand il appelait. Elle devait espérer qu'un jour il l'inviterait à boire un verre. Ces derniers temps, Shannon supporte de moins en moins la solitude.

Notre institut médico-légal est une île déserte comparée au palais de justice où elle était connue comme le loup blanc. Shannon vit seule à Old Town, sa fille habite Richmond, à plusieurs heures de route d'Alexandria. Le reste de sa famille est en Irlande, ou morte. Benton et moi l'invitons à dîner de temps en temps, mais son mal-être s'est aggravé voilà cinq mois, quand l'IML a été attaqué.

En plus de moi, beaucoup de gens auraient pu mourir si l'assaillante avait croisé quelqu'un dans les couloirs, ou si elle n'avait pas été neutralisée. Shannon n'est pas la seule à garder ce traumatisme. Certains de ses collègues ont même démissionné. Depuis, il y a chez elle une tension, une inquiétude permanentes.

— Vous partez au front ? s'enquiert-elle en regardant ma tenue. En tout cas dans un endroit déplaisant, c'est ça ? Vous pouvez m'en dire plus ?

— Que savez-vous déjà ? Puisque vous avez écouté ma conversation avec Benton quand j'étais dans la salle de bains. (Je n'ai pas le temps de tourner autour du pot.) Entendre c'est une chose, espionner c'en est une autre. Et dans votre cas, ce n'est pas une bonne idée. Pour votre propre sécurité.

— J'étais venue juste poser des papiers sur votre bureau et, oui, j'ai surpris votre conversation, avoue-t-elle. Il paraît que M. Giordano a disparu et a été retrouvé mort dans un parc d'attractions, près de la Virginie-Occidentale. C'est vrai ? (Voyant que je ne réponds rien, son visage blêmit, ses yeux s'embuent de larmes.) Oh mon Dieu... C'est terrible.

— C'est pire que ça.

Je me lève de mon siège et lui tends une boîte de Kleenex.

— Il était si gentil avec moi, il avait toujours le temps de prendre de mes nouvelles...

— Sal était comme ça, attentionné avec tout le monde. (Je m'éclaircis la gorge.) Je sais qu'il vous aimait beaucoup.

— Et il était si humble, si simple. Personne n'aurait deviné qu'il avait reçu le prix Nobel. (Elle se tamponne les yeux.) Je n'ose imaginer ce que vous ressentez. Il n'y a pas de mots pour ça.

— Le corps n'a pas encore été officiellement identifié, et l'affaire est confidentielle, lui rappelé-je.

— Comment peut-on faire ça à des gens comme lui ? (Elle ravale de nouvelles larmes.) Il a toujours été leur plus ardent défenseur, leur allié le plus loyal. Cela n'a aucun sens. Je n'y crois pas une seconde. Ce n'est pas eux qui ont fait ça.

— Qui ça, eux ?

— Je vous ai entendue parler d'OVNI...

Elle écoutait bien aux portes !

— Encore une fois, Shannon, pas un mot. À personne ! Il ne faudrait pas que cela s'ébruite.

— Je trouve ça inquiétant parce que tout le monde savait que le Dr Giordano cherchait à entrer en contact avec des aliens. Bien sûr, nous ne devons plus les appeler comme ça. C'est stigmatisant. Il vaut mieux dire les *Autres*. Mais je ne les vois pas lui faire ça, ni à lui, ni à qui que ce soit, à moins qu'on cherche à leur nuire.

— Nous ignorons les faits. En réalité, nous ne savons quasiment rien.

— Ils nous auraient anéantis depuis des lustres s'ils le voulaient. Voilà ce que je pense. Le vrai danger, ce sont les humains.

— Le mal est dans notre nature.

Et je soulève une latte du store pour m'assurer que le Cadillac Escalade n'est pas de retour.

5.

— Si les *Autres* voulaient nous détruire, on ne serait pas de taille à lutter, poursuit Shannon. (Cela me rappelle que la moindre rumeur en ce domaine peut engendrer une panique générale.) Vous imaginez ça ? S'ils se mettaient à nous traiter comme des animaux ? Ce serait une horreur ! Mais non, je pense qu'ils ont plus de respect que nous.

— Ce sont les humains qu'il faut craindre. Ce sont eux qui apportent la mort à notre porte.

Je fouille le tiroir à côté de la machine à café.

— C'est pour ça que les *Autres* sont ici, poursuit Shannon. Pour nous aider avant qu'il ne soit trop tard.

— En tout cas, s'ils ont des solutions, je suis preneuse.

Je dépose sur la table des barres de céréales et des sachets de cacahuètes.

— Quand j'étais petite, à Galway, je voyais des lumières bizarres danser la nuit au-dessus du Corrib et de l'océan, reprend Shannon, perdue dans ses souvenirs d'enfance en Irlande. Mon père me disait qu'il s'agissait du Peuple des Étoiles et qu'il veillait sur nous. Il m'expliquait que nous avions été créés par des êtres habitant une autre galaxie, et je trouvais ça merveilleux.

— Oui, il y a une théorie qui soutient que la vie est d'origine extraterrestre, qu'elle aurait été apportée sur terre par des êtres venant de l'espace. (Je range mes snacks dans ma sacoche.) Par « les *Autres* » comme vous dites.

— Un jour, un vaisseau a atterri dans la ferme à côté de chez nous. J'étais toute petite à l'époque, mais ça m'a marquée. Notre voisin, qui avait tout vu, disait que ça ressemblait à une grande toupie à l'envers, avec plein de lumières bleues dessous. Il y avait encore le cercle d'herbe brûlée que l'engin avait laissé.

— Shannon...

— Le voisin nous a alors décrit ces êtres, pas plus grands que des enfants, qui flottaient au-dessus du sol, des petits êtres gris avec de grands yeux noirs. Tous pareils. Tous identiques. Ils n'avaient pas de pouce, mais des doigts longs et fins, comme des griffes. Ils semblaient intrigués par mon voisin, le regardaient avec curiosité, mais sans la moindre animosité. Alors qu'ils auraient pu l'attaquer s'ils le voulaient...

— Je n'ai aucune envie d'entendre ce genre d'histoires, pour le moment. Et surtout pas celles de rencontres du troisième type, dis-je en prenant mon sac de voyage toujours prêt, contenant des affaires de rechange et un nécessaire de toilette. Marino et moi allons retrouver Lucy à l'aéroport. Je ne sais pas quand nous serons de retour, car c'est le Secret Service qui dirige les opérations. Je vous donnerai des nouvelles dès que possible. En attendant, annulez tous mes rendez-vous de la journée.

— À 13 heures, vous aviez une interview avec le *Telegraph*, et ensuite, avec qui d'autre encore... (Elle sort ses lunettes d'une de ses poches, et ouvre son agenda.) Ah oui, le *Boston Globe* et le *Washington Post*.

Je récupère mon téléphone satellite. Chaque fois que Sal se rendait à Green Bank, je lui demandais d'en prendre un avec lui. L'observatoire se trouve au centre de la National Radio Quiet Zone, un secteur « zéro émission radioélectrique ». Aucune antenne relais de téléphonie, aucun système de communication sans fil. Tout est banni.

Seul un téléphone satellite peut fonctionner dans la Quiet Zone. Mais Sal refusait de les utiliser pour ne pas perturber les écoutes, qu'il s'agisse du grand radiotélescope de Green Bank, comme ceux top secret de la NSA à la Sugar Grove Station.

— Quoi d'autre, Shannon ?

— Vous aviez aussi votre rendez-vous avec la gouverneure à 17 heures, comme tous les mois.

— Il faudra reporter.

— Elle sera déçue. (Une façon polie de me dire qu'elle va être furax.) À tous les coups, elle voulait vous parler de Luna Briley, et on sait pourquoi. Puisque le père est son ennemi juré.

— Je n'aurais rien pu lui dire de toute façon. Expliquez-lui que j'ai été appelée en mission à l'extérieur et présentez-lui mes plates excuses.

Je reçois un texto de ma sœur Dorothy :

Le Refuge ce soir ? 19 h 30 ? Je te raconterai mon WE fabuleux et ma remise de prix ! Tu auras TOUS les détails ! Après toutes ces émotions, un dîner tranquille en famille me fera le plus grand bien.

— Si on me demande où vous êtes, je réponds quoi ? poursuit Shannon en scrutant l'agenda avec ses lunettes roses posées au bout de son nez.

— Que je suis partie dans une zone où il n'y a pas de réseau.

Je réponds au SMS de Dorothy. Je lui explique que le dîner au restaurant ce soir est impossible. Car Marino et moi partons sur une affaire à l'autre bout de l'État. Bien sûr, elle devrait savoir tout ça. Apparemment Marino ne l'a pas informée. Ils sont mariés et donc censés communiquer non ? Cela prouve qu'il y a un souci entre eux.

— Bug Off est ici, m'informe Shannon. C'est pas trop tôt, vu les soucis qu'on a dans l'aire de livraison !

— Bug Off ?

Ce nom ne me dit rien.

— C'est une société de désinsectisation, sous contrat avec l'État.

— Jamais entendu parler.

— C'est un nouveau venu chez nos fournisseurs. Au revoir le petit gringalet qui ne pensait qu'à filer dès qu'on avait le dos tourné. Vous vous souvenez, le type tout voûté avec des yeux bizarres… Cette fois, c'est une femme qui a rappliqué. Elle a débarqué sans prévenir personne, d'ailleurs. Et elle n'a pas l'air commode !

Elle désigne l'écran de surveillance. L'employée est vêtue d'une combinaison des pieds à la tête, et son visage est caché par sa visière en plastique. Elle porte dans le dos un gros bidon de pesticide. Perchée sur une échelle, à plus de dix mètres du sol – sans longe de sécurité ! –, elle tient d'une main un barreau, et de l'autre la perche de son pulvérisateur. Elle balance des giclées de produit sur le nid de frelons, l'enveloppant d'un nuage toxique. Les insectes s'agitent, deviennent fous furieux.

— Cela paraît très dangereux. J'espère qu'elle ne va pas tomber. On voit assez de morts ici, marmonne Shannon. Pour rien au monde, je ne ferais ce boulot !

— Demandez-lui si elle peut aussi s'occuper des moustiques. On est envahi. Ce serait gentil de sa part. Cela fait des semaines que quelqu'un devait venir traiter !

— M'en parlez pas ! Je les appelle depuis février ! Je vais aller lui en toucher deux mots. Voir si elle accepte. Sinon, on est bons pour attendre jusqu'à la Saint-Glinglin !

Le téléphone sonne de nouveau dans le bureau de Shannon.

* * *

Ma secrétaire vient juste de retourner dans son bureau quand Marino fait irruption dans le mien, en tenue de combat, pistolet à la ceinture, avec dans les bras deux crosses caisses de terrain – pourtant équipées de roulettes et de poignées rétractables pour les tirer. Il les pose lourdement au sol. Elles doivent bien peser vingt-cinq kilos chacune ! Tout son visage, jusqu'au sommet de son crâne rasé, est cramoisi sous l'effort. À l'évidence, il a encore pris l'escalier, persuadé que notre ascenseur lui en veut personnellement !

— La journée va être longue, lui dis-je. J'espère que Dorothy et toi avez pu vous reposer ce week-end.

— Tu parles ! réplique-t-il avec aigreur.

Je ne suis pas surprise. Ils sont revenus à Alexandria ce matin, après un séjour de trois nuits à Atlantic City, où ma sœur devait recevoir un prix prestigieux comme influenceuse sur les réseaux sociaux. Marino n'est pas un joueur et n'avait aucune envie de dépenser son argent dans les casinos de la ville. En outre, depuis la pandémie, la prolifération des émeutes et des attentats, il évite les foules comme la peste.

— Dorothy était en veine avec les machines à sous, du moins selon ses critères. Pas moyen de lui faire lâcher ces satanés leviers ! Et je ne te parle pas du dîner de gala qui n'en finissait pas. Et bien sûr, après elle est retournée à ses bandits manchots !

— Le principal, c'est que vous avez passé du temps ensemble en amoureux, ailleurs qu'à la maison.

— Atlantic City n'est pas vraiment le genre d'endroit auquel je pensais. Quel intérêt de gagner des gobelets remplis de petites pièces ! grogne-t-il. Tu parles d'un romantisme ! Hier soir, il y avait un concert des Blues Brothers. Et comme une midinette hystérique, elle a foncé sur Dan Aykroyd pour lui demander de signer sa grenouillère. Franchement, elle abuse… elle a de la chance que j'aime bien cet acteur.

Je passe la tête à la porte de Shannon. Elle pianote sur son clavier, un casque audio vissé sur les oreilles, et tape à une vitesse sidérante. Je lui fais signe que nous partons Marino et moi.

— … et après, ç'a été concours de karaoké dans un bar, poursuit-il. Dorothy a refait son grand numéro avec Cher, toute contente de gagner un billet de cinquante dollars. Et bien sûr, on a dépensé le double en boissons.

— Ce n'était pas pour l'argent qu'elle est montée sur scène, tu le sais.

Je passe mes deux sacs en bandoulière.

— Oui. C'est on ne peut plus clair !

— Ton pick-up est chargé ? On est parés ?

— J'ai pris tout ce qu'il faut, y compris les EPI catégorie 3 ! Ainsi que le compteur Geiger. Tu veux bien m'expliquer ce qui se passe ! Où va-t-on ? Pourquoi doit-on voler par ce temps pourri ? Qu'est-ce qu'il y a de si urgent ? Le mort ne va pas ressusciter et se barrer !

Je lui révèle ce que je sais et qu'il s'agit de Sal Giordano. Il a beau voir qui c'est, il ignore son importance à mes yeux. Marino doit sans doute se souvenir qu'au moment où c'était professionnellement compliqué pour moi à Richmond, j'ai passé un été à enseigner à Rome. Mais je ne lui ai jamais parlé de ce qui était arrivé là-bas. À mon avis, il l'aurait mal pris.

— Pas étonnant, puisque Giordano tentait d'entrer en contact avec des extraterrestres, se souvient Marino tandis que je verrouille la porte de mon bureau. Lui et ses copains du SETI n'arrêtent pas de balancer des signaux dans l'univers pour les attirer. C'est chaud. Qui te dit que les ET sont nos amis ?

— Quand le Secret Service parle de PAN, cela signifie juste qu'on n'a pas identifié l'engin. Ce n'est pas forcément une soucoupe volante.

— Certains phénomènes sont explicables. Pas tous. Et si le bidule reste un mystère, c'est parce que c'est fabriqué ni par les Russes, ni par les Chinois, ni par aucun humain, point barre, déclare Marino. Des engins extraterrestres nous rendent visite tout le temps, et ce depuis un bail.

— On ne sait pas si un OVNI est impliqué dans la mort de Sal, insisté-je.

— Tu veux dire que Giordano n'a pas été pris dans un rayon pendant qu'il conduisait puis téléporté dans leur vaisseau ? Que des aliens n'ont pas fait sur lui un tas d'expériences en lui pompant le cerveau ? Je te rappelle que ton engin a laissé un agroglyphe et qu'il a disparu des radars. Qu'est-ce qu'il te faut de plus, Doc ?

— Ce ne sont que des supputations. Pas des faits.

Les sangles de mes sacs me meurtrissent déjà l'épaule.

— Et, comme par hasard, le corps a été abandonné dans le parc du Pays d'Oz.

— Pour info : l'endroit appartient à Ryder Briley.

— Tu crois qu'il est mêlé à la mort de Giordano ? Benton est aussi de cet avis ?

— Pour l'instant, il y a trop de questions sans réponse.

— En attendant, ce que t'a décrit Lucy ressemble comme deux gouttes d'eau à une rencontre avec un OVNI. Et c'est courant dans ce coin de la Virginie. Dans les années 1960, un vaisseau a carrément atterri à côté de Staunton. Et des petits gris étaient à bord. Il y a eu un max de témoins, poursuit Marino comme s'il énonçait une vérité scientifique.

— Ce qu'on a repéré ce matin peut très bien être la signature d'un aéronef expérimental que les radars et autres systèmes ne connaissent pas. Comme nos tests toxicos qui n'identifient pas une molécule parce qu'elle est trop récente ou trop ancienne pour figurer dans les fichiers, réponds-je en jetant un coup d'œil au panneau « SORTIE DE SECOURS » qui luit au bout du couloir.

— On connaît sa forme ? Une soucoupe, une sphère, un triangle ? Un cylindre peut-être ? Qu'est-ce qu'ils disent à ce sujet ?

— Pas grand-chose. Juste que l'engin était là.

Je m'arrête devant les portes de l'ascenseur. Marino blêmit, comme si je pointais une arme sur lui.

— Pas question d'entrer là-dedans !

Pour toute réponse, j'enfonce le bouton d'appel.

— Prenons les escaliers, s'il te plaît.

— Désolée. Une autre fois. On est trop chargés.

— On va se retrouver coincés comme des rats, grommelle-t-il en pénétrant dans la cabine. (Nous posons notre matériel.) Ce truc n'a jamais marché ! C'est une antiquité !

— Je suis bien d'accord, mais on n'a pas le budget pour le remplacer. (J'appuie sur « rez-de-chaussée ». Les portes se referment dans un grincement de métal.) Au fait, la désinsectisation est là. Les frelons ne sont pas contents.

— J'ai vu. J'ai fait attention en chargeant le Raptor, dit-il alors que l'ascenseur bringuebalant amorce sa descente. J'espère que ce machin ne va pas encore tomber en rideau !

Quand nous dépassons le premier étage, les lumières vacillent soudain. La cabine est traversée de secousses, puis s'immobilise.

— Merde ! Je l'avais dit ! (Il appuie frénétiquement sur le bouton.) Un de ces quatre on va y rester. Soit on va s'écraser comme des merdes, soit mourir asphyxiés.

— Pourquoi dois-je passer mon temps à tous vous rassurer ? marmonné-je. Je ne suis pas votre mère, les gars !

— Et bien sûr, pas de réseau ! fulmine Marino dans sa bulle, en agitant son téléphone au-dessus de sa tête. En même temps, je ne vois pas qui on pourrait appeler à l'aide !

L'ascenseur redémarre. Puis s'arrête. Puis repart. Bon an mal an, nous parvenons au niveau de la morgue. La cabine stoppe, soubresaute. Les portes s'ouvrent dans un râle d'acier.

— Il fonctionnait très bien ce matin quand je suis arrivée, fais-je remarquer en nous dirigeant vers la sortie.

* * *

En suivant le couloir, nous passons devant la salle de conservation des pièces. Derrière les vitres, je reconnais les affaires appartenant aux patients de notre sinistre établissement.

Chaque affaire ensanglantée, chaque effet personnel est étiqueté et disposé sur des tables d'examen tendues de draps blancs. Les armoires de séchage trônent au fond de la pièce, avec leurs portes transparentes. Tous les vêtements qu'elles contiennent sont destinés aux labos du premier étage.

— Ça, c'est à elle, dis-je en désignant le pyjama rose Barbie suspendu à un cintre. Tu vois les traces de sang ? En particulier les gouttes sur la face antérieure de la cuisse ?

Marino essuie la buée et scrute le petit vêtement parsemé de taches rouge sombre.

— Oui, les gouttes sont parfaitement rondes, confirme-t-il. Elles sont tombées à la verticale, ont heurté les jambes à quatre-vingt-dix degrés. Ce qui ne serait pas possible si elle se tenait debout comme on l'a précisé aux infos. La gamine devait être assise.

— Absolument.

— Officiellement, elle se baladait dans sa chambre, en jouant avec le pistolet de son père, quand le coup est parti. C'est pour ça qu'on l'a retrouvée au milieu de la pièce. Les parents étaient dehors, dans le jardin, quand ils ont entendu la déflagration.

— Oui, c'est ce qu'ils m'ont raconté, à moi ainsi qu'à tout le monde.

— Autrement dit, de la merde en barre !

On s'arrête devant la radiologie, les moniteurs affichent des images en noir et blanc. Je lui montre sur les écrans le point d'entrée, presque au milieu de l'os frontal, les fractures multiples qui en ont résulté, la forme opaque de la petite balle, logée à l'arrière du crâne. On distingue très bien les trous des dents de lait qu'elle a perdues, et l'ombre des définitives poussant dans les gencives.

— Quand elle a été tuée, elle était en pyjama, assise sur le matelas, en train de regarder la télévision, appuyée contre la tête de lit, les jambes étendues, expliqué-je. Ensuite, le corps a été déplacé, et les lieux nettoyés.

— Tu sais pourquoi ils l'auraient tuée ?

— Aucune idée. Nous savons qu'elle avait déjeuné. Et qu'elle venait de manger des bonbons avant de mourir, de type M&Ms – enrobage sucre avec cacahuète à l'intérieur. Le bol alimentaire était en partie digéré. Du poulet, des pommes de terre. Et ces sortes de M&Ms. J'ai retrouvé des débris de ces sucreries entre ses dents. C'est donc qu'elle en grignotait peu de temps avant sa mort.

Les parents ont confirmé : poulet au BBQ et frites au menu. Elle a mangé seule à 13 heures et l'IML a été prévenu vers 16 h 30.

— Elle était décédée depuis combien de temps quand tu es arrivée sur place ? s'enquiert Marino alors que nous nous remettons en marche.

— Fabian et moi, on a débarqué chez les Briley à 17 h 15. La petite était morte depuis plusieurs heures.

Nous approchons de la salle de décomposition où le voyant rouge est allumé au-dessus de la porte sans hublot.

Doug Schlaefer, mon médecin adjoint, est en train d'autopsier un noyé ; le corps est dans un état de putréfaction avancée – ce qui est normal après un séjour dans les eaux de la baie de Chesapeake. Selon des témoins, la victime serait passée par-dessus bord voilà quelques semaines, après avoir forcé sur l'alcool et la cocaïne. L'autopsie est menée dans cette pièce isolée pour éviter que l'odeur insupportable ne se propage dans tout le bâtiment.

— Je n'ai pas vu de bonbons de ce type dans la chambre. Pas plus dans la poubelle lorsque les enquêteurs de la police ont fouillé la cuisine, précisé-je. Où Luna a donc trouvé ces friandises ?

— Peut-être qu'elle est allée fouiner là où il ne fallait pas ? Et papa et maman ont piqué une crise.

— Si elle était diabétique, comme le soutiennent les parents, tout ce qui est sucré est absolument interdit.

— On a trouvé de l'insuline dans la maison ?

— Quand j'ai posé la question, Ryder Briley m'a dit qu'il allait m'apporter tous ses médicaments. Mais plus tard. Il était soi-disant trop sous le choc pour s'occuper de ce genre de chose. (Je revois son air arrogant, ses yeux froids.) Il m'a aussi assuré qu'il bannissait tout bonbon dans la maison.

— Et si Luna consomme du sucre, qu'est-ce qu'il se passe ?

— Elle risque une acidocétose, et c'est direct l'hôpital.

— Tu as passé du Bluestar ? Autour du lit par exemple ? Histoire de voir si les parents n'ont pas nettoyé les traces de sang, en pensant pouvoir nous berner.

— Oui. Et Fruge a tout filmé.

Le Bluestar est un produit qui fait apparaître la moindre trace d'hémoglobine, sous forme de tache luminescente bleue. La tête de lit, les murs – et même le plafond –, tout s'était éclairé comme un sapin de Noël. Il y en avait partout !

6.

Le couloir mène à l'aire de réception, flanqué de chambres froides et de congélateurs avec leurs voyants qui clignotent, indiquant température, hygrométrie et autres données. Quand les patients, sur leur chariot, quittent l'aire de livraison, le premier arrêt pour eux est la balance au sol. Leur taille est aussi mesurée – à l'ancienne, avec une toise en bois. On les enregistre dans l'ordinateur puis on accroche à leur orteil leur numéro de dossier.

La guérite du vigile se trouve juste à l'entrée. Derrière la vitre blindée, j'aperçois sur le bureau un sac Bojangles, un grand gobelet avec une paille, des serviettes en papier et des sachets de sauce. L'imprimante 3D est en marche. Wyatt Earl préparait des radio-étiquettes quand il a été interrompu.

Sur les écrans de surveillance, je le vois traverser l'aire de livraison où est garé le fourgon blanc de Bug Off avec sa technicienne perchée sur son échelle. Wyatt a fière allure dans son nouvel uniforme noir, flanqué du logo de la médico-légale de Virginie représentant un caducée et la balance de la justice. À sa ceinture, il porte une bombe au poivre, une matraque télescopique, et son téléphone portable qui fait aussi office de talkie-walkie.

Depuis que la gouverneure m'a alloué des fonds pour la sécurité, j'ai pu engager de nouveaux gardes et je me suis débarrassée des brebis galeuses. J'ai amélioré leur équipement, leur ai offert des formations et les ai augmentés.

Nous sommes loin d'avoir tout ce qu'il nous faut, mais le moral est bon. Sur les moniteurs, un corbillard noir et rutilant entre en marche arrière dans l'aire de livraison, accompagné des mêmes bips que sur les engins de chantier.

Wyatt arrive à grands pas, et le conducteur descend de la cabine. C'est Jesse Spanks, sinistre comme un corbeau, avec ses cheveux gominés plaqués en arrière. La copie conforme de Dracula, à en croire Marino. Cet après-midi, le croque-mort a passé un costume bleu ciel, avec une cravate à pois et pochette assortie. D'un geste théâtral, il ouvre le hayon arrière à la manière d'un magicien voulant impressionner son public.

Je ne suis pas en bons termes avec la Shady Acres Funeral Home, la grosse entreprise de pompes funèbres qui se trouve à un kilomètre de l'IML. Ils veulent que je leur envoie des clients en échange de « compensations ». Ils s'attendent à ce que j'imite Elvin Reddy, mon prédécesseur – un système frauduleux qu'il perpétue peut-être à son nouveau poste. Mais j'ai mis un terme à ce genre de collusion quand j'étais chef de la médico-légale à Richmond, et il en sera de même ici à Alexandria.

— Qu'est-ce qu'il fout ici ? marmonne Marino. J'ai le planning de tous les véhicules qui doivent passer aujourd'hui, et Shady Acres n'est pas sur la liste.

— Je parie qu'ils viennent chercher Luna Briley.

J'ouvre la porte qui mène dans l'aire de livraison. Le moteur du corbillard tourne au ralenti.

— Dans le registre, la restitution du corps n'est pas programmée, lance-t-il.

— Exact.

Nous prenons nos sacs et nos caisses et descendons la rampe de ciment. Au-dessus de nous, l'exterminatrice d'insectes balance ses giclées de poison.

Nous passons au large de son échelle. Marino n'est guère rassuré. Je perçois l'odeur du pesticide et fais attention où je mets les pieds. La plupart des frelons sont morts ou agonisent au sol. C'est une vision déprimante. Mais nous ne pouvons garder chez nous ces animaux dangereux, alors que nous accueillons souris, écureuils et autres petites bêtes égarées.

— ... on ne m'a rien dit en ce sens, répond Wyatt au croque-mort, tout en nous regardant approcher.

Spanks nous tourne le dos et ne nous a pas vus. À l'intérieur du van, j'aperçois un chariot, avec une couverture pliée. Il poursuit son baratin :

— Je m'en doutais, un souci de communication, et c'est bien le problème dans cet établissement.

— Quand la cheffe me donnera son feu vert, vous recevrez une notification. Comme d'habitude, répond Wyatt. En attendant, vous ne pouvez pas débarquer comme ça.

— À l'évidence, elle a oublié de vous prévenir de mon arrivée.

— On vous a fait savoir que nous n'étions pas prêts à restituer la dépouille.

— J'insiste : c'est une erreur du Dr Scarpetta. C'est elle qui pose problème ici, pas moi. D'ailleurs, j'ai ouï dire qu'elle avait perdu ses nerfs chez les Briley, ce qui n'est pas professionnel. Mais c'est compréhensible à son âge, avec tous les soucis qu'elle a à gérer.

Marino et moi nous sommes arrêtés pour écouter ses propos enfiellés. Spanks est prêt à tout pour parvenir à ses fins.

— Le corps ne sort pas d'ici, répète tranquillement Wyatt.

— Nous ne pouvons pas commencer à travailler tant qu'on ne nous remet pas la petite, poursuit le croque-mort d'une voix mielleuse, presque en chuchotant - comme chaque fois qu'il veut avoir le dernier mot. C'est une demande expresse des Briley. Et ils comptent être entendus.

— Les familles n'ont pas leur mot à dire.

— Et surtout, ils tiennent à ce que leur enfant chéri soit traité avec toute la dignité qui...

— Que se passe-t-il ? interviens-je.

— Oh, bonjour, docteur Scarpetta. Vous étiez là depuis longtemps ? me lance Spanks avec un sourire hypocrite.

— Juste ce qu'il faut, réplique Marino.

— C'est toujours un plaisir de vous voir, docteur, reprend Spanks avec ce même sourire digne d'une publicité Colgate.

Il me serre la main, trop fort comme à son habitude. Mais cette fois, je lui retourne la faveur. Après toutes ces années à scier des os, sectionner des organes, j'ai une poigne de boucher. Il grimace de douleur et range sa main dans sa poche. Son eau de toilette se mêle à l'odeur âcre des cadavres et du pesticide.

— Je racontais justement à votre employé notre dernière conversation.

— Quelle conversation ? Je ne me souviens pas que l'on se soit parlé.

— Vous avez trop de choses à vous souvenir en ce moment, je comprends.

— On n'a pas échangé un mot de toute l'année !

— Et pourtant Doc a de la mémoire ! renchérit Marino. Une mémoire d'éléphant !

— J'expliquais à M. Spanks, insiste Wyatt, que vous n'étiez pas prête à restituer le corps à la famille.

— C'est un tel drame. Un affreux accident, continue Spanks en secouant la tête. C'est terrible ce dont les enfants sont capables de nos jours. Apparemment, la petite pouvait se montrer très entêtée. Si petite, et déjà un fort caractère.

— On se passera de vos commentaires, gronde Marino. Comment êtes-vous entré ici ?

— Il voulait récupérer son matériel ! explique Wyatt. Quand il s'est présenté au portail, je lui ai ouvert parce qu'il m'a dit qu'il avait un chariot à lui ici et qu'il en avait besoin.

— Ah oui ? lance Marino en se tournant vers celui qui se trouve déjà, plié, dans la soute du corbillard.

— Il n'y a pas d'autre chariot appartenant à Shady Acres. Juste celui-ci, qu'il a apporté pour son petit rapt ! réplique Wyatt. (Il est si en colère qu'il en postillonne !) Ce n'était qu'un mensonge, un subterfuge pour pouvoir entrer et voler le corps.

— Luna Briley ne sortira d'ici qu'avec mon autorisation et ce ne sera pas avant un bon bout de temps. Plusieurs jours, au bas mot. Et vous êtes parfaitement au courant.

Je lui lance un regard de défi.

— C'est quand même bizarre que vous n'en ayez pas terminé avec elle. Qu'est-ce que vous lui faites ?

— Des analyses sont encore en cours.

Pas question de lui donner la moindre info.

— Je dirai aux Briley que vous ne voulez pas exaucer leurs souhaits de parents, pourtant légitimes. Entre nous, ce n'est pas une bonne idée de les agacer davantage. D'autant que M. Briley a beaucoup de relations, il connaît des gens haut placés. Carrément au sommet, si vous voyez ce que je veux dire. (Cette fois, Spanks me menace ouvertement !) Il s'est d'ailleurs déjà plaint de votre service.

— On n'en a rien à battre ! réplique Marino.

Je vois ses mains se crisper de rage, la jointure de ses doigts blanchir sur les poignées des caisses, ses muscles se tendre.

— Vous feriez mieux de partir, dis-je au croque-mort. Refaites-moi ce coup, et nous serons cette fois beaucoup moins indulgents. Wyatt, assurez-vous que monsieur soit raccompagné jusqu'à la sortie.

— À vos ordres, docteur, répond celui-ci tandis que Spanks, furieux, referme le hayon du corbillard.

* * *

Le soleil est au zénith quand nous sortons du bâtiment. Sur leurs mâts, le drapeau de l'État et le Stars and Stripes claquent au vent devant l'entrée du public – toujours condamnée et cadenassée. Les bourrasques se renforcent, le baromètre est en chute libre. La tempête approche.

— Ce qui s'est passé constitue un grave délit ! grogne Marino en chaussant ses lunettes de soleil. Tentative de vol de cadavre, rien que ça ! On a les images sur toutes les caméras. On devrait envoyer au trou ce crétin de Spanks.

— Ce ne serait pas une bonne idée, réponds-je alors que nous longeons les rangées de voitures sur le parking.

C'est toujours la pause déjeuner. Des gens continuent d'entrer et sortir.

Malgré moi, je scrute les alentours, craignant d'apercevoir le Cadillac Escalade. Le Ford Raptor noir de Marino est à une place d'angle près des grilles, à l'abri d'éventuels coups de portières.

— Pourquoi tu t'es garé si loin ?

— Pas question de charger à côté d'une bande de frelons énervés ! Sans compter le poison que l'autre balance tous azimuts ! réplique-t-il. Pour Shady Acres, on pourrait au moins déposer une réclamation sur Better Business Bureau ? Histoire de les emmerder.

— Cela ne ferait qu'envenimer la situation.

Nous dépassons notre semi-remorque, branché à son groupe électrogène. On est censé prendre le MOBILE dans des cas de figure comme celui-là.

— Ce Dracula de mes deux ne peut pas s'en sortir comme ça !

— Mieux vaut laisser couler. Il sait qu'on l'a à l'œil. Il ne tentera plus rien s'il a deux sous de jugeote.

— C'est un crétin fini ! Et il est aux ordres des Briley. Je ne comprends pas… à quoi bon voler le corps puisque l'autopsie est terminée ? (Il sort de sa poche la télécommande du pick-up.) Qu'est-ce qu'ils espèrent ? C'est un peu tard pour détruire des preuves.

— Je ne sais pas ce qu'ils avaient derrière la tête mais non, je n'en ai pas terminé. J'attends de voir si des traces de doigts apparaissent sur sa peau. Auquel cas, nous saurons que la petite a été saisie au cou, aux épaules, et brutalisée juste avant sa mort. Cela incriminerait *de facto* les parents.

— C'est pour ça qu'ils auraient envoyé Spanks ? Ils savent que tu as découvert ces hématomes ?

— J'espère bien que non.

Qui est au courant pour l'instant ? Je l'ai juste dit à Fruge. Certes Shannon peut aussi le savoir, si elle a jeté un coup d'œil aux papiers que j'ai laissés sur ma table. Quant à Fabian, il n'était pas avec moi quand j'ai examiné le corps…

— Tout ça pour dire qu'il n'est pas trop tard pour détruire les preuves, tenter de dissimuler ces marques, expliqué-je tandis que Marino appuie sur la télécommande. (Le Raptor lui répond d'un coup de clignotant.) Tu as pensé à prendre tes médocs contre le mal de l'air ?

— Oui, et j'en ai encore d'autres dans ma poche, répond-il en contemplant les nuées noires au loin. J'espère que Lucy sait ce qu'elle fait. Parce que ça va tabasser. Faudrait pas se retrouver coincés dans les montagnes ou carrément en perdition !

Nous déposons le matériel dans la benne. Il démarre le gros moteur et se faufile dans le parking bondé en direction de la sortie. Il y a une file de voitures au portail. Nous attendons notre tour. Au moment où Marino avance, la traverse rouge et blanche se met à monter et descendre comme si elle était possédée.

— Merde ! (Il pile, le pare-buffle à quelques centimètres de la barrière folle.) C'est bien ce que je dis ! Plus rien ne marche ici !

Il saute du Raptor, se précipite vers le mécanisme, trouve le bouton d'arrêt d'urgence et l'actionne. La barre s'immobilise en position basse, bloquant la sortie. Deux voitures sont derrière nous. À mon étonnement, Marino me demande de descendre du véhicule, comme s'il allait m'arrêter ! Avec des gestes autoritaires d'agent de la circulation, il me fait signe de me mettre au volant.

Il saisit le bras, le soulève haut au-dessus de sa tête et je passe dessous. Je me gare sur le côté et retourne sur le siège passager au moment où il remet le courant dans le mécanisme. Et, comme par magie, la barrière se lève et s'abaisse à nouveau sagement à mesure que les autres voitures franchissent le portail de sécurité.

— Et maintenant ça remarche ! grommelle-t-il en remontant à bord. C'est du grand n'importe quoi !

— Peut-être qu'en coupant l'alim' ça a fait disparaître le bug ?

— Non, cela ne fonctionne pas comme ça.

— Il y a peut-être eu une surtension, ou un faux contact dans un capteur.

— Je ne sais pas. Pourvu qu'on n'ait pas été piraté ! Encore une fois !

— Ne parle pas de malheur !

Nous laissons derrière nous notre vilain bâtiment de brique. Clos de grilles, notre IML a été construit à l'écart des autres édifices du complexe administratif du district. Sur les trois côtés, nous sommes cernés par des marais envahis de kudzu, et juste à côté se trouve un poste électrique qui a été attaqué à plusieurs reprises. Une grande cheminée se dresse sur notre toit en terrasse pour évacuer les fumées du crématorium. Je comprends que les gens ne veuillent pas voir ça.

Plus loin, il y a le ministère de la Santé de la Virginie, la direction des services de secours et de la sécurité publique, le bureau de l'état civil… Comparées à notre cube de brique, ces constructions sont toutes modernes et élégantes, avec de grandes vitres teintées, des parterres de fleurs, des fontaines, des bassins. Certains bâtiments possèdent même des cafétérias, des bars en terrasse et des parkings souterrains. Là-bas, il y a des parcs avec des bancs sous des arbres vénérables, les halls d'entrée sont ouverts et accueillants, et les visiteurs sont les bienvenus.

7.

Quelques minutes plus tard, nous longeons les murs de pierre qui entourent le domaine de la Shady Acres Funeral Home. Derrière le grand portail en fer forgé, un panneau publicitaire annonce : *Dites-nous vos souhaits, nous les exaucerons.* Sur l'image, des clients font du pédalo sur le lac artificiel du cimetière. Un autre panneau présente une famille endeuillée jetant les cendres du défunt du haut d'une montgolfière.

— J'ai prévenu Dorothy que nous ne serons pas dispos pour dîner, dis-je à Marino. (En apercevant le supermarché Safeway au bout de la rue, je me rappelle soudain que je n'ai pas fait de courses !) Je ne suis pas entrée dans les détails. On n'a pas pu bavarder, c'était par SMS, mais apparemment, elle était tout excitée par son prix et son week-end à Atlantic City.

— Oui, elle a pris du bon temps, répond-il en regardant droit devant lui.

Il mâchonne un chewing-gum parce que bien sûr il a envie de fumer !

— Vous vous êtes parlé récemment ?

Pourquoi ne l'a-t-il pas informée qu'on partait en déplacement ?

— Non, pas en direct. En même temps, on ne peut pas se dire qu'on communique beaucoup en ce moment. Vu comme elle est agréable !

— Un problème ?

— Elle voulait qu'on aille au restaurant ce soir, un resto français dont elle me rebat les oreilles. Et sortir, c'est bien la dernière chose que je souhaitais après ce week-end en enfer ! (Il mâchonne avec fureur. Les muscles saillent de ses joues plus que de coutume.) Je lui ai proposé qu'on passe une soirée tranquille à la maison, tous les deux, juste elle et moi. Mais elle n'a rien voulu savoir. Elle voulait le grand jeu, rameuter tout le monde ! Comme si elle se sentait seulette après ses bains de foule. Je ne la comprendrai jamais.

— Je suis désolée que ce soit compliqué entre vous. Cela n'empêche : tu aurais pu la prévenir, lui indiquer qu'on était appelés sur une opération et qu'on serait occupés ce soir. Pourquoi est-ce à moi de passer le message ?

Et il m'a déjà fait le coup !

— Elle est assez en colère comme ça !

— Pourquoi donc ?

— Apparemment, je ne me suis pas assez occupé d'elle ce week-end. Alors que je l'ai suivie trois soirs d'affilée, à la regarder asticoter des rangées de bandits manchots. Je suis même allé à ce concours de karaoké, comme si j'étais juste son putain de garde du corps ! Tu n'imagines pas le nombre de types qui voulaient lui payer à boire ! Et ils lui lançaient des tas de trucs sur scène. La clé de leur chambre. Des biftons. Il y a même eu un soutif !

— Je comprends. Ce n'était pas de tout repos pour toi.

Je le regarde. Il a les traits tirés. Ma sœur n'est pas facile à vivre, et encore moins à gérer. Personne n'est de taille, d'ailleurs.

— Quand Dorothy est en public, elle est sur son petit nuage, en pleine extase. (Marino sort son chewing-gum et le jette dans le sac-poubelle accroché à la console centrale.) Si on l'applaudit, si on l'ovationne elle est au « septième ciel », comme elle dit. Mais avant, c'est moi qui lui faisais cet effet.

— Tu sais comme elle aime être la star, avoir un public, réponds-je sans relever le sous-texte de ses paroles. (Je n'ai aucune envie de m'aventurer sur ces sables mouvants.)

Tu as toujours su qu'elle était comme ça. Elle aime attirer l'attention. Être le centre. C'est plus fort qu'elle.

— Ça ne colle plus entre nous. On a passé tout le voyage retour à s'engueuler. Je ne sais pas ce que j'ai fait, mais j'ai tout foutu en l'air. On s'entendait si bien...

Il semble blessé, perdu. Je connais bien ce regard. Je l'ai vu chez tous les hommes qu'elle a ensorcelés puis « jetés comme des kleenex », pour reprendre l'expression de ma mère.

— Toi et Dorothy avez de forts caractères. C'est normal qu'il y ait des frictions. (J'espère que ce n'est pas le début de la fin.) C'est pour cela qu'on dit « pour le meilleur et pour le pire ».

Je suis inquiète pour Marino depuis que, sur un coup de tête, ils se sont mariés pendant la pandémie.

— Tu m'as prévenu qu'elle allait se lasser de moi. Et tu avais raison.

Je suis prise de court.

— Je n'ai jamais dit ça. Ni dit, ni insinué ! me défends-je.

Nous laissons derrière nous la station-service Sunoco où je fais souvent le plein d'essence. Marino tourne à gauche sur North Quaker Lane, une artère stratégique pendant la guerre de Sécession – un clin d'œil malicieux du destin, car notre conversation n'a en effet rien de paisible !

— Ne t'en prends pas à moi, s'il te plaît, ajouté-je. Je ne veux pas me retrouver au milieu de vos bisbilles. Je n'y suis pour rien.

— Jc sais.

Il pousse un long soupir.

— Les gens ne s'entendent pas forcément. Dorothy est un être compliqué. Et cela fait sa richesse.

— Pas toujours. (Il allume son clignotant, fait rugir son V8 et change de voie.) Elle ne se bat pas à la loyale. Elle passe son temps à comploter, à préparer ses attaques. Puis elle te tombe dessus quand tu t'y attends le moins.

Je suis bien placée pour le savoir ! Ma sœur est une experte en coups fourrés. Autrefois, elle cachait mes manuels, mes cahiers, mon uniforme de l'école. Elle racontait sur moi des horreurs aux bonnes sœurs qui n'avaient alors de cesse de me harceler. Elle changeait les étiquettes de mes tubes à essai en cours de chimie, disait à la petite frappe du quartier que j'en pinçais pour lui.

— Je suis désolée que ton séjour à Atlantic City ait été une torture, d'autant que j'ai regretté ton absence. Parce que, à vrai dire, j'aurais préféré que tu sois là hier pour m'accompagner chez les Briley. Cela aurait été plus facile. Pour moi. Pour Fabian aussi. Tu sais comme ce garçon est sensible, et les Briley l'ont senti tout de suite. Je ne sais pas si tu l'as vu aujourd'hui, mais il est à ramasser à la petite cuillère.

— Les Briley et autres ogres ne font qu'une bouchée des petits Fabian. (Marino s'engage sur l'I-395, la circulation est plutôt fluide à cette heure de la journée.) Ce sont des proies faciles, tellement faciles à manipuler.

— Et c'est ce qui s'est passé. Ryder Briley ne l'a pas lâché.

— C'est un sale type, un prédateur de la pire espèce. Fabian doit garder ses distances, avec lui et sa bonne femme en plein syndrome de Stockholm. Quand je suis arrivé à l'IML ce matin, j'ai fait quelques recherches sur les Briley. Histoire de trouver des casseroles dont les médias ne parleront jamais. Et ce que j'ai appris vaut le détour !

* * *

Quand Marino parle de recherches, cela signifie qu'il a interrogé l'IA de Lucy dont l'accès est désormais possible par ordinateur et appli sur téléphone. Inutile de s'installer à sa station de travail pour avoir des réponses. Marino ouvre le cendrier, sort un paquet de chewing-gums Teaberry et m'en tend un.

— Non merci.

Sur notre gauche s'étend le golf de l'Army Navy Country Club – de molles ondulations vertes, parsemées de voiturettes blanches.

— Je voulais des infos pas faciles à dénicher. Le genre de renseignement que n'aura jamais Fruge. Ni Fabian. (Tandis qu'il enfourne deux tablettes dans sa bouche, l'odeur mentholée me rappelle brusquement mon enfance.) Donc, je demande à Janet de me donner tout ce qu'elle a sur eux.

Ce n'est pas la vraie Janet. La compagne de Lucy, que nous avons connue et aimée, est morte. Mais son avatar virtuel est bien vivant, et ne cesse de s'améliorer. CyberJanet est aimable et sympathique. Marino a attendu longtemps avant d'oser s'adresser à elle sans passer par Lucy. Mais maintenant, il ne se gêne plus.

— J'étais curieux de voir ce qu'elle allait trouver. Je lui ai demandé de me sortir tout ce qu'elle avait sur Piper et Ryder Briley. Pas simplement les rapports de police, ni ce que les médias disent d'eux. Mais tout ce qui a pu être posté sur les réseaux sociaux ou ailleurs et qui serait passé sous les radars. Et ce qu'elle a déniché fait froid dans le dos. Vraiment.

Nous contournons le centre commercial Pentagon City pendant que Marino me raconte ce qui est arrivé à Mattie Fey, une journaliste sur internet. Voilà six ans, elle était allée voir la police pour se plaindre des Briley. Ils la harcelaient parce qu'elle faisait poser une palissade autour de chez elle. Son chien avait alors été empoisonné au fentanyl. Et peu après, elle était tombée avec son fauteuil roulant dans l'escalier de sa cave.

— Elle vivait seule et son corps a été retrouvé longtemps après sa mort, poursuit Marino, me rapportant ce que CyberJanet a découvert. Et devine ! Elle avait du fentanyl dans le sang ! Et pas qu'un peu ! Elle travaillait en distanciel, et se faisait tout livrer à domicile, même la nourriture.

— Cela faisait d'elle une cible facile. Il suffisait de mettre quelques grammes de cette drogue dans son verre ou son plat. Puis de venir l'achever – si elle n'était pas déjà morte.

— Je me dis la même chose. (Nous approchons de l'aéroport Ronald Reagan Washington National.) Cela se passait vers le lac Evereux, un endroit carrément isolé.

— Les Briley n'habitent pas là, fais-je remarquer alors qu'un avion de ligne passe bruyamment au-dessus de nos têtes. Ils vivent à Alexandria, près de Northridge.

— Mais à l'époque, la maison de Mattie Fey jouxtait celle des Briley. Elle a expliqué à ses amis que c'étaient des gens si détestables qu'elle ne voulait plus les voir. C'est pour ça qu'elle faisait installer cette palissade. (Il prend la sortie vers l'aéroport.) Luna avait un an à l'époque, et ses parents prétendaient que le bruit des travaux mettait la petite dans tous ses états et qu'elle pleurait tout le temps. Quelques mois après la mort de la journaliste, les Briley avaient déménagé dans une autre grande propriété.

— Je n'étais pas au courant de cette histoire. Et qu'en a conclu l'enquête ?

— Accident. Elvin Reddy a validé ça sans sourciller.

— Ben voyons ! Et les Briley n'ont jamais été mentionnés dans cette affaire ?

— Jamais. Deux ans après, alors qu'ils habitaient près de Fort Belvoir, Briley a eu une altercation avec un automobiliste qui lui aurait coupé la route. Quarante-huit heures plus tard, le conducteur a reçu une balle dans la tête alors qu'il allait relever son courrier.

En face de nous, les eaux du Potomac d'un bleu profond scintillent derrière les arbres.

— Et conclusion de l'autopsie ?

— Pareil. Mort accidentelle. Elvin Reddy a déclaré qu'il s'agissait d'une balle perdue tirée par un chasseur. Il y a une réserve de chasse à proximité.

— Cela sent le mensonge à plein nez. C'est bien le genre de Reddy, en particulier si on lui force la main.

Quand on m'a engagée pour le remplacer à la direction de la médico-légale, je savais qu'il y aurait des cadavres dans les placards. C'est pour toutes ces failles qu'on m'a rappelée en Virginie après toutes ces années. Roxane Dare voulait que je redresse le service, et j'ai passé mon temps à réparer les dégâts causés par Reddy et sa secrétaire Maggie Cutbush.

Mais depuis que j'ai mis Maggie à la porte l'été dernier, elle a refait surface, puisqu'elle est directrice adjointe de l'ORSUS, l'Office de régulations des situations d'urgence sanitaire, un organisme parfaitement inutile dont Elvin Reddy est le grand chef. Et leurs bureaux du district nord se trouvent au dernier étage de mon immeuble ! Autrement dit, j'ai échangé la peste contre le choléra ! C'est l'histoire de toute ma vie.

Marino prend Smith Boulevard qui décrit une boucle devant les terminaux des compagnies aériennes. Nous dépassons Alaska Airlines, United Airlines. Puis la statue de Ronald Reagan se dresse devant nous, perchée sur son coin de pelouse. Marino ne cesse de surveiller son rétroviseur. À l'évidence, il n'apprécie pas ce qu'il voit.

— Qu'est-ce qui se passe ?

— Tu sais si les Briley ont un Suburban gris ? me demande-t-il. Quand je pense qu'avant j'avais accès au fichier des plaques d'immatriculation ! Ça me rend dingue !

— Je n'ai pas vu de Suburban dans leur garage hier. Mais cela ne prouve rien.

— Il nous suit depuis plusieurs minutes. Un chauve au volant, avec une barbe. Son visage me dit quelque chose. Et il y a une blonde à côté de lui.

Plus loin sur la gauche, c'est le petit terminal privé où nous devons retrouver Lucy. Marino s'engage sur le parking. Je me retourne, le SUV nous colle aux basques !

— OK. Ça pue carrément, marmonne Marino.

— Je suis d'accord.

Marino trouve une place près de l'entrée.

— Ne bouge pas.

Il descend du Raptor. La porte du Suburban s'ouvre aussitôt, le conducteur en descend. Et je n'en reviens pas…

C'est Norm Duffy, mon ancien vigile ! Il a laissé pousser sa barbe. Il est en jean, avec des rangers, et une chemise trop ample sous laquelle il pourrait dissimuler une arme. Il a pris beaucoup de masse musculaire, et s'est fait tatouer le haut du crâne.

— C'est quoi ce bordel..., grogne Marino en claquant la portière.

Je descends ma vitre pour entendre la conversation. Norm se dirige vers moi, plonge la main dans une sacoche qu'il porte en bandoulière. Il toussote, s'éclaircit la gorge, comme s'il avait un rhume ou des allergies.

— Tout doux Norm ! Qu'est-ce que vous foutez là ? lance Marino, ses doigts sur la crosse de son arme.

— Je viens vous pourrir l'existence. Voilà ce que je fais ! (Norm sort une grande enveloppe kraft et la glisse par la fente de ma fenêtre. Elle atterrit sur mes genoux.) Je vous souhaite une bonne journée. Pour moi, elle s'annonce parfaite !

Il s'esclaffe, tousse de nouveau et retourne vers son SUV. Marino note le numéro de la plaque sur son téléphone. Je descends du Raptor et le rejoins.

— Putain de merde ! Désolé, Doc. Il a eu de la chance de ne pas se prendre un pruneau. Parce que là, ce n'était pas loin.

— C'est tant mieux que tu te sois retenu. Et tu n'as pas à être désolé.

Je regarde Norm Duffy, avec sa passagère, couper à travers le parking, sauter un trottoir et reprendre le boulevard.

— J'aurais dû l'arrêter, grogne-t-il derrière ses Ray-Ban. Qu'est-ce qu'il manigance ? Pour qui il travaille ? Montre-moi ça.

Je lui tends le pli et le suis à l'arrière de son pick-up. Il ouvre sans ménagement l'enveloppe et en sort un document imprimé sur du beau papier à filigrane, avec le logo prétentieux d'un grand cabinet d'avocats de Washington. Il feuillette les premières pages en grommelant.

— Maintenant, on sait pour qui travaille Norm. Ryder Briley ! Il te fait savoir qu'il a porté plainte, contre toi, la médico-légale, et la gouverneure. Et il dresse toute la liste de griefs !

— Ce n'est pas une surprise. Je savais bien que ça arriverait tôt ou tard.

Je revois l'air moqueur de Norm quand il m'a lancé l'enveloppe. J'ai senti sa haine, comme un rayonnement ardent.

— Leur fille n'est pas morte depuis vingt-quatre heures qu'ils te poursuivent déjà en justice ?

— Et de quoi suis-je accusée ?

— De déclarations fallacieuses, de propos diffamatoires proférés à des fins politiques au regard de tes « liens de complicité » avec la gouverneure. (Il remet le papier dans l'enveloppe.) Il t'accuse de racket aussi.

— Me voilà devenue une cheffe mafieuse ? Je devrais être flattée.

— Ce n'est pas drôle.

— Je ne ris pas, dis-je en récupérant nos affaires dans la benne.

Nous longeons le trottoir jusqu'aux portes vitrées qui donnent accès à un hall cosy et raffiné, parsemé d'élégants sièges en cuir chocolat. Les murs sont décorés de tableaux, de grands bouquets de fleurs trônent sur les tables. Sur les comptoirs de granit poli, le terminal propose gracieusement aux voyageurs du café, du thé, il y a aussi des vitrines réfrigérées proposant bières, vins, eaux, boissons vitaminées.

Je m'arrête devant une série de distributeurs remplis de friandises. J'avise les sachets de bonbons Life Savers, les chewing-gums avec ou sans sucre, les mini-barres chocolatées, les rouleaux de réglisse... et mon regard est attiré par les cacahuètes recouvertes d'un glacis de sucre aux couleurs flashy.

— Ce ne sont pas des M&Ms, mais ça y ressemble beaucoup, dis-je en prenant un petit sac en papier estampillé *Briley Flight Services*.

Ayant conscience de la caméra de surveillance au-dessus de nous, j'actionne la poignée du distributeur et verse dans le sac une portion de cacahuètes multicolores. Je les donnerai au labo afin qu'ils les analysent. Pour faire croire que mon seul intérêt, c'est la gourmandise, j'en croque quelques-unes. On ne sait jamais qui m'observe.

Marino remplit à son tour un sachet, enfourne dans sa bouche une pleine poignée, puis nous nous approchons du comptoir. La réceptionniste, une femme d'un certain âge, lève les yeux de son écran d'ordinateur et nous adresse un sourire parfaitement lisse et professionnel. Elle a devant elle un microphone qui lui permet de communiquer avec les aéronefs ayant besoin d'une aire de stationnement et de faire le plein. Je cherche Lucy des yeux. Mais je ne la vois nulle part.

— Nous attendons une pilote d'hélicoptère. Elle devrait déjà avoir atterri, dis-je en lui donnant le numéro d'identification de l'appareil.

— Elle est sortie quelques minutes… ah ! la voilà !

Lucy apparaît derrière les portes vitrées donnant accès au tarmac.

8.

Ma nièce entre dans le hall, la mine sévère. Je perçois sa tension à dix mètres, semblable au rayonnement d'une ligne électrique. Elle s'approche, impressionnante avec sa combinaison de vol noire, sa casquette de baseball. Elle a un pistolet dans un holster de cuisse, et porte un sac militaire en bandoulière. Ses lunettes connectées dissimulent son regard. En ce moment, les verres sont teintés en vert sombre à cause du soleil.

— On est quasiment prêts à décoller, nous annonce-t-elle.

La femme au comptoir rend à Lucy sa carte d'accréditation fédérale et son reçu pour le plein de carburant. Elle range les documents dans son porte-badge.

— Comment s'est passé le trajet jusqu'ici ? s'enquiert-elle.

— Nickel chrome ! raille Marino.

— Suivez-moi.

— Où va-t-on ?

Bien sûr, elle ne répond pas.

Ma nièce est méconnaissable avec son corps félin, faussement gracile, ses cheveux auburn rehaussés de mèches roses. Elle ne ressemble plus du tout à cette petite je-sais-tout grassouillette qui passait ses vacances avec moi quand elle était enfant. À cette époque, elle était un véritable garçon manqué, avec ses grosses lunettes rondes et sa frimousse piquetée de taches de rousseur. Marino la surnommait Peppermint Patty, l'amie de Charlie Brown dans Snoopy. Il passait son temps à la taquiner !

Après la mort de Janet et de leur fils Desi, au début du covid, Lucy s'est installée dans notre petite maison d'amis. Pour autant, nous ne la voyons pas souvent. D'ailleurs notre dernière rencontre date de cinq jours, quand elle m'a annoncé que le Secret Service avait des problèmes avec son serveur et qu'elle filait au QG – un complexe à soixante kilomètres d'Alexandria, construit dans un coin perdu du Maryland.

C'est donc par pur hasard qu'elle se trouvait là-bas au moment des faits. L'hélicoptère était sur le parking. Lorsque le Secret Service a été prévenu de la disparition de Sal, elle avait pu se rendre sur les lieux aussitôt.

— On embarque dans quelques minutes.

Elle nous fait entrer dans le salon des pilotes qui domine le tarmac. Dehors, plusieurs avions privés luisent au soleil. La salle est vide. Lucy ferme la porte, ses lunettes s'éclaircissent aussitôt.

— On peut maintenant parler librement, annonce-t-elle. Au cas où vous ne l'avez pas remarqué, il y a des caméras partout.

— On a vu, répond Marino en observant derrière les baies vitrées un hélicoptère rouge qui décolle, un Bell Jet Ranger.

À voir sa mine, il n'a aucune envie de quitter le plancher des vaches !

— Il y a aussi des micros dans tous les coins, et certains très bien cachés. Je viens de tout couper dans cette pièce. Désolée pour votre rencontre désagréable sur le parking.

Lucy a piraté les caméras de Briley Flight Services. Je pense au paquet de cacahuètes que j'ai glissé dans mon porte-documents.

— C'est plutôt bizarre que le Secret Service collabore avec une société de Ryder Briley, déclare Marino avec ce ton de reproche qu'il prend souvent en s'adressant à Lucy.

— Briley possède beaucoup de terminaux d'aviation générale en Virginie. On n'a pas trop le choix.

— Et maintenant, on se rend dans un parc d'attractions qui lui appartient aussi. Ça pue un max !

Marino lui tend l'enveloppe kraft.

— Moi, je me méfie de tout, toujours, et où que je sois, réplique Lucy. Mon premier geste, c'est d'empêcher toute personne de me surveiller. Et de pouvoir les surveiller en retour. (Lucy sort le document.) Je vois, Briley est passé à l'offensive. C'est donc qu'il se sent en danger. Quand as-tu remarqué qu'on te suivait ?

— Quand j'ai pris la sortie vers l'aéroport, répond Marino. Le Suburban gris a surgi d'un coup dans mon rétro. Évidemment, je n'ai plus la possibilité de demander une recherche d'identité avec la plaque, mais ce SUV n'appartient pas à Norm Duffy, j'en mets ma main à couper.

— Effectivement, le véhicule est la propriété de Briley Enterprises. Duffy bosse pour eux depuis décembre, il les a rejoints une ou deux semaines après que tu l'as viré, m'indique Lucy.

— Je te rappelle que Doc a failli être tuée à cause de ce connard, s'agace Marino. Et voilà qu'il se repointe dans nos vies ! Tu étais au courant ?

— Non, je l'ignorais, répond Lucy. La blonde avec lui est une agente de sécurité. Mira Tang. Trente-six ans. Condamnée pour fraude fiscale, il y a quelques années. Elle a fait dix-huit mois de prison dans les environs de Richmond. Depuis sa sortie, elle travaille pour Briley. Vu son casier chargé, Briley lui a offert une chance inespérée. Et bien sûr, elle est désormais son âme damnée.

— Tu sais tout ça rien qu'à leur plaque d'immatriculation ? s'étonne Marino.

— Non. Par la reconnaissance faciale.

— C'est fou ce que peuvent faire tes lunettes ! Tu sais quoi d'autre encore ?

— Ils sont prudents, comme s'ils craignaient d'être surveillés. Ce qui est le cas, et Ryder Briley le sait. Quelqu'un l'a tuyauté, c'est évident. Alors faites attention à ce que vous dites une fois sortis de cette salle. Si vous voulez aller aux toilettes, c'est maintenant. Les sanitaires au Pays d'Oz n'ont pas été utilisés depuis des lustres. L'eau est coupée et ça grouille de rats. Gros comme des Munchkins, à ce qu'il paraît !

— Personne ne t'a dit que c'était une idée à la con de voler ? lance Marino en ouvrant la porte. T'as pas regardé les prévisions météo ?

— Pas de panique. On ne risque rien, sauf si tu nous fais perdre du temps à chouiner.

Lucy n'est pas du genre à se laisser impressionner par Marino.

— Bon, je vais pisser, annonce-t-il en quittant la pièce.

Ma nièce se tourne vers moi :

— Et toi ? Ça va ?

— J'essaie de me concentrer sur le boulot. De ne pas penser.

— Je connaissais Sal. Pas aussi bien que toi, bien sûr.

Elle sait que nous étions de vieux amis. Pas d'anciens amants.

— Tu es toute seule ? Où est Tron ?

Tron est sa collègue au Secret Service.

— Elle est déjà sur la scène de crime. Elle gère les équipes. Elle repartira avec nous.

— Pour aller où ?

Je voudrais bien que Lucy m'indique l'endroit où l'on va autopsier le corps.

— Tu as parlé à Benton ?

— Oui.

— Alors tu sais que je ne peux rien te dire. (Elle n'a pas mordu à l'hameçon...) À l'aller, tu seras dans le cockpit.

Autrement dit, je vais être à sa gauche et jouer les copilotes comme lorsqu'elle était adolescente et qu'elle commençait à piloter. Je manque de pratique et ne connais rien à son hélicoptère high-tech. Mais bon, si elle me guide, je pourrai nous poser en cas d'urgence. Mais ce ne sera sûrement pas comme une plume !

* * *

Marino revient des toilettes et ramasse les deux caisses de terrain. La femme au comptoir nous ouvre à distance la porte qui mène sur le tarmac. Les vapeurs de kérosène me piquent aussitôt les yeux. Nous longeons les rangées de jets privés et d'avions à hélice, en veillant à ne pas nous prendre les pieds dans les sangles et crochets d'amarrage.

Un agent de piste en gilet fluo aide un King Air à quitter son emplacement. Le rugissement des réacteurs est assourdissant. À l'écart, dans une zone réservée au Secret Service, j'aperçois notre appareil, un biturbine baptisé l'*Aigle de l'Apocalypse*, équipé d'une IA tactique de pointe, de larges patins de combat et de plateformes pour recevoir canons et mitrailleuses. Sous le ventre, je reconnais le globe d'un radome, contenant un FLIR et autres systèmes d'imagerie.

— Tu sais ce que tu fais au moins ? insiste Marino, avec sa fâcheuse manie de parler à Lucy comme si elle était une enfant. Je me fous de ce que peuvent te dire tes bidules et tes machins. Moi, je la vois de mes propres yeux cette tempête ! Pas besoin d'une putain d'IA pour savoir que c'est de la folie de voler par ce temps !

— Oui, Marino, je sais ce que je fais. Jamais, je ne vous mettrais en danger, répond-elle alors que ses lunettes connectées s'assombrissent à nouveau.

Le vent se lève déjà quand nous atteignons notre oiseau. Il est peint en un noir mat qui absorbe tous les rayons de soleil, les quatre pales de son rotor ploient comme de grands pétales au-dessus du sol. Le fuselage est parsemé de motifs géométriques, ressemblant à des signes anciens d'une écriture disparue. Ces formes mystérieuses tissent une sorte de cape d'invisibilité m'a expliqué Lucy. Elles déforment la signature radar de l'appareil, trompant tous les systèmes de surveillance.

— On va se prendre la foudre dans la gueule, voilà ce qui va se passer ! Et je ne parle pas du brouillard, le cisaillement du vent dans la montagne, poursuit Marino, énumérant sa liste macabre tandis que Lucy ouvre la soute à bagages. Et s'il grêle ? Tu imagines les dégâts ?

— Calmos. Tout va bien se passer.

Elle l'aide à charger les deux grosses caisses de terrain.

— T'es devin ? T'as une protection spéciale contre les éclairs ?

— On ne risque rien.

Elle récupère mes deux sacs et les glisse également dans le coffre.

— Ah ouais ? Tu comptes zigzaguer entre les éclairs ?

— Au besoin, oui.

Tout en grommelant, Marino monte dans la cabine arrière. L'appareil bouge sous sa masse. Il s'installe sur un siège en Nomex – l'un des deux installés dans le sens de la marche. Le sol et les parois sont recouverts du même produit isolant et ignifugé. Les sièges face à lui ont été retirés. Il sera donc possible de glisser un brancard dans l'espace libre.

Lucy et moi grimpons sur les patins et nous nous installons dans le cockpit, déjà chaud comme une étuve. Nous laissons les portes ouvertes pour profiter de l'air frais. Nous bouclons nos harnais. Elle sangle son carnet de bord à sa cuisse, note l'heure, la quantité de carburant et autres informations, puis commence la check-list de décollage, enfonçant un à un des boutons et des interrupteurs. Une succession d'écrans s'illumine.

Une voix de synthèse lui annonce l'état du pilote automatique, des systèmes hydrauliques et diverses données. Elle allume la batterie, l'alarme se met à brailler. Nous enfilons nos écouteurs.

— Ça va derrière ? demande Lucy.

J'imagine Marino terrifié, sanglé à son siège.

— Autant qu'il est possible, grommelle-t-il.

Sa voix retentit dans mon casque. Je baisse le volume.

— Je vais couper ton intercom pendant le décollage, lui annonce Lucy. Mais je t'aurai en visu grâce à la caméra de bord. Si tu as un problème, fais-moi signe.

— C'est ça. Je te ferai un putain de doigt d'honneur !

— Et si je ne te vois pas assez vite, poursuit Lucy imperturbable, appuie sur le bouton rouge sur ton micro. Cela nous fera une alerte dans le cockpit. En revanche, la communication audio ne sera plus possible entre la cabine et le poste de pilotage.

— C'est bon, ne t'inquiète pas. Commence pas à jouer les…

Elle coupe le micro de Marino et démarre la première turbine. Le rotor se met à tourner. Puis elle allume le second moteur. Elle me demande d'entrer la fréquence de l'ATIS, le service automatique d'informations en continu, donnant en particulier les conditions météorologiques. La voix artificielle énumère les données concernant la quantité de pluie, la vitesse du vent et les conditions de visibilité, de l'est à l'ouest de l'État de Virginie.

— Niner-Zulu prêt à décoller. ATIS allumé, annonce Lucy à la tour.

— *Restez en attente.*

— Il y a du trafic, m'explique Lucy tandis que les pales émettent des pulsations sourdes et secouent l'appareil. (Dans les haut-parleurs, les communications entre les pilotes et le contrôle aérien s'enchaînent.) Mais une fois qu'on aura décollé, on sera tranquille. Avec ce temps, il ne va plus y avoir grand monde en l'air.

— J'espère que Marino va tenir le coup, dis-je tandis que le soleil chauffe le cockpit.

— Marino et ses phobies ! Dès qu'il n'a plus le contrôle sur les choses, il part en vrille.

— Et pour couronner le tout, ta mère lui a confié que des internautes la harcèlent et la suivent. (J'ajuste le bras articulé de mon micro pour l'avoir juste contre ma lèvre inférieure.) Apparemment, cela prend des proportions inquiétantes. Tu imagines dans quel état ça met Marino.

— Les trolls de maman sont gratinés. Mais je ne pense pas que ce soit l'un d'eux qui a fracturé sa voiture pour lui voler son sac de sport. Elle était alors au salon de manucure et rien n'indique qu'on l'ait filée.

— Et ce fourgon blanc ? La semaine dernière, elle était persuadée que ce véhicule la suivait quand elle est allée au supermarché. Et elle a eu l'impression que quelqu'un l'espionnait quand elle faisait du vélo sur le Mount Vernon Trail.

— Le fourgon n'avait pas de plaque à l'avant, donc elle n'a pas pu relever le numéro, et des gens à vélo, il y en a en pagaille sur ce chemin de promenade. (Tout en me parlant, Lucy surveille ce qui se passe autour de l'appareil.) Ça n'empêche que je prends au sérieux ses inquiétudes. Mais j'y vois surtout un besoin inconscient d'être le centre d'intérêt.

— C'est rarement inconscient chez Dorothy.

Un Piper-Cub démarre son moteur. Les cylindres pétaradent, l'hélice se met à tourner tant bien que mal. On dirait ces jouets d'enfants qu'on faisait s'envoler avec un élastique.

— Plus elle attire l'attention, plus elle en veut.

— C'est comme ça pour toutes les addictions.

— Communiquer avec tous ces inconnus, c'est jouer avec le feu ! (Lucy s'impatiente. La tour de contrôle n'a toujours pas donné son feu vert.) Maintenant, elle commence à prétendre que ce monde est devenu trop dangereux pour des célébrités comme elle. Que ça donne de mauvaises idées aux mauvaises personnes ! Pas étonnant que Marino soit sur les nerfs en ce moment.

— Moi non plus je n'aime pas ça, dis-je. Et j'ignorais tous ces détails.

Je ne suis pas ma sœur sur les réseaux sociaux, que ce soit sur Facebook, TikTok, X l'ex-Twitter ou je ne sais quoi encore. Je n'ai absolument aucune idée de ce qu'elle poste sur internet.

— Qu'est-ce qu'ils fichent ? peste Lucy en regardant la tour qui se dresse dans le ciel telle une torche olympique. Tu te rends compte du carburant que l'on gaspille ? Ça fait six minutes que le rotor tourne ! On vient de brûler cinquante litres. Cent dollars payés par le contribuable.

— Ils savent pourtant que c'est le Secret Service. Ils pourraient être plus coopératifs.

— Tout dépend de qui est aux manettes là-haut. (Lucy attrape la poignée du cyclique entre ses jambes et enfonce le bouton de la radio.) Ici hélicoptère Niner-Zulu, toujours en attente, rappelle-t-elle.

— *Niner-Zulu, quelle est votre demande ?* répond le contrôleur après un long moment.

— J'aimerais partir maintenant, route au cent-quatre-vingt.

— *Bien reçu, Niner-Zulu. Affichez un-six-trois.*

— Bien reçu. Un-six-trois, répond Lucy tandis que j'entre le numéro dans le transpondeur, pour que l'on puisse nous reconnaître sur les radars.

— *Niner-Zulu, identification.*

— Identification enclenchée, répond Lucy.

Et je m'empresse d'enfoncer la touche IDT qui fait apparaître notre appareil en surbrillance sur l'écran de la tour.

— *Autorisation de décoller. Restez loin des pistes.*

9.

Lucy ouvre les gaz, les pales tournent de plus en plus vite, dans un fracas assourdissant. Pour augmenter la portance, elle tire doucement le collectif à côté de son siège, les pieds calés sur le palonnier commandant le rotor de queue, sa main droite tenant fermement le manche du cyclique. Je sens l'appareil se soulever, devenir tout léger sur ses patins. Puis nous décollons, dépassons les parkings, et longeons la George Washington Memorial Parkway déjà encombrée.

Nous traversons la Four Mile Run, une rivière rocailleuse qui se jette dans le Potomac, le soleil haut dans le ciel fait scintiller ses eaux tumultueuses. À trente mètres au-dessus du sol, cap au sud, nous sommes loin des trajectoires des avions commerciaux en approche ou au départ de l'aéroport.

— *OBSTACLE... ! OBSTACLE... !* s'affole le TCAS.

La voix synthétique du Traffic Collision Avoidance System nous casse les oreilles tandis que Lucy suit le fleuve, juste sous nous – bien trop près à mon goût. Le souffle du rotor agite l'eau, soulevant des tourbillons. J'aperçois un coussin jaune tombé d'un bateau, une bouteille de plastique dansant dans le courant, les reflets bleutés des grands arbres bordant la berge.

— *OBSTACLE... ! OBSTACLE... !*

Les alertes se succèdent. Heureusement que Marino ne peut les entendre à cause de la paroi entre la cabine et notre cockpit. Je l'imagine cramponné sur son siège ignifugé, les paupières plissées, tout crispé, croquant une nouvelle pastille contre le mal de l'air.

— *OBSTACLE... ! OBSTACLE... !*

Un sac vomitoire dans les mains, il doit prendre de grandes inspirations pour ne pas céder à la panique. Le pauvre ! Mais je ne peux pas être à côté de lui pour le distraire ou lui raconter des blagues. Ni soulager son angoisse comme je l'ai fait plus tôt avec Fabian.

— *OBSTACLE... ! OBSTACLE... !*

Des points rouges clignotent sur l'écran, montrant tous les aéronefs volant dans le secteur. Plus nous nous éloignons, plus les messages d'alerte s'espacent. Nous contournons la Washington Sailing Marina, puis Daingerfield Island. Des dizaines de bateaux naviguent sur le Potomac, leurs petites voiles triangulaires se découpant sur le bleu outremer du fleuve comme dans une peinture marine. Les navettes se croisent, les passagers têtes levées regardent passer l'*Aigle de l'Apocalypse*, nous montrent du doigt, prennent des photos avec leurs téléphones.

Alors que nous nous rapprochons du quartier historique d'Alexandria, j'aperçois le George Washington Masonic Memorial qui se dresse vers le ciel tel un phare antique. Où que l'on se trouve à Old Town, le musée de granit est visible ; je m'en sers souvent comme point de repère. D'ailleurs, je ne comprends pas pourquoi nous prenons cette direction.

— On fait un détour ? m'étonné-je.

— Histoire de vérifier quelque chose. (Lucy scrute les environs derrière le pare-brise, pilotant d'une main sûre comme de coutume.) Et je veux faire savoir notre présence.

— À qui ?

— Va savoir. (Sa voix est ferme et assurée dans mes écouteurs. Le sol défile sous nos patins dans un bruissement continu.) Quand tu as parlé à Sal hier, il t'a dit s'il avait prévu de faire une halte avant de rejoindre Green Bank ?

— Juste qu'il comptait s'arrêter faire le plein. On a parlé dans son allée. Ça a duré peut-être un quart d'heure au max. Puis je suis partie. Lui aussi était sur le départ. Et quelques heures plus tard, il m'a téléphoné.

Je me souviens de mon malaise lors de notre échange. J'ai eu un mauvais pressentiment.

Comment se déroule ton voyage ? Un problème ? lui ai-je aussitôt demandé.

Je voulais juste te dire merci d'être passée, amore. (Il avait une voix grave, presque triste, mais la connexion était mauvaise.) *T'avoir rencontrée est le plus beau cadeau qu'a pu me faire la vie.*

— Il s'était arrêté à Weyers Cave pour prendre de l'essence et boire un café, expliqué-je à Lucy. C'est la dernière fois que je lui ai parlé.

— Il était quelle heure ?

Elle se rapproche de la rive, et j'aperçois le Mount Vernon Trail entre les arbres.

— 13 h 30. Peut-être un peu plus.

— Tu sais s'il avait une autre raison de faire halte là-bas ? Pour autre chose que de l'essence et un café ? Rien ne t'a paru bizarre ?

— Non, sinon que ce n'était pas son genre d'appeler sans raison, réponds-je – ce qui n'est pas tout à fait vrai.

Il y a longtemps, dans une autre vie, il me téléphonait tout le temps, sans raison, juste pour le plaisir, et je faisais pareil. Mais Lucy n'a nul besoin de le savoir. Elle était enfant quand ça s'est passé.

— Avec le recul, je me demande s'il n'avait pas senti que quelque chose allait lui arriver. Ou alors c'était simplement le blues d'avoir passé soixante ans. Je ne le saurai jamais.

— Et il continuait son voyage vers Green Bank après son arrêt à Weyers Cave ?

— C'est l'impression que j'ai eue.

— C'est étrange que cela lui ait pris autant de temps pour arriver là-bas. Il y a un trou de plusieurs heures et cela soulève un tas de questions, ajoute-t-elle.

Nous arrivons dans notre coin de Old Town, avec ses petites rues datant du XVIIIe siècle, ses demeures anciennes préservées du temps avec amour. Notre propriété se trouve droit devant, je distingue nos deux cheminées, saillant des frondaisons. Les cerisiers et les cornouillers sont éclatants, ponctuant de rose le vert du jardin. Les arbres fruitiers sont partout en fleurs.

Puis la villa de Sal apparaît dans son écrin de conifères, perchée sur un promontoire dominant le Potomac. L'hémisphère, blanc comme un igloo, construit sur le toit terrasse, abrite son télescope. L'endroit est décoré d'arbres en pots. Il y a une table en bois et deux chaises. Je l'imagine assis là quand la nuit était claire et sans lune.

Montait-il là-haut une bouteille pour boire seul, et scruter le ciel comme nous le faisions à Rome. Pensait-il à cet été où nous étions ensemble ? Moi, cela m'arrive souvent, même si je ne l'avouerai à personne. Nous avions tant de beaux souvenirs, et je m'en veux tellement. Quand j'étais dans son allée hier, j'ai bien senti qu'il avait un souci, mais j'ai fait comme si de rien n'était.

Lucy descend, survole l'ancienne écurie qui sert aujourd'hui de garage, puis l'abri à calèche devenu une maison d'amis. Vu du ciel, les jardins forment une mosaïque multicolore, la piscine luit tel un saphir au milieu des arbres fuchsia. Sal m'avait raconté l'histoire de cette propriété – car il avait mené des recherches exhaustives avant de se décider à l'acheter.

Un constructeur naval italien avait conçu le domaine de huit hectares au début des années 1900 et l'avait baptisé Porto Sicuro. L'été où nous étions ensemble à Rome, Sal songeait à acquérir l'endroit. C'était pratique. Pas loin de Washington et unique en son genre.

Il m'avait montré des photographies : des murs moisis et tachés, des planchers vermoulus, des toits et fenêtres qui fuyaient. Mais la construction était solide et la vue imprenable. Je lui ai dit que s'il prenait soin de Porto Sicuro, ce serait effectivement son havre et il s'y sentirait à l'abri.

* * *

Tandis que Lucy tourne au-dessus de la propriété, j'en profite pour observer l'allée de pavés qui serpente entre les tulipiers de Virginie, les cèdres bleus, les ginkgos et autres espèces centenaires. Le portail en fer forgé est protégé par des cônes de signalisation et des herses de police. Un SUV noir est posté juste devant. J'en distingue un autre garé entre la maison et le garage. À notre altitude, on dirait des jouets d'enfants.

— Ce sont des gars de chez toi, je suppose ? dis-je en désignant deux personnes qui nous observent, la main en visière.

— Exact. (Nous mettons à nouveau le cap vers le fleuve, et les silhouettes des agents disparaissent de notre vue.) Lorsqu'on a appris la disparition de Sal, on a placé aussitôt la villa sous surveillance. Personne ne peut entrer, ni dans la maison, ni dans les dépendances. Il s'agit de sécuriser l'endroit. On ne veut pas mettre son domicile sens dessus dessous avant d'avoir la confirmation que c'est bien lui qui est mort.

— Effectivement. Ce serait fâcheux s'il rentrait sans crier gare.

Pure conjecture, malheureusement.

Nous laissons derrière nous le Torpedo Factory Art Center, une ancienne usine de torpilles transformée en musée. C'est tout près de chez nous et une jolie balade à vélo. Puis nous atteignons les quais avec leurs boutiques animées, leurs restaurants où nous allons dîner Benton et moi dès que nos emplois du temps nous le permettent.

— Quand tu étais avec Sal, il y avait quelqu'un d'autre ? Dans le parc ? Dans les maisons ? (Lucy oblique vers la terre ferme alors que le Woodrow Wilson Bridge, le grand pont basculant en travers du Potomac, se dresse devant nous.) Tu n'as rien vu. Rien qui ait pu te laisser penser qu'il y avait un visiteur, ou que quelqu'un était venu récemment ?

— À mon arrivée, j'ai croisé un fourgon qui partait. Un livreur de fleurs. Ce qui n'a rien d'étonnant puisque c'était son anniversaire. À part ça, je n'ai rien remarqué.

— Comment était Sal quand tu lui as parlé ?

— Préoccupé. Un peu triste, pour tout dire.

— Et c'était juste à cause de ses soixante ans ?

— Je n'en sais rien au fond. J'aurais dû le lui demander. J'aurais dû être plus attentive.

— Ne commence pas, réplique Lucy. C'est toujours facile avec le recul. Tu ne pouvais pas empêcher ça, à moins de l'enfermer quelque part pour qu'il ne lui arrive rien.

Je le revois dans l'allée. Nous bavardions au soleil, entourés par ses arbres en fleurs, l'air tout vibrant de pollen. Il était prêt à partir pour la Virginie-Occidentale et chargeait son pick-up.

Dov'è finito il tempo, amore ? Où s'est enfui le temps, *amore* ? m'avait-il dit quand je lui avais tendu mon panier-cadeau en lui souhaitant bon anniversaire.

— Il attendait ta venue ? Tu l'avais contacté ?

Lucy met le cap plein ouest.

— Oui. Je suis arrivée à 11 heures chez lui avec mon panier. Il y avait des fromages italiens, de l'huile d'olive, une bouteille de vin de Toscane, ma ciabatta maison. Je me disais qu'il voudrait emporter tout ça en voiture.

— Tu as un SMS, un e-mail prouvant que tu avais rendez-vous avec lui ?

— Oui. Un SMS. En fait plus d'un. Pourquoi cette question ?

— Et quand lui as-tu envoyé ces textos ?

Nous filons au-dessus d'un terrain de football où jouent des enfants. Ils arrêtent la balle pour nous regarder passer.

— Nous avons échangé des SMS la veille. (Je fais défiler mes messages sur mon téléphone.) On s'est écrit dimanche soir entre 18 heures et 18 h 30 pendant que je préparais le dîner à la maison.

— Qui a appelé le premier ?

— Moi.

— Pourquoi ?

— Pour lui demander si je pouvais passer demain lui donner son cadeau. Et j'ai ajouté qu'à son retour on organiserait avec Benton une vraie fête pour lui.

— C'est écrit noir sur blanc dans un SMS ?

— Oui, répété-je. Je suis suspectée de quelque chose ou quoi ?

Je le prends assez mal.

— Tu le connaissais bien. On va donc te poser plein de questions, indique Lucy alors que nous dépassons un champ en jachère, piqueté de fleurs sauvages. Mieux vaut t'y préparer.

— Je ferai de mon mieux pour répondre.

Mais je n'aime pas ça du tout !

— Parle-moi du fleuriste que tu as croisé, poursuit Lucy en surveillant ses écrans.

— Il portait des lunettes de soleil, une casquette noire et avait un masque de protection, noir aussi. En fait, je ne saurais pas dire si c'était une femme ou un homme. Mais j'ai dû m'écarter pour le ou la laisser passer. Je n'ai même pas eu droit à un remerciement ! Ce qui était carrément grossier, maintenant que j'y repense.

— Tu pourrais décrire ce fourgon ?

— Blanc. Pas de vitre. (Qui était cette personne au volant dans l'allée de Sal ? Un fleuriste, vraiment ?) Il y avait une galerie sur le toit, et un logo, avec un Stars and Stripes, mais la version ancienne à treize étoiles, et le nom de la boîte : First Family Florists. Je ne connais pas cette entreprise.

— Parce qu'elle n'existe pas. Aucune FFF en Virginie. (Les lunettes connectées de Lucy lui donnent les réponses en temps réel sans qu'elle ait besoin de poser de questions.) Sal t'a parlé d'une livraison de fleurs ? Ce van venait forcément d'apporter quelque chose.

— Il m'a dit qu'il avait reçu un bouquet. Cinq douzaines de roses blanches.

— On ne s'est pas fichu de lui, rétorque Lucy. Celui ou celle qui lui a envoyé ça savait qu'il fêtait ses soixante ans. Bien sûr, ce genre d'infos n'est pas difficile à trouver, tout comme son lieu de résidence.

— Le bouquet était arrivé dans un beau vase italien en céramique, avec une scène bucolique peinte à la main. (Je lui raconte tout ce dont je me souviens.) Sur la carte, il était écrit *Pour Sal.* Juste ça. Et le nom du fleuriste. Du faux fleuriste, à ce que tu laisses entendre.

— Il savait qui lui envoyait ces roses ?

Nous traversons la Capital Beltway. Des files de voitures serpentent entre les hôtels, les immeubles et les parkings. Cette vue m'évoque un plateau de Monopoly, sans son charme suranné.

— Il les a trouvées magnifiques ; il pensait qu'elles venaient de moi. (Je revois son grand sourire.) Même si ces fleurs sont très belles, je ne risquais pas de lui acheter ça. Pour moi, les roses blanches, c'est pour les funérailles.

— Ce choix n'était peut-être pas un hasard, vu ce qui s'est passé ensuite, déclare Lucy.

Cette pensée me fait froid dans le dos.

— J'aurais dû lui poser plus de questions, ou bien entrer chez lui pour jeter un coup d'œil à ce bouquet. Mais sur le coup, ça ne m'est pas venu à l'esprit. Sal voulait prendre la route et je ne pouvais pas rester longtemps non plus.

— Il va falloir que l'on prenne des précautions.

Elle appelle le QG du Secret Service pour leur parler du faux fleuriste. Dans mes écouteurs, j'entends la conversation. Quelqu'un se faisant passer pour un livreur est venu au domicile de Sal la veille, explique Lucy à un agent, un type avec une voix grave et posée.

— Je veux être certaine que ce vase ne dissimule pas de bombe ou autre dispositif létal. Il faut vérifier ça avant que nos hommes n'entrent dans la maison.

* * *

L'*Aigle de l'Apocalypse* suit l'I-495 vers l'ouest, les bois alentour s'étendent à perte de vue. Les montagnes sont une masse gris-bleu à l'horizon, la tempête forme au-dessus des sommets un mur noir, de plus en plus dense et haut.

— Tu penses que quelqu'un est venu dans la maison ?

— Nous savons que l'alarme a été branchée hier, au moment de son départ pour la Virginie-Occidentale, répond Lucy en regardant une buse à queue rousse traverser le ciel.

Sur nos écrans, une alerte clignote, annonçant le mauvais temps.

— Oui, il l'a activée devant moi, dis-je.

— Dans un monde parfait, nous aurions surveillé la propriété depuis tout ce temps. Mais nous n'imaginions pas qu'il allait être kidnappé et assassiné. Lorsqu'on a été prévenu ce matin, un intrus avait déjà pu fouiner chez lui.

— Si Sal a été enlevé après son départ du Red Caboose vers 20 h 30-21 heures, poursuis-je, il s'est écoulé dix ou onze heures avant que quelqu'un ne signale sa disparition. Cela a donné aux ravisseurs une certaine avance, effectivement. Tu penses qu'ils voudraient entrer chez Sal ?

— Et j'espère que ce n'est pas déjà fait, réplique Lucy. Pour fouiller, déposer une bombe, du poison, va savoir ! D'après l'installateur de l'alarme, le système est ancien et ne comporte pas de capteur de bris de vitres, ni de radar volumétrique. Il y a juste une caméra sur le perron et ce n'est pas ça qui va arrêter un intrus motivé.

— Pourquoi viendraient-ils fouiller sa maison ?

— Pour récupérer quelque chose.

— Quoi donc ?

— Des informations. C'est ce qui me vient en premier à l'esprit. Ordinateur, disques durs et autres appareils électroniques.

— Comme tu l'imagines, je ne cessais de lui demander d'être précautionneux.

— Nous aussi. (Ce « nous », c'est évidemment le Secret Service.) Il débarquait à la Maison-Blanche et à Camp David avec son vieux pick-up, totalement insouciant, comme s'il n'était pas un prix Nobel et un proche conseiller du Président.

— Il a toujours été un non-conformiste dans l'âme. Il ne voulait pas se laisser parasiter dans son travail, ni penser que des gens auraient pu lui vouloir du mal.

Peu à peu, il m'est plus facile de parler de lui au passé. La réalité s'enfonce en moi, prend racine.

10.

Lucy ne cesse d'accélérer. Nous filons désormais à cent cinquante-cinq nœuds, soit à près de trois cents kilomètres à l'heure, quand nous survolons Manassas et ses champs de bataille datant de la guerre de Sécession. Les collines vertes sont parsemées de canons de campagne et de fortins ceints de palissades. Les chemins qui serpentent entre les monuments fourmillent de touristes profitant de la journée avant l'arrivée du mauvais temps.

— Tu sais qui aurait pu s'introduire à Porto Sicuro ?

Je scrute les nuées noires qui s'amoncellent sur les monts. Je sens le vent forcir.

— Celui qui l'a kidnappé cherchait quelque chose. Sinon, il l'aurait tué tout de suite, et on aurait retrouvé Sal dans son pick-up au bas du ravin, avec une balle dans la tête. Il n'aurait pas laissé son corps nu dans un parc d'attractions après l'avoir détenu toute une nuit.

— Tu penses que quelqu'un voulait ses codes d'entrée pour accéder aux installations de Green Bank ?

— Et aussi aux radiotélescopes de Sugar Grove. Ceux-là, comme tu le sais, n'écoutent pas le ciel, mais les communications des Russes et de nos autres ennemis.

— Sal ne notait jamais rien, qu'il s'agisse de mots de passe ou d'infos sensibles. Il avait une mémoire impressionnante. (Nous dépassons une école.) Tout le monde le savait.

— Les mots de passe en question sont très complexes et constamment changés. Même si Sal pouvait se souvenir des récents, cela n'était d'aucune utilité aux ravisseurs. On ne te donne le sésame en cours qu'une fois arrivé dans la salle de contrôle. Et à la minute où tu en sors, le code est caduc.

Il n'empêche que Sal pouvait détenir des informations précieuses, m'explique Lucy. Connaître les procédures de sécurité peut permettre de trouver des failles dans le système. Sal connaissait aussi les noms de certaines personnes travaillant pour le renseignement et cela pouvait griller la couverture de beaucoup d'agents de terrain.

— Et c'est le Graal pour nos adversaires, conclut Lucy.

— Tu penses qu'il aurait lâché ce genre d'infos ?

Ce serait le pire scénario. Parce que, connaissant Sal, il avait tenté de résister.

— Je ne sais pas ce qu'il a pu divulguer. Pour l'instant, on a de la chance. Green Bank, Sugar Grove et les autres lieux ont renforcé leurs mesures de sécurité. Les agents de renseignements concernés ont été prévenus dès qu'on a su que Sal avait été kidnappé.

— J'ignorais qu'il travaillait à Sugar Grove. Il m'a parlé de ses recherches, de son travail à Green Bank, jamais de cette station d'écoute de la NSA.

À moins de cent kilomètres de distance, les deux super radiotélescopes assurent la sécurité planétaire, mais celui de la NSA ne surveille pas les trous noirs, les astéroïdes, et ne traque pas les signes de vie dans l'univers. La mission de Sugar Grove est d'intercepter toutes les transmissions électroniques entrant aux États-Unis par la façade est – en d'autres termes, d'espionner la Russie, les autres nations ennemies, mais aussi le citoyen américain.

— Sal n'a jamais pipé mot là-dessus.

— Heureusement ! C'est classé secret-défense, pour toi comme pour le commun des mortels.

Nous suivons désormais la I-66. Sous nos pieds, ce sont des champs, des cultures, du bétail. Le vent, de plus en plus fort, secoue l'appareil. Je m'inquiète pour Marino. Lucy commente les images de la cabine qu'elle reçoit sur ses lunettes « intelligentes ».

— Il a retiré ses écouteurs. Il a les yeux fermés et s'agrippe aux accoudoirs, annonce-t-elle. Comme la dernière fois que j'ai checké.

— Green Bank ne s'occupe pas d'espionnage. C'est le pré carré de Sugar Grove, d'accord, dis-je pour ramener la conversation sur ses rails. Et maintenant que tu as parlé de la Russie, ça me trotte dans la tête.

Je regarde Lucy. Pense-t-elle comme moi à notre Némésis qui nous a attaqués voilà pas si longtemps et qui nous harcèle depuis toujours ? Cette femme est le mal incarné. Je la tuerais avec délectation – non, je chasse cette image. Surtout ne pas tomber du côté obscur ! Ne jamais laisser quelqu'un avoir ce pouvoir sinistre sur soi. Mais tant que Carrie Grethen sera de ce monde, elle étendra son aile noire sur mon âme.

Toutes les polices du monde la recherchent. Elle est peut-être la psychopathe la plus dangereuse que j'ai rencontrée et elle a réussi à s'immiscer dans ma vie – intimement, inexorablement. À tous les niveaux de mon existence. Aucune part de moi n'a été épargnée. Et ce depuis que j'ai été confrontée à sa violence au tout début de ma carrière. Quand j'ai appris qu'elle avait été arrêtée, puis qu'elle était morte dans un HP de haute sécurité, cela m'avait procuré un soulagement indicible.

Pendant des années, j'ai cru être délivrée. Mais, voilà quelques mois, j'ai découvert que c'était un mensonge. Carrie Grethen était vivante ! Je suppose qu'elle est toujours en Russie – son refuge après avoir été échangée contre deux citoyens américains détenus par les Russes. Je profite du fait que Marino ne nous entend pas pour aborder le sujet :

— Cela pourrait être elle, tu crois ? Elle qui tire les ficelles ? Elle s'est peut-être associée à Ryder Briley. (À cette simple idée, je frémis.) Elle a pu tout organiser – le kidnapping, le meurtre. Et maquiller le tout pour faire croire à un enlèvement par des extraterrestres.

— Oui et non. Carrie peut en effet être le cerveau derrière tout ça. Mais non, je ne crois pas que la mort de Sal ait été maquillée en attaque d'aliens. On n'a pas affaire à une mise en scène. Le PAN sur les radars était bel et bien réel. Pour l'instant, nous ne savons que conclure de cette apparition, ni comment l'interpréter.

Elle m'explique que le mystérieux objet volant a laissé un écho intermittent sur les écrans avant de disparaître aux abords du parc du Pays d'Oz. Puis que le PAN a été de nouveau repéré dans la région de Waynesville. Apparemment, l'engin non identifié a été vu par de nombreux appareils de détection, y compris à Green Bank et Sugar Grove.

— Comme il est resté sous les cinq cents pieds, le signal est difficile à repérer au milieu du bruit de fond, poursuit-elle. Et à mon avis, c'était volontaire.

— Ce serait quoi l'explication, à supposer que Carrie soit impliquée d'une manière ou d'une autre dans la mort de Sal ? (Par la vitre sous mes pieds, je contemple les vergers en fleurs.) Sal aurait été balancé par-dessus bord de ce PAN ?

— Je n'ai pas de réponse pour l'instant.

— Elle a un compte à régler, insisté-je.

— Carrie a toujours des comptes à régler, et ce avec un tas de gens. Depuis que je la connais, elle est en guerre, avec ou sans raison valable. Mais oui, il est possible qu'elle soit responsable de l'assassinat de Sal. Tuer, faire souffrir, c'est son truc si ça sert ses intérêts et que du même coup elle peut assouvir sa vengeance.

— J'espère que ce n'est pas pour ça que Sal est mort.

Je détourne la tête et regarde le ciel. Il n'est plus si bleu – on dirait un jean délavé. La tempête continue de rassembler ses forces au sommet des monts.

— C'est exactement ce que voudrait Carrie ! Que tu te mettes à ruminer, insiste Lucy. Et si c'est elle la coupable, ce ne sont pas les mobiles qui manquent. Nous faire du mal, à nous comme à ceux que nous aimons, c'est sa cerise sur le gâteau, son petit dessert. Mais pas son plat de résistance. Ce qui la nourrit vraiment, c'est le pouvoir.

Je n'aime pas que Lucy parle d'elle avec tant de désinvolture, comme si elles étaient encore proches toutes les deux. Et c'est peut-être le cas : elles ne se voient plus mais la relation toxique demeure.

— Le parc a un lien avec nous, insisté-je, parce que je t'y emmenais quand tu étais petite. Tu crois qu'elle peut le savoir ?

— J'ai pu le mentionner en passant quand on était à Quantico. Peut-être quand on se faisait la Route de brique jaune…

C'est le nom du parcours du combattant à l'académie du FBI, et j'ai toujours le pavé peint en jaune – le trophée que l'on remet à ceux qui le terminent pour la première fois dans les temps. Lucy s'entraînait souvent sur ce parcours d'obstacles avec Carrie. Et c'est bien possible que ma nièce ait parlé du parc d'attractions à ce moment-là. Lucy était en stage à Quantico quand elles s'étaient rencontrées. Carrie avait douze ans de plus que ma nièce, et un charme fou, irrésistible comme tous les grands psychopathes.

Carrie travaillait sous contrat pour l'Engineering Research Facility du FBI et devait superviser les travaux de Lucy qui développait une IA pour le programme CAIN (le Crime Analysis Information Network). Rapidement, j'ai compris que Lucy et Carrie étaient devenues davantage que des collègues.

— Si elle s'est associée à des gens comme Ryder Briley, c'est une très mauvaise nouvelle, dis-je. Pour nous tous.

— C'est possible. Même fort probable, répond Lucy. Sous le manteau, Briley donne des millions pour soutenir des candidats aux élections, et ce dans tout le pays. Et ils ont un point commun : ce sont tous des extrémistes qui veulent abattre la démocratie.

Front Royal est sous nos pieds – la petite cité de caractère avec ses vignobles et ses vergers qui attirent les touristes. J'aperçois le palais de justice avec son fronton à colonnes. J'y ai plusieurs fois témoigné en qualité de médecin légiste. J'allais alors déjeuner dans un ancien moulin transformé en restaurant – j'adorais leur salade au poulet frit et Marino ne dérogeait jamais à son cheeseburger.

Je ne devrais pas penser à la nourriture. Je me fais du mal tellement je suis affamée !

J'aperçois des silos, des granges, une voie de chemin de fer, et une succession de piscines bleues à mesure que nous nous approchons de l'aéroport du comté. Lucy leur annonce notre présence par radio, en indiquant notre altitude et notre cap. Personne ne répond. Nous traversons donc l'unique piste d'envol. Aucun avion en vue, les portes des hangars sont toutes fermées.

* * *

La Shenandoah est parsemée de canoés et de kayaks multicolores. Nous reprenons de l'altitude et gagnons les premières collines. Droit devant nous, la tempête enfle tel un tsunami derrière les crêtes.

Le paysage devient plus rude et désolé quand nous traversons l'I-81 pour nous enfoncer dans le Lost River State Park – à perte de vue, des arbres, des rochers. Nous allons bientôt entrer en Virginie-Occidentale. Lucy m'explique les dégâts que pourrait causer Carrie Grethen si elle prenait le contrôle des radiotélescopes de Green Bank et de Sugar Grove. Elle serait alors en mesure de pirater d'autres installations sensibles sur terre comme dans l'espace.

— Par exemple, les horloges atomiques du Naval Observatory. Ce sont elles qui servent d'étalon pour synchroniser nos satellites GPS, nos téléphones, et toutes sortes d'appareils. C'est une question de sécurité nationale pour le département de la Défense. Plus rien ne serait fiable, ni les télescopes de la NASA, ni les sondes spatiales dans le système solaire ou au-delà, car tout est connecté.

— Sans compter tous les programmes qui ont besoin d'un temps ultra-précis pour fonctionner. Ce serait une catastrophe.

— Et ce ne serait que le début des ennuis. Quel exploit ce serait ! Carrie s'assurerait ainsi une place de choix au Kremlin. (Encore une fois, je n'aime pas la façon dont Lucy parle de Carrie. Comme si elle l'admirait.) Les dommages seraient incommensurables. Apocalyptiques.

— Où est-elle ? On le sait ? Toujours en Russie – loin de nous j'espère –, à faire ses méfaits par procuration ? (Lucy, derrière ses lunettes de nouveau teintées, surveille la trajectoire d'un avion de ligne à onze heures.) Tu as suivi ses allées et venues ? Récemment, je veux dire.

Il y a un silence.

— Elle a probablement quitté la Russie, me répond-elle enfin.

— Comment ça « probablement » ? Tu ne sais pas où elle est ?

— Carrie sait passer sous les radars quand elle le souhaite. Effectivement, nous ignorons où elle se trouve pile en ce moment.

— Vous avez perdu sa trace, c'est ça ? bredouillé-je, sentant la panique monter.

— Voilà.

— Je n'en reviens pas. Et depuis quand ?

— Depuis Thanksgiving.

— Elle pourrait être revenue ?

Pourvu qu'elle me dise « non » !

— Il y a peu de chance. Mais on ne peut pas être catégorique.

— Donc, elle pourrait être dans le pays ! C'est bien ce que tu laisses entendre ?

— Elle pourrait même être tout près. Comment savoir ? C'est pour cette raison que je veux identifier toutes les personnes qui sont venues chez Sal ces derniers jours.

Nous nous approchons d'Harrisonburg. J'aperçois l'université James Madison, avec ses bâtiments de brique, ses toits rouges, ses colonnes blanches. Nous prenons à nouveau de l'altitude et survolons les Blue Ridge Mountains. Le vent forcit encore. Lucy sait donc depuis plusieurs mois que Carrie a disparu des écrans. Benton le sait aussi, bien sûr, et ni l'un ni l'autre ne m'ont avertie !

Je comprends leurs raisons, et ce n'est pas la première fois qu'ils me cachent des choses. Mais je ne m'y habituerai jamais. C'est toujours un choc pour moi. Et si Lucy me le révèle aujourd'hui, c'est que Carrie représente un danger immédiat, ici et maintenant !

— On devrait prendre des nouvelles de Marino, non ? suggéré-je. Il va penser qu'on l'a oublié.

Par réflexe, j'ai envie de me retourner, mais cela ne servirait à rien puisqu'il y a une paroi entre le cockpit et la cabine.

— Il a toujours les yeux fermés, me répond Lucy. Et ça ne secoue pas trop. Ce n'est rien par rapport à ce qui nous attend.

Nous sommes à vingt minutes de la frontière et il faut qu'on aille récupérer le pick-up de Sal. Ce qui ne va pas être une mince affaire.

— Je vais devoir remonter le véhicule sur la route, avant que la pluie ne s'abatte. Le corps est dans le parc, à l'abri sous une tente, mais son véhicule est en plein vent. Je ne veux pas perdre le moindre indice, m'indique-t-elle. (Puis elle relève la tête.) Tiens donc ! La Belle au bois dormant a rouvert les yeux et remis son casque !

Elle rallume l'intercom avec la cabine tandis que les Appalaches se dressent à l'horizon. Sous nos pieds, s'étend un océan ondulant de collines, couvertes de grands arbres vert sombre.

— Te revoilà parmi nous, Marino ! lance Lucy.

— Tu as vu ce qu'on va se prendre sur la tronche ! Ça fonce droit sur nous. (Sa voix chevrote dans nos écouteurs.) D'abord, pourquoi on te laisse voler ici avec tous tes machins électroniques alors que c'est la Quiet Zone ?

La Pr Rao, avec qui a dîné Sal hier, va éteindre le radiotélescope pour qu'il ne soit pas endommagé par nos transmissions.

Cela signifie aussi que Green Bank ne pourra pas nous repérer sur leurs radars, ce qui va compliquer les choses pour leur faire savoir notre position, m'explique Lucy. Le seul contact possible sera via notre téléphone satellite.

— D'ailleurs faisons un test.

J'entends aussitôt la sonnerie dans mes écouteurs.

— Re-bonjour, répond la Pr Rao.

— Je fais la course avec la tempête.

— Je ne vous vois pas encore. Je suis à la fenêtre.

L'astronome de Green Bank a un accent indien.

— Nous sommes à quinze kilomètres au nord-est, nous suivons la Route 92.

— J'aimerais que l'on fasse la même procédure d'approche que précédemment. Quand vous serez à cinq kilomètres de l'observatoire, prenez le cap au 110.

— Entendu.

— Vous suivrez alors la Route 4 pour contourner encore une fois Buffalo Run. Vous verrez alors les voitures de police et la dépanneuse.

— L'équipe au sol est en place. Tout est prêt ?

— Ils vous attendent.

— Merci encore pour votre aide. (Lucy coupe la communication.) Marino ? Tu es toujours en vie ?

— À peine. Ça va secouer comment ? Je dois m'attendre à quoi ?

— Je vais à nouveau éteindre l'intercom cabine. J'ai une manœuvre un peu compliquée à effectuer. Prends donc un autre cachet et ferme les yeux.

Elle coupe son micro sans lui laisser le temps de répondre.

11.

Les Appalaches nous encerclent, les nuées avancent comme une armada en campagne. Les bourrasques secouent l'hélicoptère de plus en plus fort alors que nous sinuons entre les monts. Je vois le faîte des arbres s'agiter sous nos pieds. Nous nous trouvons hors de toute civilisation. Juste la forêt, un océan vert tempétueux.

Passée une crête, nous débouchons dans une vallée où le radiotélescope de Green Bank se dresse au loin au milieu d'un écrin de verdure. Sal m'a dit que l'instrument est si sensible qu'il pourrait capter le signal de mon téléphone portable de Jupiter. Derrière les arbres, la parabole de cent mètres de diamètre ressemble à un champignon gigantesque pointé vers le ciel.

Pendant notre été en Italie, Sal venait d'achever des recherches à Green Bank. Il m'avait raconté que les télescopes étaient des machines à remonter le temps, des sondes qui détectaient des gaz et des poussières d'étoiles datant de la genèse de l'univers.

Nous voyons ce qui s'est passé voilà des milliards d'années, s'émerveillait-il. *Nous assistons à notre propre création, amore.*

Nous approchons d'Arbovale. Le sol sous nos pieds défile comme un film en accéléré, des mobile homes, un cimetière, une vieille gare… Lucy m'indique le Red Caboose, à côté de la gare. Le restaurant est réputé pour ses grillades. Sal y était un habitué. La nuit dernière, lui, Marie Rao et un autre collègue ont commandé le plat du jour, un effiloché de porc au barbecue, accompagné de salade coleslaw et de croquettes de pomme de terre.

Nous prenons au nord-est, vers les montagnes. Lucy baisse le collectif, ralentit. Nous passons entre deux collines, et nous distinguons des gyrophares. Des voitures de patrouille, une dépanneuse bloquent la petite route de montagne. Les secouristes, en tenue orange vif, sont rassemblés autour du pick-up de Sal encastré dans les arbres. Cette image me noue le ventre.

Lucy ouvre un menu sur l'affichage tête haute et fait descendre une sangle orange. Trente mètres de long, me précise Lucy, équipé de deux élingues de levage avec crochets à verrouillage automatique. Je regarde le filin filer à la verticale avec ses deux mousquetons tels d'énormes hameçons, comme si Lucy allait pêcher la baleine tout en maintenant son navire en vol stationnaire, malgré les coups de boutoir du vent qui nous balancent de droite à gauche.

Les nuages masquent le soleil par intermittence. L'ombre de l'hélicoptère clignote sur le versant. Avec ses longues pales, l'*Aigle de l'Apocalypse* ressemble à un nageur brassant à contre-courant. Par la fenêtre latérale, Lucy surveille sa position. Après quelques ajustements, les sangles orange pendent juste au-dessus du pick-up. Un dépanneur attrape les crochets et les referme sur les chaînes qui ont été arrimées aux essieux.

Sans quitter des yeux le véhicule qui oscille au bout du filin, Lucy commence à l'extirper des arbres qui s'agitent en tous sens sous le souffle du rotor. Je découvre alors les dégâts – le capot enfoncé, le pare-chocs arraché… quand soudain l'une des chaînes lâche. L'*Aigle* fait une embardée. Sous nous, le pick-up oscille tel un pendule de Foucault, nous secouant de droite à gauche, comme si l'on venait de perdre des pales !

— C'est pas bon. Quelqu'un a merdé en bas, déclare Lucy d'une voix curieusement calme alors que notre chargement se balance en tous sens.

Il faut une éternité pour stabiliser l'appareil et le pick-up. C'est du moins l'impression que j'ai. Enfin, Lucy se dirige vers le plateau de la dépanneuse. Elle descend le vieux Chevrolet bleu ; les techniciens au sol, coiffés de casques, tendent les bras pour le stabiliser. Sitôt les crochets libérés, Lucy remonte le filin qui s'enroule au treuil comme un long spaghetti autour d'une fourchette.

Nous repartons alors que les nuages noirs se referment sur nous. Les premières gouttes de pluie frappent le pare-brise. Le GPS nous montre le terrain dans des couleurs artificielles et le radar analyse les conditions météo. Sur tous les écrans, des messages d'alerte clignotent en orange et rouge.

— À l'évidence, on a sorti le pick-up juste à temps, dis-je à Lucy alors que la pluie devient plus forte. J'imagine qu'ils ne vont pas l'emmener à l'IML.

Je pose la question par pur principe.

— Non.

— Et on peut savoir où vous l'emportez ?

— Tu le sauras le moment venu.

Ses lunettes connectées ont des reflets ambre sur le gris du ciel.

— Et je n'ai pas mon mot à dire ?

— Non, tante Kay. Il vaut mieux que tu ignores certaines choses. Pareil pour Marino. Pour le moment, du moins. Comme ça, s'il y a des fuites, on ne pourra pas te chercher des noises. Un peu de patience. Tout va s'éclairer. C'est surtout Marino le souci. Il ne va pas apprécier.

— Apprécier quoi ?

— Certaines choses... mais je ne peux pas en parler, sauf aux gens dans la boucle.

— Quelles choses ?

— Je te répète que c'est secret. Mais je te sais perspicace. Tu vas trouver toute seule.

Lucy rétablit la communication avec la cabine.

— Ça va, Marino ? Tu tiens le coup ? demande-t-elle.

— Putain de merde ! s'écrie-t-il. Tu as voulu nous tuer ou quoi ?

— Ce n'était pas le but.

— J'ai cru que cette putain d'épave allait se prendre dans les arbres ! Ça nous a fait valdinguer comme une boule de démolition !

— Oui. Quelqu'un en bas a mal fait son boulot.

— C'est du sabotage, oui ! Qui a fixé ces putains de chaînes ? Je veux son nom. On aurait pu se crasher.

— Bien sûr que non.

— Et ces éclairs ? Tu les vois ? Il y en a partout !

— Oui, la tempête est arrivée un peu plus vite que prévu. Avec un risque de tornades, annonce-t-elle avec détachement.

— Des tornades ? Tu te fous de moi ! On va crever dans ce coin paumé !

— Je vais faire de mon mieux pour que cela n'arrive pas, lâche-t-elle avant de couper l'intercom.

Rapidement, nous atteignons Monterey dont les marchés de producteurs locaux attirent beaucoup de gens, de la région et d'ailleurs. Des bâtiments avec des toits de tôle peinte en rouge attirent mon attention. C'est un centre d'étude et de préservation pour des espèces en danger, en particulier pour les grands animaux d'Afrique. Une sorte de zoo. J'ai vu un reportage sur cette fondation.

— Les Briley sont leurs premiers donateurs, précise Lucy en décrivant une grande boucle pour ne pas effrayer les bêtes.

— C'est ça ! raillé-je. Ils chassent et massacrent ces animaux en voie de disparition, accrochent leurs trophées chez eux, mais donnent de l'argent pour les sauver ?

— Une façon pour eux de s'assurer qu'ils auront toujours quelque chose à tirer.

— Changeons de sujet ! dis-je, sentant la colère me gagner.

Le front orageux est un mur noir tumultueux, zébré par la foudre comme si les dieux partaient en guerre. Des grêlons se mêlent à la pluie. Par moments, je ne vois plus le sol, juste la canopée qui ondule dans le clair-obscur. Lucy passe un autre appel, cette fois pour contacter Tron, sa partenaire au Secret Service. Elle veut s'assurer que la zone d'atterrissage est bien dégagée.

— À cause du rideau d'arbres, je vais devoir piquer sévère avec le vent dans le dos, explique Lucy. (Heureusement que Marino ne l'entend pas !) Le rotor de queue va donc pas mal bouger. Je ne veux rien autour de nous. Aucune voiture garée.

— Le parking est totalement dégagé, répond Tron. Il reste juste des flaques d'eau. À tout de suite.

* * *

Au loin, j'aperçois les montagnes russes dépassant des bois. Nous sommes à moins de deux kilomètres du parc du Pays d'Oz. Le château de la sorcière de l'Ouest est une silhouette sinistre contre le ciel gris. Je reconnais peu à peu la Route de brique jaune qui brille à travers le voile de pluie, les tours de la Cité d'émeraude plus loin, troubles et délavées comme sur une aquarelle.

— Ça rappelle des souvenirs, n'est-ce pas ? lance Lucy en baissant lentement le levier du collectif.

— Je ne l'ai jamais vu d'en haut, dis-je alors que nous ralentissons et survolons l'entrée du parc.

Les portes sont ouvertes, les barrières retirées pour laisser passer les véhicules de secours. Lucy se place en vol stationnaire au-dessus du parking où je me garais autrefois.

— Je ne peux pas atterrir plus près sinon je risque de saccager la scène de crime avec le souffle du rotor.

L'asphalte est craquelé, vérolé de nids-de-poule, les herbes s'agitent en tous sens.

À cause des bourrasques, nous nous posons plus brutalement que d'habitude. Des éclairs strient le ciel derrière le château comme si la méchante sorcière de l'Ouest piquait une grosse colère. Les cieux soudain se déchirent et des trombes d'eau s'abattent sur la carlingue. Lucy entame sa check-list qui semble durer une éternité.

Elle coupe les moteurs, actionne le frein de rotor, et enfin les pales s'immobilisent. Nous dégrafons nos harnais et ouvrons les portes. Le froid et une odeur d'ozone me picotent les narines. La pluie est glacée, des gouttes énormes claquent sur ma tête lorsque je descends sur le patin, puis saute au sol. Lucy ouvre le compartiment à bagages, récupère les sangles rouges d'arrimage.

Alors que je commence à l'aider, un Tahoe noir arrive sur le parking et s'arrête à côté de nous. Tron descend du SUV, en laissant le moteur et les essuie-glaces tourner. Elle est costaude, attirante, et porte une tenue tactique noire avec des chaussures imperméables. Son coupe-vent arbore le logo étoilé du Secret Service, et elle a une arme à sa ceinture.

— Bienvenue au Pays d'Oz ! lance-t-elle en marchant vers nous, l'eau dégoulinant de sa casquette. (Elle se met à inspecter avec ostentation le dessous du fuselage.) Je vérifie juste que vous n'avez pas écrasé la sorcière !

Lucy attrape une autre pale et la tire vers le bas pour que je puisse enfiler le manchon de nylon à son extrémité.

— Ce vol était un enfer ! grogne Marino. Vous avez eu de la chance d'éviter cela.

— Je partagerai bientôt ça avec vous, indique-t-elle avec un petit sourire moqueur dont elle a le secret.

Nous emportons le matériel dans le Tahoe et claquons le hayon. Marino et moi montons à l'arrière. Lucy s'installe à côté de Tron qui nous tend aussitôt un rouleau de sopalin.

— Merci, répond Marino.

Il déchire quelques feuilles qu'il dépose sur mes cuisses, et nous nous essuyons tant bien que mal, histoire de cesser de dégouliner.

Nous roulons lentement sur la Route de brique jaune. Les pavés peints sont en piteux état, et il en manque beaucoup. La voie mène aux nombreuses attractions du parc. Je me souviens du petit train *Lollipop Guild* qui, au son de cette chanson entraînante, emportait les visiteurs vers les boutiques et les manèges.

— On n'a toujours pas retrouvé les affaires de la victime ? demandé-je à Tron. Rien de nouveau ?

— Non, malheureusement.

— Et rien non plus dans son pick-up ?

— Les équipes de secours ont regardé par les fenêtres et n'ont rien vu.

— J'espère qu'ils se sont contentés du plaisir des yeux, grommelle Marino. Le pick-up ne doit pas être ouvert avant que nous puissions l'examiner.

— On a pris les empreintes digitales et ADN des sauveteurs pour éviter toute confusion, au cas où on trouve quelque chose, répond Tron. Les portières étaient verrouillées et elles le sont restées.

Elle ne précise pas que ce sont d'autres enquêteurs qui interviendront sur le véhicule.

— Est-ce qu'ils ont trouvé un panier-cadeau avec du vin, de l'huile d'olive, du fromage et autres denrées ?

— Non. Pas plus que son téléphone ou son ordinateur portable, précise Tron tandis que les essuie-glaces vont et viennent sur le pare-brise dans un bourdonnement monotone.

Silencieux, le manège des Munchkins se dresse, solitaire, sous le déluge. Je me souviens de la statue de la méchante sorcière de l'Ouest avec son chapeau pointu. Ses yeux s'éclairaient en rouge et la sono faisait entendre son rire machiavélique chaque fois que quelqu'un passait devant. Elle aussi est silencieuse, et se tient de guingois, les bras cassés, son visage vert écrasé comme si on l'avait fracassé à coups de batte de baseball.

Nous gagnons la Forêt hantée. Et passons devant l'Homme en fer-blanc de trois mètres de haut, désormais tout cabossé et couvert de graffitis. L'entonnoir qui lui servait de couvre-chef et sa hache ont disparu. Couvert de plaques de rouille comme un psoriasis, il semble triste et martyrisé, sa bouche à jamais fermée. Autrefois, quand la statue s'éveillait de sa torpeur, ses yeux s'agitaient de droite à gauche et les haut-parleurs entonnaient : « *If I only had a heart*. » C'était un tableau touchant, comme si la chanson sortait de ses entrailles.

Juste à côté, il y a l'Épouvantail, suspendu à un poteau, comme un supplicié, ses vêtements et son corps de paille en lambeaux, rongés par les moisissures. Quant au Lion peureux, il ne reste de lui qu'un amas de fils de fer. J'entends encore sa statue parler, qui se lamentait de ne pas avoir de courage. C'est un spectacle déprimant. Je me demande quand Ryder Briley est venu ici pour la dernière fois. Quel gâchis d'avoir laissé ce parc à l'abandon ! Il faisait le bonheur de tant d'enfants.

— De toute évidence, le proprio voulait que l'endroit soit détruit après la fermeture, conclus-je.

— Briley a envoyé des gens pour tout casser afin de toucher l'assurance, renchérit Tron. Chaque année, il déclare que le parc est un gouffre financier. C'est bien plus rentable que de le vendre. De toute façon, qui voudrait l'acheter dans cet état ? Ici, au milieu de nulle part.

— On a Briley dans le collimateur depuis un moment, m'explique Lucy. La fraude à l'assurance est l'une de ses spécialités.

— Ça et passer entre les mailles du filet, ajoute Tron. Une vraie anguille !

Le Tahoe dérape sur les pavés trempés. De part et d'autre de la route, les pommiers sont en fleurs, les tables de pique-nique enfouies sous la végétation. Les branches basses des arbres, comme autant de mains griffues voulant nous attraper, essaiment leurs pétales blancs sous les trombes d'eau. Le sol en est jonché.

Alors que nous approchons du château de la sorcière, j'aperçois cinq SUV de la police et un van. Ils sont garés dans une clairière, tous feux éteints. Deux tentes ont été montées sur la route, une grande bleue et une noire, plus petite.

Les éclairs illuminent le château de la sorcière, les courbes des montagnes russes au loin évoquent le dos d'un dragon. Les coups de tonnerre claquent comme des salves d'artillerie, la pluie cingle le pare-brise tel du shrapnel.

— Sal Giordano a été tué le jour de son anniversaire. Personne ne trouve ça bizarre ? lance Tron en s'arrêtant près des tentes. Cela pourrait être une coïncidence. Mais je n'y crois pas. J'y vois là un acte de haine. Le signe d'une vengeance.

— Cela signifie aussi que l'opération a été préméditée, annonce Lucy en détachant sa ceinture. Ce n'est pas de la malchance – un quidam se trouvant au mauvais endroit au mauvais moment. Non. Quelqu'un a attrapé Sal Giordano et l'a abandonné sciemment au Pays d'Oz.

— Si Sal Giordano était la cible, l'individu qui a fait le coup était bien renseigné. (Je pose mon porte-documents sur mes genoux.) Il savait que c'était hier son soixantième anniversaire, qu'il se rendait à Green Bank, dans quel restaurant il allait dîner, et dans quel hôtel il allait dormir.

Je garde un ton froid de professionnelle, comme si je ne connaissais pas la victime. Sinon, je m'effondrerais de chagrin.

— Vu à qui nous avons affaire, rien n'est dû au hasard, affirme Lucy. (Nous sortons du Tahoe sous la pluie battante. J'ai les cheveux trempés, mes vêtements sont déjà mouillés.) Tout a une signification quand l'auteur mène une croisade personnelle et a le temps de préparer son attaque.

— De qui parlez-vous ? intervient Marino. (Notre vol l'a ébranlé. Il se tient droit sous la pluie, comme si cette douche lui faisait du bien après cette épreuve ordalique.) Vous avez quelqu'un en tête, c'est ça ?

— Peu de gens ont les moyens de créer un tel chaos, répond Lucy en ouvrant le hayon du SUV.

— Je sais à qui vous pensez ! lance-t-il en levant les yeux au ciel. Désolé de vous décevoir, mais tous les chemins ne mènent pas à Carrie Grethen.

— Action/réaction ! réplique Lucy. On lui a pris un être cher, elle nous retourne la politesse.

— Ah oui ? Et l'OVNI, tu en fais quoi ? Elle a une soucoupe volante à disposition, ta Carrie ?

— Pourquoi pas ?

— Arrêtez vos conneries ! lâche-t-il en clignant des yeux sous l'eau qui ruisselle de son front.

— Les États-Unis, la Russie, et sans doute la Chine, construisent des soucoupes volantes depuis les années 1950, rétorque Lucy en me tendant mon ciré. (C'est un peu tard ! Je le coince sous mon bras.) Il y en a plein dans des musées militaires, comme à Fort Eustis ou Wright-Patterson. Crois-moi, le grand public ignore bien des choses question armes ennemies !

— Donc, tout ce que les gens ont vu depuis des dizaines d'années – OVNI, PAN, soucoupes, cigares, bidules en forme de méduse –, tout ça, ce sont des technologies humaines ?

— Non, pas toutes, concède-t-elle alors que Tron sort un carton de sacs mortuaires.

— L'hélico ne risque rien, là-bas en plein vent ? s'inquiète Marino en prenant nos caisses de terrain.

— Ce n'est pas l'idéal, mais ça ira, réplique Lucy tandis que l'eau clapote sur les briques jaunes.

12.

Toute affaire cessante, il faut installer les toilettes de campagne que j'ai demandé à Marino d'apporter. Et maintenant que j'y pense, je ne les ai pas vues ! Quand je lui pose la question, il a un haussement d'épaules fataliste et déclare qu'il va falloir s'en passer.

— C'est facile à dire pour toi ! rétorqué-je tandis que nous avançons sous les trombes et les bourrasques. On n'est pas faits sur le même modèle.

— Désolé, Doc. Au moment où j'allais les prendre, j'ai été dérangé et ça m'est sorti de la tête.

— C'est bon. J'ai déjà fait sans.

Je suis trempée jusqu'aux os. Au point où j'en suis, un aller et retour de plus ou de moins dans les bois ne changera pas grand-chose.

— Le mieux est d'utiliser les toilettes dans le château de la sorcière, m'indique Tron. Rien ne fonctionne et l'endroit pue, mais au moins, c'est juste à côté et vous serez à l'abri de la pluie. Mais quand j'y suis allée tout à l'heure, j'ai entendu des bruits. Des rats, des écureuils, voire des ratons laveurs.

— Je t'accompagne ! m'annonce aussitôt Marino.

— Donnez-nous votre matériel. On se retrouve dans la tente bleue, lance Lucy.

Sous la pluie battante, nous partons au petit trot vers les latrines en zigzaguant entre les flaques. Nos pas résonnent sur le pont-levis qui mène au château, un décor qui n'est plus qu'une coquille vide après ces années d'abandon et de vandalisme. Le toit de chaume s'est effondré, les fenêtres sont brisées, offertes au vent, les murs couverts de graffitis. La grande porte d'entrée, noire d'ébène, avec son heurtoir de cuivre en forme de balai de sorcière, a été arrachée de ses gonds et gît au sol.

Le verre crisse sous nos semelles quand nous pénétrons dans le hall. Il y a de l'eau partout. Nous allumons les lampes de nos téléphones et éclairons la salle. Les souvenirs me reviennent en pagaille. Je revois les fausses chauves-souris au bout de leur fil qui tombaient du plafond, j'entends les rires sarcastiques et les cris que la sono diffusait dans toutes les pièces.

Lorsqu'on gravissait l'escalier de pierre dans la tour de la prison, des images de la méchante sorcière étaient projetées sur les parois, toute fripée et concentrée sur sa boule de cristal. Les gardes Winkies étaient impressionnants avec leur bonnet en poil d'ours, quand ils croisaient soudain leurs hallebardes pour bloquer le passage. Et c'était encore plus terrifiant quand ils se mettaient à chanter.

« *Oh-Ee-Yah... !* »

Même si on s'y attendait, c'était chaque fois un choc. Lucy ouvrait de grands yeux. Et on se mettait toutes les deux à glousser nerveusement.

« *Eoh-Ah... !* »

Tout en haut, sur le toit, nous attendait la tyrolienne des Singes volants, une attraction qui me faisait froid dans le dos. Les amateurs de sensations fortes, avec ou sans leur consentement, se retrouvaient suspendus à un fil et traversaient alors les douves, le jardin aux plantes mortelles, la hutte des gardes où les ennemis du pays des Winkies étaient jugés pour des crimes qu'ils n'avaient pas commis. L'aventure se terminait aux montagnes russes, où le rire de la sorcière accompagnait chaque embardée de notre wagonnet fou.

Les boutiques et la cafétéria sont aujourd'hui saccagées, souillées de graffitis obscènes qui paraissent si déplacés dans ce lieu fréquenté autrefois par les familles. Je me souviens que les toilettes se trouvaient derrière le grand escalier, au fond de la salle jonchée de sièges et de tables renversées. La boule de cristal de la machine diseuse de bonne aventure a évidemment disparu. Contre un dollar, le chaland pouvait connaître son avenir !

— Moi, j'en ai pour deux secondes. Je t'attendrai ici, indique Marino en filant vers la zone des hommes.

En m'éclairant avec mon téléphone, j'avance avec précaution, et pousse la porte des toilettes des femmes. Quand j'entre dans une cabine, l'odeur de moisi me saute à la gorge. La cuvette est vide, marbrée de traces brunes. Je sors mon paquet de Kleenex quand un tintement résonne au-dessus de moi, comme si un objet métallique était tombé au sol.

Puis j'ai l'impression d'entendre une musique au loin, quelques notes venant de nulle part. Pour un peu, je jurerais qu'il s'agit du chant des gardes Winkies. Un frisson me parcourt l'échine. Je tends l'oreille. Plus rien. Je remonte mon pantalon, aux aguets. Je perçois des bruits de pas au-dessus, puis des marmonnements, des murmures quand je passe devant les miroirs des lavabos. Sur le verre sale et brisé, mon reflet est une succession d'ombres fugitives.

— Il y a quelqu'un ? appelé-je en levant la tête.

Silence.

Je sors en vitesse des toilettes. Marino a saisi son arme, et dirige sa lampe vers moi. L'espace d'un instant, je suis aveuglée et manque de lui rentrer dedans.

— À qui tu parlais, putain ! Qu'est-ce qui se passe ? (Son faisceau va et vient dans tous les sens, explorant chaque recoin.) Tu as entendu quelque chose ?

— Chutt ! (Je dirige ma lumière vers le plafond.) Oui, des bruits de pas.

Nous écoutons tous les deux le silence.

— C'est peut-être le vent ? suggère-t-il alors que les bourrasques mugissent dans le château et que la pluie se déverse par les fenêtres béantes.

— Non. Ce n'est pas ça. J'ai aussi entendu quelqu'un ou quelque chose murmurer. J'en suis certaine. De la musique aussi.

— Je vais aller jeter un coup d'œil au-dessus, histoire d'être sûr, annonce-t-il sans grand enthousiasme. Toi, tu restes ici.

— Dans tes rêves ! Je ne te quitte pas d'une semelle !

Je n'aime pas le voir se balader avec un pistolet à la main.

Nous gravissons lentement les marches. Les lampes de nos téléphones révèlent une litanie d'obscénités et de dessins sans équivoque. Le premier étage grouillait autrefois de monde, les gens faisaient la queue pour la tyrolienne, et l'atmosphère était bon enfant, vibrante d'une joyeuse excitation. L'espace est aujourd'hui désert, l'air saturé de poussière, et les rires des enfants ne sont plus qu'un lointain écho.

— Pendant que j'étais aux toilettes, j'ai entendu un impact au-dessus de ma tête, expliqué-je à Marino, en regardant autour de moi. Quelque chose de lourd est tombé, peut-être en métal.

— C'est sûr que du monde est venu ici !

Il éclaire le sol : des éclats de verre, des moustiquaires déchirées, divers débris. Par endroits, il y a des traces dans la couche de poussière.

— Reste à savoir si c'est récent ou pas, ajoute-t-il.

— Et qui ou quoi a fait ça.

Je repère des crottes séchées et autres signes que l'endroit a été visité par des rongeurs, mais rien de bizarre. Juste des insectes morts, des toiles d'araignée, des ailes desséchées de papillons de nuit, une souris momifiée.

— Il y a quelqu'un ? lance Marino en prenant son arme à deux mains, le canon bien trop relevé à mon goût. Ohé du bateau !

Pas de réponse. J'agite ma lampe en tous sens. Un courant d'air glacé traverse la pièce, un écriteau en bois cogne contre un mur.

— C'est peut-être ça que tu as entendu ? déclare Marino, comme s'il voulait s'en convaincre.

— Non. Cela venait peut-être du toit…

— Très bien. Allons voir, soupire-t-il. J'espère juste qu'on ne va pas avoir de problème, parce que dans cette putain de Quiet Zone nos tel sont HS !

Nous repartons vers l'escalier et grimpons jusqu'à la plateforme de la tyrolienne. Le toit de chaume au-dessus est affaissé, l'eau nous tombe sur le crâne.

* * *

Je m'approche du bord et éclaire le câble de la tyrolienne qui file tout droit vers les montagnes russes – une silhouette fantomatique derrière le rideau de pluie. Il manque bien sûr les poulies, les élingues et les harnais pour sécuriser les visiteurs avant leur voyage dans le grand vide.

— Jamais je n'irais sur ce machin ! s'exclame Marino en observant le filin d'un air suspicieux.

Le câble n'est qu'un trait fin qui disparaît dans le gris du ciel.

— Ce n'était pas mon attraction favorite, mais Lucy adorait ça, dis-je en revoyant son visage radieux quand elle sanglait son casque.

— Ça ne m'étonne pas ! Elle adore tous les trucs qui peuvent te tuer, ironise-t-il alors que le chant des Winkies résonne à nouveau. (Puis le silence revient aussitôt.) C'était quoi ça ?

Il regarde tout autour de lui, inquiet.

— C'est ce que j'ai entendu dans les toilettes.

— Ça venait d'où ?

— Aucune idée. Mais tout le parc est sonorisé. Il y avait tout le temps de la musique ou des bruitages, où que tu ailles.

— Les haut-parleurs sont débranchés. Du moins ceux que j'ai vus. Il n'y a plus de courant de toute façon. Depuis des années. C'est bon, tirons-nous d'ici.

Je lui emboîte le pas. Nous descendons rapidement l'escalier, traversons le rez-de-chaussée et sortons sous les trombes d'eau. Au moment de franchir le pont-levis, je me retourne. Le château ressemble à un monstre pétrifié qui nous observe, traversé d'éclairs, ses fenêtres éventrées comme autant d'orbites vides et noires.

Nous rejoignons vite la tente bleue pour nous mettre à l'abri. Tron et Lucy nous y attendent en compagnie de deux enquêteurs du Secret Service. Je ne les connais pas. Ils nous tendent des serviettes. Marino commence à déballer nos EPI catégorie 3. Les combinaisons sont vert chartreuse avec des coutures étanches aux aérosols. Nous allons prendre tout l'équipement, y compris les masques respiratoires. Nous serons ainsi protégés de la majeure partie des risques biologiques.

Mais pas des rayons gamma, si jamais le cadavre est radioactif après son séjour dans un vaisseau extraterrestre, par exemple. Auquel cas, il faudra envisager de nouvelles mesures de sécurité. En même temps, je ne vois pas lesquelles. Je ne suis pas habituée à gérer des affaires impliquant des OVNI. Je distribue les encas que j'ai emportés dans mon porte-documents. Les cacahuètes de Briley Flight Services sont un délice. Mon petit déjeuner avec Benton est si loin.

Je m'assois sur l'une de nos caisses de terrain, retire mes chaussures, glisse le bas de mon pantalon dans mes chaussettes et enfile la combinaison tandis qu'un enquêteur du Secret Service – un dénommé Rob – me fait un topo.

— La police d'État a sécurisé la zone jusqu'à l'arrivée de nos hommes, m'explique-t-il avec son accent de l'ouest.

Il est plutôt mignon avec son visage poupon et ses cheveux roux coupés en brosse.

— Espérons qu'ils sauront tenir leur langue ! lance Marino en avalant une gorgée de Gatorade.

— Vous avez le droit d'y croire ! réplique Daniel, l'autre enquêteur. (Il a des cheveux gris et des yeux bleu acier.) Je suis surpris que cela n'ait pas déjà fuité dans tous les médias.

— Les flics ne savent pas grand-chose sinon que la victime est Sal Giordano, répond Tron en précisant que le passage du PAN a été tenu secret.

— C'est quoi leur théorie ? Qu'est-ce qui s'est passé selon eux ? s'enquiert Marino.

— Ils ont échafaudé un tas de scénarios, reprend Tron. Dont un meurtre déguisé en enlèvement par des aliens.

À cause du surnom de Sal Giordano : « Le chasseur d'ET. » Ils pensent que les agroglyphes sont des fakes, placés là juste pour susciter la panique.

— Et cette odeur de vinaigre dont m'a parlé Lucy ? demandé-je.

— Je l'ai sentie aussi, renchérit Tron. Mais elle s'est dissipée maintenant.

— C'est vrai. Elle n'était plus là quand on est arrivé en voiture, annonce Daniel. Mais, oui j'ai bien vu les cercles de fleurs autour du corps. C'était plutôt flippant d'ailleurs. (Il se tourne vers Lucy.) Vous avez une explication ?

— Je ne sais pas comment on pourrait reproduire ça. L'agroglyphe a été causé par une force circulaire qui a couché l'herbe et projeté les pétales en cercle dans le sens horaire.

— Malheureusement, tout ça a été détruit par la pluie, indique Tron. Mais on a plein de photos et de vidéos.

— Une force circulaire ? Et ça viendrait de quoi ? s'interroge Rob alors que je ferme la glissière de ma combinaison. Un rotor d'hélicoptère ?

— Justement..., intervient Marino en se tournant vers ma nièce, tu es sûre que ça ne vient pas de ton engin de la mort ? Tu t'es peut-être trop approchée, et sans t'en rendre compte tes pales ont créé ce cercle de fleurs. Ce serait l'explication logique.

— Impossible. Quand on a repéré le corps, Tron et moi, on était à plus de cinquante mètres d'altitude. À aucun moment, je ne suis passée au-dessus du cadavre. Je suis allée me poser sur le parking, et on a fait le reste du chemin à pied. De toute façon, mon rotor tourne dans le sens anti-horaire.

— J'imagine que le corps a été protégé de la pluie ? reprends-je. Des infos à me communiquer avant que j'aille l'examiner ?

— Il est dans l'autre tente, quasiment depuis qu'on l'a trouvé, me rassure Rob.

— Et j'étais avec la police dès le début, ajoute Tron. J'ai bien veillé à préserver l'intégrité du corps. Personne n'y a touché.

— Et nul ne s'est approché sans EPI ? insisté-je.

— J'avais une combi quand j'ai pris la température. Avec un thermomètre infrarouge, précise Rob. J'ai visé le front à distance. Sans toucher à rien. J'ai relevé trente-cinq degrés.

J'espère que le corps n'a pas été contaminé par un virus contagieux et inconnu. Et que l'endroit n'est pas radioactif ! Sinon, tout le monde est en danger.

— Pour quelle température ambiante ?

— Vingt-quatre.

— À quelle heure ?

— Il était 10 heures environ.

— Le corps était au soleil à ce moment-là ?

Je fais un rapide calcul dans ma tête.

— Le jour se lève à 6 heures, me dit-il. Alors oui, il a pu être exposé aux rayons solaires un bon moment.

— Ce qui a pu chauffer la surface de la peau. Sa température interne doit être bien plus basse. Quelle heure était-il quand la tente a été montée ?

Cette fois, c'est Daniel qui me répond :

— Il y a une demi-heure.

— À votre avis, le parc a été visité dernièrement ? s'enquiert Marino. Vous avez trouvé des traces, des indices en ce sens ?

— Non. Rien, répond Tron. Mais je me suis posé la même question quand on a repéré le corps en hélico. L'assassin a pu repérer l'endroit auparavant.

— On est sûr qu'il n'y a personne ici en ce moment ? Personne à part nous ? Le parc est gigantesque.

— Plus de cent hectares. Et oui, il y a plein de cachettes possibles. En plus, la visibilité est nulle par ce temps, et pour couronner le tout, nous sommes dans la Quiet Zone, concède Tron. Vous avez raison, on ne peut être sûrs de rien.

— On a exploré les bâtiments principaux, mais il est impossible de fouiller tout le parc, explique Rob. Toujours est-il que nous n'avons repéré aucune trace d'effraction. Malgré les bruits étranges que nous avons entendus.

— Comme nous dans le château, il y a quelques minutes ! précise Marino en passant ses jambes dans sa combinaison. (Il regarde l'ouverture de la tente, comme si quelqu'un pouvait nous épier.) Doc a cru entendre quelqu'un marcher à l'étage. Et il y a eu de la musique.

— De la musique ? s'étonne Tron les sourcils froncés. Ça venait d'où ?

— Aucune idée. Mais c'est louche.

— Quand nous sommes allés explorer la Cité d'émeraude, nous avons entendu des bruissements dans les fourrés, reprend Rob. Comme des grognements, des marmonnements, des sons bizarres. Et ça se déplaçait ! On n'a pas pu voir ce que c'était, et à vrai dire je n'étais pas très chaud pour m'approcher.

— Un coyote ? Un renard ? suggère Daniel. Je ne crois pas qu'il s'agissait d'un ours.

— La nature sauvage a dû reprendre ses droits depuis tout ce temps, indique Tron.

13.

La pluie martèle la tente, le tonnerre gronde de plus belle pendant que Marino et moi achevons de nous équiper. Nous sanglons nos respirateurs qui vont envoyer de l'air sous nos capuches intégrales qui empestent le plastique. Les gants en caoutchouc suffiront pour ce que je m'apprête à faire.

— En réalité, on ne sait pas ce qu'il y a dehors, poursuit Lucy, et en temps normal on aurait envoyé des drones en reconnaissance. Mais ce n'est pas possible avec cette météo. En revanche, nos analyseurs n'ont relevé aucune activité suspecte.

— Ça signifie juste que personne n'est dans le coin avec un téléphone portable ou un autre bidule électronique ! réplique Marino. De toute façon, ces machins ne fonctionnent pas dans la Quiet Zone.

— C'est vrai, concède Lucy.

Il prend nos caisses, et moi le carton de sacs mortuaires. Nous sortons sous les trombes d'eau et les éclairs qui zèbrent le ciel, trottons vers l'autre tente, voûtés sous le déluge. Les bottes de caoutchouc qui complètent nos combinaisons ne nous facilitent pas la tâche, et la visibilité est nulle car nos visières se couvrent instantanément de buée. Des lampes de campagne sur accus ont été installées dans la tente noire, et mon cœur cesse de battre au moment où je découvre la dépouille de Sal.

Il est allongé sur les briques jaunes de la route, sa tête au milieu d'une flaque de sang noir coagulé. Je dois reprendre le dessus. Dans la seconde, je comprends qu'il était vivant quand il a été jeté dans le vide. Il y a eu une forte réponse des tissus à l'impact. J'espère que le pauvre Sal n'était pas conscient à ce moment-là.

— Comment tu veux procéder ? me demande Marino pendant que nous nous essuyons avec des sopalins.

— Je ne vais pas faire grand-chose ici. Juste le strict minimum. Et toi, tu prendras des photos.

Nos voix sont assourdies par les valves respiratoires de notre visière. Mon souffle résonne dans la capuche, et je commence à étouffer dans ma combinaison. Je lui demande le compteur Geiger, un appareil sur batterie de la taille d'un téléphone, mais sans connexion internet.

— Donne-moi deux minutes, lui dis-je.

Je m'éloigne de lui. Je veux être libre de mes mouvements, et surtout passer un peu de temps seule avec Sal.

— Je ne bouge pas, m'assure-t-il en allant se poster à l'entrée – comme s'il n'allait pas épier le moindre de mes mouvements !

Je m'approche du cadavre d'un ami qui a compté pour moi pendant la moitié de mon existence. J'écarte ces pensées. Ce n'est pas le moment ! Mais voir la ligne de sa mâchoire, l'arête parfaite de son nez, son corps à la fois longiligne mais puissant, ses longs cheveux gris... tout cela me bouleverse. Je reconnais sa cicatrice sur le flanc gauche de l'abdomen, séquelle d'une appendicite.

Les bijoux qu'il portait la veille dans son allée ne sont plus là. Sa montre connectée, ses bracelets de pacotille. Son clou d'oreille en or, sa dent de requin qu'il avait en pendentif ; tout a disparu. J'aperçois le « π » tatoué sur la face interne de son poignet gauche. Je prends de longues inspirations pour me donner courage et allume le compteur Geiger.

L'appareil émet un bip. Le logiciel fait sa check-list interne et annonce que tout est OK. Je m'approche, m'attends à ce qu'une alarme se mette à sonner, mais le détecteur reste muet. Le niveau de radiation ne dépasse pas la normale. Nous n'aurons pas besoin d'une équipe avec des combinaisons spéciales. Reste que le corps a pu être contaminé par des virus, des bactéries, des molécules et autres substances dangereuses.

Sal est allongé sur le dos, entièrement nu, ses bras disloqués forment des angles improbables. Sa jambe gauche est brisée, un morceau de fémur sort de la cuisse, le pied pointe dans la mauvaise direction. Sal est méconnaissable, avec son visage enflé et couvert d'hématomes, ses yeux à demi fermés, sa peau cramoisie – un rouge étrange comme me l'a dit Lucy. La flaque de sang provient d'une plaie à la tempe droite. La clavicule du même côté est fracturée.

Il présente de gros traumas, typiques d'une chute d'une grande hauteur. J'ouvre ma caisse et en sors le long thermomètre en verre. La température ambiante est de 13 degrés. La tempête a considérablement rafraîchi l'air. J'ouvre la pochette en plastique qui contient un scalpel à usage unique, qui n'est guère facile à manipuler avec ces gros gants.

Je m'agenouille auprès du corps. Les briques sont sèches sous la tente et les pétales de fleurs ressemblent à des confettis. Je pratique une petite incision dans le quadrant supérieur droit de l'abdomen, tâchant de rester le plus concentrée possible. Surtout, ne pas penser qu'il s'agit de Sal. Ne pas penser du tout ! Ne pas se souvenir.

J'insère la tige dans le foie pour relever sa température interne. Ce sera bien plus fiable qu'avec le thermomètre infrarouge. Je glisse ses mains et pieds dans des sacs en papier kraft que je fixe avec des spires de ruban adhésif. Marino m'observe derrière sa visière. Je lui annonce que je suis prête. Et il apporte le carton.

Il étend deux housses transparentes, l'une sur l'autre, les ouvre au maximum. La pluie n'arrête pas de tomber sur le toit, les pans de la tente s'agitent sous les bourrasques.

— Depuis combien de temps il est mort ? s'enquiert-il.

Je retire le thermomètre, l'approche d'une lampe et nettoie le sang.

— La température du foie est de trente degrés. La rigor mortis est déjà bien avancée. À mon avis, il est mort depuis six ou sept heures. Pas plus.

— Il est presque 15 heures. Tu veux dire qu'il était encore vivant ce matin, à 8 ou 9 heures ? s'étonne Marino.

— Exact.

— Et l'OVNI a été repéré sur les radars à 6 heures. Donc, il était en vie quand il a été balancé par-dessus bord. Et après, il a agonisé ici.

Derrière le plastique, je vois ses yeux s'écarquiller.

— Il n'aurait pas autant saigné s'il n'y avait plus de pression sanguine. Oui, après qu'il a heurté le sol, il a survécu un moment. Je ne peux pas dire combien de temps précisément.

— Et de quelle hauteur il est tombé ? marmonne Marino en levant les yeux vers le ciel, comme si la réponse y figurait.

— Je ne sais pas.

— Et si le taux de radiation est normal, pourquoi il est tout rouge comme ça ?

— Je n'ai pas encore d'explication.

— Tu es sûre que le compteur Geiger fonctionne ?

— Oui. J'ai fait plusieurs mesures pour m'en assurer.

Maintenant que notre travail sur site est terminé, nous soulevons le corps. Les membres et la nuque sont raides. Mon cœur se serre. Du sang s'écoule des blessures au crâne et à sa jambe tandis que nous déposons le cadavre dans la housse. Nous retirons les bandes protectrices des fermetures adhésives. Derrière le film plastique, le visage tuméfié de Sal est bien trop visible.

* * *

Du plat de la main, Marino soude les fermetures adhésives de la première housse, puis de la seconde. Une fois qu'il a terminé de sceller les sacs, je les asperge de désinfectant. Je décontamine aussi nos combinaisons. Nous les retirons et les fourrons dans un sac-poubelle que nous remettons à Tron.

— Je reviens avec le fourgon, annonce-t-elle quand nous lui tendons nos caisses. Restez ici. Inutile que vous vous fassiez doucher. On a déjà démonté l'autre tente. On se dépêche parce que ça va vraiment tabasser bientôt.

— Quelle merde ! gronde Marino.

Nous attendons près de l'ouverture en contemplant le carré d'herbes couchées, là où se trouvait la tente bleue.

— On ne va quand même pas voler par ce temps ! se lamente-t-il.

— Si Lucy dit que c'est OK, il faut la croire.

— Ce qui est OK pour elle, ne l'est pas forcément pour moi ! réplique-t-il alors que sonne mon téléphone satellite.

Je l'extirpe de mon porte-documents. Appel inconnu.

— Qui ça peut être ? Comment quelqu'un peut avoir ce numéro ? (Je mets l'appareil sur haut-parleur et décroche.) Allô ?

— Docteur Scarpetta ?

Une voix féminine, familière.

— Qui est à l'appareil ?

— C'est Heidi, l'assistante de madame la gouverneure. Votre secrétaire m'a dit que c'était le seul moyen de vous contacter. Je suis absolument confuse de vous déranger. Mme Dare aimerait vous parler. Ne quittez pas.

— Où êtes-vous ? demande tout de go la gouverneure.

— Sur une scène de crime, tout à l'ouest de l'État. Et je n'ai pas trop le temps de bavarder, Roxane.

— Il paraît que vous avez menacé Ryder Briley à son domicile, hier. (À son ton, ce n'est pas une question.) Je n'ai aucune sympathie pour l'individu. Mais il se trouve qu'il porte plainte. Contre moi, la médico-légale et Dieu sait qui encore ! Je n'ai vraiment pas besoin de ce bad buzz en ce moment.

— Il ment. Tout est bon pour saper l'enquête sur le décès de sa fille, et sur bien d'autres choses.

Je lui explique qu'il a harcelé mon équipe, qu'il s'est garé devant l'IML, et qu'il a tenté de nous intimider. Il a même essayé de subtiliser le corps de sa fille avant la fin des examens post-mortem.

— C'est quoi ce bruit que j'entends ? Vous êtes dans un lave-auto ou quoi ?

— Non, sous une tente, et il pleut des hallebardes.

— Qu'est-ce que vous pouvez me dire sur l'autopsie de la gamine ?

— Elle est morte d'une balle dans la tête.

— Dites-moi la vérité, Kay. Vous pensez qu'elle s'est tuée toute seule, comme le prétendent les Briley sur tous les médias ?

— Les Briley ont beaucoup de soucis à se faire.

Je ne peux pas lui en révéler davantage. Et je lui en ai déjà trop dit.

— Quelqu'un aurait pu tuer la petite avec l'arme du père ? insiste bien entendu la gouverneure. À ce qu'on m'a dit, les parents étaient les seules personnes dans la maison quand a eu lieu le coup de feu.

— Pour toutes ces questions, je vous renvoie vers l'inspectrice Fruge.

— Ce que je veux savoir, Kay, c'est si vous allez déclarer la mort accidentelle ou la requalifier en homicide ? Parce que, si vous voulez mon avis, je trouve cette histoire carrément louche.

— Je n'ai pas encore toutes les réponses.

— Briley doit aller en prison, voilà ce qu'il mérite !

Par réflexe, je raccroche, comme si on avait été coupées. Je ne veux pas qu'elle m'influence, ou tente de le faire. Je ne veux aucune trace pouvant laisser supposer une chose pareille. Je fais mine de la rappeler et coupe à nouveau dès qu'elle décroche. Je fais cette manœuvre une fois encore avant de lui envoyer un texto lui disant que j'ai des problèmes de réseau et que nous nous parlerons plus tard.

`Tenez-moi au courant`, me répond-elle.

Au moment où je relève la tête, je perçois un mouvement du coin de l'œil. Quelque chose m'observe, j'en suis persuadée ! Un frisson me parcourt de la tête aux pieds. Soudain, je repère une ombre derrière l'une des fenêtres béantes du château de la sorcière. Ça bouge. À peine. Une forme noire dans le noir de l'obscurité.

— On a de la compagnie ! soufflé-je à Marino.

Il regarde dans la direction que je lui indique, mais la fenêtre est vide désormais.

— Je ne vois rien.

— Moi, j'ai vu quelque chose.

— Ton imagination peut-être ?

— Non. Je ne crois pas, dis-je alors que je le vois déjà porter la main sur la crosse de son arme.

— Depuis le début, cet endroit me fait flipper, lâche-t-il. Et ça ne fait qu'empirer.

Lorsque le fourgon se gare devant la tente, nous emportons le corps. La pluie glacée claque sur le sac transparent, mes chaussures s'enfoncent dans les flaques boueuses. Rob est au volant. Tron, sur le siège passager, sort aussitôt et s'empresse d'ouvrir le hayon arrière en nous annonçant qu'une tornade fait déjà des ravages à moins de cinquante kilomètres.

— Il faut se tirer d'ici, lâche-t-elle alors que nous glissons la dépouille de Sal dans la soute.

— Et la tente ? s'inquiète Marino.

— On s'en occupera plus tard.

Marino et moi grimpons à l'arrière. Nous nous installons sur la banquette protégée par des housses, et je referme la porte coulissante. Pendant que nous remontons la Route de brique jaune, personne ne parle, la présence du cadavre coupe toute envie de bavarder. Je regarde le parc défiler derrière la fenêtre quand soudain Rob pile.

— Qu'est-ce que c'est que ça ? s'exclame-t-il.

— Putain de merde ! ajoute Marino.

— Personne n'ouvre les portières ! lance Tron.

Et soudain, je le vois !

* * *

Le félin est de la taille d'un labrador. Il se tient sur la chaussée jaune, dans le faisceau des phares, à moins de dix mètres de nous ! Un léopard ou un guépard, difficile à dire. Il semble insensible aux trombes d'eau, il bat de la queue et nous regarde, ses yeux curieusement lumineux.

— Il s'est peut-être échappé du centre animalier de Monterey ? avancé-je.

— C'est à cinquante kilomètres d'ici, réplique Tron. C'est pas la porte à côté.

— Ce n'est rien pour un guépard. Ces bêtes peuvent courir plus vite qu'une voiture, objecte Marino comme s'il était un expert. Parce que c'est bien un guépard. Ça se voit à la tête. Elle est plus petite que chez les léopards.

— Qu'est-ce qu'il fait là ? s'interroge Tron.

— Je me pose la même question, dis-je.

Le félin nous observe, aussi immobile qu'une statue.

— Ce n'est peut-être pas un hasard, insiste Tron. Les Briley possèdent ce parc d'attractions et financent ce zoo pour la sauvegarde animale.

— Ou alors c'est un animal de compagnie qui s'est sauvé, suggère Rob sans quitter des yeux le fauve, derrière le balai des essuie-glaces. À l'évidence, cette bête est habituée aux humains, sinon elle ne resterait pas là, aussi près de nous, tranquille. Je parie que si je sors, elle va s'approcher.

— Même pas en rêve ! grogne Marino alors que j'entrouvre ma fenêtre. Habitué ou pas aux humains, il pourrait nous bouffer tout cru.

— C'est peut-être lui que j'ai vu dans le château au moment de partir, à une fenêtre du premier étage, expliqué-je en faisant une photo de l'animal avec mon téléphone portable. Peut-être que sa tanière est là-dedans. La pauvre bête doit être affamée. En même temps, il ne me paraît pas si maigre que ça. On ne voit pas ses côtes.

Je songe un instant aux snacks que j'ai dans mon porte-documents. Cela m'étonnerait qu'il apprécie une barre de céréales.

— Peut-être qu'il sait ce qu'on a à l'arrière ! ajoute Marino. Si Lucy n'avait pas trouvé le corps, ce gros chat s'en serait occupé.

— Je pensais la même chose, déclare Tron en faisant comme moi une photo à travers le pare-brise. N'empêche qu'il s'est passé un bon moment avant que Lucy et moi repérions le corps. Et cette bête n'y a pas touché. Curieux, non ?

— Il faut prévenir les gars de la fourrière et leur envoyer une image, dis-je alors que d'un bond le guépard disparaît de notre vue. Je ne veux pas qu'il soit blessé, ni lui, ni qui que ce soit. Il ne peut pas survivre ici. Tôt ou tard, un chasseur le tuera.

— Tu as raison, répond Marino. S'il s'était montré pendant qu'on était dans la tente, je l'aurais abattu illico.

— Il y a eu assez de morts comme ça pour aujourd'hui, répliqué-je, le cœur serré.

— On va les appeler, répond Rob en avançant de nouveau.

Je remonte la vitre et cherche le félin des yeux – en vain. C'était une rencontre surréaliste.

Et symbolique aussi. De quoi au juste ? Je n'en sais rien, mais Sal aimait beaucoup les animaux, les félins en particulier, même s'il n'en a jamais eu personnellement. Chaque fois qu'il venait dîner à la maison, c'était le grand amour avec Merlin, le Scottish Fold de Lucy, pour lequel notre propriété est son terrain de chasse privé.

14.

Nous revenons au parking. Lucy nous attend dans l'hélicoptère. Elle a retiré les sangles et les pales oscillent sous les bourrasques. Elle descend, ouvre la porte de la cabine arrière. Marino et moi grimpons à bord, aidons à hisser le corps, puis l'arrimons au sol avec des sandows.

Nous sommes trempés jusqu'aux os quand nous prenons place côte à côte. Lucy a mis un nouveau rouleau de sopalin à notre disposition. Nous nous essuyons tant bien que mal, bouclons nos harnais. Dans sa housse de plastique, je distingue le visage meurtri de Sal, ses longs cheveux gris. Pressées de partir, Lucy et Tron sont dans le cockpit et effectuent une rapide check-list.

Quand les pales se mettent à tourner, je chausse les écouteurs, regarde par la fenêtre. L'*Aigle de l'Apocalypse* est cerné d'un rideau de pluie. Les éclairs déchirent le ciel, le tonnerre gronde, tout près. Je ne suis pas plus rassurée que Marino. Mais on ne peut prendre le risque qu'une tornade nous tombe dessus. J'imagine la trombe sombre et tumultueuse déboucher à l'horizon, foncer sur nous tel un train fou, détruire tout sur son passage, réduisant les montagnes russes en tas de ferraille.

Je n'ose penser aux dégâts que cette tornade pourrait causer à l'hélicoptère. Et je n'ai aucune envie de rester ici pour le voir. Nous devons partir au plus vite, et je comprends que Marino, qui n'a toujours pas mis son casque, mâchonne une autre pilule contre le mal de l'air.

Je continue de regarder dehors, pour oublier le cadavre de Sal à mes pieds, oublier que mes chaussures boueuses dégouttent à côté de sa dépouille – ce qui me paraît indigne.

Ses membres raides qui déforment le plastique évoquent un insecte tentant de s'échapper de sa chrysalide. Un mort ne devrait pas être vu ainsi. Dans ma tête, je l'entends rire comme s'il était à côté de moi, comme s'il voulait me rassurer. Il est là, contre mon oreille. Je sens l'odeur musquée de son eau de toilette, le contact de ses cheveux sur ma peau, ce doux chatouillis.

Bien sûr qu'il aurait ri de se voir enveloppé de plastique comme un sandwich dans du cellofrais. Tant qu'à quitter ce monde, aurait-il plaisanté, autant le faire de façon originale.

Dans la vie, il ne faut jamais s'ennuyer, Kay, disait-il souvent. Je le revois, à la lueur des chandelles, lever son verre pour trinquer avec moi à cette vérité universelle.

— Vous êtes bien attachés derrière ? s'enquiert Lucy dans l'intercom, rompant le fil de mes pensées.

— Oui, réponds-je.

Je sens la gravité disparaître sous mes pieds au moment où les patins décollent du sol ; les herbes qui ont poussé dans les fissures de l'asphalte s'agitent tels des serpents furieux, se couchent sous le souffle du rotor, tout autour le ciel est d'un noir d'encre. Alors que nous nous élevons, les vieux lampadaires du parking s'allument brusquement.

— C'est quoi ça ? lance Lucy alors que les réverbères de la Route de brique jaune se mettent à briller elles aussi, formant une longue sente sinueuse sous la pluie.

Au même moment, les fenêtres du château de la sorcière de l'Ouest s'illuminent. Une musique retentit dans la cabine de l'hélicoptère. Comment est-ce possible ?

« ... *We're off to see the Wizard, the wonderful Wizard of Oz...* » Les voix enfantines et entraînantes remontent du passé, l'écho d'un autre temps. « ... *Because, because, because of the wonderful things he does...* » Puis, soudain, la chanson s'arrête.

Les montagnes russes au loin se parent de lumières et le train, avec ses wagonnets vides et bringuebalants, se met à grimper la piste d'élan, lentement, par à-coups, comme notre vieil ascenseur à l'IML. Puis je ne vois plus rien, car nous plongeons dans les nuages. Je me tourne vers Marino. Il a les yeux fermés, le visage pâle, un sac vomitoire à portée de main. Il n'a rien vu, rien entendu, puisqu'il n'a pas chaussé son casque intercom.

— Tout le monde va bien derrière ? demande Lucy.

Une question idiote qui me ferait sourire s'il n'y avait un cadavre avec nous.

— Qu'est-ce qu'il s'est passé en bas ? dis-je

Je ne sais plus ce qui est le moins terrible, regarder dehors, ou le corps de Sal.

— Tout le parc s'est rallumé. Des lampes, des manèges fonctionnent à nouveau. Mais seulement certains, pas tous.

— Qui les a rebranchés ?

— On n'en sait rien.

— Et cette musique que j'ai entendue dans le casque ? Ça venait d'où ? L'hélicoptère a été piraté, c'est ça ?

Pourvu que ce ne soit pas le cas !

— De la sono du parc, me répond Lucy alors que nous traversons les nuées chargées de pluie. Non, on n'a pas été piratés.

— L'hélico a des micros capables de capter des sons provenant du sol, s'ils sont assez puissants, précise Tron.

Nous sommes secoués par les vents, les monts apparaissent de temps en temps à travers le brouillard.

— Je vais grimper au max pour éviter le gros des turbulences, indique Lucy. (Heureusement que Marino n'entend pas un mot de cette conversation !) Pendant un bout de temps, tu ne vas plus rien voir par les fenêtres. Et cela va durer, peut-être jusqu'à ce qu'on arrive à destination. Mais je pense que les conditions météo seront meilleures là-bas.

— Comment quelqu'un a pu relancer les manèges, les éclairages, la musique ? Le parc est fermé depuis des années. L'électricité coupée. Plus rien ne fonctionne. Et tout se remet en marche au moment où l'on décolle ! Comme si on voulait nous envoyer un message, non ?

— Nous nous posons les mêmes questions, répond Tron. J'ai demandé à nos gars de vérifier avec le fournisseur d'électricité pour savoir quand le courant a été rétabli.

— Cela pourrait être dû à l'orage ? Les éclairs auraient pu relancer les machines ?

— Non. Impossible. Pas si le réseau est coupé, intervient Lucy.

— Quelqu'un attendait donc son heure ! Il nous observait depuis le début et voulait qu'on le sache, conclus-je. Voilà pourquoi on a entendu de la musique quand on était dans le château avec Marino.

— On s'est fait balader, confirme Lucy.

Je vois en pensée un regard fou, des prunelles envoûtantes comme de petits trous noirs, le visage balafré de Carrie Grethen, autrefois parfait – et je sais ce qu'elle ressent. Je sais qu'elle m'en veut, qu'elle pense que je suis la cause de tout ce qui lui est arrivé. Et, d'une certaine manière, je la comprends. Je me mets à sa place. Une psychopathe n'a ni doute ni remords. De son point de vue, elle n'a rien fait de mal. À ses yeux, je suis comme une mère possessive et autoritaire qui lui a volé tout ce à quoi elle tenait.

Et j'ai commis l'impardonnable en me mêlant de sa relation avec Lucy quand elles se sont rencontrées à l'Académie du FBI. J'ai dit du mal d'elle pour la discréditer. Et je suis responsable de la mort de beaucoup de ses proches, en particulier de son fils, la chair de sa chair. Voilà ce que Carrie se dit. Alors, bien sûr, ce n'est que le début de la vengeance…

— Nous allons voler aux instruments, m'informe Lucy. Je vais couper l'intercom jusqu'à ce qu'on soit sortis du coup de tabac. Mais je vous verrai sur la caméra.

* * *

Le vrombissement des turbines est assourdi par mon casque. Je ressens les vibrations de l'*Aigle de l'Apocalypse* à travers tout mon corps. Nous sommes dans la purée de pois, et je ne peux plus voir le sol. Je n'ai aucune idée de l'endroit où m'emmènent Tron et Lucy. Je ne comprends pas. Pour une autopsie, aucun lieu n'est mieux équipé que mon IML.

Mais ce n'est visiblement pas l'option retenue. Par moments, j'ai l'impression d'avoir été kidnappée. J'imagine Sal nu et vivant, à l'intérieur d'un mystérieux engin volant. Il savait qu'il allait mourir. Pourquoi ne s'est-il pas débattu ? Je n'ai trouvé aucune trace de lutte sur son corps. Sans doute était-il dans l'incapacité de se défendre…

Que s'est-il passé hier soir ? Il conduit son vieux pick-up sur cette petite route de montagne qui mène au Allegheny Peak Lodge, où Benton et moi avons séjourné de nombreuses fois. Dans le faisceau de ses phares, il aperçoit un véhicule en panne, le conducteur lui fait de grands signes… ou bien, il a croisé une personne sur la chaussée, l'air perdu.

Sal aura voulu donner un coup de main, c'était dans sa nature. Malgré moi, je ne cesse de regarder son cadavre à mes pieds. Ce n'est pas un hasard si ces housses étanches sont transparentes. Une fois les fermetures scellées, elles ne sont pas censées être rouvertes. Il est pratique de pouvoir distinguer qui se trouve à l'intérieur avant la crémation ou l'inhumation. Mais l'identification visuelle n'est jamais fiable, et voir à travers ces sacs mortuaires est juste une souffrance pour moi.

Il faut que j'oublie cette housse à mes pieds, que je pense à autre chose, même si l'intercom est muet et qu'il n'y a rien à regarder dehors, rien que du gris, comme si le monde entier était hors réseau. Bientôt, la vie reviendra à la normale, elle redémarrera comme un logiciel qui a momentanément planté. Peut-être que je rêve, que j'ai été transportée dans une autre dimension. Je vais revenir sur terre, et Sal ne sera pas dans un sac mortuaire. Une nouvelle bouffée de tristesse m'envahit alors que mon regard revient sur sa dépouille et que nous sommes secoués en tous sens par des turbulences de plus en plus terrifiantes.

Je n'entends pas le tonnerre à cause de mes écouteurs, mais je vois les myriades d'éclairs qui transpercent les nuées. Impossible de savoir à quelle altitude nous sommes. Je ferme les yeux, pose la main sur le poignet de Marino jusqu'à ce que les bourrasques et les chocs se fassent moins sauvages, un peu comme si nous sortions d'une piste noire pour rejoindre une bleue moins brutale. Je sens ses muscles puissants sous mes doigts, sa peau abîmée par le soleil, son pouls aussi rapide que celui d'un petit oiseau.

Il ne peut dissimuler sa peur – pas à moi en tout cas. Enfin le temps s'éclaircit, la pluie s'arrête. Je sors mon téléphone, l'allume. Maintenant que nous sommes sortis de la Quiet Zone, j'ai du réseau. Je parcours mes messages. Shannon m'indique que des tornades se sont abattues dans la région de Monterey, ce qui a provoqué des coupures d'électricité et de sérieux dégâts.

Elle se fait du souci pour nous. Je lui écris que tout va bien, que nous sommes sortis de la tempête. Elle me renvoie un lien vers une interview qu'elle juge *irresponsable et totalement déplacée* et qui est *partout sur internet*. Je jette un coup d'œil à la transcription que Shannon me joint. Ryder Briley prétend publiquement que la médico-légale est « corrompue et aux bottes de la police et de la gouverneure ».

Bien sûr, c'est Dana Diletti qui l'a interviewé dans sa grande maison. Il précise que Fabian l'a « menacé », et le décrit comme un individu « sans cœur et perfide ». Que lorsque les Briley se sont présentés ce matin à mon bureau, j'aurais soi-disant refusé de répondre à leurs questions. Je ne les ai pas pris au téléphone, et leur ai même interdit de stationner sur mon parking. Je ne voulais pas rendre le corps de Luna, ni expliquer ce que « je trafiquais avec leur fille ».

… On les voit, la mère et lui, dans la chambre de la petite, versant des larmes de crocodiles devant les caméras, écrit Shannon. *C'est à vomir !*

Elle m'informe que les sbires de Dana Diletti me cherchent partout. *Ils veulent savoir pourquoi vous ne vous êtes toujours pas prononcée sur les conditions du décès. Si c'est un simple accident, pourquoi ne pas le dire tout de suite ?*

Qui est courant que j'attends des résultats complémentaires ? Fabian, Wyatt, et quelques membres de l'équipe rapprochée. J'en ai aussi informé Jesse Spanks quand il a débarqué avec son corbillard à l'IML. Mais je pense que c'est Blaise Fruge qui leur a lâché l'info. Il était prévisible que les journalistes la contactent. Je demande à Shannon ce que les producteurs de Dana Diletti cherchent au juste.

À mon avis, ils préparent sous le manteau un docu choc sur Luna Briley. Du type : « Mort suspecte », « Meurtre ou accident ? »

Shannon pense qu'ils ont fait un sujet plutôt en faveur de Ryder Briley pour décrocher une interview. Dana s'est montrée pleine d'empathie, de compassion pendant l'entretien, alors qu'elle s'apprête à le descendre. C'est possible au fond. Cela lui ressemble bien en tout cas.

Je regarde Marino tandis que les premiers rayons de soleil percent les nuages, éclairant son visage. J'observe ses petites rides, là où sa peau se plisse quand il se renfrogne – ce qui est fréquent –, sa mâchoire rugueuse qui s'est épaissie avec l'âge, les cicatrices sur son nez et le haut de son crâne, traces d'anciens mélanomes. Ce n'est pas faute de lui avoir dit de se méfier des UV. Mais il n'en fait qu'à sa tête. Nous sommes mi-avril et il est déjà bronzé comme un aoûtien.

Quand enfin il rouvre les yeux, il est près de 17 h 30, le soleil n'est qu'un halo de lumière à l'horizon. Je lui tends ses écouteurs. Il les pose sur ses oreilles.

— C'était drôle, raille-t-il, la voix encore chevrotante. On est encore en vie ?

Il la joue tranquille, mais on ne me la fait pas !

— A priori, on est sorti d'affaire, dis-je en montrant les traînées bleues entre les nuages.

Lucy nous observe sur son écran. Elle sait que Marino a rouvert les yeux et a mis l'intercom. Pourtant, ni elle ni Tron ne prennent de nos nouvelles. Elles doivent être très occupées. Ou alors, elles ne veulent pas qu'on leur pose de questions sur notre destination.

— Comment tu te sens ? m'enquiers-je.

— Secoué comme une margarita.

— Oui, c'était plutôt violent. Je n'ai jamais connu ça. À un moment, j'ai cru que c'était la fin.

— Ne dis pas ça quand on est encore en l'air ! Tu vas nous porter la poisse. (Le soleil a disparu. Nous sommes à nouveau noyés dans la grisaille.) Je commence à en avoir ma claque de notre Miss trompe-la-mort !

— Allons… Lucy a choisi l'option la plus sûre.

— Je n'ose pas imaginer ce que seraient ses options « risquées » !

— Qu'est-ce que tu aurais préféré ? Qu'on attende qu'une tornade nous éjecte du Pays d'Oz ? (Oui, ce que je viens de dire peut paraître bizarre !) D'après Shannon, plusieurs ont frappé Monterey. Il y a eu de la casse.

Je pense au guépard, à ses grands yeux brillants dans le faisceau des phares. J'espère qu'il a trouvé un abri et que la fourrière a pu s'occuper de lui. Que faisait cette bête dans ce parc ? Mystère !

— Tu as vraiment cru qu'on allait mourir ? insiste Marino d'une voix grave.

— Disons que cela m'a effleuré.

— Faut croire qu'on va s'en sortir. Mais j'étais persuadé qu'on allait y passer. Que cela serait rapide. Pas le temps de cogiter. Alors je me suis dit : notre heure a sonné. Voilà, c'est fini, après tout ce qu'on a vécu toi et moi. Au moins, on partira ensemble, c'est déjà ça.

Il s'approche dangereusement de la zone interdite…

— Tout va bien, on va bientôt atterrir, dis-je en contemplant les rayons du soleil qui jouent à cache-cache avec les nuages. (Les pales bourdonnent tranquillement, fouettant l'air.) Reste à savoir où on va. Là est la question.

— J'étais là, à me demander quoi dire si c'était la fin pour nous, quels seraient mes derniers mots, poursuit-il en enfilant ses Ray-Ban. J'ai bien pensé envoyer un SMS à Dorothy, mais je n'ai pas pu. Va savoir pourquoi.

— Ne pas dire adieu, c'est tenter de conjurer le sort.
— Et toi, tu as voulu écrire à quelqu'un ?
— Beaucoup de choses m'ont traversé l'esprit.

Entre les nuages, j'aperçois les toits rouges de Keswick Hall, une magnifique propriété, transformée aujourd'hui en hôtel de luxe. Avec Benton, nous nous y offrons quelques nuits pour les grandes occasions. J'entrevois la piscine, les courts de tennis avant que les nuées se referment à nouveau sur nous. Nous sommes donc tout près de Charlottesville, mais cela ne me dit pas où nous allons, hormis qu'on s'éloigne des montagnes.

— Perso, j'aimerais connaître les sentiments de quelqu'un avant qu'il ne soit trop tard. Pas toi ? insiste-t-il.
— Cela dépend.
— De quoi ?
— Si le savoir est une bonne chose ou pas.
— Supposons que tu vives tes derniers instants, il n'y a pas un truc que tu voudrais dire, un truc que tu n'as jamais dit à personne ?

Encore une fois, il se rapproche dangereusement de notre *terra interdicta*.

— Je ne compte pas attendre de mourir pour parler aux gens qui comptent dans ma vie.
— À moi ? Tu me dirais quoi ?
— Que tu poses trop de questions ! répliqué-je.

Il s'esclaffe, et je ne peux m'empêcher de lui sourire.

15.

— C'est bizarre, Doc, soupire Marino en se renfonçant dans son siège. (Il contemple un moment le revêtement matelassé de la cabine.) Aujourd'hui, des tas de choses me tracassent alors qu'avant ça ne me traversait pas l'esprit. Faut croire que j'ai connu trop de gens qui sont morts, et maintenant je m'inquiète pour ceux qui peuvent mourir encore, y compris toi et moi.

— Quand on a commencé à travailler ensemble, on avait déjà vu plus de cadavres que le péquin moyen. Mais, quelque part, nous pensions être différents des autres, quasi immortels.

— Oui, c'était exactement ça. C'était le bon temps.

— Cela s'appelle du déni de réalité. Et en la matière, tu es un expert !

— Pas toi peut-être ? (Sa voix résonne dans mon casque.) Combien de fois je t'ai vue débarquer dans des quartiers malfamés avec juste ton petit scalpel ?

— Je touche ma bille avec les lames.

— Je te le répète : on ne se ramène pas avec un couteau si on s'attend à une fusillade !

— Tu as toujours été là. Je me sens en sécurité quand tu es avec moi, réponds-je alors qu'un arc-en-ciel se déploie dans le ciel. (Je le montre du doigt.) Regarde… un signe de bon augure.

Et je suis sincère quand je lui dis ça.

— À voir.

— Comment ça ? Tu as déjà vu un arc-en-ciel porter malheur ?

— Et s'il n'y a pas de trésor au bout – juste l'endroit où on va se crasher ? rétorque-t-il alors que la diffraction chatoyante faiblit et disparaît.

Il me voit regarder le corps dans le sac mortuaire, le sang noir sous le plastique. D'un coup, l'émotion me prend de nouveau à la gorge. Je serre les dents, pour la refouler au fond de moi. Pendant un moment, Marino reste silencieux. Je sens ses yeux posés sur moi, ses questions silencieuses comme une présence invisible et tenace.

— Si ça peut te soulager, finit-il par articuler, moi aussi, je suis passé par là.

— Comment ça ?

— Tous les flics, à un moment ou à un autre, débarquent sur une scène de crime et découvrent que la victime est un proche, un ami, un conjoint, voire quelqu'un avec qui ils avaient un lien intime. Et pour toutes sortes de raisons, ils ne peuvent le dire à personne.

Il a des doutes ! Je ne m'attendais pas à ça. Je continue de regarder par la fenêtre. Mais il n'y a rien à voir, sinon le ciel sinistre. J'espère que cet arc-en-ciel était un message pour moi, comme l'apparition de ce félin sur la Route de brique jaune. Je veux croire aux intersignes, aux messages subliminaux, parce que c'est peut-être le seul moyen qu'a Sal de communiquer avec moi, pour me rassurer, me dire que ce n'est pas lui qui est dans ce sac à côté de mes chaussures dégoulinantes de boue. Il est déjà parti, il a laissé son *enveloppe terrestre*, ainsi qu'il appelait son corps, ce corps fin et puissant que j'ai aimé autrefois.

Les images me reviennent en force ; nous montons l'escalier aux marches usées par le temps, je sens le froid de la pierre sous mes pieds nus. C'est l'heure magique, comme il le disait, celle du petit matin avant l'aube quand les magasins sont fermés, la ville encore endormie, la pollution lumineuse à son minimum. Un verre de vin dans les mains, nous nous installions sur la terrasse, au milieu des fleurs, des sculptures en marbre, bercés par le clapotis d'une fontaine, les primevères et les phlox embaumant l'air nocturne.

À nos pieds s'étendaient à perte de vue les toits de tuile canal, les dômes, les coupoles majestueuses, et les ruines antiques devenues le domaine des chats sauvages que nous nourrissions pendant nos longues promenades. Les branches des orangers et des citronniers en pot s'agitaient sur le toit comme autant de baguettes magiques jetant leur sort sur la ville éternelle, pendant que nous observions le ciel avec le télescope de Sal. Il m'expliquait l'histoire des mers, des canyons et des cratères sur la Lune, me montrait le lit des anciens fleuves sur Mars. Il me disait qu'avant de perdre son atmosphère c'était une planète magnifique.

Pour la première fois, j'avais vu les bandes de Jupiter, les anneaux de Saturne. Il était convaincu que des mondes existaient ailleurs dans l'univers, avant même que le système solaire ne soit connu.

Un jour tu verras, amore. Tout ce que je te dis est vrai. Je le sais parce que ce qui sera l'est déjà, et l'a toujours été.

— ... c'était pendant cet été en Italie, n'est-ce pas ? demande Marino.

— Pardon. J'avais la tête ailleurs. Tu disais ? Rapproche le micro de ta bouche pour que je t'entende mieux.

— Je parlais de ce qui s'est passé là-bas.

— Quoi ? Qu'est-ce qui s'est passé ?

Je ne veux pas parler de ça avec lui.

— Ne me force pas à le dire.

— Dire quoi ?

— Je t'en ai voulu à mort de t'être enfuie comme ça, de nous avoir abandonnés.

Son visage est fermé à double tour alors qu'il scrute les trous bleus qui percent les nuages.

— De toute façon, tu es toujours fâché contre moi, réponds-je. C'est comme ça depuis qu'on se connaît.

— Tu devais démissionner et rentrer à Miami. Et d'un coup, tu décides de quitter le pays sans prévenir personne. (Il ne quitte pas le ciel des yeux, tandis que le soleil décline à l'horizon.) C'est par le magazine *Style* que j'ai appris que tu étais partie donner des cours à Rome pour l'été. Tu n'as pas pris la peine de me dire au revoir, ni même de m'envoyer une putain de carte postale !

— C'est ridicule. À cette époque, nous n'étions pas amis, me défends-je alors que mon attention se reporte de nouveau sur le cadavre devant nos sièges.

Les vibrations de l'hélicoptère me traversent, comme si le corps de Sal se mettait à trembler dans son cocon de plastique.

— J'ai tout de suite compris qu'il s'était passé quelque chose là-bas, parce que quand tu es revenue, tu n'étais plus la même.

— C'est le but des voyages, non ?

— Et c'était à cause de lui. (Il évite de prononcer le nom de Sal. Cela a toujours été comme ça. Maintenant, je comprends pourquoi.) Et j'en ai eu la preuve deux semaines après ton retour à Richmond. On devait se retrouver à Gilpin Court pour un homicide, une fusillade en pleine journée. Tu te souviens ?

— Il y en a eu tant. Je ne sais plus…

— Je t'ai rejointe alors que tu sortais de cette Mercedes que tu avais à l'époque. En m'appochant, je t'ai entendue parler dans ton téléphone portable, un machin énorme que tu trimballais partout. Et tu disais à ton interlocuteur qu'il te manquait. Et quand je t'ai demandé à qui tu parlais, tu as fait comme si ce n'était pas important. Mais cela l'était, je l'ai senti.

— Et tu avais raison.

Soudain, dans ses yeux, je distingue cette souffrance qu'il endure depuis tant d'années. J'ai toujours été avec quelqu'un. Mais jamais avec lui.

— Tu vas te décider à me raconter ? À tout me dire ? Parce que ce n'est pas rien. Cela pourrait être utilisé contre toi si tu ne fais pas attention.

Ma parole, il me fait la leçon !

— Notre histoire a été courte, et cela date de mathusalem.

— Ah oui ? Et pourquoi alors tu es dans cet état ? Tu crois que je n'ai rien vu ?

— Ça ne m'empêche pas de faire mon boulot. C'est juste que ça me touche. Bien sûr, qu'il comptait pour moi. Beaucoup.

J'ai à nouveau une boule dans la gorge.

— Doc, je ne te cherche pas des poux dans la tête.

— Tant mieux.

— Je veux juste éviter que des gens le fassent.

Je regarde fixement la paroi grise qui nous sépare du cockpit. J'aimerais bien savoir ce que se disent Tron et Lucy. Où allons-nous ? Qu'est-ce qu'on me cache encore ? Pourquoi Sal a été tué ? Pourquoi si sauvagement ?

— Et de son côté ? Qui doit-on prévenir ? (Marino change de sujet.) Il a de la famille ?

— Ses parents sont décédés, sa mère est morte d'un cancer voilà quelques années. Il lui restait une sœur. Elle vit à Rome. Sal l'avait vue là-bas il y a à peine deux semaines.

— Je parie qu'il ne s'est jamais marié.

— Il était marié à son travail.

Je ne veux pas lui révéler que Sal était centré sur lui. Pourtant c'était le cas ; et il ne s'en rendait pas compte, lui qui était si perspicace pour tout le reste.

— Et s'il ne s'est pas marié, c'est à cause de toi, j'en mets ma main à couper. Il ne s'est jamais remis de votre séparation.

— Allons, il a eu plein de relations au fil des années.

— Et avec qui il était à la fin ? Qui est passé le voir hier pour lui souhaiter un bon anniversaire, parce qu'il avait les grosses boules d'avoir soixante balais ? me nargue-t-il. Pourquoi vous avez rompu si vous ressentiez tous les deux la même chose.

— Dans la vie, il faut parfois reconnaître que certaines choses sont impossibles, même si c'est douloureux, même si c'est triste, réponds-je en me rappelant que c'était exactement ce que j'avais déclaré à Sal.

— Ne m'en parle pas ! (Marino regarde à nouveau par la fenêtre.) Je connais bien ça. Parfois, je me dis que toute ma vie est un vaste renoncement.

Heureusement que Dorothy ne nous entend pas ! Dès le début, elle avait senti que Marino avait des sentiments pour moi. Elle le savait avant même qu'elle et lui se fréquentent. Aujourd'hui, cet ancien béguin pour moi l'amuse, parce que c'est du passé. Mais elle serait anéantie d'entendre Marino parler de « renoncement ».

* * *

Les gratte-ciel de Richmond apparaissent à l'horizon, le sommet du James Monroe Building et d'autres tours percent les nuages. Nous survolons les bars et les restaurants de Shockoe Bottom, puis de Libby Hill. Je reconnais tout. Les souvenirs me reviennent à la pelle.

Même si, à bien des égards, Richmond a changé, ce n'est qu'en surface, ce qui fait son âme est demeuré intact. Lucy longe l'I-64 de l'autre côté du Oakwood Cemetery, avec ses allées sinueuses et ses rangées de pierres tombales. L'aéroport du comté est toujours là, niché au milieu des bois, avec les numéros 11 et 29 peints à chaque bout de la piste. Puis toute civilisation disparaît. Il ne reste plus que la forêt, et un lac artificiel où les gens viennent pêcher.

Plus nous progressons vers l'est, plus le temps s'éclaircit. Le soleil couchant embrase l'horizon. Nous dépassons bientôt Colonial Williamsburg, et j'entrevois les bâtiments de brique rouge du musée, puis l'ancien palais du gouverneur, les murs d'enceinte, les prés verdoyants avec leur clôture de bois. Des groupes de visiteurs se promènent dans les allées. Je repère même les guides et les figurants en tenue du XVIIIe siècle, puis de nouveau, ce sont les bois.

— Où est-ce qu'ils nous emmènent, bordel ! s'impatiente Marino.

Je n'en ai pas la moindre idée.

À plusieurs kilomètres sur notre droite, c'est le parc d'attractions Busch Gardens. Je distingue les pics des montagnes russes qui pointent dans le ciel. Bien sûr, je repense au corps de Sal, jeté dans la Forêt hantée, gisant désormais dans cette poche de plastique à nos pieds. Qui est responsable de cette abomination ? Nous serions, encore une fois, confrontés à notre ennemie héréditaire ?

Si seulement elle pouvait être morte !

Mais Carrie Grethen est un virus qu'on ne peut éradiquer. Il ne cesse de muter, et chaque nouveau variant est plus cruel et impitoyable que le précédent. J'envoie un SMS à Benton sans préciser où nous sommes, sans entrer dans les détails. Il n'a pas besoin que je lui raconte ce qui se passe, il en sait bien plus long que moi. Je lui demande juste comment il va. Lui dis que je pense à lui.

`Il paraît que le vol a été pénible ?`

`Pas drôle, mais le pire est passé.`

`Comment va Marino ?`

Je m'assure que mon compère ne voit pas ce que j'écris :

`Encore verdâtre, mais ça va. Il y a des choses troublantes quand même. Tu es au courant ?`

Benton devine le fond de ma pensée. Il sait très bien à qui je fais allusion.

`On se parle bientôt,` m'assure-t-il.

J'espère que c'est vrai.

— Hé ! Ho ! s'agace Marino en agitant la main devant la caméra. Il y a quelqu'un ? (Il voudrait que Tron et Lucy s'intéressent à nous, mais elles ne répondent pas. Il se tourne vers moi.) Tu crois qu'elles dorment ? J'espère que ce n'est pas l'IA qui pilote cette lessiveuse à hélice !

Les eaux de la York River flamboient sous le couchant. J'aperçois Denbigh Park, avec son ponton de pêche et sa passerelle de bois qui serpente dans les marais, puis les bâtiments modernes de l'aéroport de Newport News. Au loin, le Hampton Coliseum ressemble à une immense soucoupe volante posée au sol, prête à décoller. Je sais où nous sommes. Mais j'ignore toujours notre destination.

Et enfin, je repère les balises rouges qui clignotent au-dessus de l'immense portique qui se dresse devant le ciel. Le LaRC (le Langley Research Center), la plus vieille base de la NASA ! Elle date de l'époque des frères Wright. Neil

Armstrong et Buzz Aldrin s'y sont entraînés à piloter le LEM pour la mission Apollo. L'*Aigle de l'Apocalypse* ralentit.

— Qu'est-ce qu'on fout ici ? bredouille Marino, et je ne sais que lui répondre.

Les lampadaires des rues défilent sous nous, les sphères blanches des souffleries se succèdent, grandes comme des montgolfières. Nous dépassons le château d'eau au sommet de sa tour métallique rouge et blanche, au loin la haute cheminée de l'usine de traitement des déchets crache des colonnes de fumées. La silhouette du hangar d'aviation se profile, aussi haut qu'un immeuble de dix étages, surmonté d'un radome. Nous virons vers lui et amorçons notre descente.

Les projecteurs, au bout de leurs longs mâts, éclairent le tarmac et le parking attenant. J'y aperçois un van et un SUV stationnés phares allumés. Juste derrière le LaRC, c'est la base de l'US Air Force, avec sa piste d'envol bordée de balises lumineuses en forme de losange. Un F-22 Raptor décolle, pendant que deux autres avions de chasse attendent leur tour dans le halo de chaleur de leurs tuyères. Nous nous posons face au hangar surmonté du logo bleu et rouge de la NASA.

Lucy coupe les moteurs, serre le frein du rotor. Aussitôt le fourgon et le SUV roulent vers nous. Les portières des conducteurs s'ouvrent, deux soldats en tenue de combat sautent au sol, armés jusqu'aux dents. Leurs camarades jaillissent des portières arrière, avec mitraillettes et oreillettes. Nous descendons de l'hélicoptère. Lucy récupère nos sacs, mais pas les caisses de terrain.

— Tu n'en auras pas besoin, explique-t-elle.

Marino et moi nous installons à l'arrière du SUV, sur la troisième rangée de sièges, Lucy et Tron prennent place juste devant nous, et le véhicule démarre. Nous contournons la piste par le sud-ouest et nous arrêtons au poste d'Armistead Gate, où nous attend la police militaire. Les gardes s'entretiennent rapidement avec le chauffeur tout en braquant leurs lampes sur nos badges. Je n'entends pas ce qu'ils se disent à cause du bruit des moteurs, mais il est évident qu'ils savent ce que l'on transporte dans le van derrière nous.

Un agent de la brigade canine fait le tour des véhicules avec un Malinois, cherchant des explosifs et Dieu sait quoi encore ! Nous baissons nos fenêtres et les gardes nous scrutent aux portières, prenant le temps de vérifier que nous ressemblons bien aux photos de nos papiers d'identité. Ils examinent les bas de caisse avec des miroirs montés sur des manches tandis que des drones vrombissent autour de nous. Enfin, ils nous font signe de passer et nous souhaitent une bonne soirée. Le soleil est une boule de feu liquide à l'horizon.

16.

Nous suivons Sweeney Boulevard qui longe la piste. Un autre jet décolle, se cabre dans un angle improbable et monte en chandelle dans le ciel, dans un rugissement de réacteur. Nous dépassons le supermarché, la chapelle et les enfilades de logements pour les militaires. Il y a beaucoup de circulation à cette heure. Les rues sont bordées de cornouillers et de cerisiers. Rien n'a changé depuis que je suis venue la dernière fois cet hiver pour enquêter sur un meurtre avec suicide.

Pour mon travail, j'ai dû me rendre dans de nombreuses bases militaires, et j'entretiens des relations étroites avec l'armée. C'est d'ailleurs grâce à l'US Air Force que j'ai pu suivre mes formations, et je leur dois beaucoup. Après mon passage à la médico-légale du comté de Dade, avant de déménager à Richmond, j'ai été affectée à l'AFIP (l'Armed Forces Institute of Pathology) au sein de l'hôpital Walter Reed à Bethesda dans le Maryland.

Je supervisais les autopsies des soldats et enquêtais sur les conditions de décès de citoyens américains morts à l'étranger. Pendant mon temps libre, je donnais un coup de main au National Museum of Health and Medicine de l'AFIP. Je rédigeais les descriptions anatomopathologiques pour le catalogue, aidais les chercheurs, et c'est ainsi que j'ai pu étudier nombre de curiosités anatomiques : des malformations de naissance très rares, des membres amputés durant la guerre de Sécession, des fragments du crâne d'Abraham Lincoln y compris la balle qui l'a tué.

Au bout d'une enfilade de hangars blancs, nous tournons sur une petite route qui nous emmène à l'extrémité nord-est de la piste. Les Raptors, dans un fracas de postcombustion, déchirent le ciel qui vire au mauve, accomplissant des acrobaties dignes d'un show aérien, comme autant de trapézistes virevoltants du Cirque du Soleil. Nous dépassons un stade de football, contournons un parcours de golf. Les bunkers de sable ne sont déjà plus que des flaques jaunâtres sur le fond sombre des greens. Les terres alentour sont transformées en mares boueuses après le déluge qui s'est abattu plus tôt. Des bernaches du Canada survolent en formation les marais côtiers zébrés de chenaux. Derrière les abris de tôles ondulées et les réserves de munitions, j'aperçois de la lumière entre les arbres. Peu à peu, je distingue une grande clôture, surmontée de barbelés. On dirait les abords d'une prison.

Partout des panneaux mettent en garde le visiteur : défense d'entrer, photos interdites, tout contrevenant s'expose à des poursuites, danger de mort. Notre convoi s'arrête devant les grilles. Les fenêtres sont à nouveau baissées. Deux gardes, l'air revêche, avec leur pistolet-mitrailleur en travers de leur poitrine s'approchent. À l'évidence, des types du genre à tirer d'abord et discuter ensuite.

Ils ouvrent le portail d'acier vert foncé. Et les battants roulants se referment aussitôt après notre passage dans un claquement de métal. Un autre quadricoptère tourne autour de nous tel un gros moustique énervé. Je remarque les multiples antennes, avec leurs paraboles blanches comme des fleurs d'ipomées. À n'en pas douter, il doit y avoir partout des capteurs de mouvements pour détecter le moindre intrus pénétrant dans cette enclave visiblement top secret.

Quelque part, dans une salle de contrôle, des militaires et des informaticiens scrutent leur écran H-24 et nous surveillent tandis que nous progressons sur une route semblable à une allée forestière. Au loin, d'autres lumières apparaissent à travers les bois. De l'autre côté de la clôture, c'est le fond du centre de recherche de la NASA ; j'aperçois la silhouette de l'immense portique, de son vrai nom le « Lunar Landing Research Facility », telle une construction géante en Meccano, avec ses feux rouges qui clignotent.

Ce site d'essai mondialement connu va bientôt être démonté, nous explique Lucy. Il y a de moins en moins besoin de faire des crash-tests grandeur nature. Aujourd'hui l'informatique peut prédire les dommages subis par une capsule ou un vaisseau en cas de choc, et ce dans toutes les conditions.

— Les IA sont de plus en plus performantes. Dans tous les domaines, ajoute-t-elle.

— J'espère qu'elles ne bugueront pas quand des taxis volants décolleront du toit des immeubles ! dis-je en chassant de mes pensées des images d'horreurs.

Les bois laissent soudain place à une vaste clairière éclairée par des projecteurs. Nous découvrons une série de constructions d'un étage aux allures de blockhaus, tous couverts de motifs camo. Chacun porte un numéro peint en blanc. Une haute cheminée se dresse au milieu. Six SUV noirs sont garés devant le complexe, luisant comme du cuir neuf. Je reconnais aussitôt l'un d'eux. Quand Benton m'a dit qu'il me verrait bientôt, il ne mentait pas.

— Tiens donc ! lance Marino en repérant lui aussi la Tesla de mon mari. À qui sont les autres ? À des fédéraux, je parie !

— Uniquement des gens dans le secret, répond Tron alors que nous descendons du véhicule.

L'air froid et humide de la baie de Chesapeake nous cingle le visage.

— Je vois que vous continuez à jouer les barbouzes, réplique Marino, à la fois agacé et excité.

— On vous dira ce que vous devez savoir. Et quand ce sera fini, pas un mot à personne.

— À personne, insiste Lucy en regardant Marino. Surtout pas à ma mère, même si elle essaie de te tirer les vers du nez.

La lune, pleine, se lève derrière les sapins alors que la porte de la casemate numéro 3141 s'ouvre – 3141, les premiers chiffres du nombre π ! Deux soldats apparaissent sur le seuil, avec de grandes blouses en Tyvek, des masques et des gants. Ils s'approchent de nous, tels deux fantômes blancs dans le crépuscule.

Sans nous parler, ils ouvrent le hayon, attrapent la housse mortuaire par les poignées. La lumière de la soute éclaire le plastique, dévoilant la peau cramoisie de Sal, les traces de sang. Ils emportent le corps jusqu'au 3141, disparaissent à l'intérieur et la porte de métal se referme derrière eux.

— On va attendre ici le temps que Tron s'assure que tout est OK, indique Lucy.

— Je vous avertirai quand tout le monde sera prêt, ajoute Tron en s'éloignant.

— Trente et un quarante et un ? Comme le symbole « π » que Sal a tatoué sur son poignet ? dis-je à ma nièce. Ça a un rapport ? Il est donc déjà venu ici ?

— De nombreuses fois. (Les verres de ses lunettes connectées sont désormais quasiment transparents.) Dans les années 1940, lorsque les bâtiments ont été construits, on leur a donné des numéros pour les identifier. Comme tous les labos ici.

3141 n'a rien de particulier, ni de sens caché, nous explique-t-elle encore. Mais Sal passait beaucoup de temps dans ce bunker qui accueille la SLAB, la Space-Linked Autopsy Base, développée au moment du programme Apollo. Je n'ai jamais entendu parler de ce centre. En même temps, il n'y a aucune raison que je sois mise dans la confidence – du moins pas jusqu'à aujourd'hui. Finalement, je connaissais si peu Sal ! Qui était-il réellement ? Quels secrets me cachait-il ?

— Et il faisait quoi là-dedans ? insiste Marino.

— De la recherche, en cas de situations critiques, répond Lucy en lui adressant un regard oblique. Je ne peux rien te dire, évidemment, mais si tu penses à toutes ces histoires d'objets volants qui auraient été récupérés par les autorités après des crashes, tu peux deviner ce qu'on fait ici. Bien sûr, ces travaux doivent rester inconnus du grand public, tu t'en doutes, et menés dans des installations dont personne ne soupçonne l'existence. Un lieu top secret où l'on peut étudier et recréer des technologies.

— Quelles technologies au juste ? Les nôtres ? Les leurs ? demande-t-il en désignant le ciel.

— Toutes les technologies. Quelles qu'elles soient.

— Ce qui est arrivé à Sal Giordano pourrait être en lien avec ses recherches ici ?

— Encore faudrait-il connaître l'existence de ces blockhaus, réponds-je en me demandant si Carrie Grethen en aurait les moyens.

— C'est effectivement une vraie question, réplique Lucy. Et il nous faut envisager diverses possibilités déplaisantes. Par exemple que Sal Giordano soit impliqué dans des activités illicites dont nos services n'auraient pas connaissance…

— Tu lis dans mes pensées ! renchérit Marino.

— C'est bon, on peut y aller, annonce soudain Lucy comme si elle venait de recevoir le feu vert – sans doute par ses lunettes connectées.

Quelques bourrasques apportent les senteurs des sapins tout proches. Cela me rappelle Noël. Heureusement qu'il fait sombre et qu'on ne peut voir les larmes qui me montent aux yeux. Nous marchons sur le macadam craquelé. De temps en temps, nous tapons des pieds pour faire tomber de nos semelles la boue rapportée du Pays d'Oz.

— Sal avait déjà son tatouage avec le symbole « π » quand j'enseignais à Rome, précisé-je à Marino et ma nièce. Si c'est en référence à la SLAB, cela signifie qu'il travaille ici depuis des dizaines d'années.

— Exact, il était déjà dans les murs quand il préparait sa thèse, répond Lucy alors que nous marchons dans le clair-obscur, percé par les flaques de lumière des lampadaires.

Son rôle a été essentiel dans l'aménagement des installations que vous allez découvrir. Bien sûr, il n'imaginait pas qu'il finirait lui aussi ici, du moins pas dans ces conditions. Reste qu'on ne sait pas à quoi son corps a été exposé. Et c'est précisément le type de danger qu'il avait à l'esprit quand il a conçu cet endroit.

Le nom de code du complexe est Aera One, et il n'apparaît sur aucune carte, nous précise Lucy. La plupart des casemates sont des zones de stockage. Mais d'autres abritent des laboratoires, des ateliers techniques.

— Des zones de stockage ? répète Marino en contemplant les bunkers aux peintures camo. Pour y stocker quoi ?

— En majorité des épaves.

— Quelles sortes d'épaves ?

— Après des accidents ou autres, répond-elle toujours aussi laconique.

— Non… (Il écarquille les yeux.) Ne me dis pas qu'il y a dans ces bâtiments le ballon météo des Chinois ! Et le Tic Tac géant vu par les avions du *Nimitz* ! Et tous les autres OVNI descendus par l'armée et dont on n'a jamais entendu parler ?

Lucy reste silencieuse.

* * *

Nous arrivons à l'entrée du blockhaus 3141 – la SLAB de son petit nom. Une lampe brille au-dessus des doubles portes peintes elles aussi avec des motifs de camouflage. Les bois tout autour sont d'un noir d'encre, des lucioles volettent dans l'air. Dans le silence épais, montent le chant de grenouilles et le cri-cri des grillons. Une chouette hulule. Un frisson me parcourt et me donne la chair de poule.

— Pour descendre les OVNI, les Raptors sont envoyés de cette base aérienne. Tout le monde le sait ! raille Marino tandis que nous gravissons la rampe d'accès, nos ombres s'étirant sur le ciment. C'est donc logique que les restes des vaisseaux soient conservés sur place. Et ce que vous bidouillez ici, c'est de la rétro-ingénierie.

Lucy garde le silence et pose son pouce sur le lecteur biométrique. Le battant de métal s'ouvre. Nous débouchons dans une aire de réception carrelée de blanc. Tron nous y attend. Un brancard est placé sur une balance de sol, à côté d'une toise. On se croirait dans l'un de mes IML de district – exceptée l'odeur rance ! À l'évidence, leur système de ventilation fonctionne mieux que les nôtres.

Pour autant, j'ai l'impression que la SLAB n'a pas servi depuis un bon moment – quoi qu'on y fît autrefois. À la place des chambres froides, les murs sont tapissés de casiers d'acier, comme dans un bureau de poste. Chaque panneau doit dissimuler un tiroir mortuaire. J'en compte plus de cinquante, tous portent un numéro. En revanche, ils sont bien trop petits pour accueillir le corps d'un adulte humain. Je n'ai jamais vu ce genre de modèle.

Chaque compartiment mesure cinquante centimètres de côté, avec un écran de contrôle en façade. Tous les témoins sont au vert. À en juger par les températures indiquées, la plupart des réceptacles sont en mode congélation. - 22 °C. Ce qui se trouve à l'intérieur est dur comme de la pierre, top secret et propriété de l'armée. En même temps, s'il s'agit de corps de soldats – ou de portions de corps –, ils auraient dû être restitués aux familles.

— Quand Aera One a été créée au début de la Seconde Guerre mondiale, la National Transportation Safety Board n'existait pas pour enquêter sur les crashes d'avion, poursuit Lucy. Le 3141 était alors le labo d'anapath chargé d'examiner les échantillons biologiques ou bio-hybrides.

— Comme les restes de pilotes morts ? continue Marino, qui ne veut rien lâcher.

— Ça et tout ce qui relève de la compétence d'Aera One, répond Tron.

— À l'époque, c'était l'AFMES qui assurait les autopsies, explique Lucy. (Elle fait allusion aux médecins légistes de l'Armed Forces Medical Examiner System avec qui j'ai collaboré durant toute ma carrière.) Personne ne savait où exactement étaient réalisés ces examens, ni par qui.

— Je sais tout ça, mais j'ignorais l'existence de cette SLAB jusqu'à aujourd'hui, dis-je.

— Ces dernières années, ce sont en majorité des autopsies qui sont pratiquées ici, précise Tron

— En majorité ? Ah oui ? reprend Marino. Et la minorité, c'est quoi ?

— Par exemple, des autopsies d'animaux envoyés dans l'espace, poursuit Tron en ignorant la question de Marino.

— Comme John Glenn qui est parti avec ce singe. La pauvre bête n'a pas eu droit à la postérité qu'elle méritait, réplique Marino. Comment c'était son nom déjà ?

— C'était un chimpanzé. Et non, ils ne sont pas partis ensemble.

— Je me souviens qu'il est mort après son retour sur terre. Et le corps a disparu, insiste Marino en contemplant les rangées de casiers réfrigérés. Je parie qu'il est là-dedans.

— Même si tout ici paraît vieillot, commente Tron, ne tirez aucune conclusion hâtive. Il y a tout ce qu'il faut : un système de décontamination central, des autoclaves, des désinfectants dernier cri, des combis à pression positives.

Nous traversons un sas pour pénétrer dans un vestiaire équipé d'un WC, d'un lavabo, de deux cabines et d'une douche de sécurité avec laveur d'yeux. Le reste est spartiate. Des caisses d'EPI sont empilées contre un mur. Je pose mon porte-documents et mon sac sur un vieux banc de bois.

— Tous les appareils électroniques doivent rester ici, ordonne Lucy en ouvrant trois armoires en cuivre qui font office de cage de Faraday.

Nous y déposons nos téléphones, nos « bijoux » connectés, tels que ma smart ring et le bracelet de fitness en céramique que Dorothy a offert à Marino pour Noël. On nous demande de bien chercher partout, dans nos poches, nos sacs. Il est impératif que tous les appareils restent dans le placard. Tron nous tend des combinaisons de catégorie 3, le même type que celles que nous avons enfilées ce matin, mais celles-ci sont jaune citron.

17.

Le polypropylène sent le rideau de douche neuf quand je secoue les combinaisons pour les ouvrir. En plus du système respiratoire, nous sommes équipés d'écouteurs pour amplifier ce qu'on nous dira par l'intermédiaire d'un téléphone filaire.

— Le téléphone est crypté. Quand il sonnera, décroche et mets le haut-parleur, m'indique Lucy. Tout le monde devra parler fort et clair. C'est comme ça qu'on communiquera pendant l'examen.

— Une fois prêts, vous passerez par ce sas, ajoute Tron en désignant une porte métallique toute cabossée et parsemée de points de rouille.

Tron et Lucy s'en vont. Je me retrouve seule avec Marino. Notre intimité n'est pas garantie pour autant. Il doit y avoir des caméras cachées. Je fais toutefois comme si de rien n'était, ne voulant pas montrer mes doutes. Quant à Marino, il est bien trop excité pour se soucier d'être espionné.

— On n'a jamais entendu parler de cet endroit. C'est dingue ! s'émerveille-t-il en s'asseyant sur un banc, en face de moi.

— Il y a des tas de choses que nous ignorons, dis-je alors que nous délaçons nos rangers. Ils nous mettent dans la confidence uniquement si c'est nécessaire. C'est ce qu'ont toujours fait Benton et Lucy. Sal aussi. Et entre nous, je préfère ça. À quoi bon nous révéler des infos qui ne nous sont d'aucune utilité.

— Tu as bossé avec l'AFMES toute ta carrière. Et tu n'as jamais entendu parler d'Aera One ? Ni de la SLAB ?

— Juré.

Je glisse le bas de mon pantalon dans mes chaussettes.

— Vraiment ? insiste-t-il. À aucun moment tu t'es dit qu'il se passait un truc pas net sur cette base ? Pareil chez la NASA leur voisin. Ils sont dans le coup eux aussi, et depuis un bout de temps ! C'est moi qui te le dis !

— À mon avis, mes collègues à l'armée ignoraient tout d'Aera One. Jusqu'à son existence. Tout comme le personnel de la NASA ou de la Space Force. (Je commence à enfiler ma combinaison jaune fluo sur mes vêtements encore humides.) Et les rares personnes dans la confidence ne pouvaient pas en parler, comme nous désormais. Comme Sal à l'époque.

— Tu crois qu'il a déjà vu un OVNI de ses propres yeux ? (Marino glisse ses pieds de Hobbit dans les jambes de la combinaison.) Peut-être qu'il est monté à bord, peut-être après un crash ? Et un ET, tu crois qu'il en a déjà vu un – mort ou vivant ?

— Il ne me l'a jamais dit.

— Mais cela aurait pu lui échapper…

— Non. Pas en ma présence. (Je passe mes bras dans les manches.) En tout cas, il était convaincu qu'il y avait d'autres êtres intelligents dans le cosmos, et il essayait d'entrer en contact avec eux. Il pensait que Mars avait été autrefois habité avant qu'un cataclysme ne s'abatte sur la planète.

— Oui, la Terre était leur plan B. Les Martiens ont émigré ici il y a des milliers d'années, juste avant que leur planète ne soit détruite, explique Marino comme si c'était une vérité universelle.

Évidemment, il a entendu ça sur *All Things Unexplained*, *Ancient Aliens* ou je ne sais quelle autre émission. Ma sœur et lui écoutent ces trucs religieusement, et ils nous rapportent tout ça chaque fois qu'on dîne tous ensemble, ce qui ne manque pas d'animer la soirée !

— Dorothy, tout comme moi, s'intéresse à ce que fait le SETI, poursuit Marino alors que nous enfilons des bottes en caoutchouc. Si elle était au courant de l'existence de cet endroit – pire : qu'on y est en ce moment ! –, elle serait morte de jalousie.

— Mais personne ne va le lui dire.

Je lui lance un regard appuyé pour qu'il se taise. Bien sûr, il ne saisit pas le message.

— Et pourquoi je ne lui dirais pas ? Qu'est-ce qui m'en empêche ? s'énerve-t-il. (Il perd son sang-froid, sans doute à cause du stress de la situation et de la chaleur de nos combinaisons en plastique.) Aux dernières nouvelles, je ne bosse pas pour les Fed. (Il se lève de son siège.) Je ne vois pas pourquoi je cacherais des choses à ma femme. Je ne suis pas un putain d'espion !

— Tu peux dire et faire ce que tu veux, tant que tu es prêt à en assumer les conséquences.

Je remonte la fermeture de ma combinaison.

— N'empêche qu'on a intérêt à trouver une bonne explication pour Dorothy ! J'ai été injoignable toute la journée, et elle ne va pas nous lâcher. (Il attrape une serviette, s'éponge le visage et son crâne luisants de sueur.) Tu la connais, dans ces cas-là, c'est un vrai pitbull.

En fait, il est pareil – pis encore !

— Nous étions dans une morgue de l'armée, elle n'a pas besoin d'en savoir plus, réponds-je en cherchant du regard d'éventuelles caméras. (Je fais attention à mes paroles, même si lui s'oublie totalement.) Point barre. Nous ne pouvons rien lui raconter. Ce qui se passe ici est très sérieux.

— Tu sais quoi ? lance-t-il en enfilant des gants en caoutchouc. Je me demande si tout ça, tous ces tiroirs réfrigérés, ça n'a pas un lien avec Roswell… Mais bien sûr tu vas me répliquer que c'est une invention.

— Tu parles de quoi ? De son origine extraterrestre ? Je ne suis pas une spécialiste en la matière, je ne connais pas les détails.

J'enfile deux paires de gants en nitrile, délaisse les gants de caoutchouc car je veux sentir ce que je fais pendant l'autopsie.

— Crois-moi, ce qui s'est crashé dans le Nouveau-Mexique, ce n'est pas un ballon-sonde ! C'était un vaisseau avec des aliens à bord qui utilisaient les vibrations pour se déplacer dans plusieurs dimensions. J'ai vu les rapports officiels et tout un tas de documents. Tu n'imagines pas ce que Janet parvient à dénicher. Elle sait ce que je cherche et me l'envoie directement sur ma boîte mail, sans même que je le lui demande.

— Tu sais que tout ce qu'on trouve sur les réseaux sociaux n'est pas forcément vrai ?

J'attache la ceinture de mon respirateur et m'assure que les batteries sont chargées.

— Janet fait le tri entre ce qui est fiable ou pas, me rétorque Marino. Elle pense que la vérité sur Roswell a été aussitôt cachée, juste après l'événement. Le gouvernement sait très bien qu'il s'agissait d'une soucoupe volante.

— Janet est une IA, un algorithme, conçu par un humain. Ce n'est pas une personne. Elle ne pense pas.

— Bien sûr que si ! (Sa voix est pleine de courroux, comme si j'avais insulté CyberJanet.) Elle est bien plus sage que la majorité des gens que je connais ! Et elle sait tellement de choses. Elle exhume des trucs absolument inconnus. Sans compter qu'avec elle je n'ai pas à craindre le sarcasme. Janet saura me dire ce qui se passe ici, et confirmera que Roswell n'est pas un canular, quoi que tu en dises.

— Je n'ai rien dit.

— Je te connais. Pour toi, je raconte que des conneries.

— Tu serais surpris par ce que je pense, en réalité, réponds-je sans épiloguer.

Je ne peux pas lui parler de ce qui s'est passé vers la fin de ma mission au National Museum of Health and Medicine, de ce que j'ai découvert dans les réserves… S'il savait, il serait totalement hystérique ! Je fouillais alors les archives à la recherche de documents concernant le vieux microscope de Robert Hooke, un instrument datant du XVIIe siècle qui avait été légué au musée. Et, au fil de mes explorations, je me suis retrouvée dans un sous-sol que je ne connaissais pas.

Les étagères croulaient sous les bocaux de formol contenant des spécimens présentant un intérêt anatomique. Les rangées d'armoires ignifugées étaient couvertes d'une épaisse couche de poussière. Une série de squelettes étaient montés sur des présentoirs roulants, tous présentant des anomalies – syndrome de Marfan, gigantisme, nanisme, rachitisme. Ils m'observaient de leurs orbites vides, avec leur face grimaçante, pendant que j'inspectais les classeurs. Et soudain, au fond d'un tiroir, je suis tombée sur un vieux dossier, tout écorné, qui n'avait rien à faire là.

Il était scellé par un ruban rouge, bardé d'avertissements et de tampons « Top secret ». L'étiquette indiquait *Incident de Roswell, 1947.* À en juger par son poids et son épaisseur, il devait renfermer plusieurs centaines de feuilles, accompagnées peut-être de photographies. J'ai décidé d'aller montrer ma trouvaille au conservateur du musée, un ancien colonel de l'US Air Force, un type grand et sec, avec une fine moustache et la peau couperosée d'un alcoolique.

Il approchait des quatre-vingts ans, avait commencé sa carrière dans l'armée pendant la Seconde Guerre mondiale, et les médecins femmes étaient une incongruité dans son monde. Il dirigeait le musée bénévolement. Je suis entrée dans son bureau et j'ai posé le dossier devant lui. L'espace d'un instant, j'ai vu de la surprise, voire de l'effroi. Son amabilité s'est envolée, remplacée par de la méfiance, ses yeux gris s'étrécissant comme deux meurtrières.

Pourquoi êtes-vous allée chercher ça ? m'a-t-il demandé d'un ton que je nc lui connaissais pas. *Qui vous en a parlé ?*

Personne. Je l'ai trouvé par hasard.

Je lui ai expliqué comment j'avais fait cette découverte, en lui précisant que ce genre de dossier avait peu de chances de se trouver dans un tel endroit et que, par conséquent, en aucun cas, ma « découverte » n'était volontaire.

Ce genre de dossier ? a-t-il répété d'un air suspicieux. *Vous l'avez donc ouvert.*

Non, colonel. Je vous l'ai apporté directement. Comme vous pouvez le constater, les sceaux sont intacts. Des sceaux datant de plusieurs années, voire décennies. Soudain son inquiétude s'est effacée.

Ah ! ah ! je vous ai bien eue ! a-t-il lancé avec une jovialité qui sonnait faux.

Pardon ?

C'est une blague, un canular. (Il mentait vraiment très mal !)

Si j'avais ouvert ce dossier, comme bien d'autres l'auraient fait à ma place, je n'aurais trouvé, selon lui, que des pages blanches. Et j'aurais été bien attrapée. Voilà ce qu'il m'avait répondu, en rajoutant que je ne devais en parler à personne.

Cela pourrait être mal interprété, a-t-il déclaré d'un ton soudain sentencieux.

Et je n'avais jamais rapporté notre conversation. Promesse tenue – ou quasiment. Le seul à qui j'en avais parlé, c'était Sal, et il avait eu ce sourire indéfinissable à la Mona Lisa. Il ne m'avait rien dit sinon que le gouvernement avait la fâcheuse habitude de cacher la vérité au nom de la sécurité nationale.

La Maison-Blanche, le 10 Downing Street le font, mais aussi le Vatican, disait-il souvent. *L'important pour eux, c'est de confiner l'humanité dans l'ignorance.*

* * *

Marino et moi refermons nos capuches jaunes, nos voix sont aussitôt assourdies par la valve du respirateur, et les sons nous parviennent amplifiés dans nos écouteurs. Nous traversons le sas et rejoignons une petite salle d'autopsie éclairée par de puissantes lumières.

Sal, dans sa housse, a été déposé sur une table en inox, équipée d'un évier. Un chariot de chirurgie se trouve juste à côté. Derrière la vitre au balcon du premier étage, j'aperçois notre public, une brochette de pontes. Avec un serrement de cœur, je repère Benton dans le groupe. Il est assis au premier rang, dans son beau costume bleu nuit qui le mincit encore, avec ses cheveux platine, son visage anguleux.

Il paraît aussi frais et dispo que ce matin quand nous nous sommes quittés. Je nous revois buvant notre café dans la chambre. Nous ignorions ce que nous réservait cette journée. Je reconnais certains membres de cette docte assemblée. Bella Steele, la directrice du Secret Service, comme de coutume vêtue de noir, ses cheveux bruns tirés en arrière.

Elle a les traits creusés. La mort de Sal l'a ébranlée. La dernière fois que l'on s'est vus tous les trois, c'était à la Maison-Blanche, et il était évident qu'ils s'appréciaient beaucoup. Elle est en train de parler au général Jake Gunner, le commandant de la Space Force, en tenue camo, avec son visage aussi dur et rugueux que du granit.

À côté, je distingue Gus Gutenberg de la CIA, un type passe-partout, avec des cheveux clairsemés et une barbe grise. Tout chez lui est sans couleur, comme s'il sortait d'un vieux daguerréotype. Il y a également le directeur de l'AARO (All-domain Anomaly Resolution Office), la nouvelle agence du Pentagone chargée d'enquêter sur les objets non identifiés. Je repère aussi l'ancien sénateur qui est à la tête aujourd'hui de la NASA.

J'ai déjà rencontré l'expert en aérospatiale de la DARPA, l'agence de recherches et développement de nouvelles technologies pour le ministère de la Défense, comme l'agent du bureau d'Interpol à Washington. La NSA est là aussi et le secrétaire d'État, ainsi qu'un scientifique du LaRC. J'imagine que Sal serait amusé de voir tout ce ramdam autour de sa personne. En revanche, il n'apprécierait guère de se retrouver nu, étendu sur une table d'autopsie, devant un tel public.

Marino et moi, nous nous familiarisons avec notre nouvel environnement. Les murs et le sol sont carrelés, le comptoir en zinc, bien rayé, n'est pas de la première jeunesse – il date sans doute de la construction du complexe. Cela me rappelle mes années de fac de médecine quand je passais mon temps dans les morgues de vieux hôpitaux. Mais rien ne manque, Lucy a dit vrai, il y a tout l'équipement moderne, y compris des sacs mortuaires étanches comme ceux que j'utilise à l'IML.

Les armoires blanches, avec des portes vitrées, renferment les mêmes produits que je commande pour tous mes instituts médico-légaux de district. À côté de la table, trône une machine à rayons X portable. J'approche l'appareil sur roulettes et l'allume. Le démarrage du système commence tandis que le téléphone sonne sur le comptoir. Je vais répondre.

— Allô ?

Comme me l'a demandé Lucy, je branche le haut-parleur. Par réflexe, je lève les yeux vers la vitre au-dessus de nous.

— Tu m'entends ?

La voix de ma nièce résonne dans mes écouteurs.

— Cinq sur cinq.

— Nous sommes à l'abri de toute contamination, entre le sas et cette glace épaisse. Ce téléphone est pour nous la seule façon de communiquer avec vous. Marino ? (N'obtenant pas de réponse, elle insiste :) Marino ! Allô ! Tu es avec nous ?

— Oui, je suis là ! grommelle-t-il.

Elle s'écarte, et Benton s'approche du combiné.

— Nous vous remercions chaleureusement de votre aide docteur Scarpetta et monsieur Marino, commence-t-il. (Comme si on avait eu le choix !) Nous sommes désolés de vous avoir imposé ces conditions et ce transport aérien à la dernière minute.

— Tu parles de voler avec un macchabée entre les jambes qui grouille peut-être de saloperies mortelles ? Et de traverser des tornades avec Lucy qui a failli nous tuer, c'est ça ? lance Marino, toujours prêt à faire savoir son mécontentement.

— Il n'y avait aucun danger, répond-elle. Mais je reconnais que ça a secoué un peu. Pas plus que sur un petit manège de rodéo.

— Je ne suis pas près de remonter avec toi ! Voire plus jamais !

— Je sais que vous avez tous les deux conscience de la gravité de la situation, reprend Benton, et que la confidentialité est absolument cruciale. Aera One doit rester secrète. Je vais vous rappeler quelques instructions que vous connaissez déjà par cœur. Je les répète en particulier pour toi Pete, puisque tu n'as pas d'accréditation secret-défense.

— Et c'est tant mieux. Je ne compte pas vivre comme un barbouze, à devoir tenir ma langue en permanence !

— Tu sais comment ça fonctionne, poursuit Benton d'une voix parfaitement égale.

— Ouais, je sais ! réplique Marino.

Cela me rappelle notre discussion dans l'hélicoptère plus tôt. Au moins, il ne déteste plus mon mari. Plus vraiment. Et Benton n'entrera pas dans son jeu. Il est un maître dans l'art de jouer l'indifférence. Il a beaucoup de griefs contre Marino, et bien des choses à lui reprocher, et l'inimitié est mutuelle chez ces deux-là. Au mieux, ils se tolèrent, malgré quelques prises de bec quand Marino force un peu trop sur le bourbon.

— Dès que tu es entré dans cette enceinte, on t'a accordé une ATUU. (Benton poursuit ses explications même si Marino n'en a cure.) Une Accréditation Temporaire à Usage Unique.

— Sinon, vous ne sauriez être présent, monsieur Marino, précise Bella Steele.

— Je n'ai jamais demandé à venir, je vous rappelle, rétorque-t-il.

— Ce qui se passe ici ne peut être divulgué au citoyen lambda, monsieur Marino, pas même aux membres de la famille. Une épouse par exemple. Même si celle-ci se montre très insistante.

C'est le général Gunner qui s'exprime, et évidemment il connaît ma sœur.

J'avais vu juste ! Nous étions bel et bien surveillés lorsque nous étions dans le vestiaire. Le commandant de la Space Force, comme tous les autres sans doute, nous entendait parler.

— Vous ne devez révéler à personne ce que vous allez voir. Officiellement, vous n'avez jamais mis les pieds ici.

— J'espère que je ne vais pas passer au polygraphe, parce que je ne suis pas sûr de réussir le test, prévient Marino en glissant un sac-poubelle dans un seau.

— Si vous suivez les consignes, vous n'aurez pas affaire au détecteur de mensonges, conclut le représentant de la NSA.

Et dans sa bouche, c'est bel et bien une mise en garde.

18.

— Docteur Scarpetta, avant que vous ne commenciez, nous avons quelques questions à vous poser, annonce Gus Gutenberg de la CIA. (Je sens arriver l'interrogatoire en règle !) Cela va être rapide. Et d'avance, je vous prie de m'excuser de m'immiscer dans votre vie personnelle. Soyez assurée de notre plus grand respect à votre égard. Mais nous avons appris que vous avez eu une relation intime avec Sal Giordano. Et c'est là un sujet que nous devons aborder.

— C'est très ancien et terminé depuis longtemps.

Je leur précise quand j'ai rencontré Sal et leur fais un rapide résumé de mon été à Rome.

— Vous y avez vécu deux mois. Dans la maison de famille des Giordano, commente Gutenberg.

— Exact.

— Et quand est venu le moment pour vous de rentrer aux États-Unis, Sal ne voulait pas que vous partiez. C'est bien ce qu'il vous a dit, n'est-ce pas ? (Gutenberg s'est levé de sa chaise. Il s'approche de la vitre et m'observe.) Il voulait que vous restiez à Rome avec lui durant son année sabbatique en Italie. Il vous a même demandée en mariage. Je ne me trompe pas ?

— En effet.

Marino me fixe des yeux. Il se sent trahi, parce que je n'ai pas été honnête avec lui, et il a raison. C'est vrai que Sal m'avait demandé de rester avec lui. Il voulait qu'on se marie, mais je lui ai répondu que ce n'était pas possible. Je voulais poursuivre ce que j'avais commencé dans ma vie. Cela aurait été une erreur de tout abandonner. Un sacrifice trop grand que je ne pouvais consentir, que ce soit pour lui ou pour quiconque. Bien sûr, Marino et Lucy ne savaient rien de tout ça jusqu'à présent Seul Benton était au courant.

— Et vous avez décliné sa proposition de mariage, poursuit Gus Gutenberg tandis que Marino fourrage dans les armoires et les tiroirs.

Je perçois son courroux, sa combinaison bruisse bien trop à chacun de ses mouvements.

— Il prétendait que je pourrais continuer à enseigner la médecine légale pendant qu'il écrirait ses livres et poursuivrait ses recherches, réponds-je, mais ce n'est pas la vie que je désirais.

Je m'abstiens de préciser que partager l'existence de Sal, c'était accepter de tenir le second rôle. Sal était doux et gentil. Généreux. Le quotidien avec lui pouvait être délicieux. Mais son travail restait le centre de sa vie. Sa passion sa véritable épouse.

— Il connaissait d'avance votre réponse. Il savait que vous alliez refuser. Il l'espérait en fait, vous ne croyez pas ? Même s'il vous a joué la scène de l'éconduit affligé, ajoute Gutenberg. (J'avoue que cela ne m'était pas venu à l'esprit.) Vous n'avez jamais eu de doute quant à la sincérité de sa demande, docteur Scarpetta ? Vous ne vous êtes pas dit qu'il voulait vous entendre dire « non ».

— Je ne me suis pas posé la...

— Il savait depuis le début que vous n'abandonneriez jamais votre carrière.

— Ce n'était pas juste à cause de mon métier...

— La conquête l'amusait. Et c'était sans risque. (Gutenberg marque une pause, fouille dans ses notes.) Pardon, je ne veux pas noircir le tableau. Mais c'est plus fort que moi. Il faut que je cherche des liens de cause à effet.

Un reste de ses études de psycho, je suppose...

— Par-dessus tout, reprend-il, Sal Giordano ne pouvait être intime avec vous, ni avec personne, à cause de ses activités. Et avant ça, le problème était sa mère. Ses deux parents, en fait.

— Quand nous disons « ses activités », nous ne parlons pas des nuits passées derrière un télescope, intervient Bella Steele. Nous faisons référence à un travail soumis au serment du secret. Et par suite, sujet à la tentation. Un travail dangereux qui a pu le conduire à sa mort. C'est une possibilité que nous ne pouvons écarter.

— Il ne pouvait être plus proche de vous. Aller au-delà était impossible pour lui.

Deve bastare, amore. Contentons-nous de ce qu'on a, avais-je dit à Sal quand nous parlions de l'avenir. Vouloir plus que ce qui est possible est vain et signe d'orgueil.

Je me demande quelle aurait été sa réaction si j'avais accepté de rester en Italie et de l'épouser. Je me suis illusionnée. J'avais craint de l'avoir blessé. Je me suis même inquiétée pour lui. Alors qu'il espérait mon refus ! J'aurais dû m'en douter, au fond. Tout son monde tournait autour de lui, et il n'était pas prêt aux compromis pour quelqu'un, même s'il aimait profondément la personne.

— Donc vous avez quitté l'Italie à la fin de l'été et êtes rentrée en Virginie, continue Gutenberg. Et ensuite ?

— Notre relation a pris fin. Du moins notre relation intime. Nous n'avions plus que des contacts limités. On se téléphonait de temps en temps.

— Et à votre retour, vous avez commencé à fréquenter M. Wesley. Avec qui vous aviez déjà souvent travaillé.

— Il nous a fallu du temps pour…

— Il n'y avait rien entre vous avant que vous ne partiez en Italie ?

C'est fou, Gutenberg parvient à me poser des questions très indiscrètes sans que je ne me braque. Un génie en son genre.

— Non, réponds-je.

Mais je le voulais de tout mon être ! Et c'était bien là le problème, du moins une bonne part. L'attirance entre nous était dangereuse. Ce n'est qu'après coup que je comprendrai le rôle de Sal dans notre histoire. Il avait été un analgésique, un antidouleur… Mais quand je suis revenue à Richmond, mes sentiments pour Benton ont décuplé, comme s'ils prenaient leur revanche. Et lorsqu'on s'est retrouvés tous les deux sur une affaire hors de la ville, l'inévitable s'est produit.

Je lève les yeux vers lui. Il est assis avec les huiles du Pentagone et des autres agences gouvernementales. Nos regards se croisent, et je comprends que je ne dois rien leur cacher. Quand on s'est parlé au téléphone ce matin, et plus tard par SMS, Benton ne m'a pas dit qu'il avait raconté à ses collègues notre vie privée. Sans quoi ces gens ne pourraient pas savoir tout ça.

— Docteur Scarpetta, encore une fois, je suis désolé de vous poser toutes ces questions, mais c'est absolument nécessaire pour notre enquête, poursuit Gutenberg – et à son ton, il n'est pas désolé du tout.

— Une enquête ? Sur quoi au juste ? l'interrompt Marino.

— Sur les événements ayant mené à cette issue regrettable, réplique le représentant de la NSA.

— Sauf que ça paraît être davantage une enquête sur le docteur, insiste Marino.

— En aucune manière, lâche Gutenberg avec un détachement parfait. (Je fais signe à Marino de se calmer.) Ma question est la suivante : est-ce que vos relations personnelles avec Sal Giordano risquent de vous empêcher d'accomplir votre travail de médecin légiste ?

— En aucun cas, répliqué-je en attrapant un scalpel.

— Un an après cet été en Italie, Giordano a repris son poste à Georgetown. C'était à seulement deux heures de route de Richmond. Vous n'avez pas essayé de vous revoir ?

— Non.

J'étiquette d'avance des tubes à essais tandis que Marino prépare des post-it, des enveloppes, des feutres indélébiles et divers accessoires.

Puis Gutenberg pose la question que je redoute :

— Vous a-t-il proposé de reprendre votre relation ?

— Il souhaitait qu'on reste amis. Mais pas que.

— Des sex-friends, autrement dit ?

— Cela lui aurait convenu. À lui. Mais pas à moi.

— Vous fréquentiez M. Wesley à l'époque ?

— Non, nous n'étions pas ensemble. Mais l'attirance entre nous était patente.

— Comment décririez-vous votre relation avec Sal Giordano depuis que vous êtes mariée avec Benton Wesley, demande Gutenberg comme si Benton n'était pas là.

— Nous sommes restés des amis proches, des confidents l'un pour l'autre au fil des années. Rien de plus.

Le visage de Benton reste de marbre.

— Aucune relation physique ? Aucun moment d'égarement en souvenir de votre ancienne idylle ? Pas une fois ? insiste Gutenberg de la CIA.

— Non.

— Si nous regardions vos e-mails, SMS, et autres, nous ne trouverions rien en ce sens ?

— Absolument.

La CIA a de toute façon les moyens de pirater tous nos échanges, et ils l'ont sans doute déjà fait.

— Je ne vais pas y aller par quatre chemins, docteur Scarpetta : nous voulons savoir si Sal Giordano vous a confié certaines informations, des informations confidentielles.

Voilà donc ce qui inquiète ces hauts fonctionnaires !

— Et plus important encore : avez-vous eu l'impression qu'il pouvait transmettre, sous le manteau, des renseignements à quelqu'un, intervient le représentant de la NSA.

— Y compris quand vous étiez avec lui à Rome. Comme vous l'avez compris, Sal Giordano travaille pour nous depuis très longtemps. Et les « confidences sur l'oreiller » sont un classique, ajoute Gus Gutenberg avant que je puisse couper court à ces supputations iniques. S'il vous a divulgué des informations sensibles, à un moment donné, quel qu'il soit, cela en dirait long – à notre grand regret. Nous serions contraints d'en déduire qu'il a pu révéler certaines choses à d'autres personnes, à l'époque de Rome comme après.

Sal travaillait donc pour le renseignement américain, et c'était déjà le cas durant notre été romantique en Italie. Je dormais avec un espion sans en avoir la moindre idée ! Reste à savoir de quel côté il était. Cela paraît être la question que tous ces gens au balcon vitré se posent.

— Il est essentiel que vos réponses soient consignées, explique Bella Steele, comme si elle s'excusait. (Toute notre conversation est donc enregistrée, mais je m'en doutais.) Nous avons de grandes inquiétudes quant aux activités de Sal Giordano. En particulier ces derniers temps. Et maintenant nous en sommes là. Il est mort. D'une façon bizarre et horrible..., ajoute-t-elle d'une voix vibrante.

* * *

— En premier lieu, le timing pose question, déclare Benton en me regardant droit dans les yeux. Il y a quatre heures de route entre Alexandria et Green Bank. Sal est parti hier à 11 h 30. Quand il a appelé de Weyers Cave, il était environ 13 h 30. C'est bien ça ?

— Oui.

— Il aurait donc dû arriver à Green Bank entre 15 h 30 et 16 heures, poursuit Benton. Et pas à 19 heures pour retrouver ses collègues au Red Caboose. Et nous savons qu'il n'est pas passé avant à son hôtel. Ni à l'observatoire. D'où cette question : qu'a-t-il fait pendant ces trois heures ?

— On ne voit pas d'explication, ajoute Gutenberg de la CIA. La dernière fois que son téléphone a borné, c'est quand il vous a appelée de Weyers Cave. Après ça, il a éteint son portable et s'est enfoncé dans la Quiet Zone. Nous ne savons pas où il est allé, ni ce qu'il a fait.

— Rien sur les images satellites ? avancé-je.

— Impossible, répond Lucy. Giordano n'était pas sous surveillance, donc il n'était pas ciblé.

— Il y a une chance sur mille qu'un satellite en orbite basse ait vu son pick-up, explique le général Gunner. Et nos orbiteurs géostationnaires ne risquent pas de le repérer à trente-six mille kilomètres d'altitude. Autrement dit, il pouvait se déplacer incognito.

— Vous êtes certaine qu'il ne vous a pas parlé de son programme ? me demande Bella Steele. Il n'a pas mentionné un autre arrêt, des courses qu'il avait prévu de faire, par exemple ?

— Non, rien en ce sens.

— Peut-être devait-il rencontrer quelqu'un en chemin ? suggère-t-elle.

— Je n'en ai aucune idée.

— Quelqu'un qu'il aurait déjà rencontré, insiste-t-elle en soutenant mon regard. Nous savons, grâce aux relevés de sa carte bancaire, qu'il a fait le plein à la station de Weyers Cave – toujours la même. Le Little Rebel, sur la Route 256. Comme en juin, juillet et août. Et aussi en janvier et février. Pourquoi Weyers Cave ? Avec qui avait-il rendez-vous là-bas ?

— Je n'en sais rien. En même temps, c'est sur le chemin de Green Bank.

— Rien à voir. Il s'y est arrêté souvent alors qu'il ne se rendait pas à l'observatoire, précise Gutenberg en retournant à sa place. La dernière fois qu'il est venu à Green Bank, c'était en septembre, et il n'a pas fait halte à Weyers Cave, ni à l'aller, ni au retour.

— Docteur Scarpetta, avez-vous remarqué s'il transportait quelque chose d'inhabituel dans son véhicule, hier quand il s'apprêtait à partir ? s'enquiert l'émissaire de la NSA.

— Quel genre de chose ?

— Par exemple une sacoche en tissu, de couleur bleue avec une sangle noire ?

— Je n'ai rien vu de tel. Et ce n'est pas son type de bagage.

— Un truc en tissu bleu avec une sangle noire ? intervient Marino. Vous êtes bien précis tout d'un coup !

— Sur la caméra du perron, on le voit déposer ce sac au pied du siège côté passager, juste avant votre arrivée, docteur Scarpetta, explique Bella Steele du Secret Service.

(Elle débouche une bouteille d'eau et boit une gorgée.) Quatre jours avant, le jeudi, il s'est arrêté à la banque et a fait un retrait de cinq mille dollars en coupures de vingt. Et il a fait pareil avant chacune de ses haltes à Weyers Cave. Au total, il a sorti trente-cinq mille dollars depuis juin. Vous savez pourquoi ?

— Non. Et ce sac ne me dit rien.

— Il a disparu ! Comme le reste, annonce Lucy. Nous n'avons pas pu fouiller son véhicule, pas encore, mais à première vue, il paraît totalement vide.

— De toute évidence, Sal Giordano a rencontré quelqu'un en chemin hier après-midi, poursuit Bella Steele. Peut-être qu'il a échangé ce sac contre de l'argent. Certes, ce ne sont que des supputations. Mais nous devons établir si cela a un lien avec sa mort.

Autrement dit, Sal était peut-être un traître, voilà ce qu'ils pensent ! Comment peut-on si vite incriminer une victime, lui mettre tout sur le dos ? Sal n'était pas parfait. Personne ne l'est ! Mais il n'était pas une girouette. Je refuse de le croire. J'enfile une nouvelle paire de gants. Je ne veux plus poursuivre cette discussion.

— Certains d'entre vous ont déjà assisté à une autopsie, demandé-je. Pour qui est-ce une première ? (J'observe mon public derrière la vitre. Plusieurs lèvent la main.) Rappelez-vous qu'il s'agit d'un examen médical, essayez de ne pas vous focaliser sur le sang.

Je prends quelques radiographies à travers la double housse.

Je veux leur montrer ce à quoi ils doivent s'attendre tandis que je déplace le bras articulé du canon à rayon X. Les images apparaissent sur l'écran de contrôle. Marino sort un vieil appareil photo, un Nikon 24×36 équipé d'un 35 mm, qui n'a aucune connexion Wifi.

— C'est davantage une fouille qu'une dissection anatomique, expliqué-je à mon public. Le but est de découvrir ce que le cadavre a à nous révéler.

Tout en parlant, je remarque dans l'estomac un objet opaque aux rayons X – comme une gélule. Sal a dû l'avaler vers la fin du dîner au Red Caboose. C'est curieux, j'ignorais qu'il suivait un traitement. Il était contre le lobby pharmaceutique et ne prenait que des vitamines et des compléments alimentaires.

Mais je ne sais pas tout de lui, malgré ce que ces gens semblent croire. Je déplace l'appareil sur toutes les parties de son corps, les images s'affichent sur l'écran ; j'espère pouvoir montrer à cet auditoire qu'il se trompe sur son cas.

— Vous le voyiez fréquemment ? me demande la NSA.

— Environ une fois par mois. Soit dans un cadre professionnel, soit il venait dîner à la maison. De temps en temps, Benton et moi passions le voir chez lui. Ou on le croisait dans le quartier.

— Et vous vous parliez souvent ? Au téléphone ? Par SMS ?

— Cela dépendait des moments. Plusieurs fois par mois, c'est sûr.

Je sens le regard de Benton dans ma nuque.

— Sal Giordano vous a-t-il laissé entendre qu'il avait une relation avec quelqu'un ?

— Quel genre de relation ?

— D'ordre intime. Il vous l'aurait dit, à votre avis ?

— Ce n'est pas sûr.

Je place le bras du côté droit du crâne.

— Qu'est-ce qui vous fait croire qu'il avait quelqu'un dans sa vie ? s'enquiert Marino en sortant une réglette pour donner l'échelle sur ses clichés.

— Parce qu'il semble avoir eu une existence secrète, répond Gutenberg. Et nous craignons qu'il se soit trouvé mêlé à quelque chose de louche. Cela se produit souvent, bien trop souvent. Personne n'est insensible aux élans du cœur.

— Ou de plus bas, parce que c'est toujours de là que ça part ! réplique Bella Steele. (Sa remarque suscite quelques sourires dans l'assistance.) On sait si Giordano était du genre coureur ? Je pose la question parce que ce n'est pas l'impression qu'il m'a donnée. Mais peut-être pouvait-il s'enflammer facilement, si vous voyez ce que je veux dire.

— Je ne crois pas, dis-je.

— À mon avis, c'est une simple histoire d'argent, intervient le secrétaire d'État. Il a vendu des secrets à des gens fortunés et mal intentionnés.

— Sauf que c'est Sal qui payait, intervient Benton. C'est lui qui trimballait de l'argent en coupure de vingt dollars dans une sacoche.

19.

Après avoir radiographié le corps sous toutes les coutures, je range l'appareil et commence à décrire les dégâts qu'a subis son squelette quand il a chuté au sol.

— Côté droit, le radius et la diaphyse ulnaire sont fracturés, ainsi que l'os temporal, dis-je. L'épaule est disloquée, l'os iliaque et l'ischion sont réduits en miettes. J'ai noté plusieurs côtes cassées et des vertèbres éclatées, tout cela correspond à une décélération brutale du corps. Et pour ce cas de figure, après que la victime a été jetée dans le vide du haut d'un objet volant.

— On sait de quelle hauteur ? veut savoir le responsable du LaRC de la NASA.

— J'ai examiné de nombreux cas de chute, du haut de gratte-ciel, de ponts, de châteaux d'eau, ou quand un parachute ne s'ouvre pas. Les victimes montrent toutes les mêmes blessures, des traumas profonds souvent fatals quand le corps atterrit sur une surface dure. (Je commence à découper les housses le long de leurs fermetures scellées.) Mais il est difficile d'établir la hauteur précise de la chute. Je peux juste affirmer qu'elle était conséquente.

— À en juger par la spirale d'herbes couchées et de fleurs au sol, et la hauteur des arbres alentour, commente Lucy, je dirais que le PAN se trouvait au moins à quinze mètres du sol, voire trente. Sans doute pas plus haut, car le système de propulsion n'aurait pas causé cet effet sur la végétation.

— Cette spirale était de quelle taille ? lui demande le directeur de l'AARO.

— À peu près vingt-cinq mètres de diamètre. Nous avons des photos et les mesures exactes, prises avant la tempête. D'en haut, cela formait un halo rose autour du corps.

— Cela pourrait être dû à une décharge électrostatique, quelque chose d'intense provenant d'une source d'énergie qui ionise l'air ? avance la DARPA.

— Cette technologie existe, mais uniquement au stade expérimental, réplique le général Gunner de la Space Force.

Autrement dit, c'est top secret !

— En attendant, ce vortex a été produit par un mécanisme tournant dans le sens horaire et à une vitesse très élevée, déclare Lucy. Le système a créé une turbulence qui a emporté les fleurs des pommiers alentour. Et quand Tron et moi nous sommes rendues sur place, nous avons remarqué une forte odeur de vinaigre.

— C'est curieux, concède Bella Steele. Qu'est-ce que cela pourrait bien être ?

— Je n'y comprends rien, répond Tron.

— Et cette spirale rose était radioactive ? s'inquiète l'AARO. Quelqu'un a vérifié ?

— Nous avons passé un compteur Geiger sur le corps, indiqué-je. Les taux étaient dans la normale.

— Mais il avait plu à vache qui pisse avant notre arrivée, fait remarquer Marino.

— Cela n'a guère d'incidence sur les résultats, réplique la DARPA.

— Mes observations confirment que les traumas se sont produits tôt ce matin, peut-être bien au moment où le PAN a été repéré sur les radars, dis-je tandis que Marino m'aide à retirer les housses. Quand Sal Giordano a heurté les briques, il n'a plus bougé. Mais n'empêche qu'il a survécu un moment.

— Si je comprends bien, intervient le général Gunner, il a atterri sur la Route de brique jaune au milieu d'un verger ?

— Oui, dans la Forêt hantée.

— Ce n'est pas un hasard, réplique-t-il. C'est un signe. Un doigt d'honneur que l'assassin nous fait à tous.

— Quand vous dites qu'il a survécu un moment. Combien de temps exactement ? s'enquiert Bella Steele alors que Marino jette les housses ensanglantées dans la poubelle.

— Plusieurs heures, à en juger par la réaction tissulaire. Tant qu'il y avait de la pression sanguine, son agonie a duré.

— Et on est certain qu'il était vivant quand il a été jeté dans le vide ? insiste Benton.

— Sans l'ombre d'un doute.

— Ce n'est pas anodin.

— Auquel cas, c'est un scénario entièrement différent, renchérit Gutenberg. Vous êtes catégorique sur ce point, sans même avoir fait l'autopsie ? C'est important, car cela révèle une intention préméditée.

— Non, je n'ai nul besoin de faire un examen poussé pour établir qu'il était vivant après avoir heurté le sol.

— Mettre tout nu quelqu'un et le balancer vivant par-dessus bord apporte un éclairage totalement nouveau aux faits, indique Benton. L'objectif est alors la terreur. Pas seulement pour la victime, mais pour tous ceux qui vont enquêter derrière. Et on connaît ça.

— *Los vuelos de la muerte*. Non, ce n'est pas une première, reconnaît Gutenberg. Durant la Guerre sale, la junte militaire en Argentine a exécuté ainsi des milliers de personnes.

— Toujours le même modus operandi, explique Benton. Une fois à bord de l'avion, les victimes étaient déshabillées, et dépouillées de tous leurs effets personnels. Elles étaient droguées pour les rendre passives puis balancées dans le vide, au milieu des montagnes, de la mer, d'un fleuve, afin qu'on ne puisse retrouver les corps.

— C'est aussi une spécialité russe, et à certaines époques ces vols de la mort ont été pratiqués par le Japon, la Colombie, l'Indonésie et la France pendant la guerre d'Indochine et d'Algérie, précise Gutenberg. Les victimes recevaient d'ordinaire une piqûre de penthotal pour les anesthésier.

— Le sérum de vérité, comme on l'appelait autrefois, précise la NSA.

— On l'utilisait chez nous pour les exécutions par injections létales, expliqué-je. Les États-Unis ne fabriquent plus de thiopental sodique, mais nous allons quand même faire un dépistage pour cette molécule et autres drogues.

— On estime qu'entre la fin des années 1970 et le début des années 1980 dix mille personnes ont disparu de cette manière, poursuit Gutenberg. Vols de la mort, empoisonnements, camps d'internement, tortures, hôpitaux psychiatriques, tout était bon pour créer une psychose et mettre à bas la démocratie. Tous les dictateurs ont eu recours à ces méthodes.

— Sauf que le corps, ici, a été retrouvé, rappelle Marino. On n'a pas cherché à le faire disparaître. Au contraire.

— Le but n'était pas de cacher ce qui est arrivé à Sal Giordano. C'est exactement l'inverse, reconnaît Benton. L'objectif est de nous inquiéter, d'instiller la terreur dans nos esprits. Et Carrie Grethen est experte en la matière.

Il la cite nommément, et cela ne m'étonne pas !

— J'en déduis que vous ne savez pas où elle se trouve en ce moment, dis-je en surveillant la réaction de Marino.

— Putain de merde ! souffle-t-il.

Mais je l'entends parfaitement dans mes écouteurs, comme tout le reste de l'assistance.

* * *

— Nous avons perdu sa trace en décembre, nous ignorons où elle est, confirme Benton. (Il reste de marbre, mais je sens toute la haine qu'il éprouve pour elle.) En revanche, nous avons un bon aperçu de ses activités.

— En premier lieu, il y a la guerre d'Israël contre le Hamas. Le Kremlin cherche l'extension du conflit au niveau mondial, annonce Interpol. Et fournit du matériel à cette organisation terroriste comme à d'autres pour semer le chaos dans toute la région.

— Le but étant de forcer les États-Unis à s'impliquer dans une autre guerre afin de nous affaiblir, renchérit Gunner.

— Carrie pourrait donc être au Moyen-Orient ? s'enquiert Marino.

— Ou bien elle est toujours en Russie, lâche Gutenberg de la CIA.

— Ou ici, dis-je.

— Elle peut être n'importe où, concède Gutenberg.

— Comment a-t-on pu en arriver là ? (Marino retire ses gants et les jette dans la poubelle.) Bordel ! Aucun d'entre vous n'est foutu de surveiller une seule putain de personne ? Et maintenant, elle pourrait être chez nous, en Virginie ! Tranquille. Et qui va payer les pots cassés ! Nous, encore une fois !

— Ce n'est pas notre faute, intervient Lucy. Carrie sait passer sous les radars. C'est une experte en la matière. Elle peut se rendre invisible quand elle le désire.

— Vous oubliez juste un petit détail, les gars ! gronde Marino en enfilant une nouvelle paire de gants. Il y a pléthore de cas où des gens ou du bétail ont été enlevés par des OVNI, des PAN, des soucoupes volantes… appelez ça comme vous voulez !

— Oui, ils sont innombrables, réplique l'AARO, mais tous sujets à caution.

— N'empêche que c'est un peu facile de mettre tout sur le dos de Carrie Grethen, s'obstine-t-il. À moins de disposer d'un vaisseau capable d'aspirer les gens pendant qu'ils conduisent, je ne vois pas comment cela pourrait être elle. Carrie, c'est clairement une fausse piste.

— Personne ici n'a affirmé que Sal Giordano a été « aspiré », objecte l'AARO.

— Alors comment vous expliquez ça ? Le pick-up est sorti de la route avec personne à bord ! Et quand on l'a retrouvé, le moteur tournait toujours, les portières étaient verrouillées et les ceintures de sécurité attachées !

— Ce n'est pas si difficile de monter ce genre de mise en scène, réplique Lucy.

— Comment ça, *les* ceintures ? répète Bella Steele perplexe.

— Oui, les deux à l'avant, indique Lucy.

— Il y avait donc quelqu'un avec lui ?

— Nous n'en savons rien. En tout cas, quand il a quitté le parking du restaurant, Giordano était seul.

— Il était 20 h 30. Il faisait nuit, insiste Bella Steele du Secret Service. Le témoin a peut-être mal vu.

— Quel témoin ? intervient Marino.

— Marie Rao, son amie astronome, qui est sortie du Red Caboose en même temps que lui, répond Benton. (Je n'étais pas au courant de ce détail !) Ils ont bavardé un petit moment à côté de la voiture de Marie Rao, puis il a rejoint son pick-up et est parti comme si tout était normal. Le restaurant est équipé de caméras ; l'une d'elles couvre le parking. On a récupéré les images.

— Ça pourrait être intéressant, déclare Marino.

Ce que vient de dire Benton me donne le malaise. Apparemment, Sal a passé une bonne soirée avec ses amis. Et ensuite ? Qui d'autre l'a vu quitter le parking ? Qui l'a peut-être suivi ?

Je prends une grosse seringue pour leur montrer que je suis prête à commencer.

— En premier lieu, je vais prélever du sang dans l'artère fémorale, sur la face interne en haut de la cuisse. (J'insère l'aiguille de 10G, et tire le piston. Un sang noir, dépourvu d'oxygène, emplit le réservoir.) L'urgence, c'est de déterminer l'ADN pour confirmer l'identité, dis-je en remplissant les éprouvettes. Plus tôt on aura les résultats, mieux ce sera. Je ne veux pas que la famille de Sal apprenne sa mort par les médias.

Je glisse un prélèvement sanguin dans une boîte et demande à Marino d'aller la déposer dans le sas. Il l'arrose copieusement de désinfectant. Ainsi, expliqué-je à mon public, celui qui va récupérer le paquet n'aura pas besoin d'enfiler des EPI. Je vois Tron quitter aussitôt le balcon d'observation.

— À en juger par les radiographies, Sal Giordano n'est pas tombé debout, les pieds devant.

— C'est important ? s'étonne Bella Steele.

— Si les gens sont conscients pendant une chute, ils vont tenter, par réflexe, de protéger leur tête et se placer en position verticale. La façon dont les gens atterrissent au sol dépend de plusieurs facteurs – en premier lieu de leur position de départ, mais aussi de ce qui se passe pendant le vol. Sal a des hématomes en travers des deux cuisses, signe qu'il a heurté quelque chose avant de toucher le sol.

— Comment vous savez que c'était avant de toucher le sol ? s'enquiert la DARPA.

— Parce que la blessure est *ante mortem* mais ne correspond pas à ce que j'ai observé sur le cadavre in situ. (Je nettoie les deux ecchymoses rouge sombre.) Je note quatre éraflures parallèles, d'espacements identiques.

— Cela ne peut donc provenir d'une branche d'arbre... conclut Bella Steele.

— Et ce n'est pas non plus dû au choc contre les briques du sol, réponds-je alors que Marino place la réglette à côté des traces et prend des photos.

— Peut-être a-t-il heurté un élément du PAN en tombant ? suggère Gunner. Un patin d'atterrissage ou je ne sais quoi.

— Reste à savoir s'il était conscient quand il a été jeté par-dessus bord, poursuit Bella Steele. Vous dites qu'il était vivant, soit ! Mais était-il conscient ?

— Je ne peux pas l'affirmer. Nous ne le saurons peut-être jamais.

À l'aide d'une loupe, j'observe les débris qui se sont accrochés dans ses longs cheveux gris. J'approche le scialytique et inspecte son cou. Je remarque un petit point rouge, à peine visible, derrière l'oreille gauche. J'annonce à tout le monde que la perforation semble récente.

— Sans doute pratiquée avec une seringue hypodermique. On lui a peut-être injecté quelque chose...

— Ce qui l'aurait rendu docile, renchérit Benton. Il a peut-être rencontré quelqu'un sur la route qui lui aura administré un sédatif ou quelque chose de ce genre.

— Attendons les résultats de la toxico. (J'explore les autres parties de son corps et repère trois nouveaux points d'injection dans le pli du bras, et deux autres sur la fesse gauche.) Nous allons envoyer les échantillons à la fois à nos labos et aux vôtres, dis-je en regardant Benton puisque c'était notre accord tacite ce matin.

Je demande s'il y a des lampes d'inspection ici. Lucy indique à Marino une étagère en haut d'une armoire. Il en sort une caisse en plastique et l'ouvre sur le comptoir. À l'intérieur il y a six lampes LED sur batterie, chacune éclairant dans une longueur d'onde spécifique.

— Je vais chercher des indices, des traces invisibles à l'œil nu. Voyons ce qui va apparaître en fluorescence. Grains de poussières, fibres, fluides corporels…

Je choisis la lampe UV, l'allume. La lentille frontale passe au pourpre. J'éteins le scialytique et enfile une paire de lunettes teintées en orange.

— Je vais devoir vous plonger dans le noir quelques minutes, annoncé-je.

Je coupe les lumières de service. Dans l'obscurité, je passe le faisceau ultraviolet sur le cadavre. À ma surprise des particules bleu cobalt s'illuminent, des résidus minuscules, comme de la poussière. Il y en a partout, sur tout le corps, sauf au niveau des plaies, ce qui prouve que ces débris ne proviennent pas de l'endroit où est tombé Sal. Cela s'est déposé avant que quelqu'un ne le jette dans le vide. Avec les bandes adhésives de Post-it, je collecte les particules déposées sur sa peau et ses cheveux.

Tout en travaillant dans les ténèbres, je décris mes faits et gestes à mon auditoire. Marino prend des photos en tenant un filtre orange devant l'objectif. Il est de l'autre côté de la table d'examen, en face de moi et sa silhouette imposante apparaît comme un spectre à chaque coup de flashes. J'étiquette les Post-it et les glisse dans des enveloppes.

— Si nous découvrons d'où proviennent ces particules cela nous sera très utile, dis-je en poursuivant mes investigations. Je pense à l'OVNI bien sûr, mais surtout à l'endroit où Sal a été retenu prisonnier.

— Combien de temps a-t-il pu être détenu ainsi ? s'enquiert Bella Steele.

— Il a quitté le restaurant vers 20 h 30 et n'est jamais arrivé au lodge, répond Benton. Et le PAN a été détecté dans les environs du Parc vers 6 heures ce matin. Voilà la fenêtre.

— Il a donc pu être à la merci de ses ravisseurs pendant dix heures ? comprend Bella Steele. Quelle horreur !

20.

En continuant mon exploration avec ma lampe ultraviolette, le « π » sur son avant-bras se met à luire en jaune.

— Il doit y avoir un additif fluorescent dans l'encre, dis-je en me demandant pourquoi Sal s'était fait tatouer cette lettre.

C'est peut-être décoratif, ou symbolique. Peut-être que présenter ce dessin aux scanners lui donnait accès à des centres secrets tels que les réserves d'Aera One et ses caissons mystérieux ? Peut-être le tatouage était-il un système d'identification, un sésame ouvrant des salles interdites ? Je fais part de mes réflexions aux gens du balcon, et personne ne confirme ou n'infirme.

— Vous voulez que je le prélève ? m'enquiers-je, prête à exciser la portion de peau et à la placer dans un bocal de formol. Il y a peut-être une puce dessous ou je ne sais quel dispositif ?

— Ce ne sera pas nécessaire, répond Gutenberg comme s'il connaissait parfaitement le rôle de ce « π ».

Je termine mon examen externe, puis rallume la lumière. Tout le monde cligne des yeux. Je saisis une tablette sur le comptoir et consigne sur les planches anatomiques les multiples lésions. Je remplis de sang d'autres tubes à essais, ponctionne le corps vitré des yeux, désormais voilés comme un ciel brumeux. Je dicte mes commentaires à Marino, qu'il note fidèlement.

Il ouvre une boîte qu'on appelle dans notre jargon un « kit de viol ». Je tamponne chaque orifice, recherchant des traces d'agression sexuelle, même si je sais que Sal n'en a subi aucune. Mais je ne veux laisser aucune zone d'ombre. Si un examen a été omis, il n'y aura pas de retour possible. L'horloge murale indique 21 h 30 alors que j'ouvre le robinet de l'évier au bout de la table.

Je passe mon scalpel d'une clavicule à l'autre, puis descends le long du torse, détoure le nombril et poursuis l'entaille jusqu'au pelvis. J'écarte les tissus, sectionne la cage thoracique et la retire. Je dépose le bloc d'organes sur la paillasse, tranche le tissu conjonctif, et rince le tout avec une éponge imbibée d'eau.

Je dicte les détails pathologiques : le cœur a un aspect normal, les vaisseaux aussi, sans plaque d'athérome. Les poumons ont été perforés par les côtes au moment du choc, la rate est éclatée. Je pèse le rein gauche, puis le droit, 161 grammes tous les deux. Le foie présente des contusions. Je le dépose sur la balance puis le place sur la planche à découper en plastique.

Avec un long couteau, je prélève de fines tranches que je glisse dans un bocal de formol et jette le reste dans le seau sous la table. Avec une timbale d'acier, j'écope le sang qui s'est accumulé dans la cavité abdominale.

— Cinq cents millilitres, annoncé-je. Autrement dit, il y a de fortes chances que la victime ait été inconsciente après avoir heurté le sol.

— Vous avez trouvé des traces de torture ? s'enquiert le secrétaire d'État. Pourquoi sa peau est si rouge ? Ils l'auraient brûlé ? ajoute-t-il en se penchant sur sa chaise pour avoir une meilleure vue sur mon éventaire sanglant.

— Qui ça « ils » ? demande aussitôt Marino.

— C'est bien la question, réplique Gutenberg avant de s'adresser à moi : un rayonnement à haute énergie ? Cela pourrait infliger de grandes souffrances et permettre de soutirer des informations...

— Je ne peux pas vous répondre, dis-je. Et il m'est difficile de voir si la coloration de la peau est identique partout.

Je leur explique qu'après la mort le sang cesse de circuler et que, par gravité, il migre vers les parties basses du corps, formant de grandes taches violacées, ressemblant à s'y méprendre à des hématomes. Cela s'appelle la livor mortis – des lividités cadavériques. Et comme la rigor mortis, elles se forment huit heures après le décès, ce qui colle avec mes observations anatomiques. Si je presse le pouce dans son dos, la peau ne blanchit pas, et le tissu musculaire est raide.

— Selon toute vraisemblance, Sal Giordano a atterri sur le flanc droit, puis a roulé sur le dos. À cause des lividités cadavériques, je ne peux pas établir si la peau dans cette zone était rouge avant sa mort.

— Ce ne serait pas surprenant qu'il ait été torturé. Il détenait beaucoup d'informations classées secret-défense, déclare la NSA.

— Et par la même occasion, cela pouvait faire passer un message, un avertissement à d'autres personnes, avance Gutenberg de la CIA. Suivant qui ou quoi était visé.

— Ou alors c'est un coup de soleil, tout simplement, répliqué-je. Il n'y avait pas d'ombre dans cette clairière. Il a pu rester exposé aux UV un bon moment.

— Quand on l'a retrouvé, le PAN avait disparu des radars depuis trois heures et demie, explique Lucy. Et l'endroit était effectivement en plein cagnard.

— On peut prendre des coups de soleil quand on est mort ? s'étonne Bella Steele.

— Sans activité sanguine, la peau peut se décolorer, précisé-je, mais en aucun cas elle ne virerait au rouge, parce qu'il n'y a plus de réaction tissulaire. Ni production de mélanine qui génère le bronzage.

Je prends une paire de ciseaux chirurgicaux, j'ouvre l'estomac et vide le contenu dans une boîte en plastique.

— C'est bizarre, lâche Marino. En même temps, qu'est-ce qui n'est pas bizarre dans cette histoire ! (Il observe d'un air suspicieux le bol alimentaire.) À quelle heure il a mangé ? On sait ce qu'il a commandé ?

Lucy répète ce qu'elle m'a dit plus tôt.

— Pareil que ses deux collègues. Effiloché de porc au barbecue, avec coleslaw et croquettes de pommes de terre.

— C'est encore bien visible, confirmé-je. Cela prouve que la digestion s'est arrêtée peu après le dîner à cause du stress.

— Ça peut arriver ? s'enquiert l'AARO.

— Cela fait partie des réflexes de survie. Le système nerveux central coupe la digestion pour donner toute l'énergie aux membres, afin que l'individu puisse se défendre ou fuir. Et c'est exactement ce qui s'est passé ici, expliqué-je tout en fouillant les restes. Si je ne connaissais pas l'historique, on pourrait croire que la victime est morte juste après avoir dîné au restaurant.

— Et ce n'est pas le cas ? insiste le directeur de la NASA. Vous êtes certaine ?

— Catégorique, dis-je en apercevant soudain un reflet bleu dans les matières.

Je me souviens de l'objet opaque que j'ai vu aux rayons X. Sal a avalé une sorte de capsule, annoncé-je à mon auditoire. Je la rince et la dépose sur une serviette. Marino la photographie sous tous les angles.

— La moitié est bleue, l'autre blanche. Je ne sais pas ce qu'il y a à l'intérieur. (Je prends ma loupe.) Pas d'inscription, juste un petit smiley.

— Vous êtes sûre ? bredouille Gus Gutenberg. Cela pourrait être le logo d'une marque ?

— Non. C'est bien un smiley. Deux yeux, une bouche retroussée, le tout dans un cercle.

— C'est étrange, lâche le gars d'Interpol.

— En d'autres circonstances, cela m'aurait fait rire, commente Bella Steele.

— Quelqu'un nous nargue, s'agace la NSA.

— Suis du même avis ! renchérit l'AARO.

Benton, quant à lui, reste silencieux.

* * *

— Comment ce machin s'est retrouvé là ? demande Marino même si la réponse est évidente.

— Où ça ? demande Bella Steele ayant du mal à le suivre.

— Dans son estomac ! réplique Marino. Là où on était sûr de le retrouver.

— Il l'a avalé, confirmé-je. C'est la seule explication rationnelle.

— Rationnelle ? Comme les agroglyphes autour de son cadavre, et sa voiture qu'on retrouve dans le ravin avec personne à l'intérieur, mais avec les ceintures de sécurité bouclées ! (Ça y est, Marino recommence !) Ouvrez les yeux ! C'est peut-être un machin hyper high-tech que les ET de l'OVNI lui ont implanté avant de le jeter par-dessus bord ?

— Et ce « machin » servira à quoi ? interroge Benton.

— À manipuler les êtres humains par exemple ! Ou nous mettre en garde. Comment voulez-vous que je le sache ? Mais il a été balancé d'une soucoupe volante, c'est un fait, alors il est temps de penser en dehors du cadre !

— Je ne veux pas casser vos espoirs, annonce l'AARO, mais la plupart des PAN se sont révélés être d'origine humaine.

— La plupart. Donc pas tous !

— Docteur Scarpetta, vous êtes certaine qu'il n'y a pas de danger ? s'inquiète Bella Steele alors que je soulève la capsule entre mes doigts. (Elle est légère comme une plume.) Nous ignorons ce qu'il y a dedans.

— Je vais prendre mes précautions. (Je place l'objet sous une hotte de laboratoire et allume l'extracteur.) Je préfère jeter un coup d'œil tout de suite, tant que j'ai ma combinaison, au cas où l'on tomberait sur quelque chose de toxique, comme de l'anthrax ou du ricin.

Avec prudence, j'ouvre les deux parties de l'objet. À l'intérieur je découvre un minuscule morceau de plastique sombre, très fin, de forme carrée et de la taille d'une tête d'allumette. Sans y toucher, je le fais tomber sur une lame de verre, et le protège d'une lamelle.

Je le prends dans ma paume, l'emporte jusqu'au microscope à l'autre bout de la pièce. J'allume l'éclairage de la platine, ajuste le grossissement. 100 fois, ce sera suffisant. Et ce que j'ai sur ma lame, c'est de la pellicule argentique. Un microfilm !

Je déplace l'échantillon sous l'objectif, affine les réglages jusqu'à obtenir une image nette.

— À mon avis, Sal Giordano l'a avalé avant qu'on ne le déshabille, dis-je. Il avait cette capsule sans doute sur lui. Dans une poche peut-être. Pour l'avoir sous la main, en cas d'urgence.

Alors que je prononce ces paroles, je pense à nouveau à ma visite chez Sal hier. Avait-il déjà cette capsule avec lui ? Pourtant, il ne m'en a rien dit. Savait-il déjà qu'il n'avait plus longtemps à vivre ?

— Un microfilm ? Qu'est-ce qu'on y voit ? demande Gutenberg.

— Une sorte de message.

Je reconnais l'écriture de Sal sous l'objectif, une chaîne de caractères rédigés à l'encre noire sur un petit morceau de papier jaune qu'il a photographié ensuite.

TN-5L-7R-9L

— Je vous le lis, annoncé-je en levant la tête vers la baie vitrée. *TN* suivi par le chiffre 5 et la lettre *L.* Puis le chiffre 7 et la lettre *R.* Et enfin *9L.*

— On dirait la combinaison d'un coffre, déclare l'agent d'Interpol. *L* pour gauche. *R* pour droite.

— Et *TN* ? Hormis l'abréviation de *Tennessee*, je ne vois pas, s'interroge le directeur de la NASA.

— Le Oak Ridge National Lab et le Y-12 National Security Complexe sont au Tennessee. C'est là-bas qu'on enrichit l'uranium pour les bombes nucléaires, explique le général Gunner.

— Des expériences top secret y sont menées, poursuit la DARPA. Sal Giordano s'est rendu souvent dans ces laboratoires.

— Et quid de la suite numérique ? C'est un mot de passe ? avance Interpol.

— Pas pour entrer dans ces centres de recherches, en tout cas ! Les codes sont bien plus complexes et changés constamment, réplique la NSA.

— Sal Giordano avait un coffre chez lui, indiqué-je en retirant la lame de la platine. Il m'en a parlé. Peut-être est-il équipé d'une serrure mécanique à disque ?

Mon ventre se serre. Sal s'est donné beaucoup de mal pour créer ce microfilm et le cacher dans une capsule qui ressemble à un article de farces et attrapes. Il savait qu'il allait être kidnappé, et mourir ! Cette pensée m'est insoutenable. S'il m'avait confié ses craintes, nous n'en serions peut-être pas là.

— Il se savait en grand danger, conclut comme moi Bella Steele. Et ce, avant même de monter dans son pick-up pour se rendre à Green Bank. (Elle me regarde dans les yeux.) Quand vous étiez avec lui, vous n'avez rien remarqué ? s'enquiert-elle.

— Il n'était pas d'humeur très joueuse, réponds-je. Et j'ai trouvé bizarre qu'il m'appelle sur la route. Mais je n'ai pas senti qu'il était inquiet, et sûrement pas qu'il craignait pour sa vie.

— Ça ne tient pas debout, intervient Marino. S'il se savait pourchassé, pourquoi n'avoir rien dit ? Pourquoi n'avoir pas réagi ?

— Parce qu'il ne voulait pas que l'on sache dans quoi il était impliqué, poursuit Gus Gutenberg, persistant à accuser Sal sans vergogne. Il a pu participer à des activités illicites et se mettre dans de sales draps.

— En quoi est faite cette capsule ? demande Marino.

— C'est du plastique, apparemment.

— Alors cela pouvait passer par les intestins et être récupéré dans les toilettes, non ?

— Oui, s'il avait survécu.

— Autrement dit, ce code secret pouvait être destiné à quelqu'un d'autre. Il l'a avalé dans l'espoir de le récupérer plus tard. Sauf qu'il est mort entre-temps.

Benton se tourne vers moi.

— Non, cette capsule nous est destinée, déclare-t-il. À nous seuls. C'est pour cela qu'il y a ce smiley. C'est sa façon de nous le dire. Il savait que si le pire survenait, ce serait toi qui pratiquerais l'autopsie.

— Ce n'est pas sûr. Il pouvait tomber sur un autre médecin légiste ou un coroner. Tout dépendait où la mort avait lieu.

Je n'arrive pas à croire à la version de Benton.

— Non, cela t'est adressé, affirme-t-il. Il pensait que si on devait le tuer, ce serait chez lui. Ou pendant qu'il vaquait à ses affaires ordinaires. Il savait exactement ce qu'il faisait et les risques qu'il encourait. Même si cela ne l'a pas arrêté.

Je dépose la lame et la capsule dans des boîtes en carton que j'étiquette. Je mets en garde mon auditoire : seuls des experts en médico-légale sont autorisés à manipuler ces pièces.

— Le corps n'était pas radioactif, et je ne crois pas non plus qu'il soit contaminé par des éléments pathogènes, connus ou inconnus sur terre... mais on n'est jamais trop prudent. Nous allons désinfecter tout ce qu'il y a dans cette salle, du moins le mieux possible, et quiconque y entrera après nous devra être équipé d'EPI de catégorie 3. Il faut rester extrêmement précautionneux, à chaque étape.

— Nous le savons et nous y veillerons, répond Lucy alors que je branche la Stryker à la multiprise au-dessus de ma tête.

Benton se lève brusquement de sa chaise et quitte le balcon d'observation sans un mot. Je sais pourquoi. On m'a posé des tas de questions indiscrètes sur ma vie privée, en particulier sur ma relation avec Sal. Même si Benton était parfaitement au courant, ç'a été un moment éprouvant pour lui. Car ces gens – ses propres collègues – m'ont interrogée pour juger de ma fiabilité ! Tous pensent que Sal est un traître, un espion, voilà la vérité ! Heureusement qu'il n'est plus de ce monde pour entendre leurs sous-entendus, car il en aurait été mortifié.

21.

La scie électrique s'enfonce dans l'os. Je m'emploie à ouvrir sa boîte crânienne comme s'il s'agissait d'un patient lambda. Je me concentre, me force à refouler mes émotions. Elles déferleront plus tard. Mais pas maintenant. Si je veux aider Sal, je dois être solide comme un roc.

Je sors le cerveau, le pèse et l'examine, en notant les lésions, contusions cérébrales, hémorragie intraparenchymateuse, et lorsque je dissèque le cou, je découvre un saignement dans les tissus, symptomatique d'un coup du lapin.

— Le choc a provoqué une hyperextension du cou, un peu comme les occupants d'une voiture quand celle-ci heurte un mur à grande vitesse. C'est très commun chez les gens qui sont tombés d'une grande hauteur.

— Qu'est-ce qui l'a réellement tué ? demande Bella Steele, alors qu'elle se lève de son siège, imitée par tous les autres qui récupèrent leurs calepins et dossiers.

— Plus la survie se prolonge plus le cerveau enfle, ce qui induit une compression du tronc cérébral et l'arrêt de la respiration, réponds-je. C'est ce qui provoque généralement le décès à la fin, mais il y a de nombreux autres facteurs à prendre en compte. La perte de la pression artérielle, les dégâts liés au choc. Tout cela s'accumule.

— Vous allez déclarer que c'est un homicide ? s'enquiert Gutenberg en s'approchant de la vitre, les mains dans les poches de son pantalon gris.

— Si c'est bien un humain qui est responsable de sa mort, la réponse est oui, c'est un homicide. Mais si c'est autre chose, je ne sais pas comment qualifier le décès.

— S'il s'agit d'une intelligence extraterrestre, c'est ça ? insiste l'AARO.

— Légalement, un homicide, c'est lorsqu'un humain tue un autre humain. Si la cause de la mort est due à un animal, alors il s'agit d'un accident. Mais si ce sont des ET, je n'ai pas de terme pour cela. Je n'ai jamais eu affaire à ce cas de figure. Il n'existe rien dans la nomenclature médico-légale quand la cause du décès est paranormale.

— Eh bien, il va falloir en inventer un ! Et vite, lance Marino. Vous n'avez que trop traîné.

— J'espère que ce ne sera pas nécessaire.

Je ferme un bocal contenant des échantillons de tissus. Le formol s'est teinté de rose à cause du sang. Marino replace le bloc d'organes dans la cavité abdominale et je sors un fil et une aiguille. Je referme l'incision en « Y », rajuste la calotte crânienne que j'ai coupée à la Stryker, puis le cuir chevelu, avant de pratiquer une suture d'une oreille à l'autre, en longeant la racine des cheveux. Je suis à la lettre la procédure, tout en sachant qu'elle est parfaitement inutile. Mais je le dois à Sal.

Je m'applique comme si mon ami allait avoir des funérailles dignes de ce nom, avec une mise en bière en compagnie de ses proches, de tous ceux qui l'aimaient. Mais cela ne va pas se passer ainsi. Sa fin n'aura rien de solennel, ni de digne. C'est d'autant plus révoltant étant donné les circonstances. Comme si avoir été kidnappé et torturé faisait de lui un suspect, le responsable de sa propre mort !

Avec l'aide de Marino, j'enferme le cadavre dans une autre housse mortuaire étanche, je l'asperge de désinfectant, ainsi que notre poste de travail. Puis nous nous douchons de la tête aux pieds, le liquide ruisselle sur le plastique. Quand nous ôtons nos combinaisons, la pièce empeste l'eau oxygénée, et ça masque toutes les autres odeurs.

Au balcon, les lumières sont éteintes. Il n'y a plus personne, hormis Lucy, dont je distingue la silhouette derrière la vitre.

— Et maintenant ? m'enquiers-je.

Je m'approche du téléphone filaire sans la quitter des yeux.

— On a ce qu'il nous faut. C'est fini pour toi.

— Comment ça, « fini » ?

— L'ADN a été vérifié. Il s'agit bien de Sal Giordano. Tu ne peux rien faire de plus ce soir, annonce-t-elle d'un ton sans appel.

— À la bonne heure ! s'exclame Marino.

— Sauf que je n'ai pas terminé, insisté-je.

Je sais très bien que le Secret Service reprend la main. Et que, techniquement, Lucy est ma supérieure.

— On a toutes les réponses qu'il nous fallait, poursuit-elle. Une voiture vous attend. Allez vous reposer.

— Où ça ? demanda Marino.

— Au Langley Inn.

— Parfait !

Marino ne demande qu'à mettre les voiles, mais pas moi.

— Le corps est un élément de l'enquête, expliqué-je. Je dois signer l'autopsie et suis responsable de ce qu'il va advenir de sa dépouille.

— Ces restes sont dangereux. Ou pourraient l'être, réplique Lucy. Nous allons donc nous en débarrasser de la façon la plus sûre possible. C'est le protocole. On ne fait aucune exception.

— Et où donc ? demande encore Marino en fermant soigneusement le sac-poubelle.

— Ici même.

— Où ça exactement ?

Il regarde d'un air revêche la silhouette noire derrière la vitre.

— Au sous-sol. (Je revois la haute cheminée qui se dresse au milieu des bâtiments.) L'endroit risque d'être un peu trop exigu pour ta claustrophobie.

— Alors, ce sera sans moi !

— Il faut que je voie les lieux, lui dis-je en contenant mon courroux.

— Ce n'est pas nécessaire.

— Je dois remplir des papiers, des autorisations...

Je ne veux pas céder.

— Cela peut attendre.

Il s'agit de Sal !

— C'est à moi d'en décider. (Je bous littéralement de colère !) On récupère nos affaires et on se retrouve dehors, lancé-je avant de raccrocher.

Je retourne avec Marino dans le vestiaire et me lave le visage. Je n'en peux plus de ces vêtements humides. Vivement que je puisse prendre une douche !

— Je sais exactement ce qu'il nous faut après une journée comme ça, annonce Marino en se nettoyant les mains et les avant-bras à l'autre lavabo.

— Ah oui ?

Je lui tends une serviette.

— On se tire d'ici et on va s'en jeter un, comme au bon vieux temps.

— Le bar de l'hôtel sera fermé à cette heure.

Et c'est davantage une excuse qu'une véritable raison.

— J'ai toujours avec moi une flasque de Maker's Mark en cas d'urgence. Tu me connais, Doc. Suis toujours prêt.

— Même si j'en ai très envie, je ne peux pas. Je dois rester ici, réponds-je alors que nous fourrons nos impers dans nos sacs.

— Rien ne t'y oblige. (Il a du mal à cacher sa déception.) Pourquoi veux-tu assister à ça ? Tu te méfies d'eux ? Tu veux savoir ce qu'ils vont faire du corps ?

— Non, j'ai toute confiance. Mais je veux rester. Et après, je dois voir Benton...

— Comme tu veux. (Il est visiblement blessé.) Moi, je me tire ailleurs, je vais avaler un morceau et m'enfiler quelques bourbons.

— Tu l'as bien mérité, dis-je gentiment, mais je vois bien que le mal est fait.

* * *

Je retrouve Lucy dans la zone de réception. Elle m'attend à côté d'une porte munie d'une serrure biométrique.

— Je reste. Mais pas Marino. C'est inutile.

— Exactement, je ne sers à rien ! lâche-t-il.

Il s'en va, emportant avec lui sa mauvaise humeur.

— Je voulais juste dire que je m'en occupe, lancé-je alors que la porte claque.

— Qu'est-ce qu'il a ? demande Lucy. En même temps, c'est évident, maintenant qu'il sait ce qu'il y a eu entre toi et Sal.

— La journée a été éprouvante pour tout le monde, dis-je avec prudence.

— C'est vrai, reprend-elle en me regardant fixement derrière ses lunettes connectées, comme si elle voulait ajouter quelque chose.

Mais elle garde le silence. Bien sûr, il y a des caméras partout ! Elle ouvre le battant d'acier, et nous descendons quatre volées de marches bardées de cornières métalliques. Nos pas résonnent dans la cage d'escalier. L'endroit est mal éclairé. Arrivée tout en bas, elle ouvre une autre porte. Nous pénétrons dans une petite salle en ciment, pas plus grande qu'un garage. L'air sent le renfermé et la poussière.

Des tubes fluorescents clignotent au plafond, l'un d'eux est carrément grillé. Il y a des toiles d'araignées partout. J'aperçois un évier, une armoire vitrée remplie de produits d'embaumement et autres composés chimiques. Le sol carrelé est percé d'une grosse bonde rouillée, un vieux tuyau d'arrosage est enroulé sur son support à côté d'un baril de formol de deux cents litres.

La table de dissection est petite, comme pour un usage vétérinaire. Le plateau en zinc, sur sa structure en bois, peut être basculé, le système de crémaillères est corrodé aussi.

— Qu'est-ce qu'on faisait au juste dans cet endroit ?

— C'est là où des pathologistes et autres spécialistes menaient leurs examens, répond Lucy.

— Certes, mais encore ?

— Cela date de bien avant mon arrivée.

— Mais encore ? insisté-je, car elle a l'art d'éluder mes questions.

La vieille machine à embaumement ressemble à un gros mixeur. Une collection de bocaux et de flacons occupe tout une étagère. Je remarque de vieilles boîtes de Morticians Powder, une poudre absorbante anti-odeur. Sur une desserte, s'étale un assortiment d'outils de chirurgie – forceps, paires de ciseaux, écarteurs, cathéters, trocarts hypodermiques, une scie à main qui paraît bien usée.

— C'est lié aux animaux qui sont allés dans l'espace ? Vous leur avez fait quoi au juste ?

— C'était pour traiter des échantillons biologiques entre autres.

Elle reste toujours aussi évasive.

— Ce que je vois ici, c'est du matériel de dissection et d'embaumement. (Je veux des réponses qu'elle ne me donnera pas.) C'est ça que vous gardez congelé dans les tiroirs ?

Elle ouvre une autre porte. C'est le crématorium. Une bouffée d'air chaud me saute au visage, comme si j'entrais dans les bouches de l'Enfer. Tron nous attend dans la salle, les flammes rougeoient dans le four derrière une porte métallique plein cintre, à l'allure de herse médiévale. Appuyé contre le mur de brique, je remarque un long balai pour les cendres et quelques ustensiles de cheminée.

Sal dans sa housse se trouve sur un chariot en métal terni, apparemment aussi ancien que les blockhaus, avec de vieilles roues garnies de pneus pleins à flanc blanc. Je pose mes sacs sur un comptoir. Le rayonnage au-dessus est occupé par un assortiment d'urnes, semblables à celles que j'utilise à l'IML pour conserver les restes des personnes que l'on incinère après que les facultés de médecine nous ont rendu les corps.

— Vous êtes sûre de vouloir assister à ça ? s'étonne Tron.

— Absolument.

Elle me tend un formulaire sur une planchette. Je signe le document attestant qu'il s'agit bien du corps de Salvatore Dante Giordano.

— Le four est à quelle température ?

— Mille neuf cents degrés, répond Tron.

— C'est parfait.

Je commence à remplir le certificat provisoire.

... Date : 15 avril... Heure estimée du décès : 8 heures...

— Je ne sais pas s'il a été utilisé dernièrement, mais il a démarré sans problème..., déclare-t-elle.

... lieu du décès : parc du Pays d'Oz...

— On m'a dit qu'il restait beaucoup de gaz dans la citerne. Un coup de chance.

... né en Italie...

— Si le four s'éteignait, on serait mal.

... Lieu de résidence : Old Town Alexandria, Virginie...

— J'ai encore du mal à y croire..., ajoute Lucy tandis que je continue de remplir les cases

... parents : Mario et Gloria Giordano...

J'écris que Sal est mort après une chute d'un objet volant d'identité inconnue. C'est un assassinat, cela ne fait aucun doute, un acte perpétré par un ou plusieurs humains. Je rends la planchette à Tron et enfile mes gants résistants à la chaleur.

— Et si on le mettait sur le ventre ? proposé-je.

C'est ce que nous faisons. Mais c'est pire encore. Le corps reste soulevé de façon grotesque à cause des membres raides et tordus. À travers le plastique, je vois ses cheveux gris, la peau de son dos rendue violette par la livor mortis. Une bouffée de panique monte en moi. Heureusement, elle se dissipe aussitôt.

Nous remettons Sal face à nous, ses articulations rigides cognent contre le métal du plateau, ses yeux sont à demi-ouverts, voilés et aveugles. Tout son corps est contracté, serré comme un poing, tel un pugiliste prêt au combat. Peut-être que Sal, outré du sort qui l'attend, résiste... à moins qu'il ne trouve la situation cocasse, d'un humour absurde et décalé. Mais pas moi. Ça ne me fait absolument pas rire !

— Pourquoi les font-ils transparentes ? pesté-je. Elles pourraient être noires. Ou blanches. Rouges. Jaunes. Tout ce qu'ils veulent. Mais pas transparentes !

— Je suis bien d'accord, concède Tron. C'est un manque de respect pour le défunt.

— Exactement ! réplique Lucy. Quoi qu'on fasse, tout ça est une abomination.

Tron approche le chariot du four, les roues crissent sur le sol.

— La mort est une garce ! lance-t-elle en attrapant une barre munie d'un crochet.

— C'est sûr. La mort et tout ce qui va avec ! Et après, c'est à nous de gérer ses saloperies ! dis-je, emportée par ma fureur.

Je saisis le plateau d'acier et aide Tron à soulever le corps, tandis que Lucy, avec le crochet, ouvre la porte du four. Dans un fracas de feu, une bouffée de chaleur, aussi dense qu'un mur, nous saute au visage. Le plateau crisse sur les briques quand nous le poussons dans la gueule béante. La housse de plastique fond aussitôt et se met à fumer.

— Il va y en avoir pour deux heures, annonce Lucy en refermant le battant d'acier.

L'air redevient plus frais et respirable. J'ai la tête qui tourne.

— Ça ne va pas ? s'inquiète Lucy en posant la main sur mon bras.

— Si, si.

Je prends une grande inspiration, m'écarte du four.

— Tu veux t'asseoir un peu avant de partir ?

— Non. C'est bon. (Je retire mes gants en kevlar, tente de refouler mes émotions.) Demain matin, j'emporterai les cendres. Je les garderai au bureau en attendant de décider quoi en faire.

— On vous les préparera, me promet Tron.

Tout bloquer ! Ne rien ressentir !

Je ramasse mes sacs, les passe en bandoulière, et me dirige avec Lucy vers l'escalier. Tout se bouscule dans ma tête, j'ai du mal à avoir les idées claires. Je ne veux pas penser à Sal dans le four. Je sais ce qui se passe à l'intérieur. J'ai déjà vu ça.

Bloque tout !

— Sa sœur va sans doute vouloir envoyer les cendres en Italie, explique Lucy tandis que nous gravissons les volées de marches.

— Les Giordano ont un caveau au Campo Verano, réponds-je. Je l'ai vu il y a longtemps. Un grand machin baroque avec des sculptures en marbre. Juste à côté de la tombe du poète Shelley. Je ne pense pas que Sal voulait quelque chose d'aussi pompeux. D'autant qu'il ne s'entendait pas avec ses parents.

— Pourquoi ? Il a quand même eu le prix Nobel. Ses parents devaient être fiers ?

— Ils voulaient qu'il reprenne les affaires familiales et gère leur fortune. Il n'était pas censé travailler pour vivre. Qu'est-ce qui va se passer maintenant ? demandé-je, souhaitant changer de sujet. Pour les échantillons, par exemple ?

— Nous les ferons porter au plus vite à nos labos et aux tiens. Quant au pick-up de Sal, une équipe de chez nous va l'examiner. On vient de nous le livrer.

— Où ça ?

Je revois le vieux Chevrolet bleu se balancer sous l'hélicoptère, au bout du filin orange, au milieu des arbres agités par le souffle du rotor.

— Juste à côté, dit-elle. (Autrement dit, au LaRC, la base de la NASA ici même.) Le véhicule est dans le hangar 1112, tout près du portique. Si tu veux, tu pourras y jeter un coup d'œil demain matin avant de rentrer à Alexandria. Aucun problème.

— Oui. J'y tiens.

Je continue de grimper les degrés de ciment. Mes sacs en bandoulière me heurtent les hanches à chaque pas.

22.

J'arrive au dernier palier, la poussière me pique les yeux. L'air est immobile, et une ombre se déplace sur les murs : un gros papillon de nuit qui harcèle la lampe dans sa cage métallique. Ses grandes ailes en *V* sont du même vert que la peinture de camouflage des blockhaus.

C'est un sphinx pandora. Les soirs d'été, ils pullulent dans mon jardin, volettent parmi les anthuriums blancs et les pétunias, aspirant le nectar avec leur longue trompe comme un avion se ravitaillant en vol.

— Ouste ! (J'agite ma main pour chasser l'insecte tandis que Lucy tient la porte ouverte.) Sauve-toi !

J'agite la main de plus belle. Le papillon sort de l'escalier pour rejoindre le hall illuminé. Évidemment, il fonce vers les lumières, affolé et désorienté.

— L'inévitable s'est produit, m'annonce Lucy en me raccompagnant à la porte d'entrée. La disparition de Sal a fuité. C'est sur internet depuis quelques minutes.

— On sait qui a vendu la mèche ?

— Non. Mais cela ne vient pas de chez nous. On n'aurait jamais fait ça avant que la famille ne soit au courant.

— Je vais les prévenir tout de suite.

— Une voiture t'attend dehors. Chambre 218. Benton est déjà là-bas.

Lucy me tend une carte magnétique du Langley Inn.

— Il est parti vite, commenté-je en sachant que des caméras nous surveillent.

Lucy comprend le sous-texte. Toutes ces questions que m'ont posées les collègues de mon mari, c'était indiscret, gênant, et chaque mot a été enregistré !

— Il est parti quand il n'a plus eu besoin d'en entendre davantage, répond Lucy tandis que le papillon virevolte au-dessus de ma tête.

— C'est exactement ça, conclus-je avec une ironie amère.

— Plein de gens à Washington attendent son rapport pour connaître le niveau de menace. Il doit être au téléphone non-stop en ce moment.

— Et ta mère ? Des nouvelles ?

— Elle est à la maison, seule, à siroter du vin en faisant ses pitreries sur les réseaux sociaux.

— Ivresse et vidéo internet. Ce n'est jamais une association recommandée.

— Et toujours dangereuse. Elle a Marino de temps en temps au tel. Tout va bien, précise Lucy. Je surveille la maison à distance. À la moindre vibration d'un capteur, je le saurai.

— Cela me rassure. Où dors-tu ?

— Je ne sais pas encore. De toute façon, j'en ai encore pour quelques heures ici.

— Sois prudente, je t'en prie. (Je la serre dans mes bras, plus fort que de coutume, et tant pis si on nous voit !) Fais attention à toi. On ne sait pas si c'est elle qui est derrière tout ça. Et encore moins ce qu'elle cherche.

Volontairement, je ne prononce pas le nom de Carrie.

— Elle va s'attaquer à quelqu'un d'autre, c'est sûr, peut-être même qu'elle s'y emploie déjà.

— Après tout ce qu'on a enduré, je n'imaginais pas que cela allait recommencer.

Je ne parviens pas à quitter des yeux ce papillon au-dessus de nos têtes, en sustentation comme un colibri, avec son corps velu, strié de bandes roses et noires. Il va se poser sur un mur, s'agrippant au ciment de ses pattes filiformes.

— Si ce n'est pas elle, c'est quelqu'un d'autre, ajoute Lucy avec une désinvolture totalement feinte. Oui, il faut rester sur nos gardes, se préparer au pire. Et c'est ce qu'aurait dû faire Sal.

— La peur ne guidait pas ses pas. Il croyait en la bonté humaine. Ce qui est un bien et un mal. Mais surtout un bien.

— Je suis désolée de ce qui lui est arrivé. Je ne savais pas que vous étiez aussi proches. Je te vois demain matin.

Elle retourne vers l'escalier. La porte claque derrière elle.

Les ailes de bombardier furtif du papillon sont déployées sur le mur blanc. Ses yeux noirs et brillants me scrutent, ses antennes frémissent alors que je m'approche doucement.

— Je ne vais pas te faire de mal, lui dis-je. Je sais que tu n'as pas voulu finir ici, piégé dans cet endroit sinistre. Avec tous ces gens qui entrent et sortent, tu t'es fait avoir, pas vrai ? (Je suis tout près de lui. À quelques centimètres.) N'aie pas peur.

Mais quand j'approche ma main, l'insecte s'envole vers le plafond aveuglé par les lampes, dans un vol plus fébrile encore.

— Tu ne me facilites pas la tâche. Viens donc ! (J'ouvre la grosse porte de métal, l'air froid s'engouffre. Sur le perron, la lumière est presque aveuglante.) Allez, sors ! Va-t'en !

Mais il ne veut rien entendre. Je cherche l'interrupteur et l'actionne pour plonger le hall dans l'obscurité.

— Tu vois maintenant la sortie. Vas-y sauve-toi tant que tu le peux. (Je regarde le sphinx qui cabriole au plafond.) Le monde est vaste dehors. Ici il n'y a rien, rien que la mort. Dépêche-toi, je ne vais pas te tenir la porte jusqu'à la Saint-Glinglin. Sors ! Sauve-toi !

Je tape des mains, pousse des cris. Je n'ose imaginer le spectacle que je donne de moi sur les écrans de surveillance. Les gardes doivent bien rigoler, mais je m'en fiche.

— Allez, répété-je avec force gestes. SORS !

Je m'agite, trépigne, et enfin il s'échappe, disparaît dans la nuit alors que les larmes me montent aux yeux.

Je sors à mon tour, laisse la porte de la SLAB claquer derrière moi. La fatigue me tombe dessus. Des lucioles luisent dans l'herbe, clignotant comme des étoiles inaccessibles, la lune est haute dans le ciel, toute petite, si lointaine, si froide. Sal me disait que les humains étaient nés d'un œuf incommensurable et magnifique. Mais, après ce qu'on lui a fait, ce n'est pas l'impression que j'ai. Je n'oublierai jamais ces flammes colériques, ce grondement rageur comme le vent dans un microphone.

Ne pense pas à ça !

Le concert des grenouilles et des hiboux semble aller crescendo alors que je chasse ces images honnies de mes pensées – les cheveux gris sous le plastique, la peau cramoisie, les yeux morts, méconnaissables. Et ce feu avide, ces tourbillons de fumée, la porte du four qui se referme dans un fracas de métal.

Arrête !

Dans le ciel, le drone de surveillance est comme un OVNI qui décrit ses cercles inlassables. Et je vois Sal poussé dans le vide par une porte ouverte si haut, si loin du sol... Je longe les casemates de béton, me demandant quels secrets les autorités gardent à l'intérieur. Je n'en saurai jamais rien. L'endroit est désert. Les arbres et toute la nature bruissent dans la nuit, un orchestre immense et invisible.

* * *

Devant les blockhaus, tous les SUV sont partis, y compris celui de Benton. Il n'en reste qu'un seul : le Suburban à bord duquel nous sommes arrivés. Il m'attend, moteur au ralenti, phares allumés. À l'avant, ce sont les deux mêmes soldats. L'un d'eux descend pour m'ouvrir la portière. Je grimpe à l'arrière, pose mon porte-documents et mon sac de voyage à côté de moi sur la banquette.

— Re-bonjour. Merci de m'avoir attendue. (Je boucle ma ceinture de sécurité.) Cela a été une longue journée pour vous aussi, j'imagine ?

— Nous avons ordre de vous emmener au Langley Inn, madame, répond le chauffeur en me regardant dans le rétroviseur.

— C'est bien ça. Merci beaucoup.

— Vous voulez vous arrêter quelque part avant ? demande son collègue sur le siège côté passager.

— Non, c'est inutile.

Quelques instants plus tard, nous franchissons le portail métallique et quittons Aera One. J'en profite pour rallumer mon téléphone. Nous empruntons le même chemin qu'à l'aller. Les réverbères sont rares sur la route, le parcours de golf est une étendue sombre, les marais parsemés de flaques obscures. Je consulte internet pour voir ce qui se dit sur l'affaire. Les complotistes s'en donnent à cœur joie.

LE « CHASSEUR D'ET » KIDNAPPÉ ET TUÉ PAR DES ALIENS ? scande un gros titre.

UN PRIX NOBEL TUÉ SAUVAGEMENT ! Un autre article laisse entendre que le gouvernement l'aurait fait taire parce qu'il parlait trop d'intelligence non humaine.

Aucun avion ne décolle sur la piste, ni n'atterrit ; le terrain d'aviation est plongé dans la pénombre. La rue est quasiment déserte. Nous dépassons le bowling fermé à cette heure. Aux fenêtres des maisons, quelques rares lumières sont allumées.

`J'arrive !` écris-je à Benton par SMS.

`J'espère que tu as faim !` me répond-il.

Il est près de minuit quand je passe les portes du Langley Inn, un bâtiment de brique de trois étages. J'annonce au réceptionniste qu'on m'a déjà réservé une chambre. Je traverse le petit hall décoré dans les tons brun et bleu. Aux murs sont accrochés des posters de C-5 Super Galaxy, de C-17 Globemaster, de F-22 et autres fleurons de l'US Air Force.

Je prends l'ascenseur pour rejoindre le premier étage, où je croise un colonel en tenue kaki qui me souhaite le bonsoir avec un carton de pizza dans les mains. J'entends des télévisions en sourdine en passant devant les portes, avec leur écriteau « Ne pas déranger » accroché aux poignées. Arrivée à la 218, j'insère ma carte et entre.

Aussitôt une délicieuse odeur de nourriture me chatouille les narines.

— C'est moi ! lancé-je.

La suite comprend des canapés et des fauteuils confortables, dans les mêmes tons que le hall. Les rideaux sont tirés, la télévision est réglée sur la chaîne info, son coupé. Je referme la porte, tire le loquet de sécurité. Je vais poser mes affaires dans la chambre à coucher et retrouve Benton dans la cuisine qui prépare deux verres de tequila avec glaçons.

Il est en chaussettes, tee-shirt et pantalon de jogging. Il me lance un grand sourire. Je suis contente aussi de le voir, mais je pense à son départ précipité tout à l'heure de la SLAB.

— Je suis affamée, dis-je en m'approchant de lui.

— Poulet frit et garniture complète, annonce-t-il en imitant l'accent du sud.

Il y a quelque chose derrière son sourire de façade, quelque chose de sombre.

— Ça sent divinement bon.

Il a mis la table et laissé son pistolet 9 mm sur le comptoir. Les boîtes des plats à emporter sont à côté du four à micro-ondes. Il me tend un verre.

— En revanche, la tequila, c'est de la contrebande personnelle, dit-il en levant son verre pour trinquer avec moi.

— Excellente idée ! (La première gorgée me donne un coup de fouet bien agréable. Il fait un pas vers moi.) Pardon, Benton, mieux vaut ne pas t'approcher pour l'instant. Je n'en pouvais plus de ce bunker et je suis partie sans prendre de douche.

— Je te comprends. Surtout avec Marino sur le dos. (Benton avale une lampée d'alcool.) Il a été intenable aujourd'hui, un vrai chieur. Encore plus que d'habitude.

— La journée a été difficile pour lui.

— Et pour toi, donc ! Mais bien sûr Marino ne s'intéresse qu'à sa petite personne.

D'ordinaire, Benton est plus tolérant avec Marino.

— Entre autres, apprendre ma relation avec Sal lui a fichu un coup. C'est de l'histoire ancienne, mais que ce soit vieux ou pas, c'est du pareil au même pour lui.

Je scrute le visage de Benton qui ne laisse rien paraître.

— Il n'a toujours pas fait son deuil.

— C'est plus fort que lui.

— Peu importe. Il n'y a rien de pire que la jalousie. C'est la principale cause des horreurs en ce monde.

Le sourire de Benton a totalement disparu.

— Et apparemment, Dorothy et lui ont eu un week-end pénible. Du moins pour lui, dis-je. Quand ses voyants d'alerte passent au rouge, il panique.

— Il pète carrément les plombs, oui ! Tu te rends compte du temps et de l'énergie que tu dépenses à le défendre ? Et c'est comme ça depuis le début.

Benton fixe du regard l'écran de télévision.

— Je ne le défends pas, réponds-je. (Et non, Marino n'est pas le problème du moment. Je sens bien que Benton est blessé, je le vois dans ses yeux.) Je ne vais pas faire de la psychologie de comptoir, mais on sait tous qu'entre savoir quelque chose et l'entendre en public, ça fait deux. Et je suis désolée que tu aies dû endurer ça tout à l'heure.

— Au moins, c'est passé par Gutenberg. Il n'y a pas plus diplomate que lui.

— C'est vrai. Ce type pourrait t'annoncer que tu es accusé de haute trahison sans bouger un sourcil, avec le même ton tranquille. Cet interrogatoire à la SLAB était indélicat, pour toi comme pour moi. Même si je comprends pourquoi on m'a infligé ça.

— Je déteste qu'on te mette ainsi sur le gril. (Il avale une autre lampée de tequila.) J'étais à deux doigts de lui mettre mon poing sur la figure.

— Souvent, on ne se rend compte de ce qui se passe qu'une fois qu'on a les deux pieds dedans.

Je reprends une petite gorgée de tequila. Comme je n'ai rien mangé, je préfère y aller doucement.

— Et puis il y a les commentaires en aparté. Les gens se demandent comment j'ai pu concurrencer un prix Nobel !

(Les glaçons tintent dans son verre quand il avale une autre rasade.) Sans compter qu'on prétend que tu es une briseuse de ménage.

— Sur le papier, c'est la vérité.

— On est deux dans ce cas. Côté morale, je n'ai pas à la ramener.

— Ni moi.

Je prends une nouvelle gorgée d'alcool.

— Tu le regrettes ? demande-t-il.

Benton vrille son regard dans le mien, et bien sûr je sais qu'il ne parle pas de nous, mais de mon histoire avec Sal.

— La seule chose que je regrette, c'est que nous ne nous soyons pas mariés en premier. Mais c'était peut-être un mal nécessaire, une façon d'apprendre de nos erreurs. Mais oui, nous avons perdu beaucoup d'années. Et le temps perdu ne se rattrape guère. Du moins pas celui que nous connaissons ici.

23.

Connie, l'ex-femme de Benton, ne s'intéressait qu'à la fortune de la famille Wesley. Benton ne lui parlait pas de son travail, dont elle n'avait cure. Quant à Tony, mon premier mari, il a été quantité négligeable, un mariage éphémère, quasiment sur ordonnance. Car se marier me paraissait être une chose « raisonnable » à faire après mes études, pour des raisons justement qui me dépassent encore – hormis la pression de ma mère et de Dorothy qui craignaient que je ne trouve jamais personne.

— Je ne regrette rien en ce qui te concerne, dis-je à Benton. (Et c'est la vérité.) Tu es celui avec qui je désire être, plus qu'avec quiconque.

— Ah oui ? Même avec Sal ?

— Il est loin derrière toi. Très loin.

— Je suis ravi de l'apprendre.

— Allons ! C'est une évidence. Mais nous ne sommes pas pour autant à l'abri des surprises. (Je bois une nouvelle gorgée. Mes inhibitions s'évaporent, pour une fois.) Par exemple, je suis surprise que tu aies révélé à tes collègues mon histoire avec Sal, sans me consulter avant.

— Oui, j'aurais dû t'en parler, concède Benton en débouchant de nouveau la bouteille.

— Absolument.

— Je te présente mes excuses.

— Pourquoi ne m'as-tu rien dit ?

— Je devais prévenir certaines personnes que toi et Sal étiez proches. Que vous aviez été amants.

— Dans une autre vie.

— Cela aurait pu poser des problèmes si je n'avais pas été totalement transparent. Et peu importait si c'était de l'histoire ancienne. (Il remplit son verre. Cela ne lui ressemble pas de boire autant.) Surtout, je craignais les commentaires des médias quand ils apprendraient que c'est toi qui as réalisé l'autopsie. J'ai préféré devancer tout le monde.

— Ça, c'est ce que tu te racontes. En réalité, ma liaison avec Sal te dérange, et tu ne voulais pas que tes collègues s'en rendent compte. Donc, tu l'as annoncée à ma place. Pour montrer que ce n'était pas important pour toi. Que tu étais parfaitement à l'aise avec ce sujet. La preuve, c'était toi qui leur donnais l'info !

— Mea culpa. C'était pitoyable, je le reconnais. Carrément minable. J'aurais préféré être plus digne que ça.

Il fait tinter ses glaçons.

— Nous avons tous nos faiblesses.

— C'est vrai que j'ai eu du mal à digérer que tu sois avec lui. Même si à l'époque il n'y avait rien entre nous. Du moins rien d'intime.

— Et aujourd'hui, je suis là exactement où je veux être, dis-je alors qu'il glisse les boîtes dans le four à micro-ondes.

— Je voulais t'attendre avant de réchauffer quoi que ce soit, m'explique-t-il alors que mon attention est attirée par la télévision.

À en juger par les bandeaux défilants et les images, Dana Diletti, dans un clip d'autopromo, parle de sa visite à la plantation de Berkeley demain matin. Puis le programme revient au direct. Elle se trouve devant le portail de Sal, au milieu des véhicules du Secret Service avec leurs gyrophares allumés. Je prends la télécommande sur la table basse, monte le son.

« *... et demain matin dans* Debout la Virginie ! *nous aurons des informations fracassantes sur la mort de Sal Giordano,* *le scientifique récompensé par le prix Nobel, que l'on surnomme "le chasseur d'ET". L'homme qui a passé sa vie à tenter d'entrer en contact avec des formes d'intelligence non humaine. Y serait-il parvenu finalement ? A-t-il été tué par des aliens ? Quelles conséquences pour le reste de l'humanité ? Que craindre ? Je vous donnerai alors tous les détails de notre enquête qui se...* »

— Et la maison de Sal ? Qu'est-ce que ça a donné ? m'enquiers-je en baissant le volume. Je suppose que quelqu'un est entré ?

— Oui, des agents continuent de fouiller les lieux. Les cinq douzaines de roses ont été livrées avec un engin explosif – pour le même prix !

— Quelle horreur !

J'imagine ce qui aurait pu se passer.

— Une bombe artisanale. Il suffisait de bouger ou déplacer le vase pour qu'elle explose, précise Benton.

— Mais Sal l'a emporté lui-même dans la maison. Je ne comprends pas.

— Le système a été armé à distance, après son départ pour la Virginie-Occidentale. Cette bombe était destinée à quiconque viendrait fouiner. Par exemple nos enquêteurs. Moi. Ou n'importe qui d'autre.

— Comment l'auteur pouvait-il savoir quand Sal allait s'en aller ? (Mais la réponse est évidente.) Parce qu'on le surveillait, c'est ça ?

— La propriété était piratée. Quand tu lui as parlé hier dans l'allée, la scène était filmée par la caméra du perron. Quelqu'un a dû écouter toute votre conversation.

— Et pour le coffre ? Ça a donné quoi ?

— Il y avait bien une serrure à disque mais on a fait chou blanc. Le code du microfilm n'a pas fonctionné. C'est certainement autre chose. Mais cela peut être n'importe quoi.

— Non. Pas n'importe quoi. (Sal a écrit ces chiffres et ces lettres à la main.) Si ce message nous est réellement adressé, c'est qu'il était certain que nous allions pouvoir le déchiffrer.

Maintenant, je dois appeler la sœur de Sal, Sabina. J'espère qu'elle n'a pas changé de numéro. La dernière fois que je lui ai parlé, c'était à la mort de leur mère, voilà plusieurs années.

— Je peux demander aux carabiniers d'envoyer quelqu'un lui annoncer la nouvelle, propose Benton.

— Non. Il vaut mieux que ce soit moi qui le fasse. (J'imagine le choc si la police toque à sa porte.) Donne-moi quelques minutes, lui dis-je. Après j'irai prendre une douche. Et tu auras droit à un câlin tout propre !

— Crade, c'est bien aussi.

— Gros dégoûtant !

J'emporte mon verre dans la chambre à coucher. J'espère que Sabina n'a pas entendu les infos. Elle est la cadette de Sal, juste un an ou deux, et il y a toujours eu entre eux une grande complicité. Pendant leur enfance, c'était eux deux contre le reste du monde. Elle va être anéantie. Je trouve son numéro dans mes contacts. Il est un peu plus de 5 heures du matin à Rome.

— *Pronto ?* marmonne une voix ensommeillée.

— Sabina ?

Je fouille dans mon porte-documents pour en sortir mon carnet.

— *Si ? Chi è ?*

— C'est Kay. Kay Scarpetta. Je suis désolée de te déranger à cette heure, lui dis-je en italien.

— Kay ! Quelle bonne surprise ! Comment vas-tu ? (Elle passe à l'anglais, soudain alerte et enjouée.) On parlait justement de toi avec Sal hier, quand je l'ai appelé pour ses soixante ans. Je lui ai dit de ne pas être triste, parce que j'allais moi aussi franchir la barre fatidique !

— Oui. Je suis passée le voir…

— *Si, si,* il m'a dit que tu allais venir. On s'est promis qu'on allait te ramener à la Trattoria da Enzo à Trastevere. Tu te souviens ? C'est là qu'on avait bu ce délicieux Chianti. Et pas qu'une bouteille !

Mon cœur se serre en pensant à ce moment. Nous étions tous les trois sur la terrasse qui donnait dans une petite ruelle, éclairée par les lumières du restaurant. Sal n'arrêtait pas de remplir nos verres pendant que nous nous régalions. Un véritable festin ! L'ardoise du soir annonçait *Panzanella. Burrata di Andria. Pennette con cozze e pecorino...*

— Je n'oublierai jamais cette soirée, lui dis-je.

— Tu es à Rome ? demande-t-elle d'une voix soudain inquiète.

— Non. Je suis en Virginie.

— Tout va bien ?

— J'ai quelque chose de terrible à t'annoncer Sabina. (Je m'assois sur le bord du lit.) Je voulais te le dire moi-même.

Je lui explique que son frère a disparu lundi soir et qu'il a été retrouvé mort.

— Ce n'est pas possible, bredouille-t-elle. Non...

— On a identifié l'ADN. Je suis désolée.

— Tu dis qu'il a disparu ? demande-t-elle d'une voix chevrotante.

— Il a été kidnappé en sortant du restaurant dans les montagnes de Virginie-Occidentale. Ce matin, la police a retrouvé son corps dans un parc d'attractions abandonné à plus de cent kilomètres de là.

— Oh mon Dieu... Il a été kidnappé puis assassiné ?

— Sa mort a été violente, mais nous ignorons encore qui a fait ça, réponds-je sans entrer dans les détails.

— Oh non... non...

— J'aurais aimé être avec toi Sabina...

— J'étais toujours inquiète quand il allait là-bas. C'est tellement isolé. Et Sal est bien trop confiant, bredouille-t-elle entre deux sanglots. Je n'aimais pas ces montagnes, ni ce vieil hôtel.

— Nous n'en sommes qu'au début de l'enquête. Je peux te poser quelques questions ? Cela pourrait nous être très utile.

— Bien sûr. Tout ce que tu veux.

Elle prend une grande inspiration pour tenter de retrouver son calme. Je perçois son chagrin, toute sa terreur.

— Quand tu l'as appelé hier, il était quelle heure ?

J'ai mon stylo à la main, mon carnet ouvert, prête à prendre des notes.

— Le milieu de la matinée, heure de chez vous.

— Peu de temps après, un fleuriste s'est présenté pour lui livrer des fleurs. Cinq douzaines de roses blanches dans un vase en céramique. (Je ne précise pas qu'il y avait une bombe dedans !) Tu sais qui aurait pu lui faire porter ces fleurs ?

— *Scusa ?*

— Elles ont été livrées juste avant que j'arrive, vers 11 heures.

— Non, je ne vois pas. C'est bizarre. *Morbosa. Non bene.* (Comme moi, elle trouve ça morbide.) Et Sal ne savait pas qui était l'expéditeur ?

— Il n'y avait rien sur la carte, juste son nom à lui. (J'omets de dire qu'il pensait que le bouquet venait de moi.) Quand il est passé te voir à Rome il y a quelques semaines, il n'a pas laissé entendre qu'il avait des soucis ? Des problèmes ? Il t'a paru comme d'habitude ?

— Pas vraiment. Un peu soucieux.

— Soucieux ?

— Il disait que le monde était plus dangereux que jamais et qu'il voulait modifier son testament. On dînait dans le Quartiere Coppedè ; je lui ai dit que je refusais de parler de choses si déprimantes, alors que nous mangions des carbonaras accompagnées d'un magnifique rosé des Abruzzes.

— Il ne t'a pas donné de détails ? Je suis désolée de t'embêter avec ça. Mais tout peut nous être utile…

— Il était persuadé que quelqu'un le suivait. Depuis son arrivée à Rome. Toujours la même personne. D'abord quand il attendait le taxi à l'aéroport. Puis le lendemain, quand il traversait la Piazza della Rotonda. Et le jour d'après aussi, quand il sortait de l'observatoire du Vatican.

— Un homme ou une femme ?

— C'était difficile à dire. (La voix de Sabina tremble à nouveau.) Il penchait pour une femme, plutôt grande et mince. Elle avait une casquette. Il n'a pas pu voir ses cheveux. Ils devaient être coupés court. La trentaine, peut-être quarante, avec des cicatrices sur le visage. Chaque fois qu'il l'a aperçue, elle portait de grandes lunettes noires et sa casquette.

— Quand il a remarqué sa présence, elle l'observait ?

Je revois le visage androgyne de Carrie Grethen, son joli minois avant qu'elle ne soit défigurée après notre dernière rencontre.

— Il ne savait pas trop. Mais il pensait que oui, elle avait compris qu'il l'avait repérée. Il disait qu'il émanait d'elle une sorte d'énergie noire.

— Et il n'avait aucune idée de qui il s'agissait ?

— Il m'a dit non, mais que si quelque chose lui arrivait, il faudrait que je te raconte tout ça. (Sabina avait de plus en plus de mal à parler.) Sal était tout pour moi. On a toujours fait front ensemble, pour tout. C'est la seule personne que j'avais au monde. Et maintenant ? Que va-t-il se passer ?

— Je vais te faire parvenir ses cendres. Ainsi il pourra reposer dans votre caveau si tu le souhaites.

— Non. Il était en froid avec la famille. Je pense qu'il aurait préféré rester à Alexandria, sanglote-t-elle. C'était chez lui depuis si longtemps.

— Tu peux appeler quelqu'un ? Quelqu'un qui pourrait passer te voir ? demandé-je. Je ne veux pas que tu restes seule.

Mais elle est en pleurs et ne peut plus me répondre. Elle raccroche vite. J'ai l'impression qu'une main m'écrase le cœur. Je file dans la salle de bains et ferme la porte derrière moi.

* * *

Mon pantalon cargo et mon polo sont humides et poisseux. Je m'en débarrasse aussitôt et les glisse dans un sac-poubelle que je trouve sous le lavabo. Je sors un savon de son emballage estampillé Langley Inn et entre dans la cabine de douche.

Je ferme les yeux sous le jet, savourant l'odeur florale du savon, et me shampouine avec vigueur dans l'espoir de faire disparaître ces relents de mort et de chagrin. Longtemps, je laisse couler l'eau chaude sur mon cou, mes épaules. À la fin, je me sens mieux. Une résolution farouche s'empare de moi. J'enfile le peignoir, me sèche les cheveux, bois une gorgée de tequila et me regarde dans la glace. Je reconnais ces lèvres pincées, cette expression déterminée, et cette colère que rien ne pourra éteindre.

Tout ce mal que Carrie a fait ! Encore une fois ! Je n'ai aucune preuve que c'est elle qui a suivi Sal à Rome. Ni qu'elle est responsable de ce qui lui est arrivé. Mais je sais que c'est elle, je le sens dans ma chair. Comme je sais ce qu'elle doit ressentir chaque fois qu'elle se regarde dans un miroir. J'écarte mes cheveux et m'observe.

L'espace d'un instant, je me revois telle que j'étais quand j'ai rencontré Sal. Je revois la Kay dont il est tombé amoureux, puis le mirage s'estompe et mon visage reprend son apparence d'aujourd'hui. J'ai changé. Mais pas à l'intérieur, pas pour tout ce qui importe. J'ai perdu des êtres chers, des personnes qui auraient dû être encore de ce monde… et cela ne lui suffit pas. Elle en veut encore plus. Je ne la laisserai pas faire ! Je ne perdrai plus personne. Et je retourne dans la cuisine.

J'entends le bip du four à micro-ondes.

— C'est prêt ! lance Benton en déposant les boîtes sur le comptoir.

— Il semble que quelqu'un ait suivi Sal à Rome le mois dernier, lui annoncé-je. Il ne m'en a pas parlé. Ni à moi, ni à personne peut-être, juste à Sabina. Parfois on fait de mauvais choix, et voilà le résultat !

J'avale une lampée d'alcool. Si Sal était là, je lui passerais un savon ! Il aurait dû être plus prudent. Il aurait dû me le dire ! À moi, ou à Benton. À quelqu'un !

— On ne s'en rend compte qu'après coup. Ou jamais, me chuchote Benton en m'enlaçant. Apprendre de ses erreurs, c'est le propre de la vie. (Il hume mes cheveux.) Tu sens très bon.

— Cadeau de l'US Air Force !

Je passe sous silence la suite de ma conversation avec Sabina.

— Reste à savoir si quelqu'un suivait réellement Sal, conclut-il en ouvrant les boîtes. (Des vapeurs parfumées s'en échappent.) Et s'il s'agissait bien de Carrie Grethen.

— Elle l'a fait exprès. Elle a voulu qu'il la remarque et qu'il voie ses cicatrices.

— Oui. Pour nous narguer. C'est son truc.

— Mais tu as raison, peut-être que Sal se trompait, que personne ne le suivait.

— Non. C'était Carrie. Elle fait ça tout le temps. (Il ouvre un placard, trouve deux assiettes.) Elle voulait attirer notre attention.

Cette pensée me rend folle de rage.

— Elle joue avec nous. Au chat et à la souris. C'est sa spécialité, concédé-je tandis que Benton nous sert.

— Poulet frit au babeurre, haricots verts, bacon et frites, annonce-t-il. Plus écrasée de pomme de terre.

— Excellent choix. Tu es un génie, lui dis-je en l'embrassant.

— À force, je te connais. Je sais ce qu'il te faut après une journée en enfer.

— Oui. Tu me connais. Mieux que quiconque.

Nous emportons nos assiettes sur la table basse et commençons à manger. Nous sommes tous les deux affamés. J'en profite pour lui raconter notre voyage éprouvant en hélicoptère et le moment où la chaîne a cassé quand Lucy sortait le pick-up du ravin. Je lui parle aussi du guépard qui est apparu dans la bruine, et de ce qui s'est passé au moment où nous avons décollé du parking.

— D'un coup, les lampes se sont allumées, et les manèges, et la musique. Pas partout, bien sûr, parce qu'il y a eu pas mal de casse avec le temps. Mais quand même… comment est-ce possible ? Le courant est coupé depuis la fermeture du parc.

— Nous avons découvert que l'électricité a été rétablie voilà deux semaines, annonce Benton en ouvrant une bouteille d'eau.

— Par qui ? Comment ? demandé-je entre deux bouchées.

— L'abonnement a été réactivé via internet. Et les frais de remise en service imputés au propriétaire de la carte bancaire déjà enregistrée.

— Celle de Ryder Briley ?

— Plus précisément de Briley Enterprises.

— Et pour quelles raisons ?

Je trempe un morceau de poulet dans la moutarde au miel.

— Briley prétend ne rien savoir, il soutient que quelqu'un a dû récupérer ses informations bancaires. Il comptait vendre le Pays d'Oz ce printemps, mais cette *histoire de meurtre* a ruiné son projet.

— Ben voyons ! Il va encore pouvoir déclarer un manque à gagner et déduire ça de ses impôts.

— Selon lui, la mort de Sal Giordano a fait chuter le prix du parc, explique Benton en saupoudrant de poivre un pilon.

— Il ne serait qu'une victime collatérale ? Tu y crois ? Il ignorait vraiment que le parc était de nouveau alimenté ?

— Difficile à dire. Mais oui, il trempe dans quelque chose de louche. (Benton glisse ses restes dans la boîte vide.) En fait, je suis persuadé qu'il est en affaire avec elle. Et le piratage, le sensationnel, elle en connaît un rayon !

— Le parc a été rebranché au réseau voilà deux semaines, même s'il paraissait toujours à l'abandon. Et comme par hasard, des lumières et des machins s'allument quand on est là. (Je lui donne la chronologie précise des événements.) Et il s'est passé des trucs bizarres au bureau.

Je lui parle du portail du parking qui a fait des siennes. Des caméras dans l'aire de livraison qui se sont éteintes un moment sans aucune raison. Et l'ascenseur qui s'est bloqué. Tous ces petits bugs qui semblent s'être donné le mot aujourd'hui.

— Je deviens parano ou quoi ?

— Non, tu es parfaitement saine d'esprit.

— Tu penses donc qu'elle a piraté l'IML ?

— Il s'est écoulé cinq mois depuis qu'elle a refait surface, et elle sème le chaos comme à son habitude. (Il ouvre un sachet de ketchup.) Comme elle n'a pas pu aller au bout de son projet à l'époque, elle veut se venger. Et s'amuser avec nous par la même occasion. Voilà comment je vois les choses.

— Quel que soit son but réel, son attaque n'a rien d'improvisée. Elle prépare son coup depuis longtemps.

— Cela fait partie du plaisir. La conception. Le plaisir anticipé. (Il croque dans un scone luisant de beurre fondu.) Lucy passera ton bâtiment à l'analyseur pour voir si des mouchards ou autres dispositifs ont été installés, dit-il alors que je me souviens soudain de la destructrice d'insectes perchée en haut de son échelle.

C'était une nouvelle. Quelqu'un que je ne connaissais pas. Mon ventre se noue. Le fourgon garé dans le hangar était blanc avec le logo « Bug Off » sur le flanc. Le fleuriste aussi conduisait un fourgon blanc, avec un autre logo. Et aujourd'hui, ces décorations peuvent être magnétiques et changées facilement. Elles se fabriquent en un tournemain, avec une simple imprimante 3 D.

24.

Quand j'ouvre les yeux le lendemain matin, il fait encore nuit. Le réveil au clairon retentit dans les haut-parleurs dehors... d'un coup, je me souviens où je me trouve ! Il est 5 heures du matin, Benton dans le lit ne bouge pas. On s'est couchés trop tard hier, et effectivement il n'y a aucune urgence à rentrer aux aurores.

Je me lève sans bruit, traverse la chambre marchant pieds nus sur la moquette rêche. Enfin, la sonnerie cesse dans la base. Le silence revient, rompu seulement par les bruits de canalisations parce que les autres clients de l'hôtel s'agitent. Je referme doucement la porte, et emporte mon téléphone dans la cuisine. J'allume les lumières, remplis le réservoir de la cafetière.

Dans le réfrigérateur, j'inspecte les restes de la veille. Du poulet frit, des scones. Je peux en faire quelque chose. Et avec l'écrasée de pomme de terre, je peux confectionner des galettes. Il manquera le fromage et les oignons, mais cela restera très mangeable. Et mon ventre crie famine. J'emballe le poulet et les scones dans du papier aluminium, et les fais réchauffer au four.

Pendant que le café passe, je consulte mes messages. Il y en a plusieurs de Fabian. J'apprends que Faye et lui ont passé la nuit dans la salle de garde.

`On s'est servis dans le frigo. J'espère que ça ne vous dérange pas`, m'a-t-il écrit dans un SMS à 1 heure du matin.

Pourquoi a-t-il dormi sur place ? Je lui pose la question ne m'attendant pas à avoir de réponse de si bon matin. Mais mon téléphone sonne aussitôt.

— J'espère que vous n'avez pas exagéré sur le café et que vous vous êtes reposé, lui dis-je aussitôt. Ça va mieux qu'hier ?

— On fait aller, lâche-t-il d'une voix sinistre.

— Qu'est-ce qui se passe ? Pourquoi vous êtes restés tous les deux à l'IML ?

Je trouve une poêle dans un tiroir.

— On a travaillé tard et on pensait que c'était plus sûr.

— Comment ça ?

Je déniche une spatule.

— Parce que le corps de Luna Briley est toujours ici.

— Je ne vous ai pas demandé de jouer les baby-sitters.

J'allume la plaque de cuisson.

— On se méfie, docteur. Comme vous le savez, on en parle partout aux infos. (Fabian paraît à la fois tracassé et furieux.) Tout ce que raconte Ryder Briley sur vous et moi… Il nous accuse d'un tas de choses.

— Je sais, mais…

— Et maintenant, m'interrompt-il, on retrouve un cadavre dans son parc d'attractions. Il est mêlé à tout ça, j'en mets ma main à couper. En même temps, connaissant le personnage, ce n'est pas une surprise. J'ai épluché les dossiers médicaux de la petite : nulle part, il n'est fait mention de diabète.

— Je m'en doutais, puisqu'on n'a pas retrouvé d'insuline chez eux.

— Encore un mensonge. Bref, Faye et moi on était inquiets. Et effectivement, on n'est pas en sécurité. Qui va nous protéger en cas de pépin ? Vous imaginez ce qu'un type comme Briley peut faire, avec son argent, ses relations. Il a les juges, les flics dans sa poche, et allez savoir qui d'autre encore. Et si on vole le corps de sa fille…

— Personne ne peut entrer dans le bâtiment hors des heures d'ouverture. Il était inutile de rester sur place. (J'ouvre deux mini-plaquettes de beurre. Benton a eu la bonne idée d'en demander en supplément.) Teresa patrouille et assure la sécurité. (C'est notre dernière recrue.) La nuit a été tranquille, non ?

— Elle est toute seule. Et elle n'est qu'une vigile. Je peux vous dire qu'elle était bien contente qu'on soit là quand la porte de l'aire de livraison s'est relevée toute seule, à 3 heures du matin.

— Quoi ?

Je m'essuie les mains avec du sopalin.

— Juré craché par terre ! Et il n'y avait personne. Juste la nuit noire. Croyez-moi, on n'en menait pas large. Il y avait comme un truc malsain dans l'air, une aura surnaturelle. Et bien sûr, on n'avait pas d'ail avec nous !

— Et maintenant ? Elle fonctionne normalement, cette porte ?

Je fais fondre le beurre dans la poêle.

— Oui. Pour l'instant. Mais l'ascenseur est définitivement HS. Et on a eu un tas d'« appels extérieurs » pour nous ficher les jetons. Comme si un sorcier vaudou s'amusait avec ses aiguilles !

— C'est peut-être bien le cas. (Je lui annonce que l'IML a peut-être été piraté.) Autrement dit, tout et n'importe quoi dans le bâtiment peut être attaqué, par exemple la porte roulante de l'aire de livraison.

— Comment peut-on se protéger de ce genre de choses ?

— Vous avez raison. Ça devient de plus en plus compliqué.

J'aplatis des boulettes d'écrasée de pomme de terre dans le beurre qui crépite.

— Vous rentrez quand, Marino et vous ? Où que vous soyez en ce moment.

— Marino, je ne sais pas. On ne s'est pas encore parlé aujourd'hui. Quant à moi, je ne serai pas de retour avant l'après-midi, réponds-je en surveillant le four.

— J'imagine que vous n'allez pas me raconter ce qui s'est passé avec le chasseur d'ET ? Les médias sont hystériques. Je suis sûr que vous êtes tenue au secret…

— Les examens sont effectués dans une base militaire, dis-je sans plus de précision.

Je retourne mes galettes improvisées, les poivre et sale.

— Et vous, docteur, vous êtes où ?

— Là où il y a du réseau. C'est tout ce qu'il vous faut savoir.

J'entends Faye Hanaday, notre experte en balistique, parler en arrière-plan.

— Ne quittez pas, docteur, reprend Fabian.

— Bonjour, docteur Scarpetta, lance Faye. Merci de nous avoir laissés dormir ici. Nous avons terminé le pain et le thon, j'en suis désolée.

— L'IML n'est pas un Airbnb, mais vous êtes les bienvenus quand vous voulez. J'espère que Fabian a pris de la distance. Il était dans tous ses états hier.

— C'est sûr que cette affaire le touche particulièrement, me répond Faye en baissant la voix. Quand il était petit, la gamine des voisins a été laissée sans surveillance dans le jardin, et elle s'est noyée dans la piscine. Elle avait quatre ans, et visiblement ses parents ne s'occupaient pas bien d'elle.

— Je ne savais pas. C'est horrible.

— Vous connaissez Fabian. Il s'est dit qu'il aurait pu empêcher ça, qu'il aurait dû agir.

— Il n'est pas le seul à penser ce genre de chose, croyez-moi. Et sinon, vous avez du nouveau ?

— Vous allez recevoir le rapport du labo bientôt, en même temps Lee m'a déjà fait un topo. Je suppose que ça vous intéresse ? Mais il faut que cela reste entre nous ; officiellement, je ne vous ai rien dit.

* * *

Les galettes sont bien dorées. Je les dépose sur du sopalin tandis que Faye me raconte les événements de la veille. Lee Fishburne a analysé les échantillons au microscope électronique et par spectrométrie. Il n'a trouvé aucun résidu de tir (RT) sur les mains de Luna.

— Pareil sur les cheveux et la peau autour du point d'entrée. Aucun RT, me certifie Faye. Pas plus sur le haut de son pyjama. En revanche, il a trouvé d'autres trucs, des choses inattendues, et inexplicables. Mais bouche cousue, promis ?

— Promis.

J'ouvre quelques sachets de miel.

— Quand je suis entrée dans son labo, il analysait d'étranges particules sur le pyjama. Je les ai vues sur le moniteur, avec un grossissement de 500 fois. Cela ressemble à de minuscules astéroïdes, avec des paillettes de métal.

— On connaît leur composition ?

Je répartis les morceaux de poulet sur les scones ouverts en deux, verse dessus un filet de miel.

— De la silice, en grande majorité, mais il y a aussi du magnésium, de l'aluminium, du fer et d'autres éléments.

— On dirait de la poussière... mais de quoi ? dis-je.

J'aurais dû le remarquer.

Je n'ai pas examiné les vêtements de Luna. Je les ai ôtés et les ai placés à sécher dans la salle des indices. Puis le pyjama a été monté directement au labo de Lee Fishburne.

— Lee a une idée de son origine. Mais il attend la confirmation d'une spécialiste qu'il a contactée. Lorsqu'il a passé le vêtement à l'ultraviolet, les grains se sont mis à luire, une fluorescence bleu cobalt, précise-t-elle à ma grande surprise. Comment un tel truc a pu se trouver sur la petite ?

— Pas que sur elle, réponds-je. J'ai vu les mêmes particules ailleurs, réponds-je en songeant aux grains qui s'étaient mis à luire sur le corps de Sal.

Le parc du Pays d'Oz... je me souviens des cacahuètes enrobées de sucre que j'ai trouvées intactes dans l'estomac de la petite, et des mêmes cacahuètes qui se trouvaient à l'aéroport, au terminal Briley Flight Services. J'ai l'impression d'être sur une toile d'araignée, avec des fils aux connexions multiples. Il y en a tant que je ne peux les discerner toutes.

— Je vais faire des essais balistiques ce matin, pour établir la distance et l'angle de tir, m'annonce Faye alors que j'éteins le four.

— Qui d'autre est au courant, hormis vous, Lee et Fabian ?

Je prépare des serviettes en papier, récupère le plateau sous le seau à glace.

— Je ne sais pas trop. En tout cas, Fabian et moi on n'en a parlé à personne.

— Pas même à Blaise Fruge ?

— Ce n'est pas à moi de donner des infos à la police, c'est votre prérogative, réplique Faye, et elle a raison.

Quelques instants plus tard, j'apporte le plateau du petit déjeuner dans la chambre à coucher. Benton est réveillé, il a calé deux oreillers dans son dos et consulte son téléphone, l'écran éclaire son visage dans la pénombre. Je dépose une tasse de café et son assiette sur la table de nuit, en lui résumant ma conversation avec Faye et Fabian.

— C'est vrai que c'est curieux, ces résidus fluorescents. (Il goûte un morceau de galette.) C'est délicieux ! (Il prend aussitôt une autre bouchée.) On n'a pas la preuve que ce sont les mêmes particules que celles qu'on a trouvées sur Sal, mais comme toi j'en suis persuadé. On en aura la confirmation sous peu.

— Cette fluorescence bleu cobalt, c'est inhabituel, dis-je en m'installant sur le lit avec mon assiette. Plus ça va, plus je me demande ce que Ryder Briley trafique. Et il va se déchaîner contre nous si je déclare que la mort de Luna est un homicide.

— Quand penses-tu le faire ? demande Benton en tendant la main vers son café.

— Si Faye confirme mes doutes avec ses tests balistiques, j'aurai tout ce qu'il me faut pour mon rapport. (Je m'essuie les mains sur une serviette en papier.) Dès que j'écrirai le mot homicide, la police va enquêter sur les parents, et sur quiconque ayant été dans les parages au moment du décès.

Une fois notre petit déjeuner terminé, nous posons nos assiettes sur les tables de nuit. Le soleil perce entre les rideaux. Les jets rugissent déjà dans le ciel. Je n'ai aucune envie que Benton se lève. Nous n'avons pas pu encore nous parler vraiment. Je me love contre lui, lui enlace la main.

— Pour une fois que nous avons un moment tranquille tous les deux, profitons-en, lui dis-je. Comment vas-tu ? Je te demande ça parce que je ne suis pas sûre que tout roule, même si tu excelles à faire semblant.

Je sais ce qui le tracasse ; il a besoin que ça sorte. Je pose ma tête contre sa poitrine.

— Tout va bien.

— Ce n'est pas vrai.

Je perçois les battements de son cœur, la chaleur de sa peau sous ma joue.

— Disons que je n'aime pas qu'on me rappelle avec qui tu as été avant moi, souffle-t-il dans mes cheveux. Avec lui, en particulier.

Il ne parle évidemment pas de mon premier mari.

— Ça date de mathusalem, réponds-je. C'est si vieux que j'ai l'impression que c'était quelqu'un d'autre.

— Non, c'était vraiment lui.

— Avec toi, c'est bien autre chose, Benton. Et si j'étais avec lui, c'était peut-être justement pour te fuir.

Je me souviens dans quel état j'étais : dévastée. Nous travaillions ensemble. Il était marié avec des enfants, et j'étais attirée par lui, comme aspirée. Je n'avais pas été assez forte. Avec le recul, je m'aperçois que c'était mission impossible. Je ne suis pas fière de notre liaison adultère, mais si c'était à refaire, je recommencerais, parce que c'était le seul moyen d'être avec lui.

— Moi non plus, je n'aime pas qu'on me rappelle avec qui tu as été, murmuré-je en lui caressant le bras. Et que ta famille ne me le pardonnera jamais.

— C'est la preuve que je suis nul en matière de relations personnelles. Demande à Connie. Elle me le reprochait sans cesse.

— Tu aurais divorcé que je sois là ou non. (Je l'embrasse et nous nous serrons plus fort.) On a un peu de temps devant nous, n'est-ce pas ?

25.

Une heure plus tard, après ma douche, alors que je retourne dans la cuisine, Lee Fishburne m'appelle. Il a de premiers résultats. Je n'avoue pas que Faye m'en a parlé. Je sais feindre la surprise lorsqu'il le faut.

Lee a analysé les prélèvements sur les mains et les vêtements de Luna Briley, et n'a trouvé aucun RT. Cela ne m'étonne pas, même si Faye ne me l'avait pas déjà annoncé. Je pressentais que le tir n'avait pas eu lieu à bout portant. Quant aux parents, ils avaient eu tout le temps de se nettoyer.

— Si la petite n'a rien sur les mains, c'est qu'elle ne s'est pas tiré dessus, conclus-je avec Lee en remplissant à nouveau le réservoir de la cafetière. Et le fait que Ryder et Piper Briley n'aient aucun RT sur eux, c'était couru d'avance. Ils ont sans doute lavé leurs vêtements ou les ont cachés quelque part, là où la police ne les retrouvera pas.

— On n'a aucune image d'eux datant de l'après-midi qui prouverait qu'ils se sont changés ?

— C'est une bonne idée que l'on soumettra à l'inspectrice Fruge. D'après mes constatations sur place, Luna était décédée depuis plusieurs heures quand le père a appelé les secours.

— Ce qui le désigne ipso facto comme le coupable, déclare Lee en ayant du mal à réprimer son dégoût. Sous UV, les échantillons et les vêtements des parents ne présentent aucune particule fluorescente non plus. Ces résidus ne se trouvaient que sur le haut de pyjama de leur fille.

… *De la silice, en grande majorité, mais il y a aussi du magnésium, de l'aluminium, du fer et d'autres éléments…*, m'a dit Faye.

— Et c'est là que ça devient intéressant, Kay. Ce truc est une imitation du régolithe lunaire…

… *Cela ressemble à de minuscules astéroïdes…*, a-t-elle également précisé.

— En d'autres termes, c'est de la fausse poussière lunaire, m'explique Lee dans mon oreillette Bluetooth. Au microscope, les grains se révèlent plus uniformes que leurs doubles naturels, car ils ont été moulus par des machines. Mais la composition est identique au véritable régolithe. Cinquante pour cent de silice vitrifiée. Autrement dit, du verre. Ce n'est pas très compliqué de faire le distinguo, à condition de savoir où regarder.

— Résumons : on a donc trouvé de la fausse poussière de lune sur le pyjama de la petite.

— Et elle s'appelle « Luna », c'est bizarre, non ?

— Tout me paraît bizarre dans cette affaire, réponds-je en plaçant les couverts et les assiettes dans le lave-vaisselle.

— On en fabrique à partir de certains basaltes, une roche magmatique qu'on pulvérise, poursuit Lee tandis que je lance le lavage. On l'extrait du sol, puis on l'écrase dans d'énormes broyeurs. Ensuite, la poudre est ensachée dans des pièces stériles.

Il m'explique que dans la poussière lunaire naturelle, les grains sont plus irréguliers, plus fondus et poreux. Elle a été formée par l'impact des météorites sur la surface. Qu'il s'agisse de la version naturelle ou manufacturée, la poudre est chargée d'électricité statique et adhère partout.

— C'est pourquoi le régolithe est si problématique pour les astronautes et leur équipement. Il ne faut surtout pas que cette poussière pénètre dans la navette ou l'habitat. C'est un miracle si les gars des missions Apollo dans les années 1960 n'ont pas eu de problèmes pulmonaires.

— Vous êtes sûr que c'est de la fausse poussière lunaire ? (Je me rends dans le salon avec deux tasses de café frais.) Cela ne pourrait pas être autre chose ?

— Ce matin, en me levant, un e-mail m'attendait. Il se trouve que j'ai contacté hier une amie spécialiste des roches au Johnson Space Center de la NASA. Elle me confirme que les images et la composition des grains correspondent à une imitation du régolithe lunaire, une copie de grande qualité. La fluorescence sous UV est normale, sauf qu'elle n'a jamais vu une poussière artificielle émettre cette couleur bleu cobalt. Elle ne sait pas qui l'a fabriqué.

— C'était justement ma question suivante : où peut-on se procurer de la fausse poussière lunaire ?

— En petite quantité, partout sur internet. Les acheteurs sont le plus souvent des curieux ou des fans de l'espace. Ou des gens comme moi qui souhaitent examiner ça au microscope. Vous n'imaginez pas tout ce que je commande sur le web, des trucs que je n'aurais jamais eu l'occasion d'étudier autrement. Je précise qu'un enfant ne doit absolument pas jouer avec de la poussière de lune, qu'elle soit naturelle ou non. C'est très abrasif. Elle pourrait entrer par les voies respiratoires, endommager les yeux.

— Dans ces régolithes qui se vendent sur internet, y a-t-il un additif spécifique qui les rend fluorescents ? lui demandé-je en retournant dans la chambre à coucher.

Benton est dans la salle de bains. La porte est fermée, j'entends l'eau couler.

— Non. Pas que je sache.

— Et si on veut s'en servir pour de la recherche scientifique, il en faut de grosses quantités, n'est-ce pas ? Du coup on ne passe pas par des revendeurs sur le web. Je suppose qu'on s'adresse directement aux sociétés qui fabriquent ce régolithe.

— Il n'y en a pas beaucoup. Et aucune en Virginie. Le régolithe artificiel, ça ne se bricole pas dans une cuisine avec un mixeur ou un mortier. Il faut des machines industrielles. Et trouver les bonnes roches et minéraux sur cette planète.

Lee précise que le régolithe lunaire de synthèse qu'utilisent les scientifiques a souvent un additif fluorescent qui luit en blanc. C'est pratique pour savoir si une combinaison ou du matériel électronique est bien étanche. Les copies de qualité premium coûtent cher, entre vingt et soixante dollars le kilo, selon le pays où on se le procure.

— Et il en faut des tonnes quand on veut simuler un environnement lunaire ou martien, ou encore la surface d'un astéroïde.

— C'est à ne rien y comprendre, dis-je en m'asseyant sur le lit avec mon café à la main. Cette enfant ne sortait quasiment jamais de chez elle. Luna était le plus souvent seule et enfermée dans la maison. (Une bouffée de colère s'empare de moi à nouveau.) Comment a-t-elle pu se retrouver avec de la fausse poussière lunaire sur elle ?

— À mon avis, ce régolithe a été déposé par quelqu'un, quelqu'un qui a eu un contact physique avec la petite. Reste à savoir s'il y a des traces de ce régolithe ailleurs chez les Briley.

— Je ne pense pas que toute la maison ait été passée aux UV, mais la chambre à coucher et certaines pièces l'ont été quand je me trouvais sur les lieux. Et aucune fluorescence bleu cobalt n'est apparue. Je n'ai rien vu de tel, et aucun enquêteur ne m'en a parlé.

— S'il n'y en a pas au domicile des Briley, cela signifie que quelqu'un, autre que les parents, en avait sur ses vêtements et qu'il y a eu contact. C'est la seule explication que je vois.

— Et pourquoi cette personne en aurait sur elle ?

— À cause de son travail, par exemple ? Beaucoup de sociétés aérospatiales travaillent avec des régolithes artificiels, de nombreuses agences fédérales aussi, comme la NASA. Le régolithe naturel est évidemment conservé dans des chambres fortes. Les échantillons rapportés de la Lune se font rares. Cela fait cinquante ans qu'on n'est pas retourné là-haut.

* * *

Au moment où je raccroche, Benton sort de la salle de bains dans un nuage de vapeur, une serviette nouée sur les hanches. Il est rasé, ses cheveux mouillés sont coiffés en arrière, son torse ciselé, son ventre musclé couvert d'une fine pellicule de sueur. Je lui résume nos découvertes.

— De la poussière lunaire ? Je ne m'attendais pas à ça !

— Pareil.

— Je ne vois pas à quoi ça peut servir, hormis pour la recherche spatiale. Et ce machin est extrêmement dangereux, je crois.

— Absolument. Manipuler du régolithe sans protection peut causer des dégâts pulmonaires et à la longue entraîner la mort. Qui serait assez fou pour faire ça ?

— Nos labos vont se mettre en relation avec les tiens dès qu'ils auront confirmé les analyses de Fishburne, même si je n'ai aucun doute sur la justesse de ses conclusions, déclare Benton en enfilant un pantalon de toile et un polo. Nous allons chercher qui s'est fait livrer ce produit récemment, en particulier ici, en Virginie.

— Quelque chose me dit que celui ou celle qui avait cette poussière sur ses habits n'en avait pas conscience, à moins de s'être promené sous une lumière noire. (Bien sûr, Carrie Grethen hante mes pensées.) Quelqu'un exposé à cette poussière peut en semer partout autour de lui sans même s'en rendre compte. Ou alors, c'est encore un de ses mauvais tours… Un leurre pour nous égarer, une piste qui ne mènera nulle part…

— Nous ignorons qui a laissé cette poussière sur Luna. Et nous ne savons pas d'où elle provient. Mais si Carrie est la porteuse, elle a commis une erreur.

— Une erreur bien grossière…

— Cela reste possible, non ? dit-il en laçant ses chaussures.

— Ou bien, elle se fiche d'en essaimer partout. Et elle veut qu'on découvre sa trace.

— Tout est envisageable. On a trop peu d'infos encore.

Pendant qu'il parle au téléphone avec d'autres agents, j'enfile un pantalon cargo propre et une chemise à manches longues bien trop chaude pour l'été. Mais quand j'ai préparé mon sac d'urgence à l'IML, on était en hiver. Mes vêtements sont froissés et sentent un peu le renfermé. J'aurais dû les sortir et les suspendre avant d'aller me coucher, mais mon mari et la tequila m'ont distraite.

J'ai envoyé plusieurs SMS à Lucy par messagerie cryptée et elle ne me répond que maintenant. Avec d'autres enquêteurs, elle se trouve dans le hangar 1112 au LaRC. Ils examinent le vieux Chevrolet de Sal. Je lui annonce que nous arrivons au plus vite, dès que nous aurons quitté l'hôtel, puis lui raconte la découverte de Lee Fishburne.

`À mon avis, on a trouvé la même chose dans le pick-up,` me répond Lucy. `Tu vas voir.`

Je lui demande si elle a des nouvelles de Marino. Depuis ce matin, je tente de le joindre, par texto et par message vocal, mais silence radio de sa part. Elle m'annonce qu'il a loué une voiture pour rentrer à Alexandria. Il ne voulait pas remonter dans l'hélicoptère. `La dernière fois qu'ils se sont parlé, il était à l'IML,` m'indique-t-elle. Je lui renvoie immédiatement un message le prévenant que nous allons voir le véhicule de Sal.

`Je suis avec Faye,` me répond-il aussitôt.

Il est dans le stand de tir avec mon analyste balistique. Il me transmet une vidéo. J'y vois une cible couverte d'un drap blanc. Faye Hanaday porte des lunettes de sécurité et un casque sur les oreilles pendant qu'elle teste le Beretta .22 de Ryder Briley.

BANG ! BANG ! BANG !

Faye tire à tout va, les douilles tombent par terre avec des tintements métalliques. Méthodiquement, elle change de distance de tir, en utilisant le même type de balles retrouvées sur la scène de crime, des modèles à pointes creuses. Puis ma smart ring se met à vibrer, me prévenant que Marino m'appelle.

— Quelle taille fait le bras de Luna Briley ? me demande-t-il de but en blanc. Quelle longueur ?

— Environ trente-cinq centimètres. Comme je l'ai dit, elle est petite pour son âge.

Benton a terminé ses appels et vient s'asseoir à côté de moi sur le lit.

— Si elle pointe l'arme vers sa tête, le canon est au max à dix ou quinze centimètres du crâne.

— Probable, oui.

— Elle ne peut donc s'être tiré dessus, annonce-t-il. Attends, je te mets sur haut-parleur pour que Faye puisse t'entendre.

— C'est bien ce que nous pensions, confirme-t-elle. D'après mes premiers tests et l'absence de RT sur la victime, je dirais que le tireur se trouvait entre un mètre et un mètre cinquante de la gamine. Luna n'a pas pu tenir cette arme et se tirer dessus toute seule. Je suis catégorique.

Je demande à Marino d'avertir Blaise Fruge : C'est officiel, il s'agit d'un homicide.

— Les Briley vont sortir les flingues, commente-t-il en ne se rendant pas compte de l'ironie grinçante de ses paroles. Va falloir surveiller nos arrières, Doc.

— C'est devenu chez moi une seconde nature.

* * *

Il est 11 heures passées quand Benton et moi quittons le Langley Inn. Il fait beau et chaud. Le ciel bleu a chassé les nuages de la veille. Nous suivons Sweeney Boulevard et contournons l'extrémité sud-ouest de la piste alors que les F-22 grondent au-dessus de nos têtes.

Ces dernières années, j'ai été témoin du regain d'activité sur les bases militaires en Virginie, avec des essaims de jets en manœuvres jour et nuit. Quand je me rends à notre IML de Tidewater, je vois de plus en plus de bateaux de guerre et de sous-marins nucléaires aller et venir dans la rade de Norfolk, la plus grande base navale du monde.

À entendre ces rugissements constants dans le ciel, on pourrait croire à une attaque aérienne. Nous remontons Commander Shepard Boulevard et longeons sur notre gauche le parc de mobile-homes. Dans le secteur, il y a un bar délabré avec les fenêtres occultées par un film violet, un établissement minable – à éviter m'a-t-on prévenue par le passé. Juste en face sur notre droite, c'est l'entrée principale du Langley Research Center de la NASA. Plus loin, tout au bord de la route, se dresse le tunnel blanc de la soufflerie ressemblant à un Slinky géant replié sur lui-même, en face d'un vieil anneau de vitesse si mes souvenirs sont bons.

Le logo de la NASA, avec son globe terrestre bleu, trône à l'angle du boulevard. Un panneau à diodes souhaite la bienvenue aux visiteurs, ce qui est plus ou moins ironique quand on voit les gardes armés de mitraillettes. Quelques-uns, aidés d'un chien, inspectent un pick-up. D'autres posent des questions au conducteur d'une Prius, tout en fouillant la banquette arrière.

Arrivé à la guérite, Benton baisse sa vitre. Il est évident que nous sommes attendus. Nul besoin de faire halte au bureau des badges pour avoir un sésame provisoire. Après un bref coup d'œil à nos papiers d'identité, le gardien nous indique la direction à suivre.

— Quand vous approcherez du portique, vous verrez les hangars. Bonne journée à vous, conclut-il en nous laissant passer.

Nous traversons la base, dépassons les grosses sphères blanches des souffleries hypersoniques, enrubannées d'un nuage de vapeur. Les bâtiments sont en briques ou en matériaux modernes, même s'il reste des préfabriqués datant du début de l'agence spatiale. Les noms des laboratoires sont assez explicites : Hypersonic Facilities, Autonomous Incubator, Sonic Boom Lab.

Mais plus nous nous éloignons du centre du LaRC, plus les laboratoires sont isolés et paraissent mystérieux. Nous traversons des hectares de terrain, de bois, parsemés d'antennes de diverses formes et tailles comme autant de sentinelles silencieuses. Alors que la silhouette du portique se dresse soudain au-dessus des arbres, nous apercevons une enfilade de hangars. Il n'y a aucun nom, juste des numéros. Des Tahoe noirs du service de sécurité de la NASA patrouillent dans le secteur.

Derrière un terrain d'essais pour drone, ceint d'un grand filet, nous trouvons le 1112, une construction aveugle en béton, avec un toit en terrasse et une grande porte rétractable – pour l'heure fermée. Benton se gare à côté des véhicules des enquêteurs. J'envoie un SMS à Lucy pour l'avertir que nous sommes arrivés. Quelques secondes plus tard, elle sort du bâtiment par une petite porte latérale. Elle a revêtu une combinaison en Tyvek et nous tend des EPI. À en juger par ses traits tirés, elle n'a pas dû dormir beaucoup cette nuit, voire pas du tout.

— Comment ça se passe ? m'enquiers-je en équilibre sur une jambe pour enfiler les surchaussures. Du nouveau ?

— On est dessus depuis des heures et on a trouvé quelques petites choses intéressantes. En particulier des traces bizarres, explique-t-elle pendant que Benton et moi refermons nos blouses de protection. On dirait des empreintes de mains. Sauf que ce n'est pas des mains normales. C'est un hybride entre des mitaines et des griffes. Du moins, c'est l'image qui s'en rapproche le plus.

Je n'ose imaginer la réaction de Marino s'il entendait ça ! Déjà qu'il ne tient plus en place avec ses agroglyphes et ses histoires d'enlèvement par des ET. Avec l'âge, ses croyances et superstitions ne cessent de se renforcer. Et je redoute sa réaction quand je lui parlerai de la fausse poussière lunaire. Il va en tirer des conclusions farfelues, et encore une fois, vouloir me prouver que deux plus deux, cela ne fait pas toujours quatre !

26.

Lucy rouvre la petite porte et nous pénétrons dans un espace assez similaire à notre aire de livraison à l'IML. Mais ici, l'endroit est immaculé et bien mieux éclairé, avec des établis, des servantes d'outillages, un pont élévateur et des chariots en tout genre. Il y a des traces de pneus sur le sol brillant, mais pas une once de poussière. Ce hangar ressemble davantage à un laboratoire qu'à un garage automobile. Les techniciens en combinaison blanche terminent de démonter la tente qui enveloppait le vieux pick-up Chevrolet de Sal. Je reconnais l'odeur des effluves de superglu, avec laquelle on fait apparaître des empreintes laissées sur des surfaces non poreuses, telles que le verre, le métal. Les émanations de cyanoacrylate réagissent avec les acides aminés sécrétés par la peau, ceux par exemple provenant de la pulpe des doigts. Sous l'effet des vapeurs de colle, la trace blanchit, les reliefs de l'épiderme se solidifient et deviennent alors visibles.

— Avant de chercher les empreintes, on a passé le véhicule au peigne fin pour être sûr de ne pas détruire quelque chose avec la fumigation, explique Lucy. On a trouvé ces curieuses marques sur les fenêtres des portières avant – des traces partielles pour la plupart. On les a relevées à la poudre magnétique, et ça vaut le coup d'œil.

Lucy nous conduit à un établi où les indices ont été emballés et étiquetés. Pour la plupart, ils proviennent des sièges et des tapis de sol.

— Sous UV, on a repéré des particules brillantes partout sur le fauteuil côté conducteur, sur le volant, et ailleurs aussi, jusque dans la benne. (Elle entre un mot de passe dans un ordinateur.) Je ne peux affirmer que c'est ce que tu as trouvé sur le corps de Sal Giordano, mais cela y ressemble furieusement.

Lucy nous montre les photographies prises avec un filtre orange où l'on voit les grains luire en bleu sur le tissu des sièges. Et sous la bâche, l'intérieur de la benne scintille comme un ciel étoilé.

— Pourquoi sur les deux sièges ? dis-je. Deux personnes se seraient trouvées là et en auraient eu sur leurs vêtements ?

— Ou bien, c'était déjà dans le pick-up.

— Tu penses que c'est Sal qui a apporté cette poussière et qui l'a ensuite essaimée dans tout le véhicule ?

— On ne sait pas depuis combien de temps ce régolithe de synthèse est là, intervient Benton. Mais la plupart des gens détesteraient avoir ces particules autour d'eux. Ce produit doit être manipulé avec précaution et stocké dans des sacs étanches.

— Je ne sais pas ce que Giordano trafiquait avec ça, lance Lucy, mais ce n'était pas pour nous. (Et ce « nous » indique les autorités fédérales.) Sinon, on serait au courant.

Elle nous présente un autre cliché. On y voit une trace de la taille d'une main – sauf que cela n'a rien d'une main ! La marque en « V » est allongée, étirée comme un sabot. Ou comme une mitaine – pour reprendre l'image de Lucy –, avec une vague forme de doigts dessous. Et oui, cela ressemble à des griffes. Le tout me fait penser à ces tests de Rorschach. Je ne distingue aucun dermatoglyphe typique d'un épiderme.

— Cela se trouvait sur la face externe de la vitre, côté conducteur, indique ma nièce.

— On sait ce qui a pu laisser cette empreinte ? demande Benton. (Je sens son épaule pressée contre moi tandis que nous nous penchons vers l'écran de l'ordinateur.) Cela ne ressemble pas à un gant, du moins pas selon mon expérience.

— Moi non plus, je n'ai jamais vu ce genre de traces, renchérit Lucy. Et il y en a plusieurs !

Elle s'éloigne de l'établi et nous conduit au pick-up. Des chariots sont disposés tout autour. La tente protectrice a disparu.

— Et quid des résidus brillants ? insiste Benton. On en trouve avec ces marques ?

— Pas particulièrement, répond Lucy.

Je lui raconte alors ce que m'a expliqué Lee Fishburne sur la poussière lunaire.

— Le régolithe n'est pas fluorescent à l'état naturel. Il s'agit donc d'un produit de synthèse auquel est ajouté un composant qui émet un rayonnement bleu cobalt sous UV. Il y en avait sur le pyjama de Luna Briley. Qu'est-ce qu'il faisait là ? Mystère. Mais je suis certaine que c'est la même poussière qu'on a trouvée sur le corps de Sal et ici dans son pick-up.

— Moi aussi, renchérit Benton. Peu de choses rayonnent dans cette couleur.

— Les deux victimes sont donc liées, conclut Lucy. C'est indéniable. Il y a un dénominateur commun entre la mort de Luna Briley et celle de Sal Giordano. En revanche, cela ne signifie pas que c'est la même personne qui les a tués.

— Sûrement pas, confirme Benton. Le meurtre de Sal a été prémédité, soigneusement préparé. Pas celui de la petite.

Sur un chariot sont posées des lampes de diverses longueurs d'onde et des lunettes teintées. Nous enfilons nos gants, nos charlottes et nos masques. Lucy demande à l'équipe d'éteindre les lumières de service. Nous explorons l'habitacle avec nos faisceaux ultraviolets, en commençant par la fenêtre côté conducteur. Le rectangle immaculé au milieu de la vitre marque l'endroit où se trouvait le ruban adhésif avec lequel les enquêteurs ont relevé l'empreinte.

Le verre est constellé de paillettes bleues. J'en repère aussi sur les poignées de la portière, à l'extérieur, comme à l'intérieur. Malgré moi, les souvenirs remontent à ma mémoire. Je me rappelle quand Sal débarquait à bord de cet engin antédiluvien pour nos réunions à la Maison-Blanche, au Pentagone et autres lieux de pouvoir. Je me moquais de lui, lui disais qu'il ressemblait à un plouc débarquant de sa campagne !

Je fais lentement le tour du vieux Chevrolet. Le pare-chocs chromé à l'avant est enfoncé, les phares sont cassés. Le régolithe brille sur le hayon de la benne. Il y en a aussi sur la poignée de la portière côté passager – à l'extérieur, mais pas à l'intérieur.

— Peut-être que la portière a été ouverte et refermée du dehors ? suggère Benton en passant le faisceau UV sur les grains. Sal a pu être inanimé, ou dans l'incapacité de bouger, et avoir été installé sur le siège passager ? Et les ceintures de sécurité auraient été bouclées pour faire taire l'alarme pendant que quelqu'un conduisait et emmenait Sal... Reste à savoir si un tacot comme ça est équipé d'alarme sur les ceintures !

— Ou alors c'est sans rapport avec une alarme, réplique Lucy. Il peut s'agir d'une habitude, un geste qu'on fait sans y penser, par automatisme.

— Je rappelle que le pick-up est sorti de la route, interviens-je.

— Certes, mais avant ça quelqu'un a pris le temps de vider le véhicule, répond Benton. Sal a pu être kidnappé dans son propre pick-up, puis emporté dans un autre véhicule garé hors de vue. Et à la fin, ils ont envoyé le Chevrolet dans le ravin.

— Maintenant qu'on a inspecté la cabine et sous le capot, on sait qu'au moment de l'accident la boîte de vitesses était sur « Neutre » et que le moteur tournait, poursuit Lucy dans la pénombre. Dans un engin aussi ancien, il est possible de verrouiller les portières tout en laissant les clés de contact sur le Neiman.

— C'est vrai. C'est arrivé plein de fois à Sal de se retrouver enfermé dehors ! dis-je. On sait combien d'essence il restait dans le réservoir au moment où le pick-up est tombé dans le ravin ?

— Non, répond Lucy alors que quelqu'un rallume les lumières de service. Le moteur a continué à tourner jusqu'à la panne sèche. Mais on ne peut savoir combien de temps. Car c'est un diesel. Il n'y a pas de bougies d'allumage avec étincelles. Ces moteurs n'émettent aucun signal électrique qu'on pourrait repérer sur un radiotélescope ou d'autres capteurs. Le moteur a pu fonctionner pendant des heures. Et rien ni personne ne peut le savoir.

— Tu as retrouvé quelque chose dans l'habitacle ? m'enquiers-je en songeant au panier-cadeau que j'avais confectionné pour Sal.

— Rien. Même la boîte à gants a été vidée.

Nous ôtons nos lunettes teintées et les reposons sur le chariot.

— Pourquoi donc ? Quelqu'un cherchait quelque chose de particulier ?

— Peut-être, répond Benton. Auquel cas, la personne a préféré tout emporter plutôt que de passer du temps à fouiller dans l'obscurité. D'autant qu'elle avait un otage à gérer. Et un autre automobiliste pouvait toujours s'arrêter pour voir ce qui se passe. Même si Sal était drogué et coopératif, il était quand même plus simple de vider le pick-up et de faire le tri plus tard, une fois arrivé à destination.

— Cela se tient…, commence Lucy. (Puis elle s'interrompt.) Excusez-moi…

Ses lunettes connectées doivent lui envoyer des infos.

Elle s'écarte pour passer un appel et nous tourne le dos. Je n'entends pas ce qu'elle dit, mais à voir sa gestuelle, j'en conclus que ce n'est pas une bonne nouvelle. Elle marche de long en large, passe nerveusement sa main dans ses cheveux.

— Qu'y a-t-il ? demandé-je à Benton tandis qu'il lit les alertes qui tombent sur son téléphone.

— Un hélicoptère s'est crashé pas très loin d'ici, me répond-il. Juste au large de Fort Monroe…

* * *

L'hélicoptère de Dana Diletti s'est abîmé dans la baie de Chesapeake, à une vingtaine de kilomètres du LaRC. Les sauveteurs sont en route, mais ils sont pessimistes. C'est ce que Benton m'explique.

La présentatrice vedette devait se rendre ce matin à la plantation de Berkeley pour un reportage dans le cadre de l'*Historic Garden Week* de Virginie. Elle l'avait annoncé à l'antenne. Lucy raccroche et s'arrête devant le pick-up de Sal que les enquêteurs emballent dans du film plastique blanc.

À l'aide de décapeurs thermiques, ils font se rétracter les feuilles de plastique pour qu'elles épousent toutes les surfaces, à la manière d'un bateau qu'on prépare pour l'hivernage. Que va-t-il advenir du Chevrolet de Sal ? Va-t-il être réduit en un cube de métal dans une casse ? Dépouillé pour être vendu en pièces détachées ? À moins que quelqu'un ayant des goûts morbides ne souhaite l'acheter en l'état...

— Vous êtes au courant ? demande Lucy en nous rejoignant au petit trot.

— Pour l'hélicoptère de Dana Diletti ? Oui. Juste qu'il s'est crashé, lui répond Benton.

— Qui était à bord ? interviens-je.

— Bret Jones, l'un de ses pilotes attitrés. Je l'ai croisé de temps en temps. Un type plutôt sympa. Mais je ne le connaissais pas bien. Il a déposé Diletti et son équipe à la plantation. Jones devait aller à Newport News faire le plein et attendre qu'ils aient fini de filmer.

Il semblait être seul à bord de l'appareil, mais ils n'ont pas encore la confirmation, continue-t-elle d'expliquer. La dernière communication radio date de 11 h 10. Il se trouvait à vingt kilomètres au nord-ouest de l'aéroport. Il a joint la tour de contrôle pour leur annoncer son arrivée. Les aiguilleurs lui ont alors demandé de les recontacter quand il serait à dix kilomètres. Mais le pilote n'a rappelé ni la tour, ni le terminal pour demander le plein et une place de stationnement.

La tour a tenté de le joindre en vain. Comme l'hélicoptère pénétrait dans un espace aérien de classe C sans autorisation, le centre de contrôle a placé l'aéroport en état d'urgence, interrompu tout le trafic sur les pistes et des F-16 ont décollé pour intercepter le petit hélicoptère. L'appareil continuait à voler au même cap, sud-est, à une altitude de mille deux cents pieds, il est passé au-dessus de centres commerciaux, de zones d'habitations, d'un hôpital.

— S'il était tombé là, il y aurait eu de nombreuses victimes, fais-je remarquer.

— Je suppose que c'était le but, indique Benton.

— À l'évidence, l'appareil était sur pilote automatique, poursuit Lucy. Quand les F-16 se sont rapprochés, ils ont rapporté que Bret Jones était effondré sur son siège, mort ou inconscient. Il semblait n'y avoir personne d'autre à bord. Ils ne pouvaient rien faire. La fin était inéluctable.

— J'ai l'impression que tu vas avoir du pain sur la planche, me lance Benton.

— Il y a de fortes de chances, oui. Je suis désolée. Je ne vais pas pouvoir rentrer avec toi.

— Je me retrouve encore tout seul, réplique-t-il, l'œil rieur. Surtout, fais attention à toi et évite les problèmes.

— T'inquiète, réplique Lucy. Tron et moi, on est là.

— Cela ne me rassure pas, raille-t-il en chaussant ses lunettes de soleil. Quand vous êtes toutes les trois, vous êtes intenables.

Nous sortons du hangar 1112. Le soleil est au zénith. J'embrasse Benton. Je le retrouverai ce soir, au plus tard, lui promets-je, tandis que Tron arrive dans une Dodge Charger noire.

— Votre Uber est arrivé ! s'exclame-t-elle.

Elle sort et rabat le siège côté passager pour que je puisse prendre place à l'arrière.

— Qu'est-ce que vous trimballez ? lancé-je en poussant un gros sac qui encombre la banquette. Une enclume ?

— Des jumelles, un analyseur de spectre et d'autres petits gadgets rigolos, répond Lucy. C'est comme une pochette-surprise.

Elle dépose son propre sac à l'avant et s'assoit sur le siège.

— Tu connais la devise des boy-scouts, *toujours prêt* ! ajoute Tron en s'installant au volant.

— C'est aussi celui des girl-scouts, répliqué-je.

Le siège est si bas que j'ai l'impression d'être presque sur la route. Le V8 fait vibrer toute la voiture et tout mon squelette.

— J'ignorais que tu avais été scout ! s'étonne Lucy.

— Pas vraiment. J'étais juste une louvette et je n'ai jamais obtenu la moindre médaille, désolée de te décevoir.

Par la fenêtre, je vois Benton s'éloigner dans sa Tesla noire.

— Moi, j'ai été girl-scout, et je voulais devenir eagle-scout bien avant que les filles n'aient le droit d'avoir ce grade et de se la péter comme les garçons, explique Tron alors que les deux jeunes femmes claquent leurs portières.

Tron monte la climatisation.

— En parlant de se la péter, où avez-vous trouvé ce bolide ? demandé-je, les genoux coincés derrière le dossier du siège.

— À notre base de Norfolk. (Tron passe la marche arrière et recule en surveillant sa trajectoire dans le rétroviseur.) Je fais la navette avec cette Charger depuis 1 heure du mat, à livrer partout des échantillons, y compris chez vous à Alexandria.

Elle opère un demi-tour à la James Bond, et ma tête heurte la vitre.

— Je voulais que les labos se mettent à bosser au plus vite.

Je me frotte la tempe tandis que nous quittons le parking.

— Et comme je livrais ma cargaison à l'IML, j'en ai profité pour y déposer les cendres, poursuit-elle d'une voix plus douce. (Ma gorge se noue malgré moi. Mes émotions sont à vif.) Wyatt, votre vigile, commençait son service et il m'a promis de laisser l'urne dans votre bureau.

— C'est gentil.

— Je l'ai emballée dans un carton avec du papier bulle.

— Merci.

Alors que je contemple les autres hangars nichés dans les bois, les images me reviennent.

... les flammes qui font fondre le plastique transparent... la peau cramoisie de Sal, ses cheveux dessous...

27.

— Toujours aucune trace du pilote, annonce Lucy alors que nous traversons la base de la NASA. Il aurait dû sortir du cockpit depuis longtemps. On devrait l'avoir repéré flottant à la surface avec son gilet de sauvetage. Si tant est qu'il en ait porté un. Ce qui est peu probable puisque dans son plan de vol, il ne survolait pas l'eau.

Pendant qu'elle me décrit la complexité de s'extraire d'un cockpit d'hélicoptère submergé, je trouve le numéro de Rena Peace, mon adjointe qui dirige l'IML du district de Tidewater. Je la préviens que je serai dans vingt minutes à Fort Monroe, parce qu'un hélicoptère est tombé à la mer et qu'il y a probablement une victime.

— On n'a reçu aucun message de la police en ce sens, me répond-elle.

— Ça ne va pas tarder. À moins d'un miracle, le pilote n'a pas survécu.

— J'ignorais que vous étiez dans le secteur. Vous avez le temps de venir prendre un café ? Ou mieux, de boire un verre ce soir ?

— Une autre fois. L'affaire est délicate, Rena.

Je lui explique que le crash va faire la une des journaux puisque Dana Diletti aurait pu se trouver à bord. La journaliste va certainement en profiter pour faire le buzz.

— Et cet incident est peut-être en lien avec d'autres enquêtes en cours, lui dis-je sans donner de détails.

— La police pense à un sabotage ? demande-t-elle.

J'ai du mal à l'entendre. La muscle car du Secret Service fait un bruit de tous les diables.

— Il est trop tôt pour le dire. Mais la question reste ouverte.

— J'ai vu le docu de Dana Diletti hier soir sur Ryder Briley. En gros, elle l'accuse d'avoir tué sa fille. Elle ne le dit pas explicitement, mais c'est tout comme.

— Et c'est bien possible.

— Elle sort ça, et ce matin son hélicoptère se crashe ? Le timing est troublant.

— Rien ne semble être une coïncidence quand il s'agit de Ryder Briley. Il arrive des bricoles à tous ceux qui se mettent en travers de son chemin. Nous devons savoir ce qui s'est passé avec cet hélicoptère.

— Vous comptez repêcher vous-même le corps ?

— Fred est à un colloque à San Diego, si je ne m'abuse, et je débarque à l'improviste, réponds-je. Alors oui, c'est à moi de m'y coller.

Son mari Fred, médecin légiste comme elle, est l'un de mes enquêteurs. Il est féru de plongée et possède un bateau. Il aide régulièrement la police à récupérer les cadavres immergés. Nous avons souvent plongé ensemble.

— Il sera triste d'apprendre qu'il vous a ratée.

— Quand le corps sera chez vous, vous ferez l'autopsie. La grande question, c'est de savoir pourquoi le pilote était inconscient pendant le vol et s'il était mort avant le crash. Mettez la toxico dessus et dites-leur que c'est urgent.

— Avec vous, c'est toujours urgent, me taquine-t-elle.

— Disons que cette fois c'est *très* urgent.

— Qui se charge de l'enquête ? Qui va me contacter ?

— Le Secret Service, réponds-je tandis que Tron grille un feu. Je suis à bord d'une de leurs voitures en ce moment. Il faudrait qu'un fourgon de chez vous me retrouve à la marina d'Old Point Comfort.

— Justement, Nathan revient d'une overdose. Je vous l'envoie tout de suite.

— Veillez à ce qu'il ait à bord des sacs mortuaires « spécial noyé ». Et pas qu'un seul. Je les veux avec moi sur le bateau. A priori, il n'y avait que le pilote à bord, mais on ne sait jamais.

Après avoir raccroché d'avec Rena Peace, j'interroge Lucy et Tron sur la manière de procéder. J'ai fait de la plongée en bouteille toute ma vie, et il m'est souvent arrivé de travailler sous l'eau, en Virginie comme ailleurs. Mais mon matériel est chez moi. Et je n'ai pas pris de maillot de bain. Je n'aime pas porter des sous-vêtements classiques sous une combinaison néoprène, et non, je ne l'enfilerai pas toute nue !

— Ce n'est pas un problème. On va régler ça. (Tron zigzague à toute allure entre les voitures, comme si on avait le feu aux trousses.) Nos gars de Norfolk nous fourniront le matos. Et nous avons toujours des shorts de vélo avec nous en sus.

— Lucy et moi n'avons pas la même taille, dis-je, mais c'est gentil de faire semblant de le croire.

— Le mien vous ira au poil, propose Tron.

— Mais pour le soutif, on ne peut rien pour toi, ironise Lucy.

Nous n'avons pas les mêmes mensurations. Pas du tout ! Par chance, je porte un soutien-gorge de sport sous ma chemise.

— Les plongeurs de la police de Hampton préparent le bateau à la marina, et Norfolk est prêt à envoyer un Sikorsky Skycrane pour sortir l'hélico, indique Lucy à mesure que les informations arrivent sur ses lunettes. Les canots de sauvetage patrouillent à la recherche de survivants. Pour l'instant, ils ne voient personne à la surface. En revanche, l'épave a été localisée par sonar.

Des témoins ont vu l'hélicoptère survoler Fort Monroe, tout semblait normal jusqu'à ce qu'il dépasse la plage et se trouve au large. Le moteur avait alors eu des ratés. Perdant soudain de l'altitude, l'appareil avait chuté dans la mer, tout près de voiliers qui naviguaient dans le secteur.

— Les plaisanciers ont raconté que les flotteurs de secours n'étaient pas gonflés, poursuit Lucy. L'hélico s'est rempli d'eau et a coulé comme une pierre.

— Si les gens ont entendu le moteur toussoter ce n'est peut-être pas un bug du pilote automatique, commenté-je. Et si Bret Jones était inconscient, il n'a pas pu reprendre les commandes.

— Une défaillance électronique ? suggère Lucy, guère convaincue. Le moteur a eu des loupés puis est tombé en rideau. Et l'hélico a piqué tout droit. C'est le scénario le plus probable.

— Ou une panne sèche ?

— Impossible, à moins de partir sans avoir fait le plein. Et Jones n'est pas un novice.

— Comme me l'a dit Rena, Dana Diletti a fait sensation hier avec son docu où elle laisse clairement entendre que Briley est un meurtrier. Et voilà que son hélicoptère s'abîme en mer. C'est un coup de chance qu'elle ne se soit pas trouvée à bord.

— C'est ce qu'elle et son équipe de tournage doivent se dire, ajoute Tron en surveillant ses rétroviseurs. Pour un peu, ils nourrissaient tous les poissons dans la baie.

— Où la chaîne info stationne son hélico d'ordinaire ? m'enquiers-je.

— Au même terminal que nous à Washington National. Briley Flight Services, me répond Lucy.

Et bien sûr, mes soupçons continuent de croître. Je revois les caméras au plafond du hall, les bocaux de cacahuètes glacées au sucre. Bret Jones et ses passagers passaient toujours par là quand ils partaient en reportage. Tout ce qu'ils disaient et faisaient était bien entendu enregistré.

* * *

— Il serait intéressant de savoir qui d'autre était là-bas ce matin avant qu'ils ne décollent, dis-je à Tron tandis qu'elle pousse la Dodge Charger sur East Mercury Boulevard et que nous traversons la Herberts Creek.

Elle allume ses feux stroboscopiques derrière la calandre et slalome entre les voitures, tel un skieur alpin. Certains conducteurs ont le réflexe de s'écarter, d'autres pas. Passé un terrain de golf, Tron brûle encore un feu alors que nous approchons de la baie.

— Ce serait bien d'avoir les images des caméras de surveillance quand Bret Jones était dans le terminal. Histoire de voir s'il se comportait normalement. Peut-être qu'il avait des problèmes de santé ? Il nous faut ses antécédents médicaux.

Je jette un coup d'œil à un SMS que m'envoie Rena. Le fourgon de son IML est en route et arrive dans quinze minutes.

— Il était peut-être déprimé ? Ou souffrait de pulsions suicidaires ? ajoute Tron, poursuivant ma pensée. Il a pu débarquer tout le monde et décider d'en finir en allant se crasher en mer.

— C'est déjà arrivé, confirme Lucy. En même temps, j'ai l'impression qu'on n'a pas affaire à un suicide. Que ce n'est pas sa décision à lui.

Et je sais à qui elle pense. À force, elle et moi sommes conditionnées : Carrie Grethen est derrière toutes les horreurs qui se produisent ! C'est irrationnel. Mais autant en parler.

— Et quelles seraient ses raisons. Pourquoi Carrie aurait fait ça ? lâché-je sans ambages.

— Elle en a dix mille, c'est sûr. Ne serait-ce que pour le plaisir de nous envoyer sur une fausse piste.

— Si elle est en relation avec Briley, elle a très bien pu tenter de tuer Dana Diletti, suggère Tron alors que nous arrivons bientôt à destination.

Le ciel est limpide, d'un bleu plus pâle que celui de la mer sur notre gauche. Des gens prennent le soleil sur la bande de sable d'Outlook Beach, d'autres se promènent ou font du jogging. Ils regardent les lumières des bateaux de sauvetage qui clignotent à un kilomètre de la côte, tandis qu'un hélicoptère des garde-côtes sillonne le secteur. Nous longeons la grosse muraille de Fort Monroe, une ancienne citadelle militaire, qui abrite aujourd'hui des maisons et des appartements huppés, des promenades et des parcs. Les casemates, les bastions des canons, les douves datent des années 1800 quand la forteresse hexagonale défendait l'entrée de la baie de Chesapeake.

Les anciens baraquements des soldats ont été transformés en immeubles d'habitation. C'est là qu'Edgar Allan Poe a été stationné. Je l'imagine dans sa petite chambre de briques nues, avec un vieux plancher qui craque, et une cheminée projetant la nuit des ombres étranges et mouvantes. Pas étonnant que tout cela ait nourri son goût pour le fantastique.

Des grandes demeures environnées d'arbres abritent des appartements de luxe avec une vue imprenable sur la baie, au loin la base militaire de Norfolk dessine un trait d'argent sur l'horizon. Tant de généraux se sont succédé ici, admirant du haut de leur terrasse leurs bateaux de guerre et leurs sous-marins. Et plus avant encore, leurs frégates toutes voiles déployées et leurs hommes sur de grands canots à rame.

Nous laissons derrière nous la piste d'aviation abandonnée, et enfin j'aperçois le phare d'Old Point Comfort, d'un blanc éclatant au soleil. À l'entrée de la marina, se dresse le petit bâtiment de brique de la police maritime de Hampton. Tron ralentit. Une allée mène à l'arrière de la construction de plain-pied. Le parking est quasiment vide, juste un SUV, un van et un zodiac sur sa remorque.

— On va pouvoir se changer à l'intérieur. Et je vais laisser la voiture ici, à l'abri des regards. (Tron s'arrête devant la porte de service.) La plupart des agents sont en mer sur le site de l'accident ou occupés ailleurs. Je doute qu'il y ait grand monde pour nous accueillir.

Le bâtiment date du siècle dernier et il est en piteux état. La peinture aux fenêtres est écaillée, il manque quelques ardoises au toit. Un climatiseur souffreteux bourdonne sous une vitre cassée et les buis au fond du parking n'ont pas vu de taille-haie depuis des lustres.

Tron sonne. Une femme en béquille vient nous ouvrir. Elle a un pied dans le plâtre, et son autre pied est chaussé d'une sandale en plastique. Elle porte un short cargo et une chemisette Tommy Bahama bien trop ample. Le soleil a fait des ravages sur son visage. Elle doit avoir moins de trente ans. Ou à peine plus. À l'évidence, elle n'est pas contente de son sort et n'a pas la langue dans sa poche... j'oublie souvent que la police locale n'apprécie guère les fédéraux.

— Vous voyez pourquoi je ne suis pas dans le bateau avec les autres ! râle-t-elle. (À son accent, c'est sûr qu'elle est née et a grandi ici.) C'est bien ma veine, pour une fois qu'il se passe quelque chose !

Nous traversons une grande salle en sinuant entre des bureaux métalliques. Il y a des ordinateurs portables, des écrans. Les fauteuils sont en désordre, comme si les agents avaient quitté précipitamment les lieux. Sur un comptoir, j'aperçois des détendeurs, des ordinateurs de plongée, un harpon et un sandwich entamé.

— Je sais qu'on n'est pas supposé se réjouir d'un crash... Mais là, c'est dans l'eau, notre pré carré ; j'aurais tellement voulu y aller. Enfin bref, je suis le sergent Walker. Vous pouvez m'appeler Dixie. Et non, ce n'est pas en hommage aux Dixie Chicks. Épargnez-moi les vannes. On me les a toutes faites.

Elle bifurque dans un couloir. Nous lui emboîtons le pas. Elle porte ce plâtre depuis longtemps car les muscles de sa jambe sont visiblement atrophiés.

— Qu'est-ce qui vous est arrivé ? lui demandé-je.

— Une attaque de requin.

— Voilà autre chose ! se lamente Tron.

— Ne nous dites pas que c'était ici, dans la baie, renchérit Lucy.

— Oh, ce n'est pas les requins qui manquent, qu'est-ce que vous croyez ? rétorque Dixie. On trouve même des alligators de temps en temps. Mais moi, je n'en ai pas vu la queue d'un. En vrai, je me suis rétamée en promenant le chien de mon copain. Je me suis fracassé la cheville, en deux endroits, et déchiré le tendon d'Achille. Et il n'en valait pas le coup, c'est moi qui vous le dis ! Je parle du gars, pas du chien.

Elle s'arrête devant le vestiaire et nous ouvre la porte. C'est à peine plus grand qu'une salle de bains, une pièce carrelée et peinte dans le vert réglementaire – quatre armoires métalliques, une cabine de toilettes, une unique douche. Le soleil filtre entre les lames poussiéreuses d'un store vénitien. Il n'y a qu'une seule fenêtre. Sur une étagère, près du lavabo, je repère un sèche-cheveux, une brosse, et une grosse boîte de talc.

— Criez si vous avez besoin de quelque chose. Je serai dans la cuisine en train de déjeuner, prévient Dixie alors que nous posons nos sacs. Avec un peu de chance, la prochaine fois je plongerai avec vous. Je connais quelques coins sympas où il y a des épaves.

— Dites, sérieusement, il n'y a pas de requins dans la baie ? insiste Tron.

— Si. Des tas, réplique Dixie. Y compris des requins bouledogue. Ceux-là, ce sont les pires, agressifs comme pas deux, et ils peuvent remonter les fleuves et les rivières. Ce n'est pas l'eau douce qui les arrête.

— Vous me faites marcher ! plaisante Tron, même si son rire sonne faux.

— C'est la vérité, renchérit Lucy alors que Dixie s'éloigne dans le couloir sur ses béquilles.

— Ne me dis pas ça… (Tron fouille son sac nerveusement.) J'ai vu *Les Dents de la mer*, et ça m'a traumatisée à vie !

— Comme tout le monde, répond Lucy. Les attaques de requins, ce n'est pas une légende ! C'est pour ça que je ne me baigne jamais dans l'océan.

— Mais y plonger, ça ne te dérange pas ?

— En bas, je suis à armes égales, je peux voir tout autour de moi.

— À armes égales ? interviens-je. En bas, ils sont chez eux, et pas toi !

Tout en continuant à parler requins et autres prédateurs sous-marins, Tron me lance un short extensible de cyclisme. N'ayant aucune envie de me déshabiller devant elles, je me réfugie dans les toilettes. Je m'assois sur la cuvette et ôte tous mes vêtements à l'exception de mon soutien-gorge de sport.

Le short me colle comme une seconde peau. Je dois me mettre debout pour l'enfiler complètement. Il y a du rembourrage sur les fessiers, une épaisseur dont je me serais bien passée. Quand je sors des toilettes, je trouve Lucy et Tron dans la même tenue que moi. Et comme de bien entendu elles ne sont pas du tout boudinées – elles !

— Vous êtes hypersexy, lance Tron en percevant ma gêne. Sérieux. Vous êtes canon.

Elle m'adresse un pouce levé.

— Allez dire ça à un polygraphe ! répliqué-je pendant que nous fourrons nos habits dans nos sacs.

28.

Dehors, le soleil est chaud, une douce brise agite à peine les arbres. Les pétales de buis rose et blanc constellent l'herbe et l'asphalte, l'air sent bon le citron et les magnolias. C'est une belle journée pour aller plonger, sauf qu'il n'y aura aucune visibilité. L'eau de la baie est toujours trouble, c'est bien connu.

Sans compter qu'avec la tempête d'hier, le limon a été remué. J'espère que le vent ne se lèvera pas, cela nous évitera de devoir batailler contre la houle et les courants. Nous nous dirigeons vers la jetée, et je pense à l'image que je donne en short et soutien-gorge noirs, avec mes rangers aux pieds. Je regarde Lucy et Tron qui marchent devant moi. Il faut impérativement que je retourne à la salle de gym !

J'observe le galbe de leurs bras, leurs dos musclés, et la façon dont se contractent leurs mollets à chaque pas, tout est souple, ferme, rien ne ballotte, tous leurs mouvements sont gracieux, paraissent si faciles. À côté, des gens déjeunent au Deadrise, sur la terrasse au premier étage. Certains regardent les lumières des secours au large et prennent des vidéos.

Le fourgon noir de l'IML de Tidewater nous attend devant la marina, avec ses gyrophares allumés. Nathan, l'enquêteur de Rena, descend sa vitre et m'assure qu'il a déposé à bord tout le matériel que j'ai demandé.

— Je vais vous attendre ici, promet-il.

Notre bateau est le *Sea Hunter*, une vedette de dix mètres, avec une plateforme de plongée, des racks pour les bouteilles et l'équipement, et deux moteurs de cinq cents chevaux. Deux plongeurs de la police nous accueillent en slip de bain et tee-shirts. Ils se présentent – Liam et Henry – tout en nous donnant les combinaisons apportées par le Secret Service un peu plus tôt.

— Je vais descendre en premier et vous guider, m'informe Liam. (Il a à peu près mon âge, une barbe et un regard amical.) Henry restera sur le bateau avec le capitaine pour gérer les housses mortuaires et donner un coup de main.

— Et surtout pour regarder s'il n'y a pas un bateau qui vient sur nous, ajoute Henry, un gars longiligne et bronzé, avec un gentil sourire. Le plus gros risque, ce sont les navires de guerre et les sous-marins. Ils ne publient pas leur plan de route quand ils entrent et sortent de la rade, et encore moins quand ils exécutent des manœuvres dans la baie. Par définition, on ne sait jamais où ils se trouvent ni ce qu'ils font.

— J'espère qu'on n'aura pas de souci de ce côté-là, ajoute Liam. Mais on doit rester vigilants. Ils sont prioritaires sur tout.

— Ils ne ralentiraient même pas, et se ficheraient de nous éperonner, si tant est qu'ils nous voient, renchérit Henry. C'est à nous de dégager de leur chemin.

Sur ces mots rassurants, Lucy, Tron et moi nous prenons place sur les bancs d'acier et retirons nos grosses chaussures. Nous enfilons des combinaisons néoprène de trois millimètres d'épaisseur, chacune aidant l'autre pour remonter la fermeture Éclair dans le dos. Le capitaine démarre les moteurs hors-bord, et bientôt nous gagnons le large en filant à travers les petites vagues. Avec la vitesse, la proue rebondit de plus en plus vite, de plus en plus haut.

Nous nettoyons nos masques avec du shampooing bébé et les rinçons dans un baril d'eau douce. Le masque fourni par le Secret Service est plus lourd que celui que j'utilise d'habitude à cause de la caméra intégrée. J'ajuste les sangles, m'assure que l'objectif et la vitre ne vont pas se couvrir de buée. Déjà que la visibilité sera réduite, autant ne pas aggraver le problème.

— On remonte le corps à bord et on laisse les garde-côtes s'occuper de l'épave, explique Lucy. On est d'accord ? Sous l'eau, on pourra difficilement communiquer, alors je préfère que tout soit clair pour tout le monde.

— Oui, et personne ne touche au corps sauf Tron, Lucy et moi, précisé-je. Et je veux entrer la première dans le cockpit avant que la scène de crime soit dérangée.

Un navire de guerre croise à l'horizon, rentrant à la base navale de Norfolk. L'hélicoptère est tombé au beau milieu du chenal, et je me souviens des mises en garde d'Henry. La police ne peut sécuriser la zone, que ce soit en surface ou sous l'eau. Les forces de l'ordre et la médecine légale sont quantités négligeables pour un sous-marin militaire bardé de torpilles.

À mesure que nous nous approchons des vedettes des garde-côtes, j'aperçois des débris flottant sur la houle – un bout du revêtement bleu de la cabine, un appuie-tête, également bleu. Lucy et Tron continuent de parler, mais elles me surveillent du coin de l'œil quand je me lève du banc avec précaution. L'embarcation soubresaute, le drapeau de poupe claque au vent, et derrière s'étire un sillage blanc.

— Un coup de main ? propose Tron.

— Merci, ça ira.

J'ai l'impression de me tenir sur une balançoire à bascule. Je sors de son rack unc boutcillc, un modèle en aluminium peint en jaune.

— Tu es sûre ? insiste Lucy en se levant.

— Non, c'est bon.

Je reviens sur le banc avec ma bouteille que j'arrime au dos de mon gilet stabilisateur. De leur côté, Lucy et Tron finissent de s'équiper. Au moment où je fixe mon détendeur, le bateau ralentit. Liam, qui va nous accompagner, sort de la cabine et nous rejoint en remontant la glissière de sa combinaison.

— L'eau est très trouble, annonce-t-il par-dessus le bruit des moteurs. (Il enfile avec facilité sa bouteille, comme si elle pesait une plume.) Le mieux, c'est de suivre à l'aller et au retour la ligne d'ancre. Le courant peut être fort dans la passe, même si la mer est calme en surface. De plus, le vent est en train de forcir ; ce n'est pas le moment de nager à contre-courant ou d'être déviés de notre route.

Je me rassois sur le banc pour enfiler mes palmes. J'en profite pour attacher un couteau de plongée à ma cheville. C'est plus prudent si je me retrouve empêtrée dans des restes de filets. Je passe mes bras dans mon gilet, et serre les sangles. En me levant, je sens d'un coup les vingt kilos de ma bouteille dans mon dos. C'est difficile de garder son équilibre avec des palmes sur un bateau qui bouge.

— Je vais vous mener à l'endroit où le sonar a repéré l'appareil. Il est à environ trente mètres de profondeur, poursuit Liam.

Tout en me tenant au bastingage, je consulte mes ordinateurs de plongée, celui relié à mon détendeur et celui attaché à mon poignet. Les deux indiquent que ma bouteille est pleine.

— Et pour vous rassurer, sachez que je plonge dans la baie depuis toujours, ajoute Liam. Tout gosse déjà j'y ramassais des huîtres. Je connais l'endroit comme ma poche. Un de ces quatre, il faudrait que je vous emmène. Il y a des spots vraiment sympas.

— C'est vrai qu'il y a des requins ? demande Tron qui est restée bloquée là-dessus.

Parfois, elle me rappelle Marino…

— Oh oui ! On pourrait même en voir aujourd'hui.

— Merci, sans façon, répliqué-je.

— La plupart du temps, ils nous évitent, et on fait de même.

— Sage précaution, concédé-je.

— Comment ça « la plupart du temps » ? s'inquiète Tron. Je n'ai aucune envie d'en tuer un.

— Et ce serait une très mauvaise idée. Le sang en attirerait d'autres, répond Liam avant de passer aux consignes de plongée. Lucy et Tron vous serez en binôme. Et moi je descends avec le docteur Scarpetta.

Nous accrochons des rouleaux de sacs d'échantillons et des lampes torches à nos anneaux de portage. Je fourre dans une poche des sacs-poubelles, règle mes ordinateurs de plongée, pendant que Tron et Lucy clipsent une ceinture tactique en nylon. Elles ont désormais à la hanche un Heckler & Koch P11, des pistolets sous-marins capables de tirer des fléchettes, ou des dards de métal, au lieu de balles classiques.

Henry jette l'ancre. Le capitaine coupe les moteurs. Il écarte la housse mortuaire jaune citron qui encombre la plateforme pour nous faire de la place. L'échelle se trouve sur le côté, loin des moteurs. Non loin, il y a la bouée de plongée rouge, attachée à la ligne de l'ancre.

— Puisque personne n'est encore descendu, explique Liam, on ne sait pas exactement où se trouve l'hélicoptère. Il va peut-être nous falloir nager un peu. Mais à en croire le sonar, on est au bon endroit.

Il fixe une dragonne aux poignées d'un appareil photo sous-marin, la passe en bandoulière, ajuste son masque sur ses yeux, et glisse l'embout du détendeur dans sa bouche. Une main sur son visage, l'autre plaquant son flexible et l'appareil photo contre lui, il saute à l'eau. Il a gonflé son gilet et remonte aussitôt à la surface.

Tron et Lucy s'élancent derrière lui, puis c'est mon tour. Je place mon masque, m'assure qu'il adhère bien à mon front et mes joues, branche ma caméra, m'approche du bord et fais un grand pas en avant. L'eau est glacée sur mon visage. J'appuie sur le bouton de gonflage de mon gilet stabilisateur et remonte moi aussi à la surface. La vitre de mon masque est constellée de gouttes d'eau. Je me sers de mon tuba pour respirer, afin d'économiser l'air de ma bouteille, et nage vers la bouée où m'attendent mes compagnons.

— Je plonge en premier, nous annonce Liam. Docteur, vous me suivez. Ne me quittez pas d'un pouce. Quand nous aurons atteint l'hélico, on fait quoi ?

Comment répondre à cette question ? Je ne le saurai qu'une fois sur place. Tout dépend de ce que l'on trouve. Il ne faut toucher à rien tant que je n'ai pas filmé toute la scène de crime, je lui explique. Nous remettons nos détendeurs en bouche, vidons nos gilets. La tête de Liam disparaît sous l'eau dans un nuage de bulles ; je l'imite, les rayons du soleil jouent à travers la houle, ondulent autour de moi tels des rideaux.

* * *

Je suis la corde de nylon de l'ancre. Je m'arrête toutes les cinq ou six secondes pour me pincer le nez et souffler, afin d'équilibrer la pression dans mes tympans. Je veille à garder les jambes pliées pour ne pas heurter Liam avec mes palmes. Environnée de colonnes de bulles, je poursuis ma descente, ponctuée par ma respiration. Des grains de limon flottent dans l'eau, comme autant de poussière d'or. La lumière faiblit. Je consulte ma profondeur.

Quand nous atteignons douze mètres, je ne vois plus que Liam sous moi, et au-delà il n'y a plus qu'un trou noir. J'équilibre de nouveau la pression dans mes oreilles. Un petit banc de bars rayés passe à côté de moi. Et disparaît dans le vert de l'eau. Une caouanne s'approche, avec ce sourire indéfinissable des tortues. Quelques secondes plus tard, j'aperçois une ombre mouvante, quelque chose de gros, progressant avec ces lents zigzags typiques des squales.

Oh non…

Je m'assure que Tron et Lucy sont toujours au-dessus de moi. À vingt mètres de profondeur, le soleil ne nous parvient plus de la surface. Ça ressemble à un ciel pendant une éclipse totale. Je regarde autour de moi, craignant de revoir la silhouette du requin, mais il a disparu. À vingt-cinq mètres, nous sommes plongés dans le crépuscule, la température de l'eau avoisine les dix degrés. Je sens le froid pénétrer ma combinaison alors que nous touchons enfin le sol sablonneux. Nous allumons nos lampes, en veillant à ne pas nous éblouir mutuellement.

Nous éclairons l'ancre enfouie dans le limon, la chaîne reliée à la corde jaune se perd dans le clair-obscur au-dessus de nos têtes. Dans un grand nuage de bulles, nous suivons Liam, sans jamais nous perdre de vue. Nous communiquons par signes signifiants que tout est OK. Nous battons doucement des palmes, nous aidant des bras comme à la brasse, pour agiter le moins possible le fond.

Dans le faisceau de nos lampes, nous apercevons des rochers couverts de bernacles, le sol ridé est couvert de coquilles d'huîtres d'un blanc nacré. Un limule se promène. Avec sa carapace en forme de fer à cheval, on croirait un véhicule blindé de *Star Wars*. J'aperçois aussi une bouteille de soda, ainsi qu'un morceau de quille à moitié enterré, vestige d'un naufrage. Il y a aussi des pneus au milieu desquels nage un baliste gris à la peau comme du cuir, dont la bouche ouverte révèle des dents acérées.

Une vieille ancre est emmaillotée dans une ligne de pêche qui ondule dans le courant. Un récif d'huîtres, couvert de vase, ressemble à un amas de pièces ternies par le temps. Au sommet, un crabe à la carapace presque noire nous regarde passer, ses pinces dressées comme deux mitraillettes. Nous traversons en file indienne un grand herbier. J'aperçois sur l'une des tiges un hippocampe, accroché à la verticale avec sa queue préhensile, battant des nageoires tel un colibri en vol stationnaire.

À en croire mes instruments, nous sommes à trente et un mètres de profondeur et à vingt-deux mètres au sud-ouest de notre ancre quand nous découvrons les premiers débris du crash – des morceaux de pales qui se sont arrachées du rotor au moment de l'impact. Quinze mètres plus loin, nous trouvons la queue de l'hélicoptère qui s'est disloquée de l'appareil. La cabine est à côté, gisant à l'envers. La vue est saisissante.

Les flotteurs d'urgence ne se sont pas ouverts. Mais ils sont bien là, attachés aux patins. S'ils s'étaient déployés, on n'en serait pas là. J'éclaire l'intérieur du cockpit. Le pilote est sanglé à son siège, tête en bas, bras et jambes en suspension dans l'eau. La porte est pliée, je fais signe à Liam de m'aider.

En crochetant nos jambes sur le patin pour nous stabiliser, nous tirons avec précaution le battant qui racle sur le fond. Aussitôt un nuage de vase s'élève et nous bouche la vue. Nous attendons quelques minutes que la visibilité revienne.

Liam m'éclaire pendant que je décroche un sac de flottaison orange vif de mon gilet. Je retire mon détendeur de ma bouche et le place sur la valve. Le sac se dilate rapidement, dans un bruissement de bulles, et je le donne à Lucy. Je reprends une goulée d'air et en gonfle un second, que je lui confie aussi. Liam et la caméra sur mon casque filment tous mes faits et gestes.

Nous nous déplaçons lentement, avec précaution, en sustentation sur le dos au-dessus du fond limoneux, et examinons le cockpit renversé. Une petite anguille passe à côté de moi tout en me regardant d'un œil rond. Le siège droit a été arraché de son support projetant la tête du pilote contre le tableau de bord. Son front est enfoncé par l'impact, entre ses paupières à demi fermées, je distingue ses yeux morts.

Cela s'est produit quand l'hélicoptère a heurté la surface de l'eau. À supposer que le pilote ait été encore en vie avant le choc, cette blessure lui a été fatale. Le tissu cérébral est visible à travers la fracture sanglante du crâne. Pourquoi Dixie a parlé des requins ! Sans compter que je suis quasi certaine d'en avoir vu un tout à l'heure. J'enfile un sac-poubelle sur la tête de Bret Jones, comme je le ferais sur n'importe quelle scène de crime.

Mais cette fois, c'est pour éviter que le sang se propage dans l'eau et attire les squales. En explorant le poste de pilotage avec ma lampe, je remarque un téléphone, couvert de sable, dérivant au-dessus de la console de toit. Une bouteille d'eau vitaminée flotte à côté, saveur fruits rouges. Il reste du liquide à l'intérieur. Le bouchon est fermé. Je songe aux vitrines réfrigérées de Briley Flight Services qui proposaient cette marque de boisson.

En veillant à ne rien accrocher avec mon flexible, je vais récupérer le téléphone et la bouteille. Je les range dans mon sachet de prélèvements attaché à mon gilet et réfléchis à la meilleure façon de dégager le pilote sans soulever un nuage de vase ni causer de dégâts supplémentaires. Une chance qu'il ne soit pas attaché avec un harnais quatre points. J'aurais eu du mal à l'ouvrir avec mes gants de plongée.

Je détache la ceinture de sécurité et le cadavre se décolle du siège. Je veille à le bouger doucement. Il ne faudrait pas qu'il se mette à se balader en tous sens, se cogner je ne sais où et remuer le limon. Je le fais pivoter, l'attrape sous les bras et le tire à moi. Son épaule heurte la commande de pas cyclique, puis une de ses jambes se coince entre les sièges. Sa basket se détache du pied et se met à dériver dans le cockpit.

Je parviens à extraire le corps par la porte ouverte. Lucy sangle aussitôt un sac de flottaison à la poitrine. Tron fixe le second aux jambes. Le cadavre est attiré vers la surface, mais elles le tiennent fermement pendant le trajet retour jusqu'à l'ancre. Je remonte le long de la corde. Liam est derrière moi. Nous progressons avec lenteur pour éviter que l'azote dissous dans notre sang ne forme des bulles – sinon c'est l'ADD, l'accident de décompression.

Je surveille mon manomètre. Il me reste la moitié de la bouteille. Surtout ne pas prendre de grandes inspirations, respirer tranquillement... on consomme bien trop d'air quand on est stressé ou que l'on fait le moindre effort ; on se retrouve alors vite à sec ! Tous les trois mètres, Lucy et Tron font halte au-dessus de moi et nous effectuons un palier de sécurité, accrochés à notre corde comme des chaussettes à un fil à linge. Puis nous reprenons notre périple, au milieu de notre nuée de bulles.

À quinze mètres, la faible lueur provenant de la surface disparaît soudain, comme si un couvercle se refermait sur nous. Nous nous immobilisons, agrippés à la ligne, pointant nos lampes vers le haut dans l'espoir de comprendre ce qui se passe. Nous ne distinguons rien, sinon le limon en suspension. Une tortue traverse notre champ de vision, nageant à toute allure, comme si un danger approchait.

Nous sommes alors plongés dans une obscurité complète, et quelque chose d'énorme passe au-dessus de nos têtes. Je sens l'eau vibrer tout autour de moi. Nos lampes n'éclairent rien. Et cela dure une éternité ! Les pulsations me traversent tout le corps, jusqu'à la moelle, et soudain la ligne d'ancre nous est arrachée des mains. Saisie d'effroi, je la regarde s'éloigner dans les ténèbres.

29.

Lentement, la lumière glauque réapparaît au-dessus de nos têtes, les vibrations se dissipent. Lucy et Tron n'ont pas lâché le cadavre attaché aux sacs de flottaison. Liam nous fait OK de la main, désigne la surface et nous reprenons notre ascension.

Nous restons au plus près de lui, faisant une pause quand il nous l'indique. Nous nous regroupons alors, battant lentement des palmes. Rester en sustentation entre deux eaux n'est pas si simple sans la corde de l'ancre. Le vent a dû se lever, le courant a forci et nous fait dériver. Il est inutile de nous battre contre les masses d'eaux et il ne nous reste que trente pour cent d'air. En un rien de temps, nous pourrions épuiser nos réserves. Et si on se retrouve avec des bouteilles vides à la surface, il nous sera impossible de gonfler nos gilets pour flotter – ce qui sera très fâcheux.

C'est justement à quoi je pense quand je remets de l'air dans les boudins de ma stab. Je m'élève vers la surface, les rayons du soleil ondulent et chatoient au gré de la houle. Je cligne des yeux sous la clarté en arrivant à l'air libre. Des cumulus blancs glissent sur l'horizon. Je cherche des yeux notre bateau, mais ne le vois nulle part. En revanche, j'aperçois le kiosque d'un sous-marin fendant l'eau comme un aileron de requin. La partie supérieure de la coque affleure l'eau, tel le dos d'une baleine gigantesque.

Une bouée rouge flotte à quinze mètres de nous, avec son petit fanion qui danse sur les vagues. Nous nous dirigeons vers lui en utilisant nos tubas pour respirer. Henry et le capitaine, comprenant qu'ils devaient déguerpir, ont attaché en vitesse la ligne à cette bouée de sauvetage à laquelle nous nous accrochons désormais. La corde de nylon jaune flotte autour de nous, molle et libre. Soit elle a été sectionnée, soit l'ancre s'est détachée du fond.

Je continue à regarder autour de moi, craignant qu'autre chose fonde sur nous, un deuxième sous-marin, par exemple. Les militaires à bord ne peuvent savoir que nous sommes là et nous n'aurions aucun moyen de nous échapper. La rencontre nous serait fatale. Qu'un submersible, un destroyer ou un porte-avions passe, et nous serions aspirés sous la coque. Je n'ose imaginer les turbulences. Nous péririons noyés, à coup sûr.

— Il est interdit de se trouver à moins de cinq cents mètres d'un vaisseau de guerre, nous lance Liam, interrompant le fil de mes pensées. Quand le sous-marin sera assez loin, notre bateau reviendra nous chercher.

— Je ne le vois nulle part ! dis-je en crachant l'eau qui vient de claquer sous mon menton et m'asperger le visage.

— Ils sauront nous retrouver, indique Lucy avec son calme légendaire. Ils savent où ils nous ont laissés.

— Sauf qu'on a dérivé, fait remarquer Liam. Et le mauvais temps arrive. Le vent s'est levé. Il souffle du sud à quinze ou vingt kilomètres heure, je dirais. Le courant est plus fort et nous entraîne vers la base navale.

— Ce qui signifie qu'on va se retrouver en plein sur la voie des navires, lâche Tron qui me rappelle de plus en plus Marino.

Heureusement qu'il n'est pas là !

— Je ne m'attendais pas à vivre ça aujourd'hui, déclare Lucy.

— Lui non plus, dis-je en regardant le pilote mort qui flotte sur le ventre.

La tête, dans son sac-poubelle, pend sous la surface, ses bras et ses jambes étendus en croix oscillent avec la houle.

— Je me demande s'il était marié, s'il avait des enfants, lâche Liam. Ou si ses parents sont encore en vie. Ça va être une sale journée pour eux.

— Je me suis déjà renseignée, nous indique Lucy. Célibataire. Trente-deux ans. Il vole pour Dana Diletti depuis le début de l'année. C'est tout récent.

Il avait déclaré aux journalistes que c'était le boulot de ses rêves. Piloter un hélicoptère flambant neuf avec toutes les options. Et transporter une célébrité, nous explique Lucy tandis que nous surveillons la mer, craignant de voir un bâtiment de guerre s'approcher. Nous attendons. Encore et encore. Dans l'angoisse. Aucun de nos gilets n'est équipé de balise lumineuse.

Pour tromper le temps, nous commençons à bavarder, à nous raconter nos souvenirs de plongée. Nos mésaventures, nos bêtises, comme se retrouver à court d'air - un classique - ou oublier d'ouvrir les bouteilles avant de sauter à l'eau. Et j'évoque cette étrange tradition : jamais un plongeur n'avouera s'être soulagé dans sa combinaison.

— Jamais je n'ai fait ça, affirme Liam.

— Pareil, ajoute Lucy.

— Qu'est-ce que je disais ! répliqué-je.

Puis la conversation dévie vers la nourriture :

— J'ai les crocs ! annonce Tron. C'est toujours comme ça après une plongée.

— Et moi donc ! renchérit Liam. (J'essaie de ne pas penser à ce qui peut nager au-dessous de nous et être également affamé.) Pile en ce moment, je rêve d'un bon steak de thon au barbecue avec quelques bières bien fraîches. Et pour finir un pur malt ou un cigare cubain.

— Perso, ce sera des pâtes. D'ailleurs, je passe commande ! rétorque Lucy en me regardant, masque contre masque, tandis que nous crachotons, bringuebalées par la houle.

— Enfin ! lance Tron en désignant des lumières bleues qui clignotent au loin et s'approchent.

Nous faisons de grands gestes des bras, poussons des cris, même si personne ne peut nous entendre à cette distance. Le bateau de la police de Hampton ralentit et s'arrête à proximité de nous. Liam attrape le bout qu'on lui lance et l'arrime à la bouée, puis il sort son couteau de son étui de cheville. Il coupe la ligne en nylon qui est peut-être encore attachée à l'ancre.

Henry déplie le sac mortuaire jaune fluo. Le filet à la base permettra à l'eau de s'échapper quand on montera le cadavre à bord. Nous détachons les flotteurs et les donnons à l'équipage. Nous faisons passer la housse totalement ouverte sous le corps, puis zippons les côtés. Tron et moi la maintenons tandis que Liam et Lucy gravissent l'échelle pour se débarrasser de leur équipement.

Ils se penchent par-dessus le bastingage, attrapent la housse par les poignées et la hissent sur le pont, l'eau s'écoulant à gros bouillon par les mailles de la toile. L'échelle en aluminium cogne contre la coque. La mer grossit. Je m'accroche à un échelon, retire mes palmes et les tends à Lucy au-dessus de moi. Le poids de la bouteille me tire en arrière pendant que je grimpe. Une fois en haut, j'ôte mon masque alourdi par la caméra. J'ai la nuque tout endolorie.

J'ôte mes gants, m'assois sur le banc et m'empresse de ranger la bouteille dans son compartiment. J'ouvre mon gilet stabilisateur, déconnecte tous les tuyaux, puis me baisse pour retirer mes chaussons de plongée et le couteau à ma cheville. Nous enlevons nos combinaisons et les plongeons dans le baril d'eau douce. Quand c'est mon tour d'avoir le tuyau de la douche, j'ôte le sel et le limon de mes cheveux.

— Et maintenant ? On procède comment ? s'enquiert Henry pendant que je me sèche.

— Il est inutile de relever la température interne, réponds-je. On sait quand il s'est crashé dans l'eau. Le mieux, c'est de laisser mon IML de Tidewater pratiquer l'autopsie. Il faudra remettre au docteur Peace toutes les images de la récupération du corps.

— Et si Jones était déjà mort quand les F-16 l'ont rattrapé ? demande Tron. Il y a un moyen de le savoir ?

— Attendons les analyses de la toxico. Mais à mon avis, il faut séparer les faits en deux événements. Un : il était inconscient ou mort dans le cockpit et l'hélicoptère volait sur pilote automatique. Deux : quinze ou vingt minutes plus tard, son appareil a subi une coupure moteur et est tombé dans la mer. Ce sont deux questions distinctes.

Pendant que Bret Jones volait, il a pu boire quelques gorgées de cette boisson vitaminée. Je montre la bouteille dans le sac de prélèvements, en précisant que Briley Flight Services où Dana Diletti et son équipe se trouvaient ce matin propose justement cette marque.

— Oui, j'ai remarqué ces boissons, confirme Lucy alors que le bateau repart vers la marina. Il y en a toujours dans leurs petits réfrigérateurs. On en trouve même dans le salon des pilotes.

— Saveur orange ou fruits rouges, renchérit Tron. Ce serait là que le pilote aurait pris cette bouteille ?

— Pour en avoir le cœur net, nous allons visionner les images de leurs caméras de surveillance, suggère Lucy.

— Si Briley est impliqué, tu n'as aucune chance d'avoir ces images, dis-je en prenant une autre serviette, plus sèche, dans laquelle je m'emmitoufle. Comme par hasard, les caméras ne se seront pas allumées à ce moment-là, tu verras.

— Effectivement quelqu'un les a éteintes. Enfin, c'est ce que cette personne a cru faire, précise Lucy avec un sourire en coin. Comme je l'ai dit, on a Ryder Briley dans le collimateur depuis un moment. Évidemment, depuis le prétendu accident de Luna, je me suis assurée qu'il était impossible de désactiver certains systèmes de surveillance, dont celui de Briley Flight Services. Ils croient avoir coupé les caméras, mais en fait non.

* * *

Les murailles de Fort Monroe se dressent à l'horizon. Surnommé le Gibraltar de Chesapeake, la silhouette de la citadelle, édifiée après la guerre de 1812, ne devait être guère différente voilà deux cents ans.

Les hélicoptères des chaînes d'infos nous suivent. Je distingue les bateaux de plaisance amarrés aux pontons, scintillants au soleil, des véhicules de secours et de police garés à proximité. Notre capitaine réduit le régime moteur pour éviter de créer trop de remous dans la marina. Puis nous nous rangeons le long de la passerelle. Nathan, l'enquêteur de Rena, sort aussitôt de son fourgon.

Il ouvre le hayon et se dirige vers nous en enfilant une paire de gants violets. Ses pas résonnent sur la passerelle en aluminium. Quelques instants plus tard, avec l'aide de Liam, il emporte le corps dans son sac jaune fluo et le charge dans le van. J'envoie un message à Rena Peace pour lui donner les dernières nouvelles. Je lui parle de la boisson vitaminée dont je veux qu'on analyse le contenu en priorité.

Il est près de 15 h 30 quand Lucy, Tron et moi revenons au poste de la police maritime. Le tonnerre gronde au loin, vers le sud. La chaleur et l'humidité sont bien agréables tandis que nous marchons avec nos grosses chaussures, nos sacs en bandoulière, nos serviettes autour de nos épaules. Je sens mon visage qui chauffe, après être restée immobile sous le soleil en attendant l'arrivée du bateau. Lucy et Tron ont le nez cramoisi.

La Dodge Charger est toujours sur le parking, indemne. L'intérieur est un vrai four lorsque je m'installe à nouveau sur la banquette arrière et ouvre mon sac. Je récupère un polo, l'enfile sur mon soutien-gorge mouillé, boucle ma ceinture et étends ma serviette sur mes jambes. Les paumes de mes mains sont pâles et fripées après mon séjour dans l'eau. Quand je regarde le bout de mes doigts qui ont viré au bleu, cela me rappelle les noyés que j'ai eus à autopsier.

Nous retournons à la base de la NASA. Les autorités ont fait le plein, et l'hélicoptère nous attend. Il faut partir d'ici au plus vite, m'explique Lucy alors que nous roulons sur la I-64. L'orage va frapper Tidewater dans une heure, et se dirige plein nord vers la Nouvelle-Angleterre. On attend des inondations sur la côte et le vent pourrait endommager les lignes électriques.

Lucy a remis ses lunettes connectées qui se sont teintées d'un vert profond. Nous consultons les prévisions météo, nos messages, nos e-mails, alors que Tron joue à nouveau les Fangio sur la route. Lee Fishburne vient de m'envoyer un SMS. Il a de nouveaux résultats.

Je l'appelle aussitôt.

— Vous êtes assise, Kay ? lance-t-il.

— En fait, oui. Et dans une voiture qui fait beaucoup de bruit ! précisé-je en sortant mon calepin pour prendre des notes.

— C'est fou ! Qui aurait imaginé que les morts d'un enfant maltraité et d'un prix Nobel pouvaient être liées ? lance-t-il avec une excitation qui ne lui est guère coutumière.

Il me confirme que les résidus brillants sur Luna Briley et Sal sont identiques. Les deux échantillons ont rayonné en bleu cobalt sous les rayons ultraviolets. J'en informe aussitôt Benton.

— Et on peut dire, sans trop s'avancer, que cette fausse poussière lunaire provient de la même source, poursuit Lee. Au microscope, leur granularité est similaire, comme leur composition. Ce produit provient du même manufacturier, et a été concassé par les mêmes machines.

— Aucun indice pouvant nous indiquer où cette poussière a été fabriquée ? m'enquiers-je alors que nous franchissons la Hampton River. Ni si elle a été livrée quelque part en Virginie ?

— Non. Malheureusement, confirme-t-il alors que Benton répond à mon message.

`Suis avec la D1.`

Autrement dit, il est en réunion avec Bella Steele, la directrice du Secret Service. Il rentre bientôt. Il sera à la maison avant moi. J'ai hâte de le voir, de retrouver la civilisation. Je lui demande de sortir du congélateur une boîte de sauce marinara. Et aussi la pâte à focaccia que j'ai préparée l'autre soir.

— Je me demande si Ryder Briley possède une entreprise qui utilise du régolithe de synthèse, dis-je à Lee tout en écrivant à Benton.

Et pour le vin ? me demande mon mari.

Débouche deux rouges, STP.

— Je ne sais pas, déclare Lee Fishburne. Mais il y a beaucoup de débris sur le corps de Sal Giordano, qui n'ont rien à voir avec de la poussière lunaire. Il n'aurait pas un chat par hasard ?

On invite Marino et Dorothy ? C'est mieux s'ils restent cette nuit à la maison. Peut-être Shannon voudra aussi se joindre à nous ?

Mieux vaut qu'elle ne reste pas seule avec la tempête qui arrive, surtout après tout ce qui s'est passé. Elle est plutôt tendue et doit se sentir seule.

— Sal a eu des chats, réponds-je à Lee par-dessus les vrombissements du V8, mais cela remonte à des années. Pourquoi cette question ?

— Parce que j'ai retrouvé sur lui des squames de chats et autres allergènes. Et aussi des poils, mais d'un genre que je n'ai jamais vu, explique-t-il avec son flegme habituel.

Aussitôt, je pense au guépard qu'on a vu sur la Route de brique jaune.

OK, je les invite tous, me répond Benton.

— J'ai trouvé aussi des détritus divers – des restes d'insectes, de la laine de verre, des toiles d'araignée, ce genre de choses, poursuit Lee tandis que je tourne le téléphone vers les sièges avant pour que Lucy et Tron puissent l'entendre. Ce qui pourrait indiquer qu'il a été détenu dans un endroit où l'on ne fait pas souvent le ménage.

— Ces débris microscopiques, ils se trouvaient sur la totalité du corps ou seulement sur certaines parties ?

Je contemple le marais du bord de mer. Rus et chenaux de marée brillent au soleil tel un vaste réseau sanguin.

— Non, partout, confirme Lee. Sur tous les prélèvements que vous m'avez remis. Il en est couvert, de la tête aux pieds.

— Il aurait été détenu quelque part, totalement nu ?

— C'est un bon moyen de neutraliser quelqu'un.

— Et de l'humilier.

Cette idée réveille ma colère.

— Et pour finir, j'ai découvert quelque chose de curieux sous ses ongles, poursuit Lee. Des nanoparticules de pérovskite. Vous voyez ce que c'est ?

— Absolument pas.

— C'est du titanate de calcium. On s'en sert pour fabriquer des cellules photovoltaïques. Autrement dit, des panneaux solaires. Sauf qu'ici, c'est la version naturelle qu'il avait sous les doigts, pas de la pérovskite de synthèse.

— Vous savez où on peut avoir accès à ce machin ? Et dans quel but ?

— Sans doute pour de la recherche. Pour fabriquer un fac-similé, il peut être utile d'avoir la version originale comme modèle. Et cela permet aussi d'améliorer les propriétés du cristal, par exemple de doper les performances du clone par l'ajout ciblé du minéral naturel ou encore de concevoir une recette totalement nouvelle. Vous savez si Sal Giordano travaillait dans le secteur de l'énergie solaire ? Peut-être en lien avec le domaine spatial ? Je pense aux panneaux photovoltaïques des satellites ou de télescopes comme le Hubble ou le James Webb ?

— Non. Pas que je sache.

— Bien sûr, il est possible que les nanoparticules de pérovskite se soient trouvées sur quelqu'un d'autre puis qu'elles se soient déposées sur Sal Giordano. Ou alors, il avait ses résidus sous les ongles bien avant d'être kidnappé et assassiné.

Et je ne cesse de penser à ce trou de trois heures dans la chronologie des événements.

30.

Le lundi après-midi, Sal m'a appelée de Weyers Cave avant d'éteindre son téléphone et de s'enfoncer dans la Quiet Zone. Il devait être 13 h 30. Il fallait environ deux heures pour rejoindre l'observatoire de Green Bank, en Virginie-Occidentale. Mais il n'est arrivé au restaurant qu'à 19 heures. Qu'a-t-il fait tout ce temps ? Où est-il allé ?

— Vous avez trouvé de la pérovskite sur le pyjama de Luna Briley, ou ailleurs ? demandé-je à Lee.

— Non.

Nous traversons le quartier de Phoebus, avec ses boutiques et ses restaurants des années 1950.

— Est-ce qu'il y a des sociétés en Virginie qui fabriquent des panneaux solaires ? m'enquiers-je alors que nous dépassons le cimetière militaire de Hampton, avec ses rangées régulières de stèles blanches et rectangulaires comme des dents plantées dans le sol.

— Pas beaucoup. Mais il y en a quelques-unes, répond Lee.

— Je me demande si on peut extraire de la pérovskite naturelle dans le secteur ? Auquel cas, cela pourrait expliquer ces traces.

Je ne cesse de penser à ces nombreux voyages à Weyers Cave. Qu'est-ce qu'il y faisait ?

Sal aimait la liberté, mais c'était un être méthodique, qui n'avait rien d'impulsif. Il me disait souvent que notre romance était la grande surprise de sa vie, jamais il n'avait connu ce genre d'élan où la raison n'a plus voix au chapitre. Avant toute action, il réfléchissait longuement. Par conséquent, s'il s'était arrêté avant de rejoindre Green Bank, ce n'était pas sur un coup de tête, mais pour une raison bien précise. Ces arrêts n'étaient pas le fruit du hasard.

— À ce que j'ai lu, poursuit Lee Fishburne, la pérovskite abonde dans les montagnes ayant connu une forte activité volcanique voilà des centaines de millions d'années. Quand la lave se refroidit, elle forme des roches magmatiques. Et c'est là qu'on trouve la pérovskite.

— Née dans le feu des enfers. Cela paraît être un signe... (Ce n'est pas facile de prendre des notes alors que Tron continue son gymkhana entre les voitures.) Où y a-t-il des roches volcaniques dans la région ? Si on prend l'hypothèse que la pérovskite a été extraite ici.

— Dans les Appalaches, à tous les coups, répond Lee de sa voix traînante qui ne rend pas hommage à la vivacité de son esprit. Les grandes mines de pérovskite se trouvent en Russie. En Suède aussi, et sur le Vésuve. Ou encore à Magnet Cove dans l'Arkansas. Je ne connais pas de sites en Virginie où l'on exploite ce minerai. Mais il doit y en avoir.

— Je suis sûre que le Secret Service a un fichier là-dessus. Pour l'instant, je compte sur votre discrétion, Lee. Celui ou celle qui a laissé ces nanoparticules de pérovskite et le régolithe de synthèse ne doit se douter de rien.

N'est-ce pas Carrie ?

— C'est toujours comme ça avec les choses qu'on ne voit pas à l'œil nu, réplique-t-il. Les gens ne pensent jamais à ce qu'ils trimballent sur leur peau, leurs vêtements ou leurs cheveux. Ils laissent des traces sur tout ce qu'ils touchent.

— Carrie ne commettrait pas cette erreur, précise Lucy après que j'ai terminé mon appel. Elle est parfaitement consciente de tout ce qu'on peut transporter sur soi et transmettre aux autres.

— Oui. Mieux vaut se dire qu'elle en sait aussi long que nous, dis-je en regardant le grand centre commercial Walmart où mon IML de Tidewater fait ses emplettes.

— Et dans certains domaines, elle en sait bien plus long.

Au ton de ma nièce, je sens son respect pour celle qui a été son mentor et son amante. On dirait deux championnes qui s'admirent tout autant qu'elles se détestent. Même s'il ne s'agit pas de sport avec Carrie, cela m'agace quand je perçois cette petite flamme qui brûle encore au tréfonds de Lucy.

— Tant qu'elle reste sous nos radars, elle a les coudées franches et son esprit ne connaît pas de limites, poursuit Lucy sur sa lancée.

— C'est vrai, renchérit Tron. Il ne faut pas sous-estimer cette femme. Ce serait une grosse erreur.

— Elle est unique en son genre ! dis-je avec aigreur. Et oui, ce serait une grosse erreur.

La Dodge passe devant l'Air & Space Science Center dans un rugissement de moteur. L'entrée du bâtiment paraît sortir tout droit du dessin animé futuriste *Les Jetson*. Nous avons entrouvert les vitres. La climatisation est coupée. J'ai un peu séché, mais le coussinet de mon short de cycliste reste humide et inconfortable.

— Carrie est peut-être en pleine décompensation psychotique, reprend Lucy. Ça lui est déjà arrivé. Et dans ces cas-là, elle perd tout discernement.

— Mais sûrement pas quand elle accomplit ses horreurs, répliqué-je. Dans ces moments-là, elle est toujours très lucide.

— Oublier que des particules peuvent migrer et se déposer sur quelqu'un, cela ne lui ressemble pas, insiste Lucy en se tournant vers moi. Elle aurait été négligente ?

— Possible. Mais elle pouvait aussi ignorer qu'elle avait sur elle ces trucs microscopiques. En particulier, si elle se rendait souvent dans un endroit où flottent ces particules. À la longue, les gens sont moins précautionneux, ils négligent les EPI. Ils mettent un masque, des gants mais font l'impasse sur la combinaison ! Parce qu'ils se disent qu'ils ne font que passer, qu'ils ne vont rester dans la pièce qu'une minute. Ou alors ils enfilent par mégarde, par facilité, une combinaison déjà contaminée…

— Ou encore, elle se fiche d'essaimer partout ces nanoparticules ! Elle s'en fout complètement ! intervient Tron en me regardant dans le rétroviseur.

D'ordinaire, Tron est d'un flegme à toute épreuve. Mais cette fois, je vois dans son regard que cette conversation la met mal à l'aise.

— Si Carrie sème des petits cailloux derrière elle, c'est intentionnel, insiste Lucy. C'est pour ça que je parle de décompensation. Quand elle est dans cet état-là, elle prend des risques inconsidérés, elle fait moins attention.

— À mon avis, laisser des traces derrière elle ne la dérange pas du tout. C'est aussi simple que ça, réplique Tron en doublant un chauffeur qui roule trop lentement à son goût. Elle se croit invincible. (Benton pense la même chose.) Et on ne sait même pas où elle est en ce moment !

— Quelque part dans le coin, répond Lucy. Du moins elle l'était. Si elle est bien liée au kidnapping de Sal Giordano et à sa mort.

— Elle a tort de croire qu'elle pourra tromper la police indéfiniment, dis-je. En particulier dans une zone rurale où il lui sera difficile de passer inaperçue.

— Elle a vécu longtemps en Virginie, précise Tron. Elle a appris à se faire discrète, voire à se fondre dans le paysage.

— Si c'est elle qui a laissé ces traces, alors on sait où elle s'est trouvée à un moment, ajoute Lucy. Entre autres, là où Sal Giordano a été retenu prisonnier. Et on sait aussi qu'elle s'est approchée des Briley, voire qu'elle est entrée chez eux. Peut-être a-t-elle eu un contact avec Luna, ce qui expliquerait les résidus qu'on a trouvés sur son pyjama.

— Si ça provient d'elle, à quoi peut bien lui servir de la fausse poussière lunaire ? lancé-je.

— Aucune idée, dit Lucy.

— Même question avec la pérovskite. Pour faire quoi ?

— Il y a un tas d'usages possibles : appareils électroniques, cellules photovoltaïques, lasers, LED, condensateurs céramiques, et bien sûr panneaux solaires, commente Lucy. Et ces panneaux, ça ne sert pas seulement pour l'aérospatiale. Il y en a quasiment sur tous les toits des maisons, sans parler des fermes solaires. On en a aperçu plein pendant le vol.

— Entreprises et particuliers produisent ainsi leur propre électricité pour faire des économies, ajoute Tron. C'est d'ailleurs curieux qu'un scientifique comme Sal Giordano n'ait pas eu des panneaux sur son toit ou sur son terrain.

— Peut-être était-ce son projet ? dis-je, alors que je reçois d'autres infos, envoyées cette fois par Rex Bonetta, le chef du labo de toxicologie.

Je lis les conclusions de son rapport : Sal avait dans le sang des taux élevés d'halopéridol, de lorazépam et de diphénhydramine quand il est mort. Un puissant neuroleptique associé à une benzodiazépine et à un antihistaminique – un cocktail appelé le B-52. C'est la camisole chimique utilisée lorsque des patients ou des prisonniers sont trop agités.

— C'est peut-être cela qui a causé les rougeurs à sa peau. L'halopéridol, ou Haldol pour le grand public, a des effets secondaires. (Avec mon téléphone, je consulte internet. Et mon doute se confirme.) L'un des effets indésirables est la photosensibilité. Et Sal avait par nature la peau pâle.

— Donc pendant qu'il agonisait dehors, il a pris un gros coup de soleil, conclut Tron.

— Et cela a été aggravé par l'Haldol.

— C'est donc ce mélange – halopéridol, lorazépam et antihistaminique – qu'on lui a injecté, dans le cou et ailleurs, résume Lucy.

— Et l'effet a été rapide, poursuis-je. Le B-52 est un puissant sédatif et provoque l'ataxie. C'est pour cette raison qu'on l'administre aux gens violents.

— C'est très utilisé chez les Russes. Dans les camps d'internement, les hôpitaux psychiatriques. Les patients se retrouvent dans un état d'hébétude. Ça marche aussi contre les rivaux politiques du Kremlin. Évidemment, Carrie connaît la recette de ce cocktail et a pu s'en servir à des fins personnelles.

J'imagine Sal dans son pick-up, quittant le Red Caboose lundi soir. Quelques minutes plus tard, quelqu'un l'arrête. Ainsi que le suggère Benton, peut-être que la personne a feint d'être en panne ? Sal descend de voiture, ou alors il ouvre sa fenêtre, et soudain, on lui plante une seringue dans le cou.

Il a dû sentir venir l'effet de la drogue. C'est à ce moment-là qu'il a avalé la gélule bleue. Elle était peut-être dans sa poche et il a réussi à la gober à l'insu de son agresseur ? Je me remémore les multiples points d'injections sur ses bras et ses fesses. Il a été sédaté durant tout le temps de sa captivité. Cela n'empêche qu'il a pu rester conscient de ce qui lui arrivait.

* * *

Le soleil est bien descendu quand nous atteignons le LaRC, ses rayons illuminent le pourtour des nuages qui s'amoncellent, couvrant de rose l'horizon. Deux agents du Secret Service nous attendent devant le grand hangar d'aviation. L'un d'eux récupère aussitôt la Dodge Charger. Et quitte en trombe le parking.

— Retour aux SUV soporifiques ! se lamente Tron en regardant son bolide disparaître de sa vue.

— Quand nous serons à Washington National, je vous abandonnerai, annonce Lucy. Tron te raccompagnera à la maison. Benton est là-bas avec Marino et maman. Ils préparent le dîner. Shannon est en route. Je vous rejoindrai plus tard. Je dois d'abord ramener l'hélico au centre.

Les deux femmes montent dans le cockpit, et c'est la première fois que je me retrouve seule dans la cabine. J'envoie un SMS à Marino pour lui donner des nouvelles. La météo annonce encore du mauvais temps pour ce soir et je préfère que personne ne soit sur la route. Je lui propose de passer la nuit à la maison avec Dorothy. Il ne me répond pas. J'espère qu'ils se sont rabibochés tous les deux.

Il est 17 heures passées quand la salle de contrôle de Langley autorise l'*Aigle de l'Apocalypse* à décoller. La visibilité se dégrade. Lucy va devoir donner régulièrement sa position pendant le vol. Les contrôles aériens nous prendront en charge tour à tour, chacun sur leur fréquence pendant que Lucy filera pleins gaz au-dessus des forêts et des cours d'eau. Elle veut arriver avant la tempête, chargée, paraît-il, de grêlons gros comme des billes.

Comme Marino n'est pas là, l'intercom reste allumé dans la cabine. Je suis harnachée sur mon siège ignifugé, la paroi m'empêche de voir le poste de pilotage, mais de temps en temps, Tron m'indique les prévisions météo et notre position. Elle m'apprend que l'enquête pour meurtre est lancée. Apparemment, Blaise Fruge n'a pas chômé !

Avec quelques collègues, elle a débarqué chez les Briley avec un mandat. Le couple buvait un verre dans le jardin, profitant de cette belle journée de printemps avant que le temps ne vire à l'orage. J'imagine leurs têtes quand les flics se sont mis à fouiller de nouveau leur domicile. Mais cette fois, l'enjeu était bien différent.

— Ryder et Piper Briley ont été arrêtés, m'annonce Tron. En ce moment même, ils sont conduits à la prison de la ville.

— Ce n'est que le début. Les charges contre eux vont s'accumuler, renchérit Lucy.

Quand nous traversons la York River à deux mille pieds d'altitude, l'hélicoptère est à plein régime, avec un vent arrière violent Nous volons à deux cent dix nœuds, soit trois cent quatre-vingts kilomètres à l'heure, m'informe Tron. À partir de Colonial Beach, nous suivons la rive ouest du Potomac alors que les nuées s'assombrissent et que les rafales de vent secouent l'appareil. Quantico est sur notre gauche, entouré par la forêt.

Une entaille pâle au milieu de tout ce vert, c'est tout ce que nous pouvons distinguer de la célèbre académie du FBI, où Benton et moi avons eu notre liaison torride. On se retrouvait en catimini pendant que Lucy, encore étudiante, faisait un stage là-bas. Je me souviens quand elle et moi partions braver la Route de brique jaune, un parcours du combattant conçu par les US Marines, de nos mains brûlées et couvertes de cloques à cause des cordes, de nos jurons quand on se retrouvait dans la boue ou que l'on s'échinait sur les obstacles.

Après l'effort, nous allions manger un hamburger au Board Room, le bar de l'académie, et bavardions avec les agents. Comme j'étais fière d'elle ! Je pensais l'aider en lui trouvant ce stage au FBI. Elle allait faire du sport, avoir enfin des amis. À l'époque, cela me paraissait être une bonne chose. Bien sûr sa mère n'était pas d'accord. Et aujourd'hui encore, Dorothy ne cesse de me le reprocher.

Elle ne voulait pas que sa fille unique fasse carrière dans les forces de l'ordre, et n'aimait pas que je l'encourage dans cette voie. Il ne fallait pas que Lucy devienne comme moi ! Morbide, fataliste – à force de côtoyer la violence, la mort, la cruauté humaine et la duperie, à penser constamment à tout ce qui peut blesser ou tuer.

Alors qu'elle aurait pu passer sa jeunesse à s'éclater et s'envoyer en l'air à poil sous la lune ! se lamentait Dorothy.

Au final, ni elle ni moi ne pouvions influencer Lucy. Ma nièce a suivi son propre chemin. Mais si elle n'avait pas fait ce stage à Quantico, jamais elle n'aurait rencontré Carrie… Elles ne seraient pas devenues amantes, liées par un amour aussi fou que destructeur. À moins que ce ne fût leur karma, une force de l'univers implacable à laquelle ni l'une ni l'autre ne pouvaient échapper. Deux forces opposées qui s'entrechoquent, fusionnent dans une intrication quantique les emportant toutes deux dans un tourbillon.

Nous arrivons à l'aéroport Ronald Reagan Washington National, les premières gouttes commencent à tomber, Lucy se pose à l'endroit où nous avons décollé hier. Je sors mon imper de mon sac, l'enfile tandis qu'elle réduit le régime moteur. Tron et moi sautons au sol, les lames fouettent l'air au-dessus de nos têtes.

Arrosées par la pluie, nous trottons sur le tarmac en direction du terminal Briley Flight Services. J'entends le rotor remonter en puissance. Je me retourne et fais au revoir de la main à Lucy qui décolle déjà, en faisant pivoter l'*Aigle* sur son axe. Pendant un instant, Lucy est face à moi en vol stationnaire, elle me répond par un petit hochement de tête, puis, au feu vert de la tour, son appareil prend de l'altitude et vire dans le ciel, ses feux clignotant dans la nuit.

— C'est un peu le cirque là-dedans, m'annonce Tron en appuyant sur l'interphone à la porte. Nos agents ont fait une descente et passent au crible tout le bâtiment. Et je vais avoir besoin de vous.

Elle m'explique que tout le personnel doit être interrogé sur-le-champ. En particulier sur Ryder et Piper Briley. Et aussi sur le vol de Dana Diletti qui s'est mal terminé. Parce que ce n'était pas un accident, le Secret Service en est persuadé.

— Il faut profiter de l'effet de surprise, poursuit Tron en attendant que quelqu'un nous ouvre. Mettre tous les employés sur le gril pour qu'ils arrêtent de nous raconter des salades.

Elle regarde par la vitre, cogne au battant, sonne à nouveau.

— Ils ont peur des Briley, dis-je. C'est pour cela qu'ils ne veulent pas parler.

— Ils finiront par craquer. Qui a les moyens aujourd'hui de faire de leur vie un enfer ? Leurs employeurs qui sont en prison, ou nous ?

31.

La porte s'ouvre enfin dans un bourdonnement électronique. C'est la dame de la veille qui nous a fait entrer, celle qui était au comptoir. Son ordinateur a disparu, et elle regarde d'un air mauvais les agents du Secret Service qui fouillent le hall et les bureaux. Je vois sa colère alors que les enquêteurs emportent le matériel et les bouteilles de boissons vitaminées.

— Bonjour, comment allez-vous ? lance Tron comme s'il s'agissait d'une journée ordinaire.

— À votre avis ? (Elle nous regarde de la tête aux pieds, remarquant nos cheveux ébouriffés par le vent, nos shorts de cycliste et nos grosses chaussures.) Vous croyez que c'est drôle de voir une armée débarquer et faire une razzia ?

— Je comprends, répond Tron. Vous étiez là quand Dana Diletti est partie en hélicoptère ce matin, n'est-ce pas ?

— Je le leur ai déjà dit, répond-elle en désignant les agents qui s'activent dans le bâtiment.

— Et il va falloir le redire – cette fois à nous, insiste Tron avec un sourire.

Et ce « nous » m'inclut *de facto* dans l'équipe.

— À l'évidence, je n'ai pas le choix.

Elle prend un chouchou et attache ses cheveux teints en blond.

Elle porte le même tailleur bleu marine avec des boutons dorés, et ses ongles sont vernis en rose.

— On s'est croisées hier, mais je ne me suis pas présentée, poursuit Tron. Je travaille moi aussi pour le Secret Service. Je suis l'agent spécial Sierra Patron, mais tout le monde m'appelle Tron. Voici le docteur Scarpetta qui collabore avec nous. Et vous, c'est quoi votre nom ?

— Je leur ai déjà donné mon identité, ainsi que mes coordonnées, rétorque-t-elle d'un ton glacial.

— C'est bien ce que j'ai compris et c'est très aimable à vous. Et donc, quel est votre nom ? répète Tron sans se départir de son sourire.

— Wilma Gaither.

— Où habitez-vous, Wilma ?

— À Pentagon City. Ils savent déjà tout ça.

Il y a carrément une lueur de haine dans ses yeux.

— Vous étiez ici quand Dana Diletti et son équipe ont décollé pour la plantation de Berkeley ? redemande Tron.

— Je travaille de 8 heures à 17 heures, du lundi au vendredi, déclare Wilma. Parfois, je fais des heures supplémentaires, car on manque de personnel. Je suis au service de mon employeur.

— Donc vous étiez présente ce matin quand l'équipe de tournage de Dana Diletti et leur pilote Bret Jones étaient dans le terminal.

— Oui, mais je n'ai pas passé mon temps à les regarder, j'ai du travail, réplique-t-elle. J'avais d'autres appareils à m'occuper. Et je m'efforce d'ignorer les pseudo-célébrités, surtout celles qui veulent à tout prix se faire remarquer.

— J'imagine que vous avez parlé avec Bret Jones ? poursuit Tron.

— Bien entendu, répond Wilma avec raideur, les mains croisées sur ses genoux. Brièvement, car il a passé le plus clair de son temps dans le salon des pilotes, sur son téléphone et à surveiller la météo. Et dès que Dana Diletti est arrivée, ils sont partis.

— Bret Jones vous a paru dans son état normal ce matin ? Rien à signaler ? dis-je.

— Il n'était pas content d'avoir été appelé à la dernière minute, répond-elle en me lançant un regard méfiant. Hormis ça, non, rien de remarquable.

— Dana Diletti et son équipe sont des habitués de ce terminal, reprend Tron. Donc ce voyage aujourd'hui n'avait rien d'extraordinaire, c'est bien ce que vous nous dites ?

— Absolument. Un voyage comme les autres, sauf que le vol ne se faisait pas avec sa pilote habituelle.

— Vous savez pourquoi ? Bret Jones vous l'a indiqué ?

— J'ai déjà tout raconté à vos collègues.

— Et je vous repose la question, insiste Tron.

— La pilote régulière l'a appelé à 4 heures du matin pour lui annoncer qu'elle n'était pas en état de voler.

— Comment ça, « pas en état » ? m'enquiers-je.

— Elle avait mal à la gorge, m'a expliqué Bret Jones. Cela avait commencé la veille, et elle espérait que ça passerait durant la nuit. Ce qui n'a pas été le cas. Je n'en sais pas plus.

— Vous êtes au courant qu'il y a des caméras partout ici, annonce Tron en désignant celle au-dessus du comptoir de Wilma tandis que je jette un regard circulaire dans le hall.

J'en aperçois d'autres, puis je reporte mon attention sur les distributeurs de friandises. Je revois Luna Briley étendue sur le sol de sa chambre. Puis sur ma table d'autopsie...

— Les caméras ne sont pas toujours allumées, précise-t-elle avec une pointe d'arrogance. Parfois, des gens les éteignent.

— Quels gens ? demande Tron même si elle connaît déjà la réponse.

— Ceux de la sécurité.

— Et les caméras tournaient quand Bret Jones était ici ? demande Tron qui, encore une fois, connaît la réponse.

Lucy a veillé à ce que les caméras ne puissent être réellement coupées. Bien sûr, Wilma l'ignore.

— Impossible de le savoir, à moins que la sécurité me le signale, lâche-t-elle, toujours aussi évasive.

— Et personne ne vous a rien dit en ce sens ce matin ? À aucun moment, les caméras ont été éteintes ?

— Pas à ma connaissance.

— Quel agent de sécurité était en poste au moment de l'arrivée de Bret Jones ?

— Aucune idée.

— Et cet agent a coupé les caméras ?

— On ne me prévient pas forcément.

— Tant pis. Pas de problème, nous avons les moyens de savoir ce qui est vrai ou pas, répond Tron avec un haussement d'épaules.

— Je dis la vérité ! s'offusque la femme en me regardant fixement.

— Non, Wilma, réplique Tron en regardant ses collègues qui fouillent toujours le terminal. Mais je vais vous donner un conseil : votre patron et sa femme vont être inculpés pour meurtre et se retrouver en prison. Et toutes les personnes de leur entourage sont étroitement surveillées. Alors vous feriez bien de réfléchir à deux fois avant de proférer de fausses déclarations. Je vous repose donc la question : quel agent de sécurité était de service quand Dana Diletti était ici ?

— C'était Mira Tang. Elle n'est plus ici, mais vos collègues lui ont parlé tout à l'heure. (Wilma est donc prête à dénoncer tout le monde, si ça peut lui sauver la mise.) Elle est arrivée à 7 heures ce matin. Une heure avant moi.

— Pourquoi si tôt ?

— Je n'en sais rien. Mais elle était là en même temps que Dana Diletti. Et son équipe. Voilà ce que je dis.

— Merci pour cette précision, répond Tron. Vous voyez que c'est quand même plus simple de se montrer coopérative. Pourquoi risquer de tout perdre pour couvrir d'autres personnes ? Pourquoi se croire obligée de les protéger ?

— Alors que ces mêmes personnes ne le feraient pas pour vous, renchéris-je, et je lis la peur sur le visage de Wilma.

— Vous travaillez pour les Briley depuis longtemps, n'est-ce pas ? reprend Tron avec douceur.

— Depuis près de vingt ans, mais je ne prétendrais pas que nous sommes amis. (Wilma baisse la voix comme si les caméras pouvaient l'entendre.) Je n'ai jamais aimé la façon dont ils traitaient la petite quand ils l'amenaient ici. Ils n'avaient aucune patience avec elle. Surtout la mère.

— Pourquoi était-elle avec eux ? Dans ce terminal ? demande Tron.

— Elle était là chaque fois qu'ils devaient prendre un de leurs jets privés. Je connais Luna depuis sa naissance.

— À quand remonte la dernière fois que vous les avez vus ici ?

— À décembre. Elle ne venait pas si souvent, à cause de son état.

— Quel état ? m'enquiers-je. Qu'est-ce qu'elle avait ? Ils vous l'ont dit ?

— Ça se voyait qu'elle était chétive, qu'elle n'allait pas bien.

— Vous pouvez être plus claire ? poursuis-je.

— On se demandait tous où était le problème. Une gamine adorable, toujours souriante, même quand sa mère lui criait dessus pour un rien. (Wilma nous lance un regard appuyé.) Les enfants sont curieux de nature. C'est normal qu'ils fassent des bêtises, non ?

— Et ce ne sont pas les tentations qui manquent ici, dis-je en montrant les distributeurs de bonbons. Comment résister ?

— Évidemment ! répond Wilma avec une lueur de tristesse dans les yeux malgré son animosité à notre égard. Cette petite adorait les bonbons. Et bien sûr, cela lui était interdit. Il paraît qu'elle avait du diabète.

— Comment vous savez ça ?

Je pense aux constatations de Fabian. Luna n'était pas traitée à l'insuline. Ce diabète était un mensonge. Encore un.

— C'est Mme Briley qui me l'a dit. (Wilma baisse encore la voix, comme si nous étions des camarades s'échangeant des cancans.) Elle m'a expliqué que si Luna mangeait un truc sucré elle tomberait dans le coma, et risquait de mourir. Et il y a eu la fois où...

Elle s'interrompit, redoutant de terminer sa phrase.

— Où quoi… ? insisté-je.

— C'était à Noël… la gamine a trouvé un sucre d'orge sur le sapin qu'on avait installé.

Elle désigne l'aire d'attente et nous raconte que Piper Briley lui avait arraché la friandise des mains et l'avait jetée à la poubelle. Puis dans un accès de rage, elle avait soulevé l'enfant par le bras et l'avait secouée violemment, en lui disant qu'elle était très vilaine.

— À ce moment-là, je préparais du café, poursuit Wilma d'un ton de conspiratrice. Mme Briley ne savait pas que je la voyais. La pauvre petite était terrifiée, tremblait comme une feuille. Et ce n'est pas la seule fois où j'ai vu des choses…

Les yeux de la femme s'embuent de larmes. Nerveusement, elle tire un mouchoir en papier de la boîte sur le comptoir.

— Regardez dans quel état vous me mettez ! Je pleure comme une madeleine, merci bien ! s'exclame-t-elle. Et je vais perdre mon travail.

— Si ce n'est que ça, estimez-vous heureuse, répliqué-je. *Vous avez peut-être déjà perdu votre âme. Si tant est que vous en ayez eu une.* Mais je garde ça pour moi.

— Vous auriez pu en parler à quelqu'un ? Prévenir qu'il y avait maltraitance à enfant ? lance Tron en tournant les talons.

— Et la petite serait peut-être encore en vie, ajouté-je en regardant Wilma droit dans les yeux.

* * *

En traversant le hall, Tron s'entretient avec des enquêteurs qui emportent des appareils électroniques dans des sacs scellés. Ils parlent des pièces récoltées sous mandat. L'un d'eux remet à Tron la clé d'un SUV garé devant l'entrée. Au moment où nous sortons du bâtiment, Blaise Fruge arrive dans son Ford Interceptor banalisé.

Les lampadaires du parking sont allumés, le pollen mélangé à la pluie rend le macadam glissant. Fruge, en jean et coupe-vent, trotte vers nous avec un grand sourire. Elle nous rejoint sous l'auvent qui protège l'entrée du terminal.

— Qu'est-ce qui vous amène ? demande Tron.

— L'effet domino ! On interroge tous ceux qui travaillent pour les Briley. Et la plupart mentent comme des arracheurs de dents !

Elle plonge la main dans sa poche pour en sortir un paquet de cigarettes et un briquet décoré du drapeau américain.

— Depuis quand vous fumez ? dis-je.

— J'ai arrêté, puis recommencé. Et arrêté encore. (Elle coince une cigarette entre ses lèvres.) Je ne suis pas vraiment une fumeuse. Juste une de temps en temps.

Comme Marino, son mentor ! Devant moi, il prend des chewing-gums parce qu'il sait que je n'ai pas triché de mon côté. Je ne veux pas replonger. On redevient trop vite accro. Mais Fruge doit fumer avec lui en cachette quand l'envie se fait trop pressante.

— Je sais qu'il ne faut pas se réjouir du malheur des autres. (L'inspectrice de la police d'Alexandria se protège du vent pour allumer sa cigarette, puis souffle un nuage de fumée qui s'éparpille aussitôt.) Mais quand même, ça fait plaisir d'avoir coffré les Briley. Et ils sont mal partis.

— Nous nous intéressons à eux pour d'autres raisons, lui annonce Tron.

— Vous savez où les trouver au besoin. Ne vous gênez pas ! Ils sont à votre dispo.

Dès que j'ai déclaré que la mort était un homicide, l'inspectrice est venue arrêter les parents pour maltraitancc à enfant et meurtre.

— J'étais déjà dans les starting-blocks quand on a eu le feu vert grâce à vous. Ils n'ont pas eu le temps de dire ouf ! explique-t-elle tandis que l'eau ruisselle du toit. Leur passer les menottes a été un vrai plaisir, je dois le reconnaître. J'espère que Luna est contente là-haut.

Elle fait tomber sa cendre d'une pichenette.

— Quand le juge va-t-il annoncer le montant de la caution ? demande Tron.

— Demain matin. Mais j'ai de quoi le convaincre que le couple pourrait quitter le pays. Ils ont des maisons à l'étranger, des jets privés et tout le tralala. Si je joue bien le coup, les Briley ne sortiront pas.

— Et ce ne sera pas les seuls chefs d'accusation, promet Tron. Des inculpations au niveau fédéral vont pleuvoir.

— Ils risquent de rester longtemps en cellule en attendant leur procès, renchéris-je.

— C'est l'idée. (Fruge tire une autre bouffée.) Je veux être sûre qu'ils vont moisir en prison pour le restant de leurs jours.

La pluie redouble d'intensité, des éclairs au loin strient le ciel noir. Fruge entre dans le terminal des Briley en espérant trouver « d'autres cadavres dans les placards », pour reprendre ses propres termes. Avec Tron, nous courons vers le Tahoe que le Secret Service a mis à notre disposition. Je surveille les gros nuages d'orage. Le front de la tempête approche.

Nous quittons l'aéroport et prenons la George Washington Memorial Parkway qui longe le Potomac. La rive opposée est invisible derrière les rideaux de pluie. Je suis soulagée quand Lucy m'annonce par SMS qu'elle est bien arrivée au centre du Secret Service dans le Maryland. Elle va récupérer sa voiture et rentrer à la maison au plus vite.

— Si Carrie Grethen est passée à Briley Flight Services, je me demande si on la verra sur les caméras, dis-je à Tron.

— Tout dépend si elle avait ou non la possibilité de les éteindre.

— À mon avis, c'est un jeu d'enfant pour elle.

— Et je le répète, elle s'en fiche, réplique Tron avec de la colère dans la voix. Si on la voit entrer et sortir du terminal sur les images, ça va bien l'amuser. De toute façon, où qu'elle se trouve, elle se moque de nous.

— Parce qu'elle se croit invincible, réponds-je en clignant des yeux sous les phares des voitures venant dans l'autre sens.

La pluie martèle le pare-brise.

— Elle a déjà quitté les lieux. Peu importe ce qu'elle a laissé derrière elle.

— Je ne sais pas ce que vous avez prévu ce soir, Tron, lui dis-je. Mais vous êtes la bienvenue pour le dîner. Il y aura Lucy, Marino, ma sœur et Shannon. Un repas à la bonne franquette, histoire de se détendre.

— C'est très gentil de votre part. Mais on s'est assez vues comme ça Lucy et moi ces derniers temps, lance-t-elle. Je vais lui laisser un peu d'air.

Est-ce vraiment une plaisanterie ?

— Il y a un problème entre vous ?

— C'est compliqué avec elle, sur un certain sujet.

Et le sujet en question est bien sûr Carrie. Ma nièce n'a pas encore tiré un trait. Peut-être ne le fera-t-elle jamais.

— C'est normal qu'elle soit particulièrement vigilante, réponds-je avec un détachement totalement feint.

— C'est plus que ça, docteur Scarpetta. (Tron ne m'appelle toujours pas par mon prénom alors qu'on se connaît depuis quatre ans.) Ce qu'il y a entre ces deux-là est toxique.

Je reste silencieuse. Je connais bien les démons de Lucy. Je sais ce qui la hante, mais je ne veux pas en parler à Tron. Ni à qui que ce soit.

— C'est pathologique. Quoi qu'elle fasse, je sens qu'une part d'elle est toujours avec Carrie. Ça a commencé cet automne. On dirait un virus dormant qui s'est réveillé à nouveau. Bien sûr que je comprends. Mais c'est constamment là, comme un rayon tracteur dont elle ne peut s'échapper.

— C'est souvent ainsi quand l'être qu'on a aimé autrefois devient un ennemi juré, réponds-je en dissimulant ma propre colère.

— Aimé *autrefois* ? répète Tron en regardant droit devant elle. Lucy perd toute objectivité en ce qui concerne Carrie. Et non, elle ne la hait pas, quoi qu'elle en dise.

Tron roule plus tranquillement, peut-être parce que je suis assise à côté d'elle et qu'il fait un temps de chien. Ou parce que notre sujet de conversation occupe toutes ses pensées. Je n'imaginais pas que ses sentiments pour Lucy étaient de cette nature, plus profonds qu'un lien professionnel, plus profonds qu'une simple amitié.

Je ne sais pas si c'est réciproque du côté de Lucy. Si elle peut éprouver ce genre d'élan – que ce soit pour Tron ou quelqu'un d'autre – depuis qu'elle a perdu Janet et leur fils, emportés par le covid avant l'arrivée d'un vaccin. Le temps que Lucy revienne à leur appartement de Londres, il était trop tard.

32.

L'eau fouette le bas de caisse, les arbres s'agitent sous les bourrasques, et le port d'Old Town est à peine visible sous la pluie, ses bateaux sont comme autant de fantômes blancs sur l'eau noire. Il est 19 h 15 quand nous atteignons notre petite propriété du XIXe siècle avec ses grilles qui se fondent dans la végétation.

Une fois devant le portail en fer forgé, je donne à Tron le code. Elle baisse sa vitre, entre les numéros sur le pavé numérique de la borne d'appel. Le vantail commence à s'escamoter, roulant sur son rail. Aussitôt les caméras et les analyseurs de spectre transmettent les informations à l'IA de Lucy. Les images sont analysées en temps réel et entrées dans les fichiers de police.

Le logiciel de reconnaissance faciale identifie tout le monde, l'algorithme explore toutes les données informatiques sur le visiteur, telles que son casier judiciaire. Ou s'il a acheté une arme récemment, ou proféré des menaces sur internet. Tron franchit le seuil, attend que le portail se soit refermé derrière nous, puis remonte l'allée bordée de lampadaires, sous les frondaisons des grands chênes.

La maison d'amis qu'occupe Lucy est en brique blanche avec un toit d'ardoise. Les fenêtres sont pourvues de stores occultants ce qui empêche de savoir si Lucy est à l'intérieur. Et la présence ou non de son véhicule de service ne signifie rien. Elle peut très bien être montée dans la voiture de quelqu'un ou partie en promenade à bicyclette. Bien sûr, cette fois je suis certaine qu'elle n'est pas là. Je rappelle à Tron d'ouvrir l'œil à cause de Merlin, le chat de Lucy.

— Par ce temps, il y a peu de chance qu'il traîne dehors, mais on ne sait jamais. Au fond de lui, ce matou est resté un animal sauvage.

La pluie scintille sous les réverbères alors que nous gagnons la maison principale, en brique blanche elle aussi, mais avec des portes et des volets bleus. Ses deux cheminées de pignons se dressent fièrement contre le ciel de part et d'autre du toit d'ardoises. J'aperçois la Tesla de Benton, le pick-up de Marino, et l'Audi décapotable de Dorothy, blanche et intérieur cuir rouge – un petit plaisir qu'elle s'est offert pour Noël.

Je sors sous les trombes d'eau, récupère mes sacs et remercie Tron. Je fonce vers le perron où Marino me tient la porte ouverte. Je m'engouffre à l'intérieur. Il est en jogging et boit une St. Pauli Girl. Le bon arôme de la sauce marinara monte de la cuisine tandis que du Mozart passe sur la chaîne hi-fi. Je lâche mon barda sur le vieux plancher, retire mon imper.

— Jolie tenue ! lance-t-il en regardant mon short de cycliste et mon polo trempé. (Il avale une lampée de bière.) La petite touche sexy, ce sont les rangers délacés. Ça et tes cheveux.

Je scrute son regard. L'amertume et la tristesse ont disparu. Il a dû se rabibocher avec Dorothy… Peut-être qu'à l'avenir, il ne reportera plus sur moi ses propres frustrations. Au moment où je forme cet espoir, ma sœur fait son entrée. Elle déboule dans l'escalier et m'assaille de questions – une à chaque marche qu'elle descend !

— Où tu étais hier ? Pourquoi tous ces secrets ? Personne ne veut rien me dire ! (Dans une main, elle a un verre où tintent des glaçons, dans l'autre une bouteille de tequila.) Pete me répète les mêmes conneries. On dirait un soldat sous la torture donnant juste son matricule ! Qu'est-ce que vous avez tous ?

Dorothy a un faible pour les grenouillères et ce soir elle a sorti Le Géant Vert – parce que c'est le printemps, je suppose ! Un entrelacs de feuilles de plastique dissimule sa poitrine opulente, une paire de collants verts galbe ses longues jambes, le tout complété par des chaussons imitant les bottines du géant avec leur bout recourbé.

— Je suis sûre que tout ça a un lien avec cette histoire d'OVNI dont on parle partout. Inutile de le nier, poursuit-elle. Sal Giordano a été enlevé par des extraterrestres, c'est ça ? J'ai le droit de savoir !

— Je t'ai déjà dit qu'on ne peut pas en parler, parce que cela implique l'armée et la défense nationale, lui rétorque Marino.

— Vous pouvez quand même répondre à ma question ? Ne serait-ce que par oui ou non ! (Elle boit une autre gorgée.) Il a été pris dans un rayon tracteur et aspiré dans leur vaisseau ? Comme ces pauvres chevaux et vaches qu'on a retrouvés mutilés et écrabouillés au sol, comme si on les avait balancés du ciel. Ces aliens lui ont fait pareil ? Autrement dit, on a affaire à des brutes venues de l'espace, c'est ça ? Quelle horreur ! Nous voilà devenus les sous-créatures d'un Dieu haineux !

— Ça suffit, Dorothy ! intervient Marino. Parlons d'autre chose.

— Vous êtes allés tous les deux dans un lieu secret et à l'évidence, cela a un rapport avec l'OVNI, insiste-t-elle en prenant une grosse lampée de sa tequila.

Elle ne veut pas lâcher l'affaire. Heureusement, l'arrivée de Benton et Shannon dans la pièce fait diversion.

— Vous avez tout ce qu'il vous faut ? demandé-je à ma secrétaire.

Elle va dormir dans la chambre du rez-de-chaussée et porte une ample robe de velours rose avec des pantoufles assorties. Elle a également un verre à la main. À l'odeur, ce doit être un whisky irlandais sec, sans doute le Jameson. Mais de temps en temps, elle fait un accroc à la tradition et accepte un malt écossais.

— Tu as eu une sacrée journée, me dit Benton en me tendant une bouteille d'eau et un Manhattan avec cerise et zeste d'orange. Tiens, ça te réchauffera.

Le tonnerre éclate au-dessus de nous, tel un scud percutant sa cible.

— Dieu merci, nous sommes tous ensemble, lance Shannon en levant les yeux vers le plafond. On a l'impression que l'univers pique une grosse colère. Et toute la planète en tremble.

— Je serai rassurée quand Lucy sera rentrée.

La plongée m'a assoiffée. J'opte pour l'eau.

— Elle va être encore retenue un moment, nous annonce Benton. Elle vient de me prévenir.

— Elle a toujours un empêchement ! se lamente Dorothy. Rien n'est jamais simple avec elle. Ce n'est pas normal. Elle devrait être ici. Je n'ai pas vu ma fille unique depuis une semaine, et elle ne va pas dîner avec nous ce soir, c'est ça ?

— Je crains que non, répond Benton. Elle vient de faire demi-tour alors qu'elle était sur le chemin du retour. Le centre l'a rappelée. Ils ont un problème informatique, encore une fois.

— J'espère que leur serveur n'a pas été piraté, comme tout le système chez nous, s'inquiète Shannon. Et en ce qui concerne les trucs pas nets, la carcasse du nid est toujours là-haut dans les poutrelles. (Elle nous regarde tour à tour, Marino et moi.) J'ai harcelé Bug Off pour savoir quand la technicienne allait revenir l'enlever pour de bon. Je n'ai aucune envie que d'autres frelons viennent y squatter. Mais ils ne voyaient pas de qui je parlais. Finalement, le patron m'a dit qu'il n'avait aucune employée femme et qu'ils n'avaient envoyé personne à l'IML – toujours pas, et il s'en excuse platement, soit dit en passant.

— Je ne sais pas trop qui était cette technicienne, mais j'ai un mauvais pressentiment, dis-je en revoyant cette femme dans sa tenue de protection qui dissimulait son visage.

* * *

Je leur raconte que les caméras se sont éteintes brièvement pendant qu'elle se trouvait juchée sur son échelle.

Elle a pu en profiter pour installer là-haut un système électronique. Ensuite, les caméras se sont remises en marche, l'ascenseur a fait des siennes et la barrière du parking a eu la danse de Saint-Guy. Et à 3 heures du matin, le volet roulant de l'aire de livraison s'est ouvert sans aucune raison.

Je parie que c'était Carrie perchée là-haut. Elle a installé un dispositif pour pirater tous nos systèmes à l'IML. Elle était juste à côté de moi et Marino quand nous avons parlé avec Spanks de la Shady Acres Funeral Home ! Cette idée me serre le ventre ! Elle aurait pu sortir une arme et nous tirer dessus. Mais elle ne l'a pas fait, elle a préféré nous observer. Les paroles de Benton me reviennent en mémoire :

Le monde est son terrain de jeux, et elle aime jouer avec nous.

— Il faut que Lucy passe l'IML au crible dès que possible, ajouté-je, regrettant que Carrie ne soit pas tombée de son échelle.

Elle aurait alors connu le même sort que Sal, se serait retrouvée au sol, la tête fracassée, agonisant lentement. Cela n'aurait été que justice.

— Finalement Lucy n'est pas sûre de pouvoir rentrer cette nuit, nous prévient Benton en consultant son téléphone.

Il porte un tablier à carreaux rouge pour protéger son jean et un tee-shirt moulant qui lui sied à merveille.

— J'espère qu'elle va trouver le temps de manger quelque chose, dis-je en prenant une gorgée de mon Manhattan. Et qu'elle ne va pas se retrouver dehors par ce temps.

— C'est l'idée, répond Benton. Tron est en chemin pour la rejoindre, ce qui est une bonne chose.

— Oui, il vaut mieux ne pas être seule par cette tempête, ajoute Shannon.

— Je crois savoir que les Briley sont en cellule, annonce Marino qui tient à nous montrer que Fruge n'a aucun secret pour lui. C'est une bonne nouvelle, non ?

Il vide sa canette.

— Et il y a quelques minutes, nos agents ont arrêté l'une des vigiles de Briley, nous informe Benton. Mira Tang. Elle a un gros casier. En l'embauchant, il lui a sauvé la mise.

Lucy disait que cette ex-détenue serait prête à tout pour satisfaire son patron. Y compris tuer, apparemment. Benton explique que sur les caméras de surveillance de Briley Flight Services, on voit la vigile dans le hangar où est garé l'hélicoptère de Dana Diletti. Mira Tang portait des gants, avait dans les mains une bouteille de boisson vitaminée et un jerrycan en plastique rouge.

— L'hélico attendait d'être tracté sur le tarmac, poursuit Benton tandis que je suis au pied de l'escalier, emmitouflée dans ma serviette humide. L'endroit était désert. À l'évidence, elle ne se souciait pas des caméras. Pour la bonne raison qu'elle les avait coupées à 7 heures du matin.

Bien sûr, elle ignorait que Lucy les avait piratées. Et donc, filmée par des caméras qu'elle pensait éteintes, Mira Tang avait ouvert une porte du cockpit pour placer la bouteille sur la console entre les sièges, puis avait ouvert le bouchon du réservoir et vidé le contenu de son bidon.

— Du sabotage. Elle a mis de l'eau dans le carburant, précise Benton. Nous le savons parce qu'on la voit plus tôt dans le hangar remplir son jerrycan au robinet d'un évier. Elle comptait tuer tout le monde à bord, ni vu ni connu. Tout a été enregistré et le jury va apprécier.

— Elle agissait sur commande ! lance ma sœur en rajoutant dans son verre une rasade de tequila. Elle n'a pas fait ça sur un coup de tête, évidemment.

— Elle suivait les ordres de Ryder Briley, renchérit Marino en commençant à masser le coude de Dorothy. (Apparemment, ils ont fait la paix tous les deux.) Il a voulu occire Dana Diletti parce qu'il n'a pas apprécié ce qu'elle a dit à la télé.

Il referme les bras autour de ma sœur, l'attire contre lui.

— Les Briley sont des monstres, déclare-t-elle en fermant les paupières quand Marino dépose un baiser sous son oreille. Ce qu'ils ont fait à la petite est bien sûr inconcevable. Mais je ne comprends pas… ils pensaient pouvoir passer entre les gouttes ? Pourquoi les gens ne pensent jamais aux conséquences de leurs actes ?

— C'est dans la nature humaine. Et je n'échappe pas à la règle, en particulier quand je force un peu trop là-dessus, répond Shannon en désignant son verre de whisky. Même les meurtriers s'imaginent pouvoir s'en sortir. Et ils sont nombreux dehors à en être persuadés.

— C'est justement pour cela qu'on a du travail. Parce que ce sont des crétins.

Marino serre davantage Dorothy. C'est curieux. D'ordinaire, il n'est pas si démonstratif en public.

— N'empêche que Dana Diletti aurait dû se méfier de Briley, pondère ma sœur.

— Personne n'imagine qu'un mécontent puisse aller aussi loin, indique Benton. Encore moins Dana Diletti avec son ego démesuré. Elle se croit intouchable, et ce matin elle a été à deux doigts de découvrir qu'elle ne l'est pas.

— C'est un miracle, lâche Dorothy en commençant à *savonner sur les mots* comme elle dit.

— Si le moteur était tombé en rideau plus tôt ou si le pilote avait tourné de l'œil dès le décollage, continue Benton, le bilan aurait pu être bien plus lourd.

— C'est un miracle, répète ma sœur déjà en boucle. L'appareil aurait pu tomber sur des maisons. Sur une école…

— Cela n'a pas été le cas, Dieu soit loué ! s'exclame Shannon en secouant la tête d'horreur.

— Ou sur une plage où les gens se dorent au soleil, continue Dorothy. Ou au beau milieu de Fort Monroe par exemple… un monument historique réduit en charpie avec tous les gens qui habitent là…

— J'ai parlé à Lucy tout à l'heure, avant ton arrivée, me dit Benton. Elle m'a expliqué que lorsqu'on met de l'eau dans un réservoir plein de kérosène, il est impossible de savoir quand cela va provoquer la panne. Ça peut être long, et c'est ce qui s'est passé – heureusement, sinon, il y aurait eu cinq morts, au minimum.

— Un miracle..., ânonne Dorothy en prenant une nouvelle lampée de tequila. Ça aurait pu être tellement pire. Et cette greluche qui se fait mousser... elle ne parle plus que de ça : sa putain d'expérience, sa putain de vie qui ne tenait plus qu'à un fil... La pauvre chérie a frôlé la mort ! Et pas un mot pour le malheureux pilote. C'est à gerber ! Lui, il y est resté, putain !

33.

Dorothy insiste pour m'accompagner à l'étage alors que je monte l'escalier avec mon Manhattan. Les vieilles marches, d'un rouge orangé, brillent sous la lumière des appliques de cuivre. La pluie martèle le toit, le vent rugit.

Tenant son verre d'une main, elle s'accroche à la rambarde, et me suit le train. Je sais ce qu'elle a en tête. Elle passe à l'offensive dès que nous sommes arrivées sur le palier.

— Où tu étais hier soir et toute cette nuit ? chuchote-t-elle en buvant une nouvelle lampée d'alcool. Vas-y, personne ne nous entend. J'te promets de rien dire aux autres.

Elle me fait le signe *Motus et bouche cousue !*

— Je suis tenue au secret, Dorothy, réponds-je en m'éloignant dans le couloir décoré de vieilles cartes de la baie de Chesapeake.

Quand je pense que je viens de plonger dans ses eaux !

— Ça restera entre nous, sœurette. On est une équipe, toutes les deux contre le reste du monde. Alors vas-y, raconte-moi, insiste-t-elle en me caressant le bras.

— J'ai dû m'occuper d'une affaire dans l'enceinte d'une base militaire et…

— Tatata ! m'interrompt-elle. Avant ça, tu étais au Pays d'Oz. Parce que ton vieux soupirant a été balancé d'un OVNI, comme par hasard dans ce parc kitsch que Lucy aimait tant.

Je ne relève pas le terme « soupirant ». Dorothy dit plein de choses mais ne s'en rappellera pas la moitié demain matin. Elle va avoir une gueule de bois carabinée, et ce n'est que le début de la soirée ! Nous dépassons la chambre d'amis à l'étage. J'aperçois sur le lit les sacs de Dorothy et de Marino.

— C'est mieux que tu restes là cette nuit, lui dis-je avec un regard appuyé vers son verre.

— Je sais qu'il ne faut pas croire tout ce qu'on lit sur internet. (Elle a du mal à marcher avec ses gros chaussons verts.) Mais il paraît qu'on ne devrait pas essayer d'entrer en contact avec les aliens. Si c'est vrai, ça me fiche le bourdon. Voilà que j'ai des angoisses existentielles ! Merci bien !

— Tu ne devrais pas t'intéresser à ce qui se dit sur les réseaux sociaux.

— Bien sûr que je m'y intéresse ! C'est mon putain de boulot. Je suis influenceuse ! J'ai même reçu un prix pour ça.

— Je sais, Dorothy. Je sais.

La chambre parentale est au bout du couloir, avec une jolie vue sur le fleuve. Mais on n'y a aucune intimité quand ma sœur est là. J'entre dans la pièce, elle m'emboîte le pas. J'entends les glaçons tinter dans son verre. Elle empeste autant l'alcool qu'un bar à cocktails.

— S'il te plaît, raconte-moi, roucoule-t-elle alors que je me dirige vers la salle de bains. Comme autrefois, quand on s'avouait nos secrets.

— On ne s'est jamais rien confié, Dorothy. (Je me tiens devant le lavabo, elle est derrière moi, sur le seuil de la porte.) Et pour tout dire, je n'ai jamais eu de secrets. À l'inverse de toi.

— Et maintenant, il n'y a que ça ! Des secrets partout, tout le temps ! (Elle se regarde dans la glace, rajuste ses cheveux blond platine.) Je veux savoir où tu étais avec Marino. C'est important pour moi. C'est normal que tu me le dises puisque vous étiez ensemble toute la nuit.

— C'est avec Benton que j'étais cette nuit. Pas avec Marino. Et tu le sais très bien. Vous avez passé votre temps au téléphone, à ce que j'ai cru comprendre. (Je prends le verre de Dorothy et le pose sur la tablette du lavabo.) Tu as assez bu pour ce soir, tu ne crois pas ?

— Commence pas à jouer les grandes sœurs ! (Elle le récupère et avale une grande gorgée pour me narguer.) Ce n'est pas le moment de me faire la morale. J'ai eu mon compte avec Marino ! Il n'a pas arrêté de se plaindre parce qu'il a passé un week-end pourri à Atlanta. Il paraît que je suis égocentrique – et délirante car il refuse de me croire quand je lui dis que j'ai l'impression d'être suivie.

— J'espère que ce n'est pas le cas. Tu as remarqué d'autres trucs bizarres depuis ?

Elle secoue la tête.

— Je sais, ses mots dépassent sa pensée quand il est inquiet, poursuit-elle. Tout va bien, on s'est parlé, on a vidé notre sac. Mais c'est vrai ou pas ? Dis-le-moi, sinon je ne vais pas pouvoir fermer l'œil.

— Qu'est-ce qui est *vrai* ? dis-je en m'asseyant sur le couvercle des toilettes pour retirer mes chaussures.

Dorothy est complètement pompette.

— Que Sal Giordano a été enlevé par des extraterrestres ? Et qu'ils l'ont tué ? Il n'y a pas si longtemps, tout le monde aurait ricané si j'avais dit un truc comme ça. Comme si je me croyais dans *La Guerre des mondes* ! Mais plus maintenant. Plus avec tout ce qu'on voit, dit-elle en écartant les bras d'un geste théâtral. Avec toutes ces histoires d'ET qui tuent des gens. C'est ça qui s'est passé ?

— C'est très peu probable.

— *Peu probable* ? répète-t-elle d'un air horrifié. Cela veut dire que c'est *possible* ?

— En théorie, oui, réponds-je. Mais dans le cas de Sal, je n'y crois pas du tout. Il n'y a pas eu de rencontre du troisième type.

— Oh… (Dorothy se raidit, comme si je lui avais annoncé une mauvaise nouvelle.) Au fond, c'est presque dommage.

— Pour moi, c'est une bonne chose. Je ne suis pas pressée d'avoir affaire à des aliens kidnappeurs d'humains.

Je bois une gorgée de mon cocktail.

— Je voulais croire qu'il y avait autre chose. Autre chose en plus de nous. (Ses yeux se mettent à briller.) Tu sais, comme dans ces séries qu'on aime tant avec Pete. Qu'il puisse y avoir un espoir, une seconde voie, autre chose que ce merdier qui nous entoure. Ce cauchemar dès qu'on allume la télé. Je veux croire que la sagesse l'emportera. Qu'il y a quelque chose de plus grand, quelque chose qui nous rendra meilleurs et qui nous empêchera de détruire toute la planète.

— Moi aussi.

— Et je veux me dire que je compte en ce monde.

— Tu comptes pour nous, Dorothy. Beaucoup. Depuis toujours.

— Je veux compter aussi pour eux, ajoute-t-elle en désignant le plafond.

— Je suis certaine que c'est le cas. Maintenant, j'aimerais bien que tu me laisses prendre ma douche.

— Je voulais te dire que j'étais désolée pour ton ami Sal. (Les larmes lui montent aux yeux, et elle sort un mouchoir de sa manche de géant vert.) Je ne le connaissais pas bien, mais je sais que tu l'aimais beaucoup.

— C'est vrai.

— Et je vois bien pourquoi vous aviez un lien spécial tous les deux, précise-t-elle en tanguant dans l'encadrement de la porte comme si nous étions sur un bateau.

— Un lien spécial ?

Je ne lui dirai pas la vérité. Jamais.

— Je sens ce genre de chose. (Elle est vraiment ridicule dans cette grenouillère, son verre à la main, avec ce fard vert qu'elle s'est mis sur les yeux.) Quand tu partais avec Sal à vos réunions au sommet au Pentagone, à la Maison-Blanche, et je ne sais où encore, je voyais bien que Pete le prenait mal. Il se moquait de son vieux pick-up, en le comparant au petit bijou que je lui ai acheté, se fichait de lui parce qu'il n'avait pas même un pistolet alors que lui avait tout un arsenal à la maison. Et quand Sal passait à la télé, Pete changeait aussitôt de chaîne.

— J'ignorais ce détail.

— Je lis dans ses pensées comme dans un livre ouvert.

Elle me regarde avec empathie et affection – ce qui est rarissime chez elle. Et curieux. *Elle est au courant !*

C'est une certitude. Marino a lâché le morceau, sans même le vouloir, et c'est un classique chez lui. Il ne l'a pas fait exprès mais rien n'échappe à Dorothy. Ma sœur sait donc à quel point Sal a été important dans mon ancienne vie.

— Je m'en suis rendu compte dès que tu es rentrée de Rome. Je savais que tu t'étais envoyée en l'air, déclare-t-elle. Tu étais détendue, carrément sur un petit nuage. Évidemment, ça n'a pas duré. Ce qui n'est pas plus mal, avec le recul. Les relations à distance, ça ne tient jamais. Et vous n'alliez pas échapper à la règle. (Elle s'approche de moi, me caresse l'épaule.) Tu n'allais pas déménager et abandonner ta carrière. Et lui non plus.

— Nos vies étaient incompatibles.

— Ne la joue pas cœur de pierre.

— Tu sais que ce n'est pas le cas.

— J'aurais aimé que tu m'en parles.

— Le prends pas mal, mais tu es la dernière personne à qui je parlerais de ma vie amoureuse.

Je bois une autre gorgée de mon Manhattan. Il me faut une cigarette !

— Pourtant les hommes, ça me connaît ! J'étais au contraire celle à qui il fallait en parler. Je suis désolée que tu aies été toute seule pour traverser cette sale période, conclut-elle, les yeux à nouveau brillants.

Et c'est à mon tour d'être submergée par l'émotion, toutes celles que j'ai refoulées – ces derniers jours, et peut-être depuis plus longtemps encore – ressortent d'un coup. Des regrets enfouis, bien cachés au fond de moi.

— Viens ici. (Dorothy m'enlace, me tapote le dos maladroitement alors que j'entends soudain Merlin miauler.) Oh ! s'exclame-t-elle, cet idiot a cru que je m'adressais à lui !

Elle éclate de rire, de façon un peu hystérique en regardant le chat entrer dans la salle de bains, avec ses yeux ronds de chouette, ses oreilles rabattues sur le crâne comme un fichu, la queue frémissante. Dorothy se remet à pleurer, s'accroche à moi, ses feuilles de plastique vert me chatouillent le ventre. Le chat saute sur le réservoir des toilettes, son perchoir favori.

— Viens manger un morceau, cela te fera du bien, me dit ma sœur en hochant la tête comme une prêtresse. Et il va falloir mettre quelque chose là-dessus.

Elle désigne mon nez qui a pris des couleurs pendant qu'on attendait les secours accrochés à notre bouée.

— Je te retrouve en bas, dis-je en refermant la porte.

Je peux enfin ouvrir le robinet de la douche.

* * *

Quand je sors de la cabine, Merlin a disparu. Une habitude chez lui. J'enfile un pyjama, une robe de chambre, des chaussons et descends au rez-de-chaussée. Tenant à la main mon verre vide, j'entre dans la cuisine, ma pièce préférée.

Les briques anciennes des murs, çà et là, ont été laissées apparentes sous l'enduit de plâtre, des casseroles de cuivre sont suspendues à une poutre. La cheminée fonctionne, elle n'est pas là uniquement pour la déco, et en hiver, nous y faisons souvent du feu. Nous aimons prendre le petit déjeuner ici en regardant la neige tomber dans le jardin, bercés par le crépitement des flammes.

— Vous parlez de quoi ? demandé-je alors que Benton récupère mon verre.

La sauce mijote dans une marmite, l'eau boue dans une casserole.

— On imaginait la nuit qu'allaient endurer Briley et sa femme en prison, répond Marino qui est passé au bourbon. Les détenus ne sont pas tendres avec les tortionnaires d'enfants. En particulier, s'ils sont riches.

Dorothy est avachie sur une chaise, déjà comateuse. Il lui caresse le cou à nouveau.

— Ils vont leur faire la peau avant même que se tienne le procès, déclare-t-elle – du moins c'est ce qu'elle tente de dire.

Elle est à peine compréhensible maintenant, comme si elle parlait dans une langue de son cru. J'ouvre la boîte d'Advil et lui donne trois comprimés, puis remue la sauce, ajoute de l'huile d'olive dans l'eau des pâtes.

— Les appels que Briley a passés à l'IML vont aggraver son cas, déclare Shannon. Dans les enregistrements, on sent bien qu'il nous menace et veut empêcher l'autopsie. Et à mon avis, c'est lui ou sa femme qui ont passé ces coups de fil anonymes. Ces appels silencieux pour nous faire flipper.

— Ça a continué ? demandé-je tandis que Benton me prépare un autre Manhattan.

— Fabian en a eu encore aujourd'hui, répond Shannon en sirotant son whisky. Au moment où je partais cet après-midi, il est venu m'en parler. C'était sur sa ligne directe. Et quand il a décroché, il n'y avait personne au bout du fil. L'écran disait « appel inconnu ». Encore une fois. Il entendait en arrière-plan une radio, ou une émission de télé, mais il n'a pas reconnu ce que c'était.

— Ce n'était donc pas Ryder ou Piper Briley, précise Marino. Puisqu'à cette heure-là Fruge les avait déjà arrêtés.

— Mangeons tant qu'on a de la lumière, dis-je en voyant les lampes faiblir une fraction de seconde.

— Je vais prendre des bougies au cas où, annonce Benton alors que Merlin fait son entrée dans la cuisine et saute sur les genoux de ma sœur.

Elle reste amorphe, les bras pendant le long du corps, la tête baissée. On l'entend ronfler.

— Je crois qu'elle a son compte pour ce soir, déclare Marino en la relevant pour l'emmener à l'étage.

Quand il revient, je sers les assiettes de spaghettis sauce marinara, avec du parmesan. Pendant que Shannon l'aide à mettre la table dans la salle à manger, je prépare une salade César et sors du four mon pain à l'ail. J'ouvre une bouteille de Chianti qui aurait mérité d'être aérée. Cela me fait penser à Sal ; s'il avait été là, il m'aurait aidée en cuisine, comme il le faisait toujours.

Benton fait tourner le vin dans son verre, l'inspecte, le hume, et enfin le goûte. Les chandelles tremblotent sur la table tandis qu'il remplit nos verres. Nous prenons place, déplions nos serviettes à damiers sur nos genoux.

— Avant toute chose, trinquons à Sal, proposé-je en levant mon verre. Il n'est plus là, mais il restera à jamais dans nos cœurs.

Au moment où je prononce ces paroles, les lampes faiblissent pour la deuxième fois, les flammes des bougies vacillent comme s'il y avait un courant d'air. La tempête fait rage dehors, le vent secoue les ardoises et siffle, la pluie claque sur le toit, fouette les arbres du jardin. Pendant le dîner, les lumières continuent de montrer des signes de faiblesses. Il vaudrait mieux être bien au chaud au lit s'il y a une coupure de courant.

— Pour ma part, je suis fourbue, annoncé-je en repoussant ma chaise.

— Je vais aller voir comment se porte ma moitié préférée, déclare Marino en posant sa serviette sur la table. Elle va être dans un sale état demain.

— Donne-lui à boire de l'eau. Beaucoup d'eau, dis-je en commençant à débarrasser.

Pendant que nous emportons nos assiettes à la cuisine, j'informe nos invités qu'il y a des bougies électriques dans toutes les chambres, ainsi que des lampes de poche. Et leur assure que le groupe électrogène prendra le relais au besoin.

— On aura donc du courant pour quelques heures au moins, annoncé-je en souhaitant bonne nuit à Marino et Shannon.

Benton et moi emportons une tasse de thé dans notre chambre. Il branche l'alarme et pose son arme sur la table de nuit. Nous parlons à voix basse un moment, blottis l'un contre l'autre dans l'obscurité. Puis c'est le trou noir, jusqu'à ce qu'il me secoue doucement pour me réveiller. Il est 3 heures du matin.

— Coucou, me chuchote-t-il.

— Qu'est-ce qui se passe ? marmonné-je en allumant la lumière de mon côté.

Benton est habillé, pantalon cargo, polo noir avec le logo du Secret Service brodé sur l'épaule. Il a son arme à la ceinture. Je sens son eau de toilette à l'odeur musquée.

— Il faut que je file.

Il m'embrasse. Il vient de se raser.

— Un problème ?

— On m'attend au QG. Elle a été repérée.

Bien sûr, il parle de Carrie.

— Où ça ?

Je me redresse, remonte les oreillers derrière moi.

— À Varsovie, dans un terminal privé de l'aéroport. La reconnaissance faciale des caméras l'a identifiée. Sur son passeport, elle s'appelle Zofia Puda.

Sous le nom de Zofia Puda, Carrie a loué une maison à Dooms. Une bourgade perdue à vingt kilomètres de Weyers Cave, m'indique Benton. Des agents fouillent les lieux en ce moment même.

— Elle n'est donc pas ici, conclus-je.

— Non. Ni en Virginie, ni dans le pays. Du moins, plus maintenant.

— Mais elle y était.

— Certes. Il y a deux jours, Zofia Puda a pris un jet privé à l'aéroport régional de la Shenandoah Valley, qui, comme tu le sais, se trouve à Weyers Cave. Visiblement, elle est venue souvent là-bas. Mais elle est partie, Kay. Elle est très loin.

— Tu en es sûr ?

— Absolument. (Il consulte son téléphone.) Elle a mis les voiles sans doute dès que les Briley ont été arrêtés. À tous les coups, on va découvrir qu'elle était en affaire avec eux, et qu'ils travaillaient pour les Russes. Comme d'hab, pour voler notre technologie et s'immiscer dans nos élections.

— Tu crois qu'elle était chez les Briley, lundi ? Peut-être qu'elle passait chez eux quand elle devait leur parler business. Peut-être qu'elle a vu Luna peu de temps avant sa mort.

— Carrie ne lui aurait pas fait de mal. Elle aime les enfants. (À entendre Benton, on dirait qu'il parle d'une personne normale !) Elle a pu sentir que la gamine était maltraitée et s'identifier à elle à cause de son passé, de sa mère abusive. Il est possible qu'elle l'ait serrée dans ses bras pour la consoler, et c'est là qu'elle lui aurait transmis ces particules fluorescentes sur le haut de son pyjama.

— Et si les cacahuètes que j'ai retrouvées dans l'estomac de la petite proviennent de Briley Flight Services, c'est peut-être Carrie qui les lui a rapportées. On doit pouvoir le voir sur les caméras du terminal.

— Les caméras étaient coupées le lundi après-midi, avant que Luna ne soit tuée, dit Benton.

— Carrie devait les mettre HS à chacun de ses passages. Et comme elle est une pilote, ou du moins l'était, elle a très bien pu utiliser ce terminal sous des noms d'emprunt. Pour rendre visite aux Briley, par exemple. Et c'est comme ça qu'elle a pu rapporter à Luna un sachet de bonbons des distributeurs. Entre nous, ce n'est pas une bonne idée de donner ça à une enfant qui a du diabète.

— Elle devait savoir que la petite n'avait rien, répond Benton en m'embrassant avant de partir.

34.

Je replonge dans le sommeil. Quand je rouvre les yeux, je suis désorientée. La tempête est toujours là, la pluie tape sur le toit comme avec des bâtons. Je cherche Benton du bras, son côté du lit est vide et froid. Je me souviens brusquement qu'il m'a réveillée cette nuit pour me parler de Carrie. L'air frais me donne la chair de poule, le vent rugit derrière les fenêtres.

Les trombes d'eau fouettent les vitres, le tonnerre gronde, et peu à peu ma vue s'acclimate à l'obscurité. J'entends bourdonner le vieux ventilateur de plafond, relique d'une banque qu'auraient attaquée Bonnie et Clyde – c'est du moins ce que nous a raconté le brocanteur en Louisiane. J'allume mon téléphone. Benton m'a envoyé un SMS voilà plusieurs heures déjà. Il est arrivé à Washington.

`Tout va bien`, m'écrit-il.

Une façon de me dire de ne pas m'inquiéter pour Carrie.

Elle est donc en Pologne, ou elle l'était. En tout cas, elle ne peut pas être ici. Je me rends dans la salle de bains, me passe le visage sous l'eau, me brosse les dents. Je réfléchis à ce que je vais mettre aujourd'hui. Je n'arrive pas à me décider. Les Briley sont sous les barreaux, Carrie a été repérée en Europe de l'Est…

Je devrais être soulagée, rassurée, et pourtant je reste fébrile. Tant de questions demeurent sans réponse.

Discrètement, je longe le couloir éclairé par les lanternes de bateaux qu'avec Benton nous avons chinées en Nouvelle-Angleterre. Tout est silencieux dans la chambre d'amis où dorment Marino et Dorothy.

Shannon ne se réveille pas quand je descends l'escalier. Je vais dans la cuisine me préparer un café quand ma smart ring vibre : un message de Lucy.

`Tu peux nourrir le chat ? Dsl, je savais ps que je serais coincée ici tte la nuit,` m'écrit-elle.

`Je ne le vois nulle part.`

`J'espère qu'il est chez moi.`

Son chat est équipé d'une puce électronique qui ouvre et ferme les chatières, que ce soit dans la grande maison comme dans la petite. Si Merlin ne peut pas aller et venir à sa guise, ça le rend fou, il se met à miauler à tout va et déchire tout ce qu'il trouve.

`Je ne veux pas que m'man aille chez moi,` poursuit Lucy. `J'ai une expérience en cours avec le logiciel et je préfère qu'elle reste à l'écart.`

`Je vais y aller. Où es-tu ?`

Lucy me dit qu'elle est avec Benton. Je les imagine dans une salle de crise, les murs tapissés d'écrans. Ils traquent Carrie Grethen. Peut-être même qu'ils l'ont arrêtée ? Ce serait un don du ciel. Et si elle est morte, ce serait la cerise sur le gâteau. J'éteins l'alarme, enfile un ciré et ouvre la porte de la cuisine. Dehors le bruit de la pluie est assourdissant.

Le ciel est gris-noir, l'aube n'est qu'une vague pâleur à l'horizon. De grosses gouttes froides s'abattent sur ma capuche. La cour est inondée. Les magnolias se tordent sous les bourrasques, leurs fleurs blanches tombent par paquets des rameaux.

L'allée de briquettes luit sous les lanternes alors que j'emporte avec moi les restes du dîner dans des tupperwares. Les boîtes, qui sortent du réfrigérateur, sont froides dans mes mains. Je presse le pas en faisant attention où je mets les pieds, le sol est glissant, constellé de pétales de cornouillers et de pivoines. Les arbres centenaires s'agitent au-dessus de moi, tourmentés par les vents, perdant leurs feuilles et leurs épines.

Je me rappelle ce qu'a dit Shannon. Elle a raison : c'est tout l'univers qui semble en colère.

Ce n'est pas terminé, amore, souffle Sal dans ma tête.

Je sors les clés, monte les marches du perron, ouvre la porte d'entrée qui est pourvue d'une chatière. J'allume, ôte mon ciré pour ne pas mettre de l'eau partout et l'accroche au portemanteau. La petite maison est construite sur le même modèle que sa grande sœur : plancher de bois massif, murs de briques.

— Merlin ? Tu es là ? C'est l'heure du petit dèj' !

Je vais dans la cuisine et dépose les tupperwares dans le frigidaire tout en continuant à appeler le matou qu'on a trouvé jadis bébé, abandonné sur un parking. C'est bizarre. D'ordinaire il serait venu m'accueillir. D'ailleurs, Lucy le surnomme son « chat de garde », et d'une certaine manière c'est le cas. Quand il est ici et que quelqu'un arrive, invariablement il vient voir ce qui se passe.

— Merlin ? (Je laisse les clés sur le comptoir.) S'il te plaît, ne me dis pas que tu es dehors par un temps pareil !

— Tout va bien, ne t'inquiète pas, me répond une voix dans le salon.

Une voix que je connais bien. Mon cœur s'arrête de battre.

Non... Pas ça...

— Il est ici, avec moi, ajoute la voix.

Je n'ai pas pris mon pistolet !

— Il ronronne, et on se fait des mamours des yeux. On est amis maintenant, pas vrai Merlin ?

Paniquée, j'ouvre les tiroirs et trouve le Sig Sauer que Lucy laisse toujours dans le buffet. Le tenant à bout de bras, le canon pointé devant moi, je sors sans bruit de la cuisine. Le salon est à côté, avec ses ordinateurs, sa batterie d'écrans, et ses analyseurs de spectres qui clignotent.

* * *

— Bonjour, Kay, cela fait un bail, dit la voix.

Et ce n'est pas CyberJanet qui me parle dans l'ordinateur de Lucy ! Je m'approche. Merlin est assis sur le bureau et regarde le grand moniteur incurvé.

— Qu'est-ce que tu veux ? demandé-je à Carrie Grethen.

— Je vois que tu es armée et en colère, mais tu ne peux pas me tirer dessus.

Un sourire apparaît sur son visage balafré. Elle a teint ses cheveux de la même couleur que Lucy, et ils ont la même coupe.

Elle est installée dans un canapé de cuir vert, dans une pièce décorée de tableaux de maître. Je distingue en arrière-plan de beaux objets, des bouquets de fleurs, et par-delà une fenêtre le panorama d'une ville ancienne.

— Attends, je vais te montrer quelque chose…

Carrie fait pivoter la caméra pour que je puisse voir le panier-cadeau sur la table basse et la bouteille de vin rouge débouchée.

Elle a coupé ma focaccia et trempe de temps en temps un morceau dans l'huile d'olive que j'ai achetée pour l'anniversaire de Sal. Par instants, je vois la main gauche de Carrie, abîmée par le drone qui lui est tombé dessus des années plus tôt. Les hélices lui avaient lacéré le visage, et sectionné l'extrémité de deux doigts. À son poignet, elle porte les bracelets élastiques de Sal, ceux qu'il ne quittait jamais. J'ai un mal fou à contenir ma fureur.

— Ton tignanello a des notes de violettes et de fraises. Il est très bon et a bien supporté le voyage, déclare-t-elle en buvant une gorgée avec l'air pénétré d'un sommelier.

En soulevant son verre de vin de Toscane, elle veille à bien montrer à la caméra sa main mutilée, pour que je n'oublie pas ce que je lui ai fait quand je l'ai trouvée chez moi. Cela s'était passé avant mon retour en Virginie. J'habitais alors à Cambridge, dans le Massachusetts. Ma sœur avait involontairement fait entrer le loup dans la bergerie. J'avais simplement mis un terme à ce que Carrie avait commencé. C'était son œuvre. Et comme pour tout ce qu'elle entreprenait, la souffrance et la mort étaient au bout du chemin.

— C'est un bon millésime, commente-t-elle en reposant le verre.

De mon côté, je laisse le pistolet sur le bureau.

— Qu'est-ce que tu veux ? répété-je.

— Te montrer quelques petites choses.

Je caresse la tête de Merlin. Dire qu'il ronronne, c'est très approximatif... Il émet un son sourd, celui qu'il produit quand il se sent menacé, une sorte de grognement, comme s'il allait sortir les griffes et attaquer.

— Tout va bien, le rassuré-je, tandis qu'il regarde Carrie, la queue traversée de tremblements. (Je me tourne vers le moniteur.) Qu'est-ce que tu as fait à Janet ?

Les yeux de Carrie sont comme deux puits s'enfonçant dans le chaos.

— Oh, elle est quelque part ! Pas d'inquiétude. Janet ? Hou hou ? Où es-tu ? (Carrie s'esclaffe puis tourne la tête et prend un ton maternel.) Tiens, te voilà, toi ? Viens, n'aie pas peur.

Soudain, elle a un sourire attendri sur le grand écran incurvé qui ferait la joie d'un gamer.

Elle agite sa main endommagée, et je remarque à nouveau les bracelets de Sal à son poignet. À son cou, j'aperçois la chaîne avec la dent de requin. Ma fureur bouillonne !

— Viens Choo Choo...

Elle tapote le coussin du canapé. Et un grand félin tacheté saute à côté d'elle.

Ce doit être le guépard que j'ai vu au parc d'attractions. Du moins, je suppose. L'animal ronronne comme un soufflet de forge. Je l'entends d'ici. Pas étonnant que Merlin ne soit pas content.

— Tu te souviens de Choo Choo ? *Somewhere over the rainbow !* C'est lui que tu as entendu marcher quand tu étais dans les toilettes dans le château de la sorcière. En fait, nous étions là tous les deux, juste au-dessus de toi, précise Carrie en caressant les oreilles du félin.

— Où as-tu volé cette bête ?

Je songe à toutes les caméras que Lucy a installées ici pour que CyberJanet, l'avatar virtuel de la vraie Janet, puisse interagir au mieux avec son environnement.

— « Volé » ? Libéré, tu veux dire ! Et il a très bien supporté le voyage en avion. Je l'ai mis dans une cage pour chien, ce qu'il n'a pas trop apprécié. N'empêche qu'avoir un jet privé, ça facilite la vie, comme tu le sais.

Assise derrière l'écran, je peux regarder Carrie dans les yeux sans craindre de me faire happer par son aura. Je ne veux plus être à sa merci. Plus jamais me retrouver dans cette situation. Je reporte mon attention sur le guépard, aussi immobile qu'une statue de porcelaine.

— Ta Lucy parfaite a commis une erreur, je suis au regret de te l'apprendre, poursuit Carrie, sinon on ne pourrait avoir cette conversation en tête-à-tête. Ses pare-feux n'ont servi à rien. Et me voilà ! Et comme tu t'en doutes, je ne suis pas seulement ici, je suis partout ! Par exemple, dans tes bureaux de l'IML.

Je revois la technicienne de Bug Off en haut de son échelle.

— La pauvre Lucy, elle a bien des problèmes avec son petit cloud. Elle et Tron, sa soupirante éperdue ! *Lucy in the sky with malware,* chantonne Carrie.

C'est pour ça que j'ai été obligée d'aller nourrir son chat… Elle nous manipule à sa guise, nous sommes ses pantins, se vante Carrie… Parce que nous laissons nos émotions prendre le dessus.

— Et c'est comme ça, qu'on commet une erreur…, continue-t-elle alors que je réfléchis à comment prévenir Lucy sans que Carrie ne le remarque.

Elle se tient derrière un ordinateur, quelque part, peut-être dans un bel appartement ou une maison de Varsovie. Elle émet donc un signal et plus je fais durer l'échange, plus on a une chance de la localiser.

— Encore une fois, qu'est-ce que tu veux ? dis-je en m'asseyant devant l'écran.

J'approche mon fauteuil. Je sais qu'il n'y a pas de caméras sous le bureau. D'une main, je sors mon téléphone de ma poche, entre le mot de passe, sans quitter des yeux Carrie. Pour me torturer, elle me parle de Sal.

— C'est douloureux quand on perd quelqu'un auquel on tient, n'est-ce pas ? Surtout quand c'est une connaissance de longue date, susurre-t-elle comme si nous étions proches toutes les deux.

— Oui. Ça l'est, réponds-je le plus calmement possible tout en tapant mon message sous la table.

— Et c'est encore pire quand leur mort est brutale, quand c'est quelqu'un qui leur ôte la vie. Et c'est ce que tu as fait avec moi, Kay, plus d'une fois...

`Elle nous a piratés !` écris-je à Lucy.

`On sait`, me répond-elle aussitôt.

C'est un piège qu'elle a tendu à Carrie, dans l'espoir de la repérer. Carrie, apparemment, ne se doute de rien. Lucy a laissé volontairement Carrie remplacer CyberJanet.

`Continue à la faire parler`, me dit-elle.

— Au final, ce quelqu'un doit payer, tu ne crois pas ? poursuit Carrie.

— Tu me reproches bien des choses. Vas-y, je t'écoute.

— Depuis le début, tu t'es mêlée de ce qui ne te concernait pas. C'est d'ailleurs une manie chez toi ! Et vois le mal que tu as causé, à toi comme aux autres.

Ses yeux fous sont rivés sur moi. Je m'efforce de fixer un point au milieu du front, une vieille tactique que j'ai apprise au tribunal. La personne croit que je la regarde, avoir capté mon attention, et elle se trompe sur toute la ligne.

— Qu'est-ce que tu veux ? demandé-je pour la énième fois.

— Te donner un petit coup de main...

Son visage disparaît de l'écran, et une vidéo se lance. Dans l'instant, je reconnais la chambre de Luna Briley. La petite est assise au bord du matelas et mange des cacahuètes au glaçage sucré qu'elle pioche dans un petit sac en papier. Sa mère entre brusquement.

— *Qu'est-ce que tu fais, petite merde ?* crie Piper Briley.

Elle semble totalement ivre. Elle arrache le paquet des mains de l'enfant et la secoue violemment. La mère hurle, lui serre le cou. Puis Ryder Briley apparaît à la porte, torse nu et en boxer, le visage livide.

— *Lâche-la, espèce de conne ! Je t'ai dit de pas laisser de marques !*

La femme se retourne, le regard haineux.

— *Elle n'écoute rien ! Tu vois bien !*

— *C'est de ta faute si elle n'en fait qu'à sa tête. Tu es nulle comme mère ! Démerde-toi, sinon je trouve quelqu'un d'autre.*

— *Quelqu'un d'autre ? Ah oui ? Comme si tu ne l'as pas déjà fait, salaud...*

Piper sort de la pièce et revient quelques secondes plus tard, tandis que l'enfant sanglote, pelotonnée sur le lit.

— *Qu'est-ce que tu fous ?* lance Ryder en voyant le pistolet dans les mains de sa femme. *POSE ÇA !*

— *Ah, tu ne veux pas de marques... regarde !*

BANG !

La vidéo se coupe brutalement. Carrie revient à l'écran, avec sur son visage une expression de haine et de jouissance mêlées.

— Tu te souviens des poupées anciennes sur l'étagère ? dit-elle tandis que le guépard se frotte contre elle. Il y avait des caméras dans leurs petits yeux de verre ! Piper et Ryder aimaient espionner leur petite prisonnière. Le plaisir d'être tout-puissants, de mesurer le pouvoir qu'ils avaient sur une fillette. Ils prenaient leur pied quand ils la voyaient s'endormir en pleurant. Après le drame, ils ont effacé les images, bien sûr. Mais je les ai récupérées. Depuis un moment, je les surveillais. C'est important de savoir à qui on a affaire quand on travaille avec quelqu'un. Tu ne me diras pas le contraire.

— Alors c'est toi qui as donné à Luna ces bonbons. Tu étais donc chez eux ?

— C'était notre petit secret. Chaque fois que je venais discuter avec le père de nos opérations en cours, je refilais en douce un paquet à la petite. Il se trouve que moi aussi j'aime ces cacahuètes sucrées. Cela aussi a été filmé, si tant est que Lucy parvienne à récupérer les images.

Piper était certes furieuse de voir la gamine avec ces cacahuètes. Mais ce n'était pas l'incident déclencheur, m'explique-t-elle.

— Elle venait de découvrir que son bon mari s'envoyait en l'air avec Mira Tang, la greluche qu'il a sortie de la mouise. Maintenant, il n'ira plus fricoter nulle part ! Et tu peux me dire merci, ajoute-t-elle avec un sourire tordu à cause des blessures que je lui ai infligées.

— Te remercier ? Tu peux courir.

— Allons, tu es aussi ravie que moi de la tournure des événements concernant les Briley. Il faut appeler un chat un chat. Ces gens sont des pourritures, prêts à toutes les saloperies.

— Tu n'as pas la moindre idée de ce que je ressens, crois-moi.

— En parlant de saloperie, ça me fait penser à ce pauvre pilote qui s'est retrouvé au fond de la baie. Je ne me souviens pas de son nom. (Elle pousse un soupir.) Un type lambda. Et il n'y avait aucune raison de le tuer. Si cela n'avait tenu qu'à moi… Mais Ryder a insisté. Il voulait se venger de cette journaliste.

Elle me confirme que je vais trouver du B-52 dans la boisson vitaminée que Mira Tang a placée dans le cockpit. Les flacons d'halopéridol, de lorazépam et de diphénhydramine qui ont servi au mélange sont dans son sac de sport chez elle, sous son lit.

— C'est moi qui leur ai fourni les produits. Un dernier service qui enverra Ryder et sa bonne femme hystérique moisir en cellule. Et crois-moi, il n'y a pas pire punition pour eux. (Dans une assiette de steak haché posée sur la table, elle prélève une boulette qu'elle donne au guépard.) Imagine ce qu'ils vont subir en prison jusqu'à la fin de leurs jours. En même temps, je doute qu'ils survivent longtemps. Tout ça grâce à moi ! Ils devaient payer.

— Payer pour quoi ?

— Parce qu'ils n'ont pas suivi les ordres. Et aussi pour le calvaire de cette petite fille sans défense, totalement à la merci de ses ordures de parents. J'en sais quelque chose, je suis passée par là.

Elle donne une autre boulette à Choo Choo.

— Tu ne méritais pas de subir ça quand tu étais enfant. Personne ne le mérite, Carrie. Mais toi, tu es devenue un monstre à ton tour, réponds-je alors que j'entends des bruits sourds en arrière-plan...

Puis le fracas d'une porte qui vole en éclats... *POLICJA !* Et le moniteur passe au noir. Je regarde mon téléphone, je lis le SMS de Lucy :

`On l'a eue.`

35.

En début d'après-midi, le temps s'est éclairci, le soleil brille entre les nuages. Avec Marino, nous roulons vers la Shenandoah Valley. Lucy, Tron et Benton, qui épiaient ce matin ma conversation avec Carrie, ont atterri à Varsovie en compagnie d'autres agents fédéraux.

— C'était vraiment futé, lance Marino, avec ses Ray-Ban sur le nez et en tenue décontractée – short et tee-shirt. Carrie doit être folle de s'être fait avoir comme ça.

— Oui, c'était un plan brillant.

Quant à moi, j'ai enfilé un jogging et des baskets, après être passée par l'IML.

J'ai examiné une dernière fois le corps de Luna Briley. Les marques sur le haut des bras et le cou sont à présent bien visibles, après le séjour au frais. Elles corroborent ce que j'ai vu sur la vidéo de Carrie ce matin.

Le juge a refusé une liberté sous caution pour les Briley et Mira Tang. Marino et moi avons donc pris une journée de congé, enfin si l'on peut dire… Ce n'est pas pour la balade que nous nous rendons dans les montagnes à l'ouest de la Virginie, mais pour le travail. Je veux en avoir le cœur net. Je ne serai en paix que lorsque j'apprendrai pourquoi Sal faisait tous ces voyages à Weyers Cave en emportant des milliers de dollars avec lui. Sachant que ce petit manège avait commencé en juin.

— Je ne sais pas comment Lucy et Janet se sont débrouillées, mais elles ont coincé Carrie. Bravo, les filles !

s'enthousiasme Marino. Elles lui ont tendu un piège dans Cyberland et l'autre cinglée est tombée dedans, à pieds joints. En même temps, je ne pensais pas que Lucy aurait le cran.

— Comment ça ?

Les Appalaches se dressent devant nous, et je pense à ce que m'a dit Lee Fishburne sur les roches volcaniques.

— Elle a fait de Janet un appât, répond Marino en piochant un chewing-gum dans le vide-poche, parfum fruits rouges. Elle a demandé à Janet de charmer Carrie, de lui faire baisser la garde. Elles ont dû se parler un sacré bout de temps toutes les deux.

— Qui ça « toutes les deux » ?

— Carrie et Janet. Carrie a piraté l'ordi de Lucy, et Janet lui a donné un coup de main. Ensuite, ce n'était plus qu'une question de patience. C'est du grand génie, quand on y pense. Lucy et Janet de nouveau partenaires dans la chasse aux criminels, comme autrefois, explique Marino en parlant de l'avatar virtuel comme s'il s'agissait d'une vraie personne.

Carrie est détenue à Varsovie par la police polonaise, si elle n'a pas déjà été transférée ailleurs... On ne m'informera pas de ce détail, et encore moins de l'endroit où elle finira ses jours. À mon avis, ils l'ont emmenée quelque part où les autorités américaines pourront l'interroger à loisir. Il s'ensuivra des négociations, des collaborations internationales, dont personne ne me dira rien.

Marino quitte l'I-81, et quelques minutes plus tard nous traversons Weyers Cave, une bourgade de deux mille âmes, célèbre pour ses Grand Caverns occupées pendant la guerre de Sécession. Des centaines de soldats aussi bien sudistes que nordistes y ont trouvé refuge au fil des batailles, et ont laissé leurs noms sur les parois. Je me souviens de l'émerveillement de Lucy quand je l'avais emmenée dans ces salles grandes comme des cathédrales, un dédale de pierre à l'allure de zoo pétrifié avec toutes ces accrétions en forme d'animaux fantastiques.

Nous dépassons le bureau de poste et l'église méthodiste. Marino prend la Route 256, la boutique Little Rebel est juste sur notre gauche. Nous nous arrêtons devant les pompes. Après avoir roulé plusieurs heures, c'est une bonne idée de faire le plein et un arrêt pipi. Bien sûr, ce n'est pas pour cela que nous y faisons une halte.

Sal est venu ici plusieurs fois, pour prendre de l'essence, boire un café et aller aux toilettes. Avec son auvent de toile d'un vert délavé et ses vieilles affichettes scotchées aux fenêtres, le bâtiment n'est pas de la première jeunesse. L'une des deux pompes propose du gasoil.

— C'est peut-être pour cela que Sal a choisi cet endroit. Son pick-up était un diesel, commente Marino en coupant le moteur. Mais ce n'est pas la seule raison, évidemment.

— Pendant que tu fais le plein, je vais aller payer à l'intérieur. Comme ça, je saurai qui est à la caisse.

Une clochette tinte quand je pousse la porte. La boutique me rappelle celle de mon père, à Miami, là où j'ai grandi. Le comptoir en bois est couvert d'éraflures et la caisse enregistreuse date de mathusalem. Il y a des rangées de bonbons et de chewing-gums, et des petites armoires réfrigérantes remplies de glaces. Un ventilateur bourdonne au plafond.

Une vieille dame sort des réserves en se séchant les mains avec une serviette en papier. Elle a le visage fripé comme un parchemin, des cheveux courts avec une frange. Je lis aussitôt de la suspicion dans ses yeux sombres.

— Je peux vous aider, madame ? s'enquiert-elle en se rasseyant derrière sa caisse.

— Je voudrais vous régler l'essence. Pour cinquante dollars.

— On peut payer là-bas avec une carte bancaire, réplique-t-elle en désignant les pompes derrière les vitres. Mais si vous avez du liquide, ça va.

Je lui tends deux billets de vingt, et un de dix, dont elle se saisit tout en surveillant Marino dehors. Je lance un regard circulaire à la salle – des snacks, du pain, des conserves, des produits de nettoyage ou de toilettes. Tout le nécessaire quand on fait de la route. Mais rien qui m'indique pourquoi Sal se serait arrêté ici.

— Vous venez visiter les grottes ? (Elle ouvre son tiroir et range les billets.) C'est la bonne période pour ça. Bientôt, il y aura trop de touristes. En particulier pendant la semaine du patrimoine. On a des cavernes qui valent le détour.

— C'est bien vrai. Je suis venue plusieurs fois avec ma nièce dans le temps.

— Et c'est pour ça que vous êtes là ? Pour les grottes ?

— Non, ce n'est pas ce qui m'amène.

Je ne veux pas lui mentir.

— D'où vous venez ?

C'est carrément un interrogatoire en règle !

— D'Alexandria.

Je jette un coup d'œil à Marino qui raccroche le pistolet.

— Il a dépassé de cinquante-deux cents, m'indique la femme. Et ce n'est pas pour l'essence que vous êtes là. D'autres sont passés me voir dernièrement, des gars qui m'ont posé plein de questions sur ce savant qui a été enlevé et tué par des aliens.

— Quels gars ?

Je lui donne un billet de cinq et lui dis de garder la monnaie.

— Des fédéraux.

— Ce savant dont vous parlez, il s'appelle Sal Giordano et c'était mon ami, lui dis-je alors que Marino m'envoie un SMS :

`Un problème ? Tu veux un coup de main ?`

Je me tourne vers la fenêtre et secoue discrètement la tête. *Non. Reste dehors.*

— C'est bien triste, poursuit la femme, mais je vais vous répéter ce que j'ai dit aux autres, à ces agents du Secret Service. Je ne le connaissais pas bien. Il venait de temps en temps pour faire le plein et utiliser les toilettes. Parfois, il achetait quelques trucs. Ce qui lui est arrivé n'a rien à voir avec ses arrêts ici, voilà ce que je pense.

— Il n'a jamais laissé entendre qu'il se sentait en danger, ou suivi ? Rien en ce sens ?

— Non, madame. Il était toujours de bonne humeur, sauf la dernière fois. C'était lundi après-midi. Ça n'allait pas fort, je l'ai bien vu.

— Quand est-il venu pour la première fois ? Vous vous en souvenez ?

— J'ai passé quasiment ma vie dans cette boutique. Il n'a jamais mis les pieds ici avant l'été dernier, j'en suis sûre, répond-elle. La première fois que je l'ai vu, c'était un samedi, début juin. Je me souviens bien de lui parce qu'il était très sympathique et qu'il avait un accent italien, ce qui est rare par chez nous. Et après, il s'arrêtait de temps en temps.

Elle me lance un regard appuyé, son visage se voile de tristesse.

— Vous étiez proches, c'est ça ?

— Oui. Depuis toujours ou presque, il faisait partie de ma vie. Et j'essaie de comprendre ce qui lui est arrivé. C'est ce qu'il voudrait, je crois.

— Sans doute.

— Il ne vous a jamais précisé ce qu'il faisait dans le coin ?

— Non. Jamais. Je ne savais même pas que c'était un savant avant qu'on en parle à la télé. Et encore moins qu'il était quelqu'un d'important.

— Donc, il s'arrêtait ici, faisait le plein et reprenait la route ? C'est tout ?

— Oui. Mais de temps en temps, il ne retournait pas sur la nationale. Il poursuivait tout droit. Vers l'aéroport.

Elle fait allusion à l'aéroport régional, là où Carrie Grethen s'est envolée pour Varsovie.

* * *

En remontant dans le Raptor, je lâche une poignée de chewing-gums dans le vide-poche – un assortiment clous de girofle et fruits rouges – et raconte à Marino ce que je viens d'apprendre. Au lieu de reprendre la I-81, nous poursuivons à l'ouest, comme Sal le faisait de temps en temps, sur une route qui sinue entre les prairies et les silos.

Weyers Cave est célèbre aussi pour ses champs de fleurs. Nous longeons des hectares de chrysanthèmes, dépassons une ferme transformée en boutique de souvenirs. C'est le milieu de l'après-midi, le ciel est bleu, l'air chaud et moite. Un Gulfstream décolle du petit aéroport qui accueille en majorité des jets privés. Sur le parking, nous apercevons d'ailleurs une collection de voitures de luxe.

— Sal a pu passer ici, mais je ne vois pas pourquoi il s'y serait arrêté, dis-je.

— Moi non plus, répond Marino en observant le terminal moderne en brique rouge et la piste sur notre droite. Reste à savoir ce qu'il est venu faire dans le coin. Sûrement pas cueillir des fleurs ou prendre l'avion. On fait quoi, Doc ?

— Continuons à rouler. La dernière fois, il lui a fallu trois heures de plus pour rejoindre Green Bank, et il n'y a pas tant d'endroits où il aurait pu s'arrêter.

Au moment où je prononce ces mots, j'aperçois au loin des bâtiments d'usine, et aussi des carrières à flanc de collines, des bassins de décantation d'un vert fluo suspect. En nous approchant, je remarque que le complexe industriel est parcouru de routes de terre d'un blanc crayeux où scintillent des processions de camions.

— Qu'est-ce qu'ils foutent ici ? Ce doit être nouveau. En même temps, ça fait longtemps que je ne suis pas passé dans le coin.

— Pareil. La dernière fois, c'était avec Lucy. Pour aller aux Grand Caverns. Elle était encore au lycée.

Je distingue maintenant des silos de cimenteries, des entrepôts et autres installations. Puis des concasseurs, des cribles, des fours à calcination, des tapis roulants. Nous longeons des fermes solaires – à perte de vue, des champs de panneaux photovoltaïques forment d'innombrables rangées à l'ombre desquelles paissent des moutons.

— Ils doivent produire eux-mêmes leur électricité, en conclus-je.

Devant nous, se dresse l'entrée de la zone industrielle. Pas de portail de sécurité, pas de gardes. Mais une pléthore de panneaux « INTERDICTION D'ENTRER » et « DANGER ». Et des caméras, dans des dômes blancs, nous observent du haut de leurs mâts. Le nom du complexe ne m'évoque rien au premier regard. Mais tout à coup mon cœur cesse de battre.

— True North Industries, soufflé-je. *True North !* Comme les initiales *TN*.

— Le code de la capsule que Sal a avalée ?

— Peut-être.

— Allons-y, lance Marino. (Il prend son Colt 1911 dans la console centrale et le sort de son étui.) Juste au cas où.

Il le coince entre ses jambes et nous passons l'entrée en soulevant un nuage de poussière blanche. Les rues n'ont pas de noms, uniquement des numéros, et je me souviens de la suite alphanumérique sur le microfilm.

— TN-5L-7R-9L, récité-je à haute voix en envoyant un SMS à Benton.

Je préfère qu'il sache où l'on est et ce qu'on fait.

— Il y a une rue numéro 3, annonce Marino alors qu'un tombereau couvert de poussière nous dépasse. Voilà la 4. La prochaine c'est la 5. Je vais prendre à gauche.

Nous tournons et poursuivons notre chemin jusqu'à la rue 7. Nous bifurquons à droite et continuons jusqu'à la 9, à gauche. Nous nous retrouvons devant une grande structure en métal, construite à flanc de montagne. Sur la porte, un petit écriteau indique *Bando Solutions*. Aussitôt, j'envoie le nom à Benton. Plus loin, il y a d'autres constructions similaires, des parkings qui accueillent des bataillons de dumpers et de pelleteuses.

— Il s'agit d'une grande société japonaise de l'aérospatiale. Basée à Tokyo, dis-je à Marino en lisant les infos sur mon téléphone. Ils ont des bureaux dans tous les pays, dont un à San Francisco. Mais officiellement, pas de Bando Solutions dans ce complexe, ni ailleurs en Virginie ou en Virginie-Occidentale. Rien dans le secteur.

— Ils veulent donc rester discrets. (Marino se gare et nous observons l'immense structure sans la moindre fenêtre.) On pourrait mettre deux terrains de foot là-dedans !

— En tout cas, Sal était intéressé par ce qu'ils font là. Beaucoup. Sinon, il ne nous aurait pas donné l'adresse. Il tient à ce qu'on découvre quelque chose.

Des dizaines de SUV ou de pick-up sont garés autour de nous – de toute évidence, des véhicules des employés de Bando Solutions. Nous n'avons pas rendez-vous et notre intrusion a bien sûr été vue par les caméras. Nous avons deux options : soit on fait demi-tour, soit on entre et on la joue franc-jeu.

— Allons-y, dis-je en ouvrant ma portière. Au pire, ils nous envoient balader. Personne ne va nous tirer dessus pour ça.

— Ça se tient. (Marino fait monter une balle dans la culasse, et met le cran de sûreté.) Mais je préfère y aller accompagné.

Il glisse l'arme dans son étui qu'il clipse à sa taille. Nous descendons du Raptor. La poussière gâche le noir d'ordinaire rutilant de son pick-up. Il verrouille les portières avec la télécommande, et nous nous dirigeons vers l'entrée. La porte s'ouvre avant qu'on ait atteint le seuil. Un jeune homme apparaît, dégrafe sa combinaison blanche poussiéreuse, retire ses lunettes de sécurité et sa charlotte.

— Bonjour, dit-il en sortant un paquet de cigarettes.

Il en allume une tandis que nous nous approchons.

— Bonjour, répond Marino.

— Je peux vous aider ? demande l'homme avec dans le regard une lueur d'inquiétude. Vous cherchez quelqu'un ?

36.

Il a la trentaine, je dirais. Un Asiatique avec un fort accent japonais, une coupe en brosse et des tatouages sur le dos des mains.

— Nous sommes ici à cause de Sal Giordano, dis-je tout de go.

— Vous désirez parler à quelqu'un en particulier ?

L'homme s'adosse contre l'un des piliers qui supportent l'auvent.

— Commençons avec vous, suggère Marino.

L'homme hausse les épaules. Mais je le sens mal à l'aise.

— C'est terrible ce qui lui est arrivé, déclare-t-il en tirant une bouffée.

— Vous le connaissiez bien ? demande Marino.

— Je le voyais quand il s'arrêtait ici. Ce qui arrivait de temps en temps. Qui êtes-vous au juste ?

Marino sort de sa poche son badge doré et le lui met sous le nez. Je l'imite, comme si j'étais son adjointe. Cela me rappelle le bon vieux temps. Nous nous présentons. Le jeune homme s'appelle Daku. Il semble à la fois inquiet et soulagé de nous voir.

— Nous enquêtons sur la mort de M. Giordano, lance Marino avant que j'aie le temps de dire quoi que ce soit.

Il est de nouveau le grand flic d'autrefois.

— Oui, c'est horrible, répond Daku. Mais je ne sais rien, juste ce qu'on a dit aux infos.

— Ce n'est pourtant pas l'impression que j'ai. Bizarre, non ? (Et dans la bouche de Marino, il n'y a aucune interrogation.) Je suis sûr que vous savez pour quelle raison il venait ici depuis l'été dernier. Alors, soit vous nous le dites tout de suite, soit vous attendez que les feds débarquent en fanfare.

— D'accord. Le Pr Giordano était obsédé par son brevet, commence Daku, impatient de se délivrer d'un poids. C'était l'œuvre de sa vie, et j'avais de la peine pour lui, c'est vrai. Mais je ne voulais pas le décourager.

— Quel brevet ? m'enquiers-je.

— Il était parfaitement conscient que la plupart des brevets passent aux oubliettes, reprend Daku. C'est ça qui vous amène, n'est-ce pas ? Vous voulez savoir ce qu'il faisait ici.

— C'est le dernier endroit où on l'a vu vivant, avant qu'il ne soit kidnappé et tué, déclare Marino. Alors oui, on veut savoir.

— Ça m'a fait un tel choc quand j'ai appris ce qui lui est arrivé.

Daku prend une autre bouffée.

— Donc, c'était quoi ce brevet ? insisté-je.

— Mon petit doigt me dit que ça a un rapport avec la fausse poussière de lune, lâche Marino.

— Ici, nous n'employons pas le mot « faux ». (Daku tapote sur sa cigarette pour faire tomber la cendre.) Vous connaissez le domaine de recherche du Pr Giordano. Son idée était vraiment hypercool, même si elle ne se réalisera peut-être jamais.

— C'était quoi ce brevet ? répété-je.

— En fait, il en a déposé plusieurs. En gros, il s'agit de faire du ciment avec du régolithe de synthèse.

— Du ciment ? grogne Marino.

— Il passait ici acheter quelques sacs pour faire des essais dans sa cave, explique Daku. De petites quantités et il me tenait au courant de ses avancées, me montrait des échantillons. Il m'appelait aussi, de temps en temps. On travaillait ensemble sur le projet, en marge du boulot, si vous voyez ce que je veux dire.

— Autrement dit, il vous payait de la main à la main pour l'assister dans ses recherches ? réplique Marino. Un petit accord lucratif. Vos employeurs sont au courant ?

— Je préférerais que cela reste entre nous, répond-il en se raidissant.

— Je ne promets rien. Mais ce n'est pas ce qui nous intéresse pour le moment. (Marino retrouve ses réflexes de policier, et c'est lui qui mène l'entretien.) En revanche, plus vous serez honnête avec nous, mieux ce sera pour vous ensuite.

— Son projet était de construire des habitats en ciment sur la lune, c'est ça ? dis-je.

— Nous fabriquons effectivement de la poussière lunaire. Mais aussi de la poussière martienne et autres régolithes de synthèse, précise Daku. On en envoie des tonnes au Japon et ailleurs.

Tout ce bâtiment est consacré à la production de régolithe artificiel, nous explique Daku en terminant sa cigarette. Il y a aussi de la recherche concernant les cellules photovoltaïques, puisque la carrière extrait également de la pérovskite. C'est pour cette raison que Bando Solutions s'est installé sur ce site, ajoute-t-il en désignant la montagne saignée par les excavatrices.

— Ils ont aussi un partenariat avec Briley Enterprises qui possèdent True North Industries, ajoute-t-il.

— Je vois, lâche Marino avec une nonchalance feinte. Vous savez ce qui est arrivé aux Briley, n'est-ce pas ?

— J'ai entendu ça aux infos. Je ne les connaissais pas.

À son ton, je sais qu'il nous dit la vérité.

— Vous fabriquez donc aussi de la pérovskite de synthèse ? m'enquiers-je.

— Oui. En l'améliorant avec le minéral naturel.

— Ce domaine de recherche intéressait également Sal Giordano ?

— Oui. Beaucoup.

— Quand il est venu ici lundi dernier, il a manipulé de la pérovskite ?

Je pose cette question en pensant aux grains que l'on a retrouvés sous ses ongles.

— Tout ce que nous faisons ici le passionnait, répond Daku. Et lundi, je lui ai montré nos derniers prototypes de panneaux solaires, ceux qui nous servent à nous alimenter en électricité. Il voulait en installer chez lui, à Alexandria.

Mais ce n'est pas pour cela que Sal leur rendait visite, nous précise Daku. C'était pour la poussière lunaire artificielle. Et son brevet n'avait rien à voir avec des habitats extra-terrestres, que ce soit sur la Lune ou sur Mars. La NASA et d'autres agences spatiales travaillent déjà sur ces projets.

— Son rêve était de construire le premier télescope lunaire, révèle-t-il.

— Un télescope en ciment ? marmonne Marino.

— Absolument.

Daku allume une autre cigarette, et les yeux de Marino pétillent d'envie.

— Je peux vous en taxer une ?

— Bien sûr.

Daku sort une cigarette de son paquet et allume son briquet Bic. Je n'en reviens pas !

Il ose faire ça sous mes yeux ! Sans le moindre regard coupable pour moi. C'est reparti, comme dans le bon vieux temps. Le grand flic avec sa cigarette, avec ses gros nuages de fumée, qui jure et roule des mécaniques.

— L'idée c'était de créer une gigantesque parabole en remplissant de ciment un cratère lunaire, reprend Daku. Et si on chauffe suffisamment l'agglomérat, il se transforme en verre, et hop ! on a un radiotélescope. Cela aurait été l'observatoire le plus puissant du monde parce qu'il n'y a pas d'atmosphère là-haut pour parasiter les signaux.

— Ça paraît pas mal, effectivement, lance Marino, tout heureux avec sa cigarette aux doigts. Mais je ne vois pas comment un truc comme ça pourrait marcher.

— Le sien fonctionnait, je vous le garantis ! Malheureusement, il ne sera pas là pour le voir. Et il m'avait promis que si le projet était lancé, je ferais partie de l'équipe.

— Vous êtes aussi un scientifique ? m'enquiers-je.

— Un géologue.

— Depuis combien de temps vous travaillez à Bando Solutions ?

— Deux ans.

— Quand Sal Giordano est-il venu ici pour la première fois ? Vous vous en souvenez ?

— En juin. Il avait appris ce qu'on faisait et il nous a rendu visite. C'était un honneur pour nous de recevoir un prix Nobel, comme vous l'imaginez. C'est là qu'il m'a parlé de son projet. Il voulait que ça reste secret.

— Pourquoi donc ?

— Il craignait que les autorités fédérales détournent son idée pour leurs propres fins, explique Daku avec une certaine rancœur. Il nous achetait en liquide les sacs pour ses essais. Et nous payait pour notre temps.

— Qui ça « nous » ?

— C'est-à-dire…

— C'est bon Daku, pas de chichi, lance Marino en soufflant un rond de fumée absolument parfait.

— Oui, c'était juste moi. Il était important qu'il n'y ait aucune trace, ni écrite ni électronique.

— Et comme par hasard, commente Marino en se tournant vers moi, notre ami sort faire une pause clope pile au moment où on arrive !

— Il y a des écrans de surveillance partout, précise Daku. J'ai tout de suite vu que vous ne bossiez pas à North Industries. Personne n'a de voitures noires ici ! Et je savais qu'un jour ou l'autre, quelqu'un allait venir poser des questions.

— Alors autant prendre les devants, c'est ça ?

— Voilà. Le Pr Giordano était un grand scientifique et quelqu'un de bien. Ce n'était pas juste qu'on lui vole ses idées, que ce soient les fédéraux ou quelqu'un d'autre.

— Alors le gros de ses recherches se faisait ici, dis-je.

— Ce qu'il sortait, c'était juste quelques sacs, pour faire des essais chez lui.

Je pense aux résidus qui s'éclairaient en bleu sous les lampes UV.

Il y en avait dans le pick-up de Sal. Ce qui s'explique s'il se rendait de temps en temps dans ce complexe industriel et rapportait du régolithe. Connaissant sa méticulosité, Sal devait porter un masque pour manipuler ce produit. Mais il en avait forcément sur ses vêtements. Ces grains sont trop petits pour être visibles.

— Vous nous laissez jeter un coup d'œil à l'intérieur, et on ne vous embête plus, annonce Marino comme si on avait la moindre autorité en la matière. Montrez-nous donc sur quoi vous travailliez. Et où s'installait Giordano quand il passait vous voir.

* * *

Le géologue remonte la fermeture de sa combinaison, remet sa charlotte et ses lunettes. Il compose un code sur la serrure de la porte et nous invite à entrer. Nous arrivons dans un vaste atelier divisé en unités de production. Tous les employés sont couverts de Tyvek de la tête aux pieds.

Sur le seuil, il y a des caisses d'EPI. Daku nous en tend deux jeux. Nous enfilons combinaison, surchaussures, masque et lunettes. Le bruit des broyeurs et autres machines est assourdissant. Il nous propose des bouchons d'oreilles. Nous mettons deux casques de chantier et suivons Daku dans la salle couverte de poussière. Quelles conditions de travail ! Et personne ne porte de respirateur.

Contre un mur, je remarque des piles de palettes de régolithe. Des sacs de vingt kilos, avec des inscriptions en japonais. Daku nous conduit dans une autre salle où un moulin à billes broie très finement le minerai. Des ouvriers vont et viennent à bord de chariots élévateurs et autres engins de manutention. Personne ne nous prête attention. Comme si nous étions des touristes en visite.

Notre guide nous détaille les procédés d'extraction et de concassage pour obtenir des poudres très fines, chaque grain étant invisible à l'œil nu.

— Ça s'accroche partout, comme du velcro ! se lamente-t-il.

Dans le bâtiment suivant, sont fabriqués des cellules et des panneaux photovoltaïques. Nous traversons ensuite une aire de chargement où des camions emportent des palettes de poussière lunaire, martienne, ou de pérovskite de synthèse. Nous franchissons une série de portes jusqu'à une pièce aux murs aveugles. À l'intérieur : deux bureaux, une photocopieuse, une machine à café, un distributeur d'eau fraîche.

— C'est là que nous parlions avec le Pr Giordano, indique Daku.

Une radio diffuse un talk-show, l'animateur parle de complots. Un frisson me parcourt le dos.

« ... *on nous cache tout. Le but est de contrôler nos pensées et nos émotions... !* »

Cela me rappelle ce que j'entendais en arrière-plan quand j'ai reçu ces appels mystérieux où personne ne parlait à l'autre bout de la ligne. L'air dans cette pièce sent le renfermé. Il y a des toiles d'araignée, des insectes morts au sol. Le doublage d'un mur est cassé et l'isolant pendouille entre les plaques de placoplâtre.

J'ai trouvé aussi des détritus divers – des restes d'insectes, de la laine de verre, des toiles d'araignée, ce genre de choses, disait Lee Fishburne.

Je songe à ce que j'ai découvert sur le corps de Sal. Lee avait également parlé de squames de chat. Je demande à Daku si quelqu'un de l'équipe a un animal.

— Les seules bêtes qu'on a ici viennent des grottes, répond-il en désignant une porte ouverte dans le fond de la pièce. Des chauves-souris, de temps en temps une couleuvre. Des araignées en pagaille bien sûr, des salamandres, des mille-pattes.

Par l'ouverture, j'aperçois l'entrée d'une caverne, avec ses parois rocheuses éclairées çà et là par des lampes. Lee expliquait que l'activité volcanique produit de la pérovskite et des roches magmatiques permettant la fabrication du régolithe.

« *... ils veulent faire de nous leurs esclaves, nous laver le cerveau en nous disant que c'est pour notre propre bien...* », continue le type à la radio crachant son venin.

— Pardon... (Daku s'approche de la radio et baisse le volume.) L'un de nos vigiles écoute ça non-stop. Moi, je n'en peux plus de la politique.

— Ne m'en parlez pas ! s'exclame Marino tandis que nous regardons les écrans de surveillance accrochés au mur.

Les images proviennent des caméras implantées dans tout True North, surveillant les bâtiments, les carrières, les mines. Pas étonnant que nous ayons été repérés dès notre arrivée.

Et j'ai l'impression que nous sommes observés en ce moment même. Pas par Carrie Grethen ou les Briley, bien sûr. Ni par Mira Tang non plus.

— C'est quoi cette pièce au juste ? s'enquiert Marino.

— C'est un peu notre salle de contrôle, répond Daku. Nous surveillons la manutention, le fonctionnement des machines.

Sur les écrans, nous pouvons voir les concasseurs, les broyeurs, les fours, les silos. J'aperçois dans un coin de la pièce un canapé convertible en skaï. Un coin de drap dépasse sous un coussin. Il y a aussi un petit réfrigérateur, une table de cuisine, un évier avec des assiettes. Tout le nécessaire pour passer la nuit.

— Je vais vous montrer le dernier essai du Pr Giordano, annonce Daku. Il avait trouvé la formule idéale pour que l'agglomérat résiste aux conditions extrêmes dans l'espace. En cas d'éruptions solaires par exemple, de chutes de météorites. Sans compter que la gravité lunaire n'est pas la même que sur la Terre.

Il s'assoit derrière un bureau, où trônent un sac à dos, un mug SpaceX et la photo d'une jeune femme. Il déverrouille un tiroir et récupère une sacoche bleue en tissu, pourvue d'une bandoulière noire.

— Sal Giordano avait ce sac lundi quand il est venu ? dis-je.

— Oui.

Daku l'ouvre et en sort une boîte en carton.

— Et dans ce sac, il y avait votre rémunération, avance Marino.

— Et aussi son dernier échantillon.

Il me tend la boîte avec fierté. Je retire le couvercle. À l'intérieur, dans un nid de coton, luit un petit cube gris clair. Cela ressemble à du ciment. Je le prends dans ma main, le soupèse, examine sa surface lisse et polie. Sal devait être excité comme une puce à l'idée de concrétiser son rêve au nez et à la barbe de la NASA, de la NSA, de la CIA, du Président, et de quasiment tout le monde. Même moi je n'en savais rien.

Il voulait construire un télescope là-haut, pour voir la genèse de l'univers, savoir enfin qui nous sommes vraiment. Cette invention, c'était son legs à l'humanité, et je suis triste qu'il ne m'ait rien raconté. Mais cela ne m'étonne pas. Sal évoquait rarement son travail, n'entrait jamais dans les détails, et aujourd'hui je sais pourquoi.

Il ne m'a jamais parlé de ses brevets. J'ignorais même qu'il en avait déposé. Mais au moment ultime de son existence, il a voulu me révéler son grand projet, pour qu'il ne tombe pas dans l'oubli – ou, plus probable, qu'il ne soit pas volé, par les Russes, pour construire les premiers un télescope lunaire. Heureusement, maintenant que Carrie a été arrêtée, cela risque d'être plus compliqué pour eux. Voire impossible.

Qui contrôle la Lune, contrôle la Terre, disait souvent Sal. *Il s'agit de tenir le point haut, amore.*

Je repense au code sur le microfilm. Il devait l'avoir écrit tout récemment.

TN-5L-7R-9L

Une simplicité enfantine touchante. Cela évoque une chasse au trésor, un jeu de piste innocent. Je tends à Marino le bloc de ciment fait avec de la poussière de lune. Il le regarde une seconde, hausse les épaules et le remet dans sa boîte.

— Je ne comprends toujours pas comment ça peut faire un télescope. Ça va être juste un gros cendrier de béton !

— Il ne s'agit pas d'un télescope optique, mais d'un radiotélescope, répète Daku comme si cela pouvait éclairer Marino.

— Donc, un parking ou une piscine vide, ça peut faire office aussi de télescope ?

— Euh… non, je ne crois pas, répond Daku après un instant de réflexion.

— Bon, il y a un moyen de sortir d'ici ? s'impatiente Marino. Sans se retaper toutes les salles dans ces putains de combis ?

— Le bâtiment juste après, c'est le hangar des avions d'épandage pour les fermes. Les portes roulantes doivent être ouvertes. Il faut aérer à cause des vapeurs, en particulier l'été. Vous pouvez sortir par là, si vous préférez.

— Oui, je préfère.

Marino sue à grosses gouttes, et j'ai moi aussi besoin d'air frais. J'ai les yeux qui piquent à cause de la poussière. Daku nous conduit dans une petite réserve attenante, où il y a des toilettes que Marino décide d'utiliser. Il retire ses EPI et je l'imite.

— Il vous suffit de passer par cette porte au fond, m'indique Daku alors que Marino va se soulager. Traversez le hangar et vous vous retrouverez dehors, à deux rues du parking où vous êtes garés. Il vous faudra marcher un peu. Mais ce n'est pas loin.

— Qui s'occupe de ces épandages ?

— Une scientifique polonaise, une femme étonnante qui se trouve être pilote aussi. Zofia Puda.

Donc Carrie Grethen était ici.

— Elle utilise quel appareil ? demandé-je encore en cachant mon intérêt.

— D'ordinaire le Cessna. Mais elle est passée dernièrement à l'hélico qui se trouve à côté.

— Où est-elle en ce moment ?

Voyons ce qu'il va me répondre…

— Elle ne travaille pas ici à plein temps. Je ne l'ai pas vue ces derniers jours.

— Merci beaucoup, Daku. Vous nous avez été très utile.

Il me laisse pour retourner sans doute dans le premier bâtiment à l'entrée. Je donne par texto les dernières infos à Benton alors que j'entends la chasse d'eau dans les toilettes, puis le robinet du lavabo et enfin le grincement du distributeur de serviette en papier. Marino réapparaît, cherche Daku des yeux, tandis que je lui annonce que Carrie, alias Zofia Puda, était dans les murs et a retenu Sal en otage ici-même. Et elle a passé toute la nuit à le droguer pour avoir des réponses !

— Évidemment, personne dans cette boîte ne savait qu'il s'agissait de Carrie Grethen, commente Marino. À mon avis, même les Briley ne connaissaient pas son véritable nom.

— C'est sûr et certain. Viens, c'est par là, dis-je en montrant la porte que Daku m'a indiquée.

37.

Dès que nous pénétrons dans le hangar, des vapeurs aigres nous sautent aux narines. Je remarque des palettes de gros bidons blancs alignées contre un mur.

Une odeur âcre comme du vinaigre, avait remarqué Lucy quand elle avait découvert le corps de Sal.

Le Cessna est là. Il est probable que Carrie l'utilisait souvent, peut-être même pour se rendre à l'aéroport Ronald Reagan Washington National quand elle avait rendez-vous avec les Briley ou d'autres affaires à régler dans le secteur. Nous dépassons un fourgon blanc avec une échelle pliante sur le toit. Il ressemble à celui que j'ai vu dans l'allée de Sal et aussi à celui de Bug Off à l'IML.

Et le véhicule correspond aussi à la description de Dorothy quand elle se croyait suivie. Aucune plaque d'immatriculation, ni à l'avant, ni à l'arrière. À côté, j'aperçois un groupe d'alimentation branché à un Eurocopter. Celui que Carrie utilise désormais pour les pulvérisations aériennes. Les quatre portes ont été ôtées et sont rangées dans des racks.

La carlingue est revêtue d'une peinture caméléon qui change de couleur à mesure que nous nous approchons. C'est peut-être pour l'esthétique, mais ces pigments qui reflètent chacun la lumière de façon différente pourraient tout à fait tromper les radars. Des rampes d'épandage sont boulonnées sous le châssis. Il y en a d'autres par terre, à proximité d'un établi.

De chaque côté de l'appareil, les mâts d'acier inox, longs de trois mètres, sont équipés d'une succession de buses. Je pense à l'hématome sur la cuisse de Sal, aux quatre éraflures régulièrement espacées. Je sors mon mètre de mon sac. L'intervalle entre les buses est exactement le même.

Je passe la tête par les ouvertures et examine le cockpit. Sur le manche de pas cyclique, la manette commandant l'épandage a été ajoutée. Carrie l'aurait déclenchée involontairement au moment de balancer dans le vide Sal, qui devait se trouver sur le siège de gauche ? Et elle aurait ainsi arrosé toute la zone avec son produit ? Ou alors, quand Sal a heurté l'une des barres dans sa chute, il a été aspergé. En tout cas, cela expliquerait cette odeur vinaigrée que Lucy et Tron ont perçue à leur arrivée dans le parc.

Les harnais sont bouclés sur les sièges vides, à l'avant comme en cabine. C'est la procédure classique quand on quitte un appareil, et je me souviens que les ceintures de sécurité étaient également attachées dans le pick-up de Sal lorsqu'on l'a retrouvé au fond du ravin. Ce devait être un geste automatique chez Carrie. Ou alors, elle ne voulait pas entendre sonner l'alarme pendant qu'elle transportait Sal inconscient vers un autre véhicule.

Je m'approche des fûts : deux cents litres de vinaigre blanc chacun, destinés à être dilués et chargés dans le réservoir fixé sous le ventre de l'hélicoptère. Pendant que nous continuons à inspecter les lieux en prenant des photos, j'essaye de repérer les caméras. Combien de temps avons-nous encore avant qu'un vigile ne débarque ? Je sors deux paires de gants, en tends une à Marino.

Nous nous dirigeons vers l'établi. Marino découvre une pile de logos magnétiques – entre autres des « BUG OFF » et des « FIRST FAMILY FLORISTS ». Il y a des chiffons, des flacons de dégraissant, et une servante avec des outils « spécial aviation ». Je remarque une boîte contenant des gants alimentaires jetables qu'on utilise d'ordinaire dans les cuisines des restaurants et les boutiques de traiteurs. C'est bizarre de trouver ça ici.

J'en sors un. C'est comme un sachet pour sandwiches, en plastique transparent très souple, mais avec cinq excroissances pour les doigts. C'est logique de porter de tels gants quand on prépare de la nourriture, mais aussi quand on manipule des produits qui peuvent être corrosifs pour la peau, tels que le vinaigre. Destinées à un usage unique, ces protections sont très bon marché. Il y en a deux mille par boîte. Et le petit plus, c'est que le porteur ne laisse pas ses empreintes digitales, et peut-être même aucune trace ADN.

Je songe aux étranges marques que l'on a retrouvées sur les vitres du pick-up de Sal. À sa main gauche, Carrie a deux phalanges amputées, et des cicatrices aux doigts et au pouce. Les gants devaient mal tenir, expliqué-je à Marino en prenant d'autres clichés avec mon téléphone, tandis qu'il examine une collection de plaques minéralogiques de Virginie, sans doute volées.

Il inspecte ensuite une pile de papiers – des revues sur l'aviation, l'agriculture, du courrier aussi. Une enveloppe kraft attire son attention.

— C'est adressé à Zofia Puda, dit-il en montrant l'étiquette imprimée :

Zofia Puda, Bando Solutions, responsable département aviation...

— Bando Solutions l'a embauchée comme pilote pour l'épandage, sans savoir qu'ils faisaient entrer le loup dans la bergerie.

— Elle en profitait pour voler leur technologie, leurs secrets de fabrication, va savoir quoi encore ? Et elle avait Sal Giordano dans le collimateur. Peut-être qu'elle était là quand il venait faire ses essais avec la poussière lunaire.

— Possible. Mais je n'y crois pas. Je pense que Sal n'a jamais rencontré Zofia Puda, ni même vu son visage. Sinon, il aurait compris qui le suivait à Rome.

— Si tant est qu'il s'agissait de Carrie...

— J'en mets ma main à couper !

— Oui, tu as raison, répond Marino. Elle l'a attrapé alors qu'il se rendait au lodge, et l'a interrogé ici toute la nuit pour lui arracher des infos. Puis elle l'a emmené en hélico au parc et l'a balancé par-dessus bord.

C'était justement avec un hélicoptère qu'elle s'était enfuie de l'hôpital psychiatrique médico-légal de Kirby, à New York. Elle imite Lucy en tout point, mais pour causer le plus de mal possible. Pendant que nous parlons, je consulte mes messages sur mon téléphone, espérant apprendre que la police est en route.

`Il y a un tas d'indices à relever ici`, dis-je à Benton par SMS.

`La cavalerie arrive !` répond-il.

— Elle devait pulvériser le produit sur les panneaux des fermes solaires, dit Marino.

— Oui, le vinaigre ça marche très bien. Moi aussi je m'en sers pour nettoyer les vitres. Et tant que la solution n'est pas trop concentrée, c'est sans danger pour les moutons qui broutent dessous. Et du même coup, cela limite la repousse des mauvaises herbes…

Je m'interromps. J'entends des bruits de pas. Puis quelqu'un tousser.

— Alors ? Vous avez trouvé votre bonheur ? demande une voix pleine de fiel.

* * *

Norm Duffy se tient entre les portes roulantes donnant sur l'extérieur et marche vers nous. Le vigile que j'ai mis à la porte l'automne dernier porte un jean et une large chemise de toile estampillée du logo True North. Un sourire mauvais éclaire son visage barbu, il a les poings serrés, et continue de tousser en sourdine, comme s'il avait de l'asthme.

— Tout doux, bonhomme, grogne Marino.

— Vous n'avez rien à foutre là !

Il passe son bras derrière lui et sort un pistolet de sa ceinture.

Marino l'imite aussitôt, pointe son canon sur Norm et… rien. Il ne se passe rien ! Comme un bleu, Marino a oublié le cran de sûreté. Il l'escamote, fait feu et manque Norm qui a plongé à couvert. Pour couronner le tout, la douille se coince dans la fenêtre d'éjection. Elle se dresse à la verticale. Son pistolet est enrayé ! Il tente de la décoincer tandis que nous courons vers la sortie en passant derrière l'hélicoptère et le fourgon. Les déflagrations retentissent.

Les balles sifflent. Nous nous engouffrons in extremis dans le bâtiment, avec Norm à nos trousses. Une autre balle traverse la porte au moment où Marino la referme et la bloque avec une chaise. Devant nous, il y a l'entrée de la caverne. J'attrape Marino par le bras et l'entraîne avec moi. Tant pis pour sa claustrophobie ! Ce n'est pas le moment de tergiverser – ce qu'il ne fait pas.

Sitôt entré sous la roche, l'air se refroidit, et on entend les gouttes tomber des parois. Les ampoules dans leur cage grillagée repoussent tant bien que mal les ténèbres. Nous trouvons vite un recoin où nous abriter. Marino a enfin dégagé la douille et réarme. Nous tendons l'oreille en retenant notre souffle. Je sais ce que prépare Marino. Il va attendre que Norm Duffy pénètre dans la grotte, jaillir de notre cachette et l'abattre. J'entends déjà ses pas qui s'approchent. Il tousse encore, se racle la gorge.

— Bonne nuit les connards ! Faites de beaux rêves ! !

Pris d'une nouvelle quinte de toux, il balaie la galerie avec la lampe de son téléphone, mais n'entre pas. Il recule et claque la porte. Pendant un moment, je suis sous le choc. C'est un cauchemar !

— Ne me dis pas qu'on est coincés là-dedans ! chuchoté-je à Marino.

Pistolet au poing, Marino se dirige vers la porte.

— Merde ! (Il s'acharne sur la poignée.) Putain de merde !

Il donne un grand coup de pied dans le battant de métal, qui s'ouvre soudain. Il y a un coup de feu. Marino tombe au sol. Puis c'est le silence. Le silence absolu. Un frisson de terreur me traverse de part en part. Marino ! Il me dirait quelque chose s'il allait bien… Mais je n'entends rien, juste des pas à l'entrée de la caverne, des pas qui s'approchent !

Non... non...

Je m'enfonce plus profond dans les galeries, mon cœur cogne contre mes côtes. Marino ! Que lui est-il arrivé ? Je suis folle d'angoisse. Le tunnel que j'ai pris est si large qu'une voiture pourrait y passer, l'eau dégoutte de la voûte hérissée de stalactites, comme autant de cônes de glace. Je lève le bras, en casse une, mais elle se brise en morceaux dans mes mains. En un instant, je comprends que j'ai détruit ce que la nature a mis des milliers d'années à créer.

Seigneur, pardonne-moi mes péchés...

Je saisis une autre stalactite. Celle-ci résiste.

Je m'acharne et elle finit par céder, se casse à mi-hauteur. J'ai dans la main une pointe de calcite longue de trente centimètres. Soudain, les lumières s'éteignent et je me retrouve plongée dans les ténèbres, aussi noires que le tréfonds du cosmos. À tâtons, je longe la paroi. Je n'ose pas sortir mon téléphone pour m'éclairer. Surtout, ne pas se faire repérer !

Je progresse à l'aveuglette. Je vais me perdre dans ce dédale, et on ne me retrouvera jamais, du moins pas avant très longtemps. Ou alors Norm va me rattraper en premier, ce qui serait pis encore. Plaquée contre la roche, sentant dans mon dos le froid de la pierre et ses arêtes rugueuses, je progresse lentement, trop lentement. Je distingue déjà de la lumière – la lampe du téléphone de Norm qui fouille les anfractuosités de la caverne ! – puis des pas, des pas qui résonnent sur le sol, le crissement des cailloux déplacés par les semelles...

— Je sais que tu es ici, connasse ! lance-t-il suivi d'une quinte de toux. On fait moins la maligne maintenant ! La grande cheffe se cache comme une petite souris !

Je perçois sa jubilation, sa haine. Il se rapproche. Sa respiration est sifflante, il n'arrête pas de tousser. C'est sans doute à cause de la poussière de lune. C'est très dangereux s'il traîne ici sans EPI, à jouer les vigiles pour Briley Enterprises.

— Comme d'habitude, Scarpetta, tu as mis ton nez où il ne fallait pas. Et regarde ce qui arrive aux emmerdeuses dans ton genre. (Norm fait un pas de plus.) Je vais m'occuper de toi, tu vas voir. Cela fait si longtemps que j'attends ce moment. Allez, sors de ton trou ! Montre-toi !

Il doit être à trois mètres de moi ! Pas plus ! Je tiens toujours mes bouts de stalactite à la main. J'en jette un de l'autre côté de la galerie. Ce qui fait bien rire Norm.

— Comme tu le dis, tout est une question de motivation ! (Il fait un pas de plus dans ma direction, tousse de nouveau.) Et moi, j'en ai à revendre te concernant.

Je lance un autre morceau, un peu plus loin cette fois. Puis mon dernier bout, et ça le fait glousser encore. Je perçois l'odeur de sa sueur. Il est juste au bord du recoin où je me suis cachée ! Je suis prise au piège, comme le papillon de nuit dans la SLAB.

— Je perds patience, Scarpetta ! dit-il tandis que le point rouge de sa visée laser balaye les parois.

Je distingue sa silhouette dans le halo de l'écran de son téléphone qu'il tient à la main. Son pistolet est dans l'autre. Et il fait encore un pas… Je brandis ma stalactite intacte à la manière d'une dague et plonge sur lui, donnant de toutes mes forces un coup de bas en haut. Je sens la pointe de pierre percer le tissu de la chemise, puis la chair. Il pousse un cri, lâche son arme qui tombe au sol avec un bruit métallique.

Je continue à pousser, la hampe passe sous les côtes, s'enfonce dans la cage thoracique. Dans un hurlement de douleur, il tente de m'attraper, mais il est trop tard. Je recule, et il s'écroule au sol. Mes mains tremblent. Elles sont pleines de sang. J'allume mon téléphone et l'éclaire. Il a les yeux grands ouverts, fixés sur moi. La base de la stalactite dépasse de son torse. Une flaque rouge s'épanche sur sa chemise.

Il bouge les lèvres, m'implore de l'aider – il peut toujours courir ! Je récupère son pistolet, un Glock 9 mm, pour qu'il ne puisse pas s'en emparer. En même temps, je me dis que sa blessure est mortelle. Qu'il ne va pas y survivre. Mais je ne suis plus sûre de rien en ce moment. Et ce sera peut-être le cas jusqu'à la fin de mes jours. À la lueur de ma lampe, je retrouve mon chemin jusqu'à la sortie. Norm a laissé la porte grande ouverte.

J'envoie un SOS à Benton et lui précise d'appeler une ambulance. Je pénètre dans la pièce, le ventre serré.

— Marino ? appelé-je.

Dis-moi que ça va ! je t'en prie !

— Marino ?

Oh non... non...

— Ici ! Je suis là ! lance-t-il à mon immense soulagement.

Mes jambes sont sur le point de se dérober sous moi.

Il est assis sur une chaise, torse nu, l'air hagard. À ses pieds, il y a une mare de sang et son pistolet est par terre, à moitié caché sous le canapé.

— Seigneur ! Ne bouge pas !

Je vais me laver les mains à l'évier.

— Je ne vais nulle part, promis ! répond-il. Je ne sais même pas comment je me suis retrouvé sur cette chaise.

Je retire son tee-shirt ensanglanté qu'il tient pressé contre son crâne.

— Une ambulance va arriver. Tu es tombé ? Tu as perdu connaissance ?

— Quand ça ? Où ça ?

— Ça va aller, Marino. Ça va aller.

J'entends au loin des sirènes.

— Il y a le feu ? demande-t-il, le regard hébété.

Sur les moniteurs, je vois une colonne de véhicules de police et d'ambulances qui traversent à toute vitesse le complexe minier. Benton a reçu mes SMS et s'est occupé de tout depuis la Pologne.

— Qu'est-ce que tu fais là, Doc ? Ne me dis pas qu'on reprend cet hélicoptère de malheur ! s'inquiète-t-il. Dis à Lucy qu'on va rentrer en voiture. Elle est où d'abord cette petite peste ?

— Calme-toi, Marino.

Il grimace pendant que j'examine son crâne pour m'assurer que la balle n'est pas entrée. Ce n'est pas le cas. Mais à quelques millimètres près, il aurait eu le crâne fracassé. Ma plus grosse inquiétude c'est qu'en tombant il s'est cogné la tête. Il faut l'emmener à l'hôpital au plus vite.

— Dis-moi ce que tu te rappelles ? lui demandé-je.

Je noue son tee-shirt plein de sang autour de sa tête, en guise de bandage.

— Comment ça ?

— Norm Duffy t'a tiré dessus. Tu te souviens ?

— Norm ? Qu'est-ce qu'il fiche ici cet abruti ? Il m'a tiré dessus ? T'es sûre ?

— Juste une éraflure, mais tu as pu perdre connaissance, réponds-je.

Il se revoit par terre, essayant d'arrêter le sang qui coulait. Tout est flou, incohérent. Il ne sait pas où il est, ni ce qui s'est passé.

— Puis tu es arrivée… comme par miracle. Où tu étais ? marmonne-t-il, groggy. J'étais tout seul. Et je me disais : oh non ! Elle a été enlevée, comme Sal ! Et moi, ils m'ont laissé là…

Dix jours plus tard

Comme le disait Sal, dans un monde parfait, les gens qui s'aiment ne se quittent pas le dimanche venu. Le problème s'était posé dès notre premier week-end. Ce n'était pas raisonnable de passer la nuit chez lui parce que je donnais un cours tôt le lundi matin à l'université.

Et pourtant, contre tout bon sens, je restais avec lui, me couchais tard, me réveillais à l'aube et traversais la ville par tous les temps pour aller donner mon cours. Pas une fois durant cet été, je n'ai abandonné Sal un dimanche. Aujourd'hui, ce sera la première fois. Au moins il ne pleut pas, les cloches sonnent à Old Town, et il y a beaucoup de monde dans les allées de l'Ivy Hill Cemetery.

Nous sommes un petit groupe, les cornouillers rose et blanc resplendissent, les papillons volettent entre les pierres tombales, les oiseaux gazouillent, sautent de branches en branches, comme si cette journée n'avait rien de triste. Il y a Benton, Dorothy, Marino, Lucy, Tron et moi. C'est tout. Les employés du cimetière se tiennent à proximité, prêts à recouvrir la tombe une fois que nous aurons déposé l'urne au fond.

Nous filmons la scène pour Sabina, la sœur de Sal. Elle n'a pas eu la force de venir. C'était trop douloureux, m'a-t-elle dit au téléphone. Mais nous lui rendrons visite lors de notre prochain séjour à Rome – elle a hâte de nous revoir. J'ai choisi le lieu de la sépulture ; le père de la conquête spatiale, Wernher von Braun, est enterré juste à côté. Sal aurait apprécié ce clin d'œil.

Je ne sais pas trop ce qu'il aurait voulu comme épitaphe sur sa tombe toute simple. Alors j'ai opté pour *Continua a guardare in alto*. Il disait ça si souvent. Regarde là-haut. Et il désignait les étoiles.

— Je sais qu'il ne voulait pas de cérémonie. Mais Sal méritait plus que quiconque qu'on soit là pour lui dire adieu, dis-je devant le trou. Il aimait avoir ses amis autour de lui.

Une petite pelle est posée sur un banc. Je l'ai achetée chez Walmart. À tour de rôle, nous lançons un peu de terre sur l'urne, et les grains cliquettent sur la céramique italienne. Puis le son devient plus sourd et faible à mesure que les couches s'accumulent. Quand vient mon tour de jeter ma pelletée, il n'y a plus aucun bruit. L'urne aux motifs colorés que j'ai achetée pour Sal est définitivement enfouie.

— Quand la noirceur du monde m'étouffait, il levait le doigt vers le ciel, raconté-je. Il me disait de ne jamais oublier d'où l'on vient.

Dorothy est en larmes, elle porte une robe au décolleté plongeant et un grand chapeau noir. Elle s'accroche au bras de Marino comme si elle avait perdu son ami le plus cher. Laissons-la jouer la *mater dolorosa*. Marino arbore avec fierté sa grosse cicatrice à l'arrière du crâne. Il racontera son haut fait d'armes jusqu'à son dernier souffle.

Il ne se rappelle toujours pas qu'on lui a tiré dessus. Et plus important, qu'il a oublié d'ôter le cran de sûreté. S'il n'avait pas commis cette erreur, il aurait pu tirer le premier, abattre Norm Duffy, et tout aurait été plus simple. Nous n'aurions pas vécu ces instants d'horreur. Marino pense que nous avons été pris dans une embuscade, que je me suis enfuie, puis cachée dans la caverne où j'ai finalement poignardé Norm.

Je ne lui dirai jamais qu'il n'a pas été au top dans le hangar, qu'il aurait pu nous éviter ce traumatisme. Pour l'heure, il est fier comme un héros de guerre, et c'est bien la première fois que je le vois en costume cravate, tout de noir vêtu. Derrière ses Ray-Ban, je sens son regard rivé sur moi pendant que j'évoque mes souvenirs avec Sal.

— Il me rappelait toujours ce qui était important, les prodiges dont l'homme est capable…, poursuis-je.

Lucy a mis la symphonie numéro 4 de Mendelssohn, la préférée de Sal. Nous l'écoutions souvent la nuit, sur la terrasse de sa maison à Rome, quand nous contemplions la Voie lactée, et qu'il me disait que la Lune était la porte des étoiles.

— C'est pour cela qu'il faut que son télescope soit construit un jour là-haut et qu'il porte son nom, confié-je à Benton après la cérémonie, alors que nous retournons à nos véhicules.

— J'espère que ce sera le cas, répond-il. À moins qu'une grosse société high-tech lui vole l'idée. Ce qui est malheureusement probable.

— Moi, ce sont les Russes qui m'inquiètent.

— C'est sûr qu'ils vont tenter de nous devancer.

Il cherche son téléphone dans sa poche.

— T'es sérieux ? Ça ne peut pas attendre ? (Je passe mon bras sous le sien.) Tiens encore dix minutes avant de sortir ton machin, s'il te plaît.

— C'est une invite salace ? dit-il en m'embrassant.

— Benton ! Nous sommes dans un cimetière !

Je me retiens de rire. Parce que les larmes sont si proches.

— C'était mon spot préféré avec les filles.

— Je n'y ai pas eu droit. Suis carrément jalouse !

Nous montons dans sa voiture. Les autres nous imitent. Direction la maison. J'ai préparé un repas en l'honneur de Sal. Il aurait approuvé le menu et m'aurait aidée en cuisine. Des raviolis farcis à la ricotta avec sauce basilique. J'ai fait du pain italien à l'ancienne et, comme antipasti, j'ai choisi les olives et les fromages préférés de Sal.

Nous allons boire à sa mémoire, à sa vie fabuleuse – avec, cerise sur le gâteau, le soulagement de savoir Carrie derrière les barreaux. Le guépard qu'elle a emmené en

Pologne a été récupéré. Il sera restitué au centre animalier de Monterey où Carrie l'a volé.

Apparemment, le félin suivait Carrie comme son ombre. Elle était bel et bien dans le parc en même temps que nous, cachée dans le château de la sorcière, ce qui explique les bruits que nous avons entendus. Lorsque nous sommes montés sur le toit, le guépard devait s'être mis à couvert et nous observait. Quant à Carrie, elle avait filé avec la tyrolienne, profitant de la pluie qui réduisait la visibilité.

Elle était peut-être tout proche de nous quand on a aperçu le guépard sur la Route de brique jaune. À tout moment, Carrie aurait pu nous tuer. Et pourtant, elle n'en a rien fait. Benton explique que nous sommes sa seule famille. Et cette simple idée me donne la nausée. Elle a besoin d'être près de nous, de nous observer, de comploter, parce qu'elle se nourrit de nos émotions – une vie par procuration. Mais je ne veux pas entendre ça. C'est au-dessus de mes forces.

— ... *Le télescope lunaire Sal Giordano*. Ça sonne bien ! lance mon mari alors que nous dépassons un caveau où grimpent des rosiers blancs. On devrait en toucher un mot à nos amis, par exemple au directeur de la NASA.

— Quand ce grand disque de ciment sera construit là-haut avec de la poussière de lune, nous pourrons voir le fin fond de l'univers, jusqu'au Big Bang, et au-delà. (Je serre la main de Benton.) Alors nous saurons qui nous sommes.

Cet ouvrage a été composé par PCA
pour le compte des Éditions J.-C. LATTÈS
17, rue Jacob – 75006 Paris
contact-lattes@jclattes.fr

Imprimé en France par
CPI BRODARD & TAUPIN (72200 La Flèche)
en avril 2025

PAPIER À BASE DE FIBRES CERTIFIÉES

JC Lattès s'engage pour l'environnement en réduisant l'empreinte carbone de ses livres. Celle de cet exemplaire est de : 550 g éq. CO_2
Rendez-vous sur www.jclattes-durable.fr

N° d'édition : 01 – N° d'impression : 3060974
Dépôt légal : mai 2025
Imprimé en France